Michaela Seul

Musikantenknochen – Franza und Flipper ermitteln

Kriminalroman

Genehmigte Lizenzausgabe 2017
der Buchvertrieb Blank GmbH, Vierkirchen

Umschlaggestaltung: HildenDesign, München, www.HildenDesign.de
Umschlagabbildung: © HildenDesign unter Verwendung mehrerer
Motive von Shutterstock.com
Gesamtherstellung: GGP Media GmbH, Pößneck
Printed in the EU
ISBN 978-3-94601-273-3

Es gibt wunderschöne Folterinstrumente. Was ja schon im Wort steckt. Das Instrument bringt den Körper zum Klingen. Man kann Erstaunliches mit ihnen erschaffen. Nicht nur handwerklich, auch künstlerisch.

Folter ist ein ästhetisches Balancieren auf dem Rückgrat, wie es alle wirklich großen Kunstwerke vollbringen. Gerade die kleinen Fingerknöchelchen sind sehr empfindlich, und der Schaden, der dort angerichtet werden kann, ist beeindruckend. Was einmal zu Mehl zerrieben, wächst nicht mehr nach.

Kapitel 1

»Den kannst du nicht nicht kennen«, behauptete Rechtsanwalt Anton Dürr, bevor er mir den Namen des Menschen nannte, für den ich im Fall des Falles sterben sollte.

Mein erster Auftrag als Bodyguard. Anton zog es vor, mich als Safetygirl zu bezeichnen. Ich fand, das klang wie Callgirl. Und war ich dazu nicht zu alt mit meinen reifen 33? Eine gewisse Verwandtschaft ließ sich nicht leugnen: Beide Tätigkeiten fordern starken körperlichen Einsatz. Ich hatte mich erst vor einigen Wochen zu diesem Nebenjob überreden lassen. Denn als Fitness- und Kampfsporttrainerin verdiente ich auf die Dauer zu wenig. Antons Kanzlei hatte mich auf mehrere Fortbildungen zur Personenschützerin geschickt. Im Nahkampf zeigte ich keine Schwächen, eher wenn es darum ging, mich in feiner Gesellschaft zu bewegen. Aber genau dort wollte Anton mich einsetzen. Er war der einflussreichste Wirtschaftsanwalt im deutschsprachigen Raum. Die Reichen, Schönen und Kriminellen, die in seiner Sozietät verkehrten, konnten mit Fischbesteck umgehen oder beschäftigten Personal, das ihnen die Gräten zog.

Ich war sehr überrascht gewesen, als Anton mich zu einer Vorbesprechung für meinen ersten Auftrag bat. Ich hielt den Job als Bodyguard für eine Farce, eine verdeckte Aktion, um mir finanziell ein bisschen unter die Arme zu greifen mit einem monatlichen Stand-by-Fixum. Anton wollte mir helfen, beziehungsweise Flipper. Wie die meisten Menschen, die mich und meinen Hund kennen, mag er meinen Hund lieber. Was mir nichts ausmacht. Ich mag meinen Hund oft auch lieber als mich. Und ich verdanke ihm viel. Zum Beispiel mein Leben. Oder meine Beziehung zu Kriminalhauptkommissar Felix Tixel, der zu Beginn auch mehr an Flipper als an mir interessiert war; ja, man könnte sagen, er nahm das Frauchen notgedrungen in Pflege, das nun mal an diesem Hund hing. Wobei ich kein Frauchen bin, damit das gleich mal klar ist. Ich bin hier die Chefin. Also meistens.

Aber damit, dass Flipper gerade eben eine Schnüffelkontrolle unter dem Rock der Kellnerin durchführte, hatte ich nichts zu tun. So was war mir wahnsinnig peinlich. Hatte die ihre Tage? Sex gehabt? Oder ein prinzipielles Hygieneproblem, was meinem Hund vielleicht gar nicht als Problem in die Nase stieg? Die junge Frau kicherte und schob den Kopf des schwarzen Riesen mit ihrem Bein weg. Dann stellte sie unseren Kuchen auf den Tisch. Apfel und Käse. Hin und wieder gönnte Anton sich jetzt so was. Mit meiner Hilfe hatte er immerhin 40 Kilo abgespeckt. Er sah jetzt in einem günstigen Licht von schräg vorne auch nicht mehr fettleibig aus, nur noch sehr dick.

Anton zog den Kuchenteller zu sich heran und sagte dann: »Jeder kennt ihn.«

»Ich kenne ihn trotzdem nicht«, erwiderte ich leicht genervt. Muss man alle kennen, die alle kennen? Und kennt man die dann wirklich? Ist es nicht so, dass man diejenigen, die alle kennen, am wenigsten kennt?

Da wies Anton aus dem Fenster, wir saßen mit Blick zum Lenbachplatz. Den man aber nicht sah, weil ein Bauzaun davorstand.

»Das ist er«, sagte er.

»Der?« Mir stockte der Atem. »Der ist das?«

Flipper warf mir einen aufmerksamen Blick zu. Er spürt es sofort, wenn ich aus der Balance gerate. »Aber das ist doch ein Weltstar! Spinnst du! Wie soll ich den beschützen?«

»Genau so, wie wir es vereinbart haben«, erwiderte Anton ruhig. »Du begleitest ihn während der fünf Tage, die er in München verbringt. Keine Gefahrensituationen, das habe ich vereinbart. Du nimmst nur die Termine im intimen Kreis wahr – bis 200 Personen …«

Ich lachte schrill auf.

»… alles andere liegt in der Verantwortung der jeweiligen Organisatoren.«

»Aber ich habe keine Erfahrung mit so was!«

Anton rammte seine Kuchengabel in den Mürbteig. »Irgendwann ist immer das erste Mal. Schlimmstenfalls rückt ihm ein aufdringlicher Fan auf die Pelle. Dann sollst du natürlich dazwischengehen. Diskret. Es soll nicht sichtbar werden, dass du als Personenschützerin agierst.«

»Aber ich ...«

Anton unterbrach mich. »Er hat schlechte Erfahrungen mit Bodyguards gemacht. Während seiner Amerikatournee hat ihn einer kompromittierend fotografiert. Davon abgesehen haben Bodyguards so was Negatives an sich, also ausstrahlungsmäßig, findest du nicht?«

Verblüfft starrte ich Anton an. Wie drückte der sich denn auf einmal aus? Das passte gar nicht zu ihm.

»Hat mir sein Manager erklärt.« Er grinste, es war ihm nicht entgangen. »Im Moment ist die Welt gut, und alle haben sich lieb. Man glaubt an das Edle im Menschen. Deshalb zeigt man auch keine Angst. Man will seinen Fans Berührbarkeit vorgaukeln, verstehst du?«

»Du meinst, dass ein Bodyguard schlecht fürs Image ist?«, fragte ich. »Das hättest du mir mal vorher sagen sollen.«

»Tu doch nicht so, als hätte dich dein Image jemals interessiert.« Anton wurde für seine Verhältnisse fast ruppig. Dann lächelte er ein bisschen onkelhaft.

Er konnte auch ganz anders. Eiskalt sogar. Aber nicht, wenn es um mich, also um Flipper ging, der unser Gespräch aufmerksam verfolgte mit seinem blauen und braunen Auge. Diese Laune der Natur kommt bei schwarzen Hunden selten vor. Deshalb sollte er auch lieber keine Straftat begehen, man würde ihn schnell identifizieren. Nein, Flipper gehörte zu den Guten. Drei Fälle hatten wir in der Vergangenheit schon gelöst. In alle waren wir mehr oder weniger zufällig hineingestolpert. Also Flipper. Ich war mitgegangen, mitgefangen – am anderen Ende der Leine. Wer einen Hund hält, muss mit einer Leiche rechnen. Im Unterholz findet sich so manches, was man lieber nicht gesehen haben möchte. Andererseits: Wenn Flipper die flaschengrün schimmernde Leiche nicht gefunden hätte, wäre ich Felix Tixel nicht begegnet, der im ersten Fall der ermittelnde Kommissar war. Und mein Leben verliefe deutlich entspannter.

Seit Felix aufgetaucht war, hatte ich ein Abo für die Gefühlsachterbahn, gab viel zu viel Geld für Klamotten aus, hatte aber auch noch nie so viel und so guten Sex gehabt, wozu man bei Licht betrachtet ja eigentlich gar keine Klamotten braucht. Mit einem Wort: Ich war gaga, also verliebt. Nachdem wir uns beide wochenlang gegeneinander gewehrt hatten, waren wir nun seit einigen Monaten tatsächlich zusammen. Ich war noch nie so glücklich gewesen in meinem Leben. Was ich mir natürlich nicht anmerken ließ. Allein Flipper wusste es. Und deshalb setzte er alles daran, dass das so blieb. Das ist auch so ein Unterschied zwischen Hunden und Menschen. Hunde als Rudelwesen können Liebe und Aufmerksamkeit teilen; sie kennen ihren Platz. Realistisch betrachtet schätzte ich, dass Felix den Verlust von Flipper schwerer verkraften würde als den meiner Wenigkeit. Alle lieben Flipper. Und an Flipper hängt sie nun mal dran, die Franza Fischer.

»Du hast am Donnerstag, also morgen, um 13 Uhr einen Termin bei seinem Manager im Hotel Bayrischer Hof«, stellte Anton mich vor vollendete Tatsachen.

In diesem Moment begriff ich es in seiner ganzen Tragweite. Ich würde den Zar kennenlernen! Einen Weltstar! Und dabei war es mir völlig egal, dass ich kein einziges seiner Stücke trällern konnte. Ich hörte keine Popmusik und nur selten Radio. Aber die Zeitungen waren voll mit ihm. Die ganze Stadt war zugepflastert mit seinem Konterfei. Der Zar!!! Jeder kannte ihn, da hatte Anton recht. Und es gab wohl nur wenige Frauen, die ihn, so hatte es neulich eine meiner Schülerinnen in der Umkleidekabine formuliert, von der Bettkante stoßen würden. Die drei Konzerte in der Olympiahalle waren binnen Stunden ausverkauft gewesen, der Zar hätte zehn oder mehr geben können. Er war eines der Hauptthemen in den Damenumkleidekabinen der Fitnessstudios, in denen ich unterrichtete. Extrem gutaussehend, extrem geheimnisvoll, extrem erotisch. Ein Gesicht wie gemeißelt, männlich und edel, makellos auch der Körper, geschmeidig und muskulös. Sein dichtes langes, schwarzes Haar trug er auf der Bühne offen. Auf seinem aktuellen Konzertplakat sprang er als Wildpferd über einen weißen Flügel. Bis zur Brust der Zar, darunter ein schwarzer Hengst.

»Sag mir«, bat ich Anton, »woher kennst du den Zar?«

Anton lehnte sich zurück. »Er hat zahlreiche Firmen weltweit, unsere Sozietät betreut eines seiner deutschen Unternehmen. Bei einem Meeting letzte Woche kam ich zufällig mit jemandem aus seinem näheren

Umfeld ins Gespräch. Ich war auf einem Konzert von ihm, in London. Man hat mich dazu eingeladen. Ich persönlich wäre dort eher nicht hingegangen.« Anton zuckte mit den Schultern.

»Und, wie ist er so?«, fragte ich.

»Ich habe ihn nicht persönlich gesprochen. Er wird ja völlig abgeschirmt. Aber wenn du dich bei dem Treffen morgen nicht danebenbenimmst, bist du engagiert und wirst – ohne dich besonders anstrengen zu müssen – mehr verdienen als Flipper bis an sein Lebensende in hohem Alter wird verspeisen können.«

»Toll«, sagte ich, während irgendwo in meinem Inneren eine Alarmglocke zu bimmeln begann. Wieso hatte ich das Gefühl, Anton wollte mich ablenken. Wovon? Was verschwieg er mir?

Kapitel 2

»Was?«, brüllte Felix, als ich ihm von meinem ersten Auftrag als Bodyguard erzählte. Damit hatte ich gerechnet. Wer hört schon gern, dass seine Freundin bereit ist, für einen anderen zu sterben.

Felix war ohnehin strikt gegen diesen Nebenjob gewesen, der bei Erfolg vielleicht eines Tages zu einer beruflichen Neuorientierung führen konnte. Felix fand es dennoch gut, wenn ich mich schonen würde, weil es nicht gesund war, täglich vier bis fünf Stunden Sport zu treiben und dann noch drei Stunden mit dem Hund Gassi zu gehen. Wovon ich kürzer getreten leben sollte, dazu hatte er sich nicht geäußert. Vielleicht, weil er wegen seiner Scheidung selbst knapp bei Kasse war. Er musste seine Prä-Ex-Gattin Melanie auszahlen. Ich würde niemals Geld von meinem Freund annehmen. Aber immerhin, Felix hatte meine größte Sorge verstanden und mir versichert: »Flipper wird immer einen vollen Napf haben.«

Ich hatte extra gewartet bis nach dem Essen. Wenn Felix hungrig war, explodierte er noch leichter, vor allem, wenn er Stress im Job hatte. Gestern war eine neue Leiche aufgetaucht. Eine echte. Bei der Mordkommission wurden ja erst mal alle Leichen mit ungewisser Todesursache untersucht. Die meisten klärten sich relativ schnell auf. Da waren Menschen im Bad gestürzt und verblutet, bei der Hausarbeit versehentlich von der Leiter gefallen oder absichtlich vor den Zug. Gestern war eine männliche Leiche in einem Bootshaus am Starnberger See gefunden worden. Sie lag da wohl schon länger. Laut Felix hätte es Giftgasalarm über dem See geben müssen, keine Ahnung, was er damit meinte. Das Bootshaus gehörte zu einem Segelclub, der wiederum eine kleine Werft mit größerer Werkstatt betrieb. Allein der alte Lackierermeister hatte dort hin und wieder nach dem Rechten geschaut. Aber er hatte nichts gerochen. Diesbezüglich hatte er sich in den letzten Jahrzehnten ohnehin die meisten Sensoren weggeätzt. Atemschutzmasken waren was für Schwächlinge.

»Ich will nicht, dass du dich in Gefahr bringst!«, rief Felix. »Noch dazu für so einen dahergelaufenen Lackaffen!« Seine sehr blauen Augen blitzten. Lackaffe. Das Wort hatte ich seit 100 Jahren nicht gehört. Auch Flipper schien den Klang interessant zu finden. Er spitzte die Ohren.

»Was kann der schon, außer gut aussehen!«, redete Felix sich in Rage.

»Er ist ein Weltstar!«, erinnerte ich ihn.

»Na und? Jeder Idiot kann es zum Weltstar bringen mit dem richtigen Management und einer Prise Glück.«

»Aber er hat hart für seinen Erfolg gearbeitet!«, verteidigte ich den Zar. »Schon mit drei Jahren hat er Klavierspielen gelernt und dann jeden Tag stundenlang geübt. Er hatte keine Kindheit, er hat auf alles verzichtet für seinen Erfolg. Mit acht Jahren hat er sein erstes Konzert gegeben und mit zehn ...«

Felix stand vom Tisch auf und holte sich eine Serviette. Die er dann nicht benutzte. Er konnte nicht mehr ruhig sitzen bleiben. Ich sah das Vibrieren seines Körpers. Die schmalen Hüften. Den V-förmigen Oberkörper. Ich wurde ein klein wenig schwach. Ich wäre noch viel schwächer geworden, hätte er nicht wiederholt »Lackaffe« gesagt.

Ich hätte ihm natürlich zustimmen können. Warum auch nicht? Im Grunde genommen teilte ich seine Meinung. Aber es passiert mir immer wieder, dass ich das Gegenteil von dem sage, was ich denke, weil es irgendwie auch mal gesagt gehört. Wir hätten einen schönen Abend verbringen können. Schon während ich mich in meine Lobrede auf den Zar verstrickte, wusste ich, dass ich jedes Wort bereuen würde. Und konnte meine Verteidigung dennoch nicht zurückhalten. Ich plapperte nach, was Anton mir erzählt hatte. Die Eltern des Zar waren einfache Leute, der Vater Postbeamter, die Mutter Arzthelferin. Sie wollten, dass es ihr einziger Sohn mal besser hat.

»Er musste sich die Liebe seiner Eltern verdienen!«, schrie ich Felix an.

»Ja, und?«, schrie er zurück. »Das müssen nicht nur Popstars. So was kommt in fast allen Familien vor.«

»Aber dann ist sein Vater bei einem Autounfall gestorben, und seine Mutter hat Krebs gekriegt, und mit 14 ist er ganz allein nach Amerika gegangen«, legte ich nach, was eben nicht in allen Familien vorkommt.

»Der Arme.«

»Du bist total gefühllos!« Ich sprang auf, da packte er mich am

Handgelenk. Sofort wurde ich schwach. Und flüssig. Eng zog er mich an sich. »Ich spüre überhaupt nichts«, sagte er, während ich ihn hart und deutlich fühlte.

***

Später war Felix milder gestimmt und hörte sich, wenn auch nicht begeistert, so doch wenigstens ohne zu sticheln, an, dass der Zar in Amerika die richtigen Leute kennengelernt hatte, die ihm sein neues Image verpasst hatten. Aus Franz Isele wurde »Der Zar«, da war er gerade mal 18. Und als solcher spielte er keine Klassik mehr, sondern Popmusik. So wurde er zum Klassikrocker, und damit kam der ganz große Erfolg.

Felix setzte eine mitleidige Miene auf. »Und jetzt kann der arme Mann nur noch mit Personenschutz unter die Leute. Und du sollst deine Haut für ihn zu Markte tragen.«

»Wieso redest du dauernd so komisch? Lackaffen zu Markte tragen?«

»Lenk nicht ab. Ich bin dagegen, dass du diesen Job übernimmst. Das müssen Profis machen. Ich verstehe nicht, wieso Anton Dürr dir das zumutet. Der Mann hat mir einen überaus vernünftigen Eindruck gemacht. Und er schätzt dich sehr.«

Felix und Anton hatten sich einmal getroffen, nachdem Anton mich sozusagen verraten hatte. Damit hatte er mir das Leben gerettet und meine Beziehung zu Felix, der ja nicht wusste, dass ich von einer Verrückten in einem Haus im Wald eingesperrt worden war. Letztlich war es Flipper gewesen, der Felix zu mir führte. Flipper spielte in fast allen schicksalhaften Minuten meines Lebens eine tragende Rolle.

»Ich bin eher eine Aufpasserin als Personenschützerin und nur für einen ganz kleinen Kreis zuständig«, schrumpfte ich meine Aufgabe.

»Wie groß ist der kleine Kreis?«, fragte der Profi.

Ich vergaß eine Null. »Bis 20 Leute. Es geht wohl vor allem um die Fans.«

»Gerade die Fans! Es laufen so viele Durchgeknallte herum.«

»Vertraust du mir nicht?«, fragte ich. »Ich kann mich schon wehren!«

»Das weiß ich. Du hast mich nicht nur einmal aufs Kreuz gelegt.«

Ich grinste. Der Herr Kriminalhauptkommissar hatte nicht damit gerechnet, dass ihn die harmlose Gassigeherin ausknocken würde. Man sah mir meinen schwarzen Gürtel nicht an. Die Leute glaubten eher, Flipper wäre meine Waffe. »Flipper ist quasi mein Bodyguard«, versuchte ich Felix zu beruhigen.

»Franza«, sagte Felix. Seine Stimme klang belegt. »Ich will nicht, dass du dich in Gefahr bringst. Ich habe dich zweimal fast verloren. Ich …«, er brach ab. Die widerspenstige schwarze Strähne fiel ihm in die Stirn. Er sah so wild aus und so ungezähmt. Die Ader über seinem Bizeps pochte. Ich konnte nicht widerstehen.

***

30 Minuten später waren wir beide träge und satt. Wir lagen auf dem scheußlichen braunen Sofa in seiner möblierten Wohnung im Zentrum Münchens, in der er seit nun einem Jahr nur übergangsweise wohnte, weil die Mutter seiner Tochter das Haus behalten hatte. Ich versprach ihm, vorsichtig zu sein. Und ich erinnerte ihn auch daran, dass er sich gewünscht hatte, ich triebe weniger Sport.

»Es gibt auch verschleißärmere Berufe«, meinte er.

»Aber ich habe Sport studiert. Und du fragst mich doch auch nicht, ob es mir recht ist, dass du Mörder jagst.«

»Das ist etwas ganz anderes.«

»Nein.«

»Doch.«

»Nein, es ist …«, er packte mich. Weicher diesmal. Und sehr sanft.

20 Minuten später war er fast schon lammfromm. Und ich auch. Wenn er es jetzt von mir verlangt hätte, ich hätte meine Karriere als Bodyguard ermattet unters Sofa gleiten lassen. Aber wir sprachen einfach nicht mehr darüber. Und genau deshalb fand ich unsere Beziehung so wunderbar. Es gab nichts, was sich nicht mit Sex lösen ließ. Wahrscheinlich hatten wir nur deswegen so oft Krach. Unsere Versöhnungen waren Höhepunkte. Es ist schon was dran, wenn manche Leute behaupten, allein der Körper kenne die Wahrheit.

Im Körper wohnt die Wahrheit. Das wussten die großen Foltermeister durch die Jahrhunderte. Denn letztlich kommt es ja nicht darauf an, was jemand wirklich getan hat, sondern was er getan haben könnte. Alle Möglichkeiten manifestieren sich im Körper, der durch seine bloße Existenz schuldig wird.
Wo ein Körper atmet, gibt es auch Schuld.

Kapitel 3

Anton ließ es sich nicht nehmen, Flipper und mich am frühen Donnerstagnachmittag standesgemäß in seinem Maybach abzuholen. Seinen früheren Chauffeur, der einmal gequält das Gesicht verzogen hatte, als Flipper auf den Rücksitz sprang, hatte er längst ausgetauscht gegen einen Hundefreund, der für Flipper den Wagenschlag öffnete und dafür sorgte, dass keine Falte auf der karierten, handgefertigten englischen Naturfilzdecke, die allzeit bereit für ihn im Kofferraum lag, seinen Sitz- und Liegekomfort beeinträchtigte.

Als Felix mit Flipper beim Joggen war – dafür stand er vor seinem Dienst eine Stunde früher auf, wenn ich bei ihm übernachtete –, hatte ich den Zar gegoogelt. »Stimmt es, dass er mit Lou Lomax zusammen ist?«, fragte ich Anton, der mir im Wagenfond gegenübersaß, eine Hand auf Flippers Flanke. »Oder ist das ein Fake für die Presse?«

»Lou wer?«

»Lomax! Sie hat letztes Jahr einen Oscar gewonnen. Sie dreht gerade mit Johnny Depp.«

Er zuckte mit den Schultern. »Für so was interessiere ich mich nicht.«

»Findest du ihn überhaupt gut?«

Anton zögerte. »Früher vielleicht«, sagte er dann. »Mein Vater hat seine Musik geliebt. Ich habe ihn nur zweimal weinen sehen. Das erste Mal bei einem Klavierkonzert von Franz Isele. Das zweite Mal, als Franz Isele sich in den Zar verwandelte und der Klassik den Rücken kehrte.«

Ich schluckte. So etwas Persönliches hatte Anton mir noch nie erzählt, obwohl wir uns nun schon seit zwei Jahren kannten. Ich kombinierte, dass sein Vater die Beerdigung seiner Frau trockenen Auges absolviert haben musste. Vielleicht war Anton deshalb so dick geworden. Er war alles andere als eine Schönheit, eher ein feistes Riesenbaby, viele Millionen schwer, mit einem Herz aus Gold, das er nicht jedem zeigte und Menschen mutmaßlich gar nicht. Bei Flipper leuchtete es manchmal auf und bei seinem asthmatischen Kater namens Proust, von dem er mir manchmal erzählte.

Vor dem Hotel Bayrischer Hof in der Innenstadt standen mindestens 200 Menschen und mehrere Streifenwagen und uniformierte Polizisten. Außerdem diverse Kamerateams. Der Maybach wurde durchgewinkt. Anton wurde nirgendwo aufgehalten. Es lag an seiner Ausstrahlung: Reichtum und Autorität. Er pflügte durch die Halle des Hotels, trotz seiner Massen unsichtbar, die Atmosphäre des Geldes nahm ihn auf, er gehörte dazu. Ich hingegen tat nur so. Ich war noch nie in diesem Hotel gewesen, wieso auch, ich hatte eine Wohnung in München. Man konnte hier essen oder an der Bar und im Foyer sitzen. Aber auf die Idee wäre ich nicht gekommen. Ich wusste allerdings, dass auch Einheimische das machten, ein weiteres Umkleidekabinenthema. Man setzt sich ins Foyer und angelt einen dicken Fisch, den man dann ausnimmt.

Anton meldete uns an. Wir würden abgeholt werden.

»Ich lass dich dann allein«, sagte er. »Ich will dich nur noch persönlich vorstellen.«

Ich grinste. »Glaubst du, ich haue ab?«

»Nein, nein. Aber ich habe dich schließlich empfohlen. Du brauchst dich übrigens nicht zu bewerben. Du hast den Job. Sie wissen alles von dir.«

»Alles?«

»Du bist eine erfahrene Personenschützerin und Ermittlerin, die meine Sozietät seit vielen Jahren für Sonderaufgaben einsetzt. Du bist diskret, hochprofessionell, perfekt ausbildet – kurz: die Beste für diesen Job.«

»Gut, dass ich das noch erfahre«, versuchte ich witzig zu klingen. Doch mir war eher flau zumute.

Niemand nahm Anstoß an Flipper, aber natürlich fiel er auf, dieser schwarze Riese, der ohne Leine eng an meinem linken Oberschenkel lief. Wahrscheinlich herrschte im Hotel Leinenpflicht, aber wie so oft wurde ich angesichts des kräftigen Rüden nur selten darauf hingewiesen. Es gab eben Waffen innen am Bein, in der Hosentasche, und solche außen. Ich war ein wenig nervös. Aber egal, was passieren würde. Es konnte nichts passieren. Flipper war da.

Als hätte er meine Gedanken gelesen, hob er den Kopf und schaute mich an. Lang. In der Regel schauen einem Hunde nicht so intensiv in die Augen. Manchmal hatte ich das Gefühl, er wüsste mehr, als er mir mitteilen konnte. Sein braunes Auge maß meine emotionale Verfassung, sein blaues checkte die Lage, eine Art Gefahrenradar. Als kleinen Welpen hatte ich ihn beim Mountainbiken im Gebüsch gefunden. Ohne mich wäre er gestorben. Ohne ihn wäre ich auch schon gestorben, mindestens zwei Mal. Flipper war der wichtigste Hund in meinem Leben. Und bevor Felix auftauchte, wohl auch der wichtigste Mensch.

Wir warteten vor einem Fahrstuhl. Anton tätschelte meinen Unterarm. »Irgendwann ist immer das erste Mal, Franza«, sagte er. »Ich bin überzeugt davon, dass dir die Sache Spaß machen wird.«

Die Fahrstuhltür öffnete sich, und gleichzeitig ertönte ein gellender Schrei. Eine blonde Frau in pinkem Kostüm mit orangefarbenen Stulpenstiefeln auf mindestens 15-Zentimeter-Absätzen riss die Arme hoch. Die Tür schloss sich. Erschrocken drückte ich auf den Knopf. Ein epileptischer Anfall? Die Tür öffnete sich.

»Ein Hund!«, gellte die Blondine.

Kein epileptischer Anfall. Hundepanik. Als Anhängerin der Konfrontationstherapie machte ich Anstalten, den Aufzug zu betreten.

»Nehmen Sie den Hund weg! Den Hund weg!« Die Blondine taumelte in die Aufzugecke. Völlig hysterisch. Krümmte sich, die Hände an der Kehle, hyperventilierend.

Dabei machte Flipper gar nichts. Stand nur vor der Tür, neben mir und Anton. Und warf mir dann einen Blick zu: Soll ich? Glaubte ich zu lesen. Seine Fähigkeiten in der Krisenintervention waren einzigartig, doch ich hatte den Eindruck, seine Deeskalationsversuche würden die Situation endgültig eskalieren lassen. Und der Meinung war wohl auch Anton. Er zog mich einen Schritt zurück.

Die Tür schloss sich, ging wieder auf.

Die Blondine schrie. Die Tür schloss sich. Wieso drückte sie nicht auf irgendeinen Knopf und stieg in einer anderen Etage aus? Wir erregten Aufsehen. Was nicht gern gesehen wird in so einem Hotel, in dem selbst die Teppiche aus diskret geschlossenen Fasern bestehen.

Ein Angestellter eilte uns zu Hilfe. Anton führte mich zu einer Sitzgarnitur und teilte mir mit bekümmerter Miene mit: »Ich glaube, das war die Dame, die uns abholen sollte.«

Ja, das war sie. Und sie wollte nicht mit mir sprechen, solange die Bestie, die geradezu an meinem linken Oberschenkel klebte, frei herumlief. Ich hatte überhaupt keine Lust mehr auf diesen Job.

»Es war nie die Rede davon, dass ich Flipper zu Hause lasse!«, beschwerte ich mich bei Anton.

»Das hättest du dir doch denken können. Bei einer Abendveranstaltung kannst du ihn nicht mitnehmen.«

»Aber das hier ist ein Vorstellungstermin. Mein Hund gehört zu mir.«

»Bitte, Franza!« Antons Stimme klang, als hätte er mit goldgelbem Sonnenblumenöl gegurgelt. »Du weißt doch, dass es Leute gibt, die panische Angst vor Hunden haben. Das ist nicht mit dem Willen steuerbar.«

»Er hat überhaupt nichts gemacht, er stand nur da.«

»Alles wird sich regeln. Bitte fahre jetzt mit der Mitarbeiterin vom Zar nach oben. Ich bringe Flipper zurück in den Wagen, okay? Er fährt doch gern Auto. Ich werde meinen Chauffeur bitten, ihn ein bisschen durch die Gegend zu kutschieren. Bevorzugt er Autobahn oder lieber Stadtverkehr?«

»Was?«

Freundlich blickte Anton mich an. Das war kein Scherz gewesen.

»Stadtverkehr«, sagte ich. »Wo's was zu sehen gibt.«

»Prima«, lächelte er. »Ich habe nämlich jetzt einen Termin.« Er schaute Flipper an. »Komm, mein Freund, wir gehen.«

Flipper schaute mich an.

»Lauf mit Onkel Anton!« Ich grinste schief. Dann leinte ich Flipper an und reichte Anton die Leine. Obwohl ich Anton hundertprozentig vertraute, versetzte es mir einen Stich. Ohne Flipper fehlen mir vier Beine. Das kommt davon, wenn man seit drei Jahren rund um die Uhr zusammen ist.

Als Anton und Flipper quer durch das Foyer zum Ausgang liefen, wäre ich ihnen am liebsten nachgerannt. Alles in mir wollte raus hier. Zurück in meine teppichlosen Umkleidekabinen, auch wenn ich als

Fitnesstrainerin bedeutend weniger verdiente. Später sollte ich an diesen Moment zurückdenken. Da hätte ich noch umkehren können. Aber es ist nicht so leicht, auf die innere Stimme zu hören, wenn ein Napf voller Noten lockt …

Kapitel 4

Die Hundeangst-Frau war ein anderer Mensch ohne Hund in ihrer Nähe. Sie reichte mir die Hand. »Ich bin die Lizzie.«

»Franza«, sagte ich.

»Ich bin als Kind mal gebissen worden«, sagte sie.

Ich schwieg. Was sollte man dazu auch sagen? Ich hatte als Kind auch mal auf eine heiße Herdplatte gefasst. War ich deswegen Rohkostlerin geworden?

»Hey, das ist kein Spaß!« Sie riss die Augen auf. Die waren braun und so stark geschminkt mit blauem und grünem Lidschatten, Goldpuder, Lidstrich und Wimperntusche, dass sie vollkommen ausdruckslos wirkten. Ich schätzte sie ein bisschen jünger als mich. Es störte mich, dass ich zu ihr aufblicken musste. Mit den Stöckeln und der auftoupierten Mähne war sie bestimmt 1,85 Meter groß.

»Entschuldigung«, sagte ich. »Aber mein Hund folgt aufs Wort.«

»Das behaupten alle.«

»Die meisten lügen.«

Wir standen nebeneinander im Lift, und es war klar, dass wir keine Freundinnen werden würden. Aber das mussten wir ja auch nicht. »Du arbeitest für den Zar?«, fragte ich.

»Ich bin seine persönliche Assistentin«, sagte sie.

»Und was macht man da so?«, fragte ich.

»Alles«, sagte sie. Dann waren wir auch schon oben. Sie stöckelte vor mir her durch einen Flur mit tiefem mokkabraunen Teppich. An einer Flügeltür standen breitbeinig zwei Männer. Ich hielt sie für Kollegen und nickte ihnen zu. Sie reagierten nicht.

Lizzie öffnete die Tür zu einem Konferenzraum. Darin befanden sich ein halbes Dutzend Leute in einer Besprechung. Alle Gesichter drehten sich zu uns.

»Bibi, das ist dem Zar seine Leibwächterin«, sagte Lizzie.

Ben Beck, der Manager, wie ich von Anton wusste, gesprochen Bibi, geschrieben BB. Er strotzte vor Testosteron. Es gibt solche Kerle, die verspritzen es geradezu, und man muss aufpassen, keine Tröpfcheninfektion zu erleiden.

Bibi war alles andere als mein Typ. Erstens zu alt mit Mitte/Ende 40. Zweitens zu nobel gekleidet in Anzug mit Krawatte, drittens mittelblond. Das bin ich selber. Bibi hatte den Zar als jungen Mann in Amerika unter seine Fittichen genommen und ihn zu Sony gebracht. Der Rest war Musikgeschichte.

Bibi riss mir mit einem Blick die Klamotten vom Leib. Ich fiel nicht in sein Beuteschema. Sicher lag es an meinen bunten Joggingschuhen. Und an der Jeans. Da fehlten schon mal Stöckel und Strapse. Und weiter oben fehlten Silikon und Schlauchbootseitenwülste. Ich erwiderte seinen Blick ebenso messerscharf. Ein exakter Schnitt vom Krawattenknoten bis in den Schritt. Nackt stand er vor mir. Dann waren die Fronten geklärt. Bibi interessierte sich nicht mehr für mich.

Eine sehr dicke Frau kam lächelnd auf mich zu. »Ach, wie schön, Frau Fischer?« Sie warf Bibi einen amüsierten Blick zu und bat mich dann: »Bitte, gehen wir kurz nach nebenan.«

Ich folgte ihr in einen kleineren Besprechungsraum. Dort saß inmitten von Schuhkartons eine blasse junge Frau mit verkniffenem Gesicht und malte etwas. Die Dicke wechselte einige Worte in einer Sprache mit ihr, die mir fremd war. Aus dem Ostblock, vermutete ich. Dann sah ich, dass die junge Frau Autogrammkarten unterschrieb. Hunderte, Tausende, Zehntausende. Sie würde niemals fertig werden. Was ihr wohl auch klar war, denn sie streifte mich nur mit einem flüchtigen, depressiven Blick und machte weiter. Drei Kreuze und dann die Unterschrift des Zar. Jetzt erst stellte sich die Dicke bei mir vor.

»Gudrun Röder, ich bin die Pressesprecherin. Herr Michalski, das ist unser Tournee-Sicherheitschef, ist gerade unabkömmlich.«

»Ich dachte, ich lerne jetzt den Zar kennen?«, fragte ich.

»Es tut mir leid, Zaza ist im Moment nicht da.«

»Aber wir haben einen Termin«, sagte ich.

Sie zog eine Augenbraue hoch. Da begriff ich, dass der Zar über Terminen stand. Und dass es dumm war, auf so etwas wie eine Absprache zu pochen. Hier tickten die Uhren anders.

Wieder wollte ich am liebsten umkehren. Und wieder blieb ich.

»Immerhin soll ich seine Haut retten«, wurde ich noch ein wenig drastischer.

»Also, entschuldigen Sie, normalerweise sucht sich der Zar seine Bodyguards aus, nicht der Bodyguard den, äh, Zar.«

»Tja, jeder hat seine Geschäftsethik«, sagte ich lockerer, als mir zumute war. Vielleicht wünschte ich mir auch, rausgeworfen zu werden, noch ehe ich angefangen hatte.

Ich hatte zudem den Verdacht, dass Ethik hier das falsche Wort war. Hatte Anton nicht auch von einer Gudrun erzählt, die sieben Sprachen beherrschte und von allen unterschätzt wurde, weil sie aussah wie eine dicke Mami, die den ganzen Tag vor der Glotze hockte und Erdnüsse knackte?

»Gudrun!«, rief jemand.

»Entschuldigen Sie bitte«, sagte sie und ging zurück in das Besprechungszimmer. Ich folgte ihr, ohne dazu aufgefordert worden zu sein. In diesem Augenblick wurde die Tür schwungvoll aufgerissen. Und dann stand er da.

Ich wollte es nicht, aber ich bekam Gänsehaut. Er war anders als alle anderen Menschen im Raum. Manchmal merkt man das sogar übers Fernsehen. Man nennt es wohl Charisma. Er stand in der Tür, groß, atemberaubend attraktiv und strahlend, ja strahlend. Als würde jede seiner Zellen leuchten. Und er fachte seine Mitarbeiter an. Ein Ruck ging durch alle, allein Bibi hatte den nicht nötig, er stand wie eine Eins. Lizzie glühte geradezu. Mit offenem Mund starrte sie den Zar an, bedingungslose Ergebenheit im Blick.

Der Zar musterte die Anwesenden, entdeckte mich.

»Dein Bodyguard«, sagte Gudrun.

»Ich brauche einen Kaffee«, sagte der Zar. Er trug eine schwarze Lederhose und ein weißes Hemd. Schwarze Stiefel, eine schwarze Jacke. Er sah wirklich ein bisschen aus wie … der wilde schwarze Hengst. Unzähmbar.

Lizzie ging zum Telefon und gab die Bestellung auf.

»Hallo«, sagte ich.

»Ich will keinen Bodyguard«, sagte der Zar zu Gudrun.

»Zaza, wir habe doch ausführlich darüber gesprochen«, widersprach sie sanft.

Geschmeidig lief er zum Fenster, schaute hinaus. »Nein.«

Die Atmosphäre knisterte. Lizzie biss sich auf die Unterlippe. Auch die anderen Anwesenden wirkten eingeschüchtert. Nur an Bibi und Gudrun prallte die Stimmung ab. Und vielleicht an dem älteren Herrn mit Goldrandbrille, der am Tischende saß und bis zu diesem Moment mit seinem Laptop beschäftigt gewesen war. Nun hob er zum ersten Mal den Kopf. »Dees isch gar koi echter Bodyguard. Dees isch a Mädle. Des mergt doch koiner. Mir stegged dui en andre Glamodda ond schon gohd se logger als Groupie durch.«

»Nein, Hermann, kein Groupie«, widersprach Gudrun. »Sie kriegt einen Titel. Sie gehört zum Staff.«

»Was für 'nen Titel?«, fragte Lizzie.

Wer ist Hermann?, fragte ich mich. Der passte weder vom Aussehen noch von der Aussprache in die Runde.

»Vielleicht Assistentin der persönlichen Assistentin?«, schlug Gudrun vor.

Der Zar fuhr herum. »Nein«, sagte er.

Es klopfte. Ein Etagenkellner brachte einen Latte Macchiato. Lizzie inspizierte das Glas, dann schüttelte sie den Kopf. »Zu viel Milchschaum«, beschwerte sie sich. »Ich hab doch gesagt, höchstens ein Zentimeter.« Der Kellner entschuldigte sich und ging ab.

»Hol mir meinen Kaffee zurück«, sagte der Zar.

Hermann seufzte leise.

»Mach ich, Zaza, klar.« Lizzie lief nach draußen und stellte dann das Tablett auf den Tisch. »Soll ich den Schaum oben wegmachen?«, fragte sie.

Er nickte.

Lizzie löffelte den Schaum, der dem Zar nicht schmeckte, fort und reichte ihm das Glas. Es hätte mich nicht gewundert, wenn sie davor noch einen Zollstock aus der Tasche gezogen hätte, um die Schaumhöhe zu kontrollieren.

Der Zar nahm einen Schluck. Lizzie hing an seinen Lippen. Als er nickte, entspannte sie sich. Nicht so der Herr mit der Goldrandbrille. Er starrte den Zar weiterhin an, und alles andere als freundlich. Als er meinen Blick bemerkte, senkte er seinen.

»Fahren wir jetzt?«, fragte der Zar.

Gudrun trat vor. Sie war mindestens 1,80 Meter groß und wog sicher 150 Kilo. Ihr schwarzes Haar war zu einem strengen Knoten im Nacken gebunden. Sie trug ein dunkelblaues Kostüm mit einem in gedeckten Rottönen gemusterten Tuch, das locker um die Partie geschlungen war, an der bei schlankeren Menschen der Hals sitzt. Gudrun Röder hatte eine wohlklingende Stimme, ich konnte sie mir gut als Opernsängerin vorstellen. Sie intonierte: »Wir brauchen einen Bodyguard für die Termine, die unsere Kooperationspartner im Bereich Security nicht zufriedenstellend abdecken. Schon wegen der Versicherung, Zaza. Und weil unser Herr Michalski seit Paris krank ist. Das weißt du doch. Du wirst nichts von ihr merken. Niemand denkt bei einer Frau an einen Bodyguard. Sie ist quasi unsichtbar. Sie ist gar nicht da. Sie ist wie ein Schatten. Eine graue Maus, die niemand beachten wird.«

Ich war kurz vorm Platzen. Dies war der dritte Moment, in dem ich beinah gegangen wäre. Doch da klopfte es an der Tür, und ein Angestellter des Hotels brachte einen Blumenstrauß. Der Zar drehte sich genervt weg. Doch die Blumen waren nicht für ihn, sondern für Lizzie. »Die Hoteldirektion bedauert es außerordentlich, dass Sie vorhin Unannehmlichkeiten im Fahrstuhl hatten.«

Lizzie riss die Augen auf. »Echt?«

Der Überbringer des Straußes, ein kahlköpfiger Herr in Livree um die 50 schmunzelte. »Echt.«

»Wieso? Was soll das?«, rief Hermann. Deutsch konnte er also auch.

Lizzie nahm den Blumenstrauß, wusste nicht, wohin damit, schaute mit roten Wangen in die Runde. »Das ist ja total nett!«

»Was war denn da im Fahrstuhl?«, fragte der junge Kerl neben Hermann. Auch er war quasi unsichtbar, jedenfalls nicht in der realen Welt existent, hing mit einem Nabelkabel an seinem iPhone.

Und auch Hermann erkundigte sich: »Ja, warum hosch nix verzählt?«

»Das könnt ihr später bequatschen«, schaltete Gudrun sich ein.

»Nein, nein, Guddi, das interessiert mich auch«, sagte der Zar. »Was war denn da, Lizzie-Pissie?«

»Da war ein Hund. Der hat mich angefallen.«

Hermann verzog das Gesicht schmerzlich.

»Jetzt reicht's!«, rief ich in Lizzies Richtung. »Der Hund hat dich nicht angefallen. Der Hund stand vor dem Fahrstuhl.«

Zum ersten Mal schaute der Zar mich direkt an. »Ach, du warst dabei?«

»Es war mein Hund.«

»Und wo ist er jetzt?«

»Er lässt sich von seinem Chauffeur im Maybach durch die Stadt kutschieren, was sonst?«, ranzte ich den Zar an.

Laut platzte er heraus: »Was sonst! Was sonst!« Dann fiel es ihm ein. »Ja! Ich glaube, ich habe ihn gesehen! So ein schwarzer, richtig?«

Ich nickte widerwillig.

»Also, Guddi, die Sache ist ganz einfach«, sagte der Zar nun. »Ich bin einverstanden, aber natürlich nur, wenn ich optimalen Schutz habe.«

»Selbstverständlich, Zaza, wir haben 18 Leute im Schichtdienst von einem Sicherheitsunternehmen und …«

»Ich will den Hund. Der Hund soll auch da sein. Er gehört doch zum Bodyguard, oder?«

»Nein, das geht auf keinen Fall!«, rief Hermann.

»Aber Zaza, wie wollen wir denn das organisieren?«, stieß Gudrun in dasselbe Horn. »Unsere Termine sind eng getaktet … und dann das Meeting mit den Leuten aus Washington, das Dinner morgen und …«

»Hund oder nichts«, sagte er langsam und ließ dabei Lizzie nicht aus den Augen. Die wurde kalkweiß, sagte aber keinen Ton.

»Und man weiß ja gar nicht, ob die äh, die Frau, äh …«

»Fischer …«, half ich ihr.

»… damit einverstanden ist.«

»Nein«, entfleuchte es dem Alten mit der Goldrandbrille, aber niemand beachtete ihn.

»Wir sind hier alle per du, Frieda«, wandte sich der Zar das erste Mal an mich.

»Ich heiße Franza.«

»Das ist doch nah dran.«

»Ich heiße Franza«, widerholte ich und merkte, dass es nicht üblich war, dem Zar ernsthaft zu widersprechen. Sogar Bibi, Ben Beck, schenkte mir seine Aufmerksamkeit, obwohl er seit mehreren Minuten in gedämpfter Lautstärke in einer Raumecke in englischer Sprache telefonierte.

»Frieda gefällt mir aber besser«, beharrte der Zar und lächelte mich an. Verdammt, der Kerl war so attraktiv, dass es schwerfiel, ihm keine mildernden Umstände zuzuschreiben, ja, er sah so gut aus, dass es sogar schwer war, seine charakterlichen Mängel im Gedächtnis zu behalten, wie ich irritiert feststellte. Ich konnte ihn nicht ausstehen. Dennoch war ich fasziniert von ihm. »Frieda bringt den Frieden, nicht wahr?«, fragte er mit offensichtlicher Befriedigung über sein Wortspiel.

»Und der Zar den Krieg?«, fragte ich.

Einen Augenblick starrte er mich verblüfft an. Im Hintergrund raunte Gudrun »Krieg und Frieden, Tolstoi«. Da klatschte er in die Hände und lachte. Alle lachten mit.

Nur ich nicht. Was aber keinem auffiel. Graue Mäuse sieht man nicht.

Auch wenn sich unsere moderne Gesellschaft zivilisiert nennt, so wird sie niemals auf Folter verzichten können. Denn sie ist eng verknüpft mit der Existenz des Menschen, ja: Entsteht er nicht durch Folter, nämlich bei seiner Geburt? Gequetscht der Kopf im engen Schoß der Mutter, zusammengepresst, ausgetrieben, ins Grelle gezogen. Das ist der Beginn. Und manchmal das Ende. Von der Scheidenschraube zur Daumenschraube, der erste Schrei.

Kapitel 5

An den Weg aus dem Hotel heraus konnte ich mich kaum mehr erinnern, als ich zehn Minuten später am Isartor stand. Die Teppiche, die Sessel, die livrierten Pagen, alles war an mir vorbeigeschwebt wie in einem Traum. Ich zückte mein Handy, um Anton zu bitten, Flipper sofort zu mir bringen zu lassen, da klingelte es.

»Und?«, wollte Felix wissen. »Wie ist er so, dein Weltstar?«

»Ganz nett«, sagte ich gedehnt.

»Also, wie ist es gelaufen?«

»Ganz gut«, sagte ich.

»Du meinst beschissen?«

»Nein, wieso beschissen? Ich habe doch ganz gut gesagt.«

Er lachte.

»Und du? Wo bist du?«, fragte ich schnell.

»In der Rechtsmedizin.«

»Und, wie ist sie so, deine Leiche?«

»Das willst du nicht wirklich wissen.«

»Sehen wir uns heute?«, fragte ich, und wie so manches Mal, wenn ich ihn das fragte, kam es mir vor wie ein Wunder. Dass ich das einfach fragen konnte. Dass wir es trotz aller Missverständnisse doch noch geschafft hatten, ein Paar zu werden.

»Heute ist Elternabend im Kindergarten.«

»Geht Melanie auch hin?«, fragte ich.

Er seufzte. »Hoffentlich nicht.«

»Dann morgen?«, fragte ich ihn.

Er zögerte. »Vielleicht, Franza. Aber ehrlich gesagt eher nein.«

»Ach so, klar. Neue Leiche, Überstunden, verstehe. Da hab ich mich noch nicht so dran gewöhnt.«

Im Hintergrund hörte ich Stimmen lauter werden. »Ich muss aufhören«, sagte er. »Servus.«

Ich blieb noch eine Weile mit dem Handy am Ohr stehen, so als gelte es, den letzten Rest seiner Stimme in meine Muschel tröpfeln zu lassen.

Erst als ich den roten Knopf drückte, bemerkte ich, dass ich die ganze Zeit auf den schwarzen Hengst Zar gestarrt hatte, mit dem jede freie Weidefläche am Isartorplatz tapeziert war.

***

25 Minuten später lieferte Antons Chauffeur Flipper bei mir zu Hause in der Au ab. Ich erwartete ihn in Joggingklamotten an der Straße und lief gleich weiter zur Isar, womit Flipper nicht einverstanden war. Er hätte sich gern mit dem Halunken, dem Sheriff, Luke, Nino, Cookie und den Ladys Lea und Faye, denen wir auf dem kurzen Weg dorthin begegneten, unterhalten. Wobei eine Hundeunterhaltung ja deutlich anders verläuft als eine zwischen Menschen. Erstens beschränkt sie sich auf das Wesentliche. Ist also zweitens auch deutlich kürzer. Und es kommt immer was dabei raus. Häufig werden die Resultate auch gleich fixiert, mit Harnsäure. Dass dann später keiner behaupten kann, alles wäre ganz anders gewesen.

Wie so oft im Frühling hatte sich die Zahl der Jogger verdoppelt. Sie rannten ihren Bikinifiguren hinterher. Im Frühling sind auch meine Fatburner-Kurse ausgebucht. Im Sommer hat man dann meistens aufgegeben, und im Winter ist sowieso schon alles wurst. Flipper war mir auch als Motivator eine große Stütze. Seine Bekämpf-den-inneren-Schweinehund-Strategie war legendär. Er stieß seine kalte Schnauze in faule Kniekehlen, zwickte zärtlich müde Waden und wedelte begeistert, wenn der Schweiß in Strömen floss. Ob er das gern machte, wusste ich nicht. Er dachte wahrscheinlich nicht darüber nach. Sein Platz war an meiner Seite, und Punkt – beneidenswert!

Ein anonymer Anrufer ließ mein Handy am Heizkraftwerk vibrieren.

»Hallo?«, meldete ich mich und erkannte Lizzie erst nach einer Weile. Sie atmete schwer, und ich hatte Mühe, sie zu verstehen.

»Bitte. Bitte versprich mir, dass du deinen Hund immer, wirklich immer an der Leine hältst, wenn ich in der Nähe bin, und auch sonst immer, weil ich könnte ja mal in einen Raum kommen, wo er ist, bitte sag, dass du das machst, okay, bitte?« Sie war völlig hysterisch. Es tat mir leid, dass ich sie so ruppig behandelt hatte. Ich hätte vielleicht ein wenig einfühlsamer auf ihre Hundephobie reagieren sollen. Heiße Herdplatte an oder aus – manche Dramen glühten bis zum Trauma.

»Ich verspreche es«, sagte ich.

Dann fiel mir der Gesichtsausdruck des Zar ein, mit dem er Lizzie beobachtet hatte, während er auf dem Hund beharrte.

»Hör mal, Lizzie«, sagte ich. »Auch wenn mein Hund frei herumläuft, ist er keine Gefahr für dich.«

»Das sagst du!« Sie schluchzte.

In diesem Moment konnte ich mir vorstellen, dass der Zar es genießen würde, sie in Panik zu versetzen. Ich verwarf den Gedanken schnell wieder. Wer machte so was? Doch höchstens ein Sadist.

»Bitte, du tust das für mich, okay?« Ihre Stimme klang piepsig.

»Du brauchst dir keine Sorgen zu machen«, sagte ich. Dann schob ich den Kinderspruch nach, »Alles wird gut.« Und nahm mir vor, Lizzie an Flipper zu gewöhnen. Vielleicht war das mein übergeordneter Auftrag bei dieser Sache. Es ging doch meistens um etwas anderes als das, was man glaubte. Oft erkannte man das erst spät, noch öfter wahrscheinlich nie.

Endlich war Lizzie dazu in der Lage, mir den offiziellen Grund ihres Anrufes mitzuteilen. »Du sollst bitte um 17 Uhr bei Prada sein, da triffst du die Schnuffi, die wird dich einkleiden. Wir haben einen Deal mit denen. Eventuell müsst ihr aber auch noch zu unserer Stylistin in den Fundus. Ich denke, tagsüber solltest du eher Boss tragen. Aber du brauchst auch zwei Abendkleider. Schnuffi, unsere Stylistin, weiß Bescheid, okay?«

»Wieso tagsüber? Ich dachte, ich soll den Zar ausschließlich zu Abendveranstaltungen begleiten?«, fragte ich und überlegte, was der Spitzname über die Dame aussagte. Tränen- oder kokssüchtig?

»Davon weiß ich nichts.«

»Und außerdem habe ich selber was anzuziehen!«, erklärte ich ein wenig pampig.

Lizzie zögerte. »Ja, ja, schon klar, aber du sollst eben nicht aussehen wie du, sondern wie eine vom Team. Der Zar möchte nicht, dass man dir den Bodyguard anmerkt. Er hätte auch keinen nötig. Er ist der liebenswürdigste Mensch auf der ganzen Welt. Aber das wissen die Leute nicht. Sie sehen oft nur den großen Star, der ein Leben in Saus und Braus führt, dabei stimmt das gar nicht. Und solche Leute können auf komische Gedanken kommen. Die schreiben dann Drohbriefe oder machen andere Sachen und …«, sie brach ab.

»Was für Sachen?«, fragte die Polizistenfreundin in mir.

»Totale Scheiße eben!«, brüllte sie mir ins Ohr. »Die glauben, sie könnten dem Zar was anhaben, aber ich sag dir, der pisst auf die, verstehst du! Weil er über uns allen steht, so sieht das aus, und dem Zar, dem jagt kein Wichser Angst ein, bestimmt nicht, weil der Zar hat keine Angst!«

Ihr Ausbruch überraschte mich. Andererseits war er logisch. Für sich selbst konnte sie nicht einstehen, für den Zar sehr wohl. Aber sie beruhigte sich schnell wieder. In fast normalem Tonfall sagte sie: »Prada kennst du ja wohl. Der Shop ist in der Nähe vom Hotel. Wegen der Schuhe müsst ihr vielleicht noch zu Versace, Taschen kriegst du aber sicher im Fundus, du brauchst doch keine große?«

Ich schluckte die Bemerkung »Nur für Hundeleckerlis« hinunter und sagte: »Ja, klar. Um 17 Uhr. Ich beeil mich. Und wie geht es dann weiter, wie sieht das Programm für heute aus? Ehrlich gesagt dachte ich, ich fange morgen erst an.«

»Du fährst mit Schnuffi in die Olympiahalle. Du kannst dir das Konzert ansehen. Es ist ein Platz für dich reserviert. Danach gibt es eine Party. Wo, das kann ich dir im Moment noch nicht sagen. Es sind drei Locations im Gespräch. Du wirst immer in der Nähe des Zar platziert, sollte es eine Tischordnung geben. Ansonsten machst du einfach deinen Job, dazu kann ich dir nichts sagen, das wirst du schon selber wissen. Wenn dich jemand fragt, bist du meine Assistentin, okay?«

»Okay.«

»Und wenn es ein Problem gibt, versuchst du das bitte so zu lösen, dass niemand was merkt, vor allem nicht die Presse. Fotos von einem Handgemenge oder so was wären eine Katastrophe.«

»Okay.«

»An deiner Stelle würde ich den Hund heute zu Hause lassen. In die Olympiahalle kommt er sowieso nicht rein, da müsste er ein Polizeihund sein oder ein Blindenhund oder so was.«

Lizzie war gar nicht so doof, wie sie vorgab. Das hatte sie bestimmt recherchiert.

»Ich würde ihn auch nicht mitnehmen. Da ist es ja viel zu laut und zu eng.«

»Gut«, bestätigte sie. Sie hatte sich wieder gefangen. Seltsamerweise tat sie mir nun noch mehr leid. Ihr Ringen um Souveränität berührte mich. Aber wenn seine Angst, egal wie irrational sie sein mag, angefacht wird, verliert der Mensch schnell alles, was ihn auszeichnet, worauf er stolz ist. Die Zivilisation fällt von ihm ab, und was übrig bleibt, ist ein Tier. Das wegläuft. Oder kämpft. Oder im Schock erstarrt.

»Okay«, bestätigte ich. Und dann wollte ich ihr unbedingt noch etwas Nettes sagen. »Aber so ganz hohe Schuhe, solche wie du trägst, mit denen kann ich vielleicht nicht elegant laufen.«

Sie lachte. Hoch oben auf ihren Stöckeln balancierend, hatte sie festen Boden unter den Füßen.

Füße sind auch etwas Hübsches. Nirgends so viele Knöchelchen. Aber wer denkt schon an die Füße. Völlig vernachlässigt. Nicht jedoch von den wirklich großen Foltermeistern. Die die Fußquetsche erfanden, die es mit der Daumenschraube mehr als aufnehmen kann. Man muss nicht immer oben beginnen. Man kann sich auch hinaufarbeiten. Splitter für Splitter. Quetschung für Quetschung, die erste Phase der Folter. Vielleicht mit der Beinschraube. Die Hände verschonen mit den Fingerchen. Er wird ja wohl denken. Von den Füßen sich hinaufdenken zu den Händen. Das liegt nah, so weit ist der Weg nicht.

Der Virtuose kennt die neuralgischen Punkte seiner Schützlinge. Aber er ist kein Barbar wie die Vorgänger aus dem Mittelalter. Denen reichte es nicht, die Knie splittern zu lassen durch Drehen am Gewinde. Die schlugen auch noch mit dem Hammer drauf, was ja fast schon brutal ist. Denn es geht doch in diesem Stadium vor allem um das Gequetschte.

Kapitel 6

»Mach doch mal das Gequatsche aus«, blaffte Kriminalhauptkommissar Felix Tixel seinen jungen Kollegen, Kriminalhauptmeister Johannes Winter, an, der ihren zivilen BMW durch den Feierabendverkehr Münchens steuerte.

»Aber das ist der Zar«, widersprach Johannes, der sich jetzt schon hin und wieder traute, dem von ihm bewunderten Kollegen etwas entgegenzusetzen.

»Ach, wirklich?«, fragte Felix und drehte das Radio lauter.

Der Zar hatte eine sympathische Stimme, und was er sagte, klang ebenso. Wie glücklich er sei, nach so langer Zeit der Abwesenheit wieder durch Deutschland zu touren, gerade in München, wo er doch quasi aus Bayern stamme, wenn ihm auch bewusst sei, dass er als gebürtiger Allgäuer hier, er lachte, nicht für voll genommen werde.

»Meine Freundin fährt total auf den ab«, gestand Johannes.

»Aha«, brummte Felix, der sich schon so manches Mal gewundert hatte, dass Johannes überhaupt eine hatte. Der 27-Jährige konnte manchmal aussehen, als sei er noch Jahre von seiner ersten Akne entfernt mit seiner milchigen, fast bartlosen Haut, den hellen Wimpern und semmelblonden Haaren.

Im Radio erzählte der Zar, dass er, obwohl er sich in erster Linie vegetarisch ernähre, morgen sicher Weißwürste essen würde. Dass das ja vielleicht gar keine Würste im engeren Sinne seien, sagte der Moderator. Der Zar lachte erneut. Seine Stimme klang voll, er sprach hochdeutsch, ließ aber manchmal eine kleine süddeutsche Note einfließen. Alles Show, dachte Felix. Solche wie der lügen doch, wenn sie den Mund aufmachen.

Ob der Zar abergläubisch sei, fragte der Moderator. Er gebe drei Konzerte in München, am Donnerstag, Samstag und Sonntag. Ob das etwas damit zu tun habe, dass am Freitag der 13. sei. Der Zar verneinte. Ganz im Gegenteil. Die Dreizehn gehöre zu seinen Lieblingszahlen.

Johannes seufzte: »Ich wollte meiner Freundin zum Geburtstag Konzertkarten schenken. Ich bin um fünf aufgestanden und habe mich angestellt – keine Chance.«

»Du brauchst Karten für das Zar-Konzert?«, fragte Felix locker, während er einen Hund beobachtete, der an einem Laternenpfahl schnupperte.

»Wer braucht die nicht! Weißt du, was die am Schwarzmarkt wert sind?«

»Kann ich dir besorgen«, sagte Felix. »Wie viele?«

»Zwei. Aber nein, das kann ich mir nicht leisten.«

»Die kriegst du geschenkt.«

»Was?« Johannes blieb der Mund vor Staunen offen stehen.

»Hab da so meine Verbindungen.«

»Wie? Also was? Ich meine ...«

»Das wird sich regeln lassen.«

»Und wenn ich da Dienst habe?«

»Auch das.«

»Danke«, stammelte Johannes. »Das ist ... Wahnsinn! Danke! Gehst du auch zum Konzert?«

»Bestimmt nicht. Mit dem Lackaffen hab ich nichts am Hut«, erklärte Felix im Brustton der Überzeugung, und Johannes kapierte gar nichts mehr. Aber das kannte er ja schon, dass sich Felix Tixel zuweilen seltsam benahm, und am Ende hatte er doch recht. Deshalb war er ja so stolz, dass er von diesem erfahrenen Cop lernen durfte. Im Revier in Fürstenfeldbruck galt er als der Beste. Aber auch der Sturschädeligste, wie der Erste Kriminalhauptkommissar Leopold Chefbauer nicht müde wurde zu bemängeln.

»Das ist ein solcher Schmarrn«, sagte Felix plötzlich. »Jetzt bin ich fünf Minuten von meiner Wohnung entfernt, und wir fahren eine halbe Stunde in die Dienststelle, damit ich dann wieder zurückfahre.«

»Ja, warum suchst du dir nicht eine Wohnung in Fürstenfeldbruck?«

»Ich könnte mich auch nach München versetzen lassen«, sagte Felix.

Johannes riss die Augen auf. »Nein!«, entfuhr es ihm.

Felix lachte »War nur Spaß. Das mach ich bestimmt nicht. Wenn du da Pech hast, ermittelst du den ganzen Tag wegen eines abgefahrenen rechten 3er-BMW-Außenspiegels.«

»Aber so was ist doch kein Fall für die Mordkommission!«

»Du, sag das nicht«, grinste Felix. »Für manche Leute ist das quasi Mord.«

Im Radio erzählte der Zar, dass er sich vor einem Auftritt warmspiele und innerlich vorbereite – allein in seiner Garderobe. »Und nach dem Konzert?«, fragte der Moderator. »Stimmt es, dass Sie sich da als Erstes immer die Hände waschen? Und wenn das so ist, warum?«

Wieder lachte der Zar sein sympathisches Lachen. Dann senkte er seine Stimme zu einem vertraulichen Ton »Ich habe noch nie darüber nachgedacht. Es ist einfach so. Ich wasche mir die Hände vor und nach dem Spielen. Vielleicht ist es eine Ehrerbietung gegenüber dem Instrument.« Er klang ein wenig verlegen.

Heuchler, urteilte Felix stumm.

»Total netter Typ«, kommentierte Johannes.

Der Zar erzählte von den Aufnahmen zu seiner aktuellen CD. Dann wurde der Titelsong gespielt.

»So ein Gesülze«, kommentierte Felix.

»Der singt doch gar nicht!«

»Trotzdem«, knurrte Felix.

»Aber der kann was!«, verteidigte Johannes den Zar. »Der hat mit dem Klavier angefangen, da konnte er noch nicht laufen.«

»Mit drei Jahren kann man laufen«, entgegnete Felix. »Auch wenn der Vater bei der Post arbeitet.«

Verwirrt musterte Johannes ihn. »Ich dachte, du magst den Zar nicht?«

»Ja, und?«

»Wieso weißt du so viel über den, wenn du ihn nicht ausstehen kannst?«

»Man sollte seine Feinde besser kennen als seine Freunde«, erwiderte Felix.

Sie kamen 45 Minuten zu spät zu dem Gespräch mit dem Besitzer des Segelclubs am Starnberger See, auf dessen Gelände die Leiche gefunden worden war. Am Telefon hatte Herr Perchtinger, der den Club mit angeschlossener Werft in vierter Generation führte, bereits erklärt, dass ihm der Tote unbekannt sei. »Also freilich hab ich den kennt. Vom Sehen. Aber deswegen kenn ich den doch ned, wenn ich ihn grad amal vom Sehen kenn. Da tät ich ja Leute kennen, die ich nie kennenlernen würd, wenn es zum Kennen reichen tät, dass man einen gesehen hat.«

»Wir fahren zu einem Philosophen«, hatte Felix daraufhin zu Johannes gesagt. Philosophen kosteten viel Zeit, die sie gerade am Anfang in einem Fall nicht hatten. Sie redeten oft auch viel, von Hölzchen aufs Stöckchen, und es kam nichts dabei raus – außer Sägemehl. Wie immer bei einem neuen Fall hatte der Erste Kriminalhauptkommissar Leopold Chefbauer mehrere Teams gebildet. Johannes war froh, dass Kriminalhauptkommissar Felix Tixel nicht die Fallführung übertragen worden war, denn das bedeutete vor allem Innendienst – Koordination der Teams draußen und Zusammenführen aller einlaufenden Informationen, viel Schreibkram und noch mehr Telefonate, besonders mit der Staatsanwaltschaft. Es war ihnen auch die Überbringung der Todesnachricht an die Witwe erspart geblieben sowie die erste Befragung der Familienangehörigen. Keine schöne Aufgabe. Man wollte so schnell wie möglich eine erste Spur finden, musste aber Rücksicht nehmen. Trauer und Ermittlungen, das passte nicht zusammen. Aber in diesem Fall passte so einiges nicht zusammen.

Sogar der Chef der Rechtsmedizin, Professor Hinteregger, war sich nicht sicher, ob das Opfer Josef Hipp, nachdem er die Säureverätzungen durch die Batterien erlitten hatte, freiwillig vom Boot gesprungen oder gestoßen worden war. »Ich seh leider keinen Handabdruck auf dem Rücken des Opfers, der mir was verraten würde«, hatte er in der Telefonkonferenz sarkastisch mitgeteilt.

Ja, so was war immer eine vertrackte Geschichte – Sturz oder Stoß –, und die Wahrheit würden sie erst kennen, wenn sie den Täter hatten. Dann würde sich herausstellen, ob Josef Hipp sein Leben durch Mord, Totschlag oder Körperverletzung mit Todesfolge verloren hatte. Was ihm egal sein dürfte, nicht jedoch dem Täter. Der musste bei Mord mit lebenslänglich rechnen, bei Körperverletzung mit Todesfolge zwischen einem und zehn Jahren und bei Totschlag nicht unter fünf Jahren. Von Professor Hinteregger ging das Gerücht, er könnte den Innereien einer

Leiche ansehen, wie viele Maß Bier sie im Lauf ihres Lebens durchgespült habe. Also würde der Pathologe vielleicht doch noch irgendwie herausfinden, wie Josef Hipp diese Welt verlassen hatte. Oder das LKA. Der Luminol-Test lief. Mit dieser Methode würden sie Blutspuren sogar an dem Pfosten im Bootshaus nachweisen, der zu dem Schädelbruch bei Josef Hipp geführt hatte, als er ins Wasser gesprungen oder gestoßen worden war. Die Ergebnisse wurden frühestens am nächsten Tag erwartet, was beim LKA oft bedeutete am übernächsten Tag.

Häufig wurde ein Mord erst bei der Obduktion entdeckt. Und noch vieles andere. Der Körper bewahrte alle Geheimnisse auf, der Pathologe musste sie nur bloßlegen.

»Immerhin«, setzte Felix seine Gedanken laut fort, als sie auf dem Gelände des Segelclubs am Ufer des Starnbergers Sees standen, »ein schöner Ort zum Sterben.«

»Die Leiche hat kein Panorama gehabt«, widersprach Johannes. »Der Hipp ist in der Bootshütte gestorben.«

»Aber vorher«, behauptete Felix. Und ohne etwas über den Toten zu wissen, wünschte er ihm, schönes Wetter gehabt zu haben bei seinem Ableben und diesen herrlichen Blick über den See und dahinter die Alpen, als begrenzten sie das Wasser auf natürliche Art, ja, war es denn nicht auch so: hinter Bayern das Ende der Welt. Ein schöner Anblick am Lebensende war vielleicht wie ein schöner Traum kurz vorm Aufwachen. Der prägte den ganzen Tag. Und wer wusste schon, wie lang so ein Tag dauerte, wenn man mal tot war. Ob es da überhaupt einen Tag geben würde oder für immer Nacht und ob man das merken würde, dass es nie mehr Tag werden würde. Auf solche Fragen wusste nicht mal Professor Hinteregger eine Antwort. Und der Segelclubbesitzer Perchtinger hatte keine Zeit, sich darüber Gedanken zu machen.

Kaum hatte Felix sich und Johannes vorgestellt, »Kripo Fürstenfeldbruck, Tixel, und das ist mein Kollege Winter, wir haben telefoniert«, deutete Perchtinger, der ihnen entgegengekommen war und nun mit ihnen am Kranbecken stand, auf seine Armbanduhr. »Sie sind 50 Minuten zu spät. Jetzt hab ich keine Zeit mehr, die wo ich auch gar nicht brauch, weil alles, was ich weiß, hab ich am Telefon schon gesagt, nämlich nix.«

»Nix is manchmal mehr, als man glauben möchte«, entgegnete Felix ruhig.

»Wenn ich nix sag, mein ich nix.«

»Des ist ja die Krux mit dem Nix«, sagte Felix ernst. »Dass man selber nie weiß, ob nix wirklich nix ist. Weil manchmal is des Nix nämlich Was.«

»Was?«, fragte Perchtinger.

»Genau des«, sagte Felix.

Johannes blieb mal wieder der Mund offen stehen. Wie machte der Tixel das? Mit jedem redete er anders, der war wie der Hinteregger, bloß dass er nicht die Leichen aufbrach, der knackte die Lebendigen. Perchtinger schien beeindruckt.

Als wären sie mitten im Gespräch, ließ er Felix wissen: »Ich wollt nie E-Boote auf meinem Gelände. Mia sand a Segelclub. Scho imma gwesen. Seit 1868. Mei Urgroßvater. Mei Großvater. Mei Vater. Und jetzt i. Segelboote. Früher hamma die noch selba gmacht. Jetzt nur noch Liebhaberstücke.«

»Ja, ja«, sagte Felix ruhig. »Schöne Schiffe habt's ihr baut.«

Perchtinger musterte ihn neugierig. »Segeln Sie a?«

»Gibt nix Schöneres«, sagte Felix und verwirrte Johannes vollends. Seit wann segelte der Tixel?

»Und deswegen war ich ja gegen die E-Boote. Was is des denn? Ein Witz! Aber wissen S' woran des liegt?«

»Was glauben Sie?«, fragte Felix.

Perchtinger zwirbelte seinen grauen Schnauzbart. Dann kniff er die kleinen graublauen Augen hinter der Gleitsichtbrille zusammen und sagte: »Stress.«

Felix nickte.

»Weil früher amal«, begann Perchtinger, »da sind die Leut in der Früh gekommen, ham ihr Boot klargemacht, und dann sind sie naus aufn See und da geblieben bis zum Abend. Heute kommen s' mal schnell auf an Sprung vorbei, und dann soll alles schon parat sein. Ich hab einen Mitarbeiter abgestellt, der am Wochenend nix anderes macht, als wie Boote klarieren, damit die Herrschaften gleich loskönnen. Und grad mal für zwei Stunden. Weils danach noch Mountainbiken müssen und Shoppen und auf a Vernissage und was weiß ich wohin. Aber was is des für a Segeln, wenn du deine Segel ned selber anschlägst? Und kaum hamma amal an Fetzen Wind, kriang s' Angst. Oder sie beschwern sich, wenn's kein Wind hat. Als hätten s' den gepachtet wie eanan Liegeplatz. Fürs Segeln brauchst du Zeit, weil der Wind ist ein launischer Gesell, und wennst koa Zeit hast, kommst auch nirgends an.«

»Äh, wo ankommen?«, fragte Johannes, der auch mal gern mitgeredet hätte.

»Im Nix«, sagte Felix.

Perchtinger nickte anerkennend. »Wo segeln Sie nachad?«

»Früher«, sagte Felix.

»Des bleibt oam«, sagte Perchtinger. »Des is wia mim Radlfahrn.«

»Und was ist jetzt mit dem Hipp?«, fragte Felix.

»Des is ned mei Bier. Bloß weil der hier gschtorben ist, hot des nix mit mir zum tun. Wissen S' …«, er senkte seine Stimme, »wenn der ein Segelboot ghabt hätt, wär des ned passiert. Aber so a E-Boot, des is a Bombe. Was da Gift drinsteckt. Wenn des absauft, is da See kontaminiert.«

»Und wieso ham S' nachad jetzt die E-Boote im Club, wenn's doch a Segelclub ist?«, fragte Felix.

»Ich kann Ihnen nicht weiterhelfen.« Perchtinger schaute erneut auf die Uhr.

»Sie können nicht beurteilen, welche Informationen für uns von Bedeutung sind!«, versuchte Johannes sich abermals ins Gespräch zu bringen.

»Und Sie können nicht beurteilten, welche Bedeutung der Geburtstag meiner Frau hat, respektive, wenn es an diesem Tag zu einer Verzögerung oder gar Änderung im Ablauf kommt. Wir müssen zu einer Einladung und danach in ein Konzert in der Olympiahalle«, erwiderte Perchtinger förmlich.

»Zum Zar?«, fragte Johannes.

Perchtinger nickte. »Morgen steh ich Eana wieder zur Verfügung zu den Bürozeiten von acht bis fünf. Habe die Ehre.«

Und dann drehte er ab und ließ sie stehen.

Felix machte keine Anstalten, ihn aufzuhalten.

»Aber, Felix!«, empörte Johannes sich. »Den lassen wir einfach laufen?«

»Wir haben doch eine Menge erfahren«, sagte Felix zufrieden.

Auf der Fahrt nach Fürstenfeldbruck dachte Johannes angestrengt darüber nach, was er jetzt wissen sollte oder besser sagen müsste. Doch in seinem Gehirn herrschte Ebbe.

Kapitel 7

In meinem Portemonnaie herrschte Ebbe. Und ich shoppte trotzdem bei Prada. Flipper durfte ohne Sondergenehmigung in den edlen Laden, und einer Azubine machte es große Freude, ihm diverse Accessoires umzuhängen. Ich wurde behandelt wie eine Königin. Ich war jetzt wer. Ich gehörte zum Zarenhof.

Schnuffi arbeitete sich an einer Liste ab, welche Termine ich absolvieren sollte. Ich zog ungefähr eine Million Klamotten an. »Gott sei Dank hast du Konfektionsgröße,« meinte Schnuffi. Ich fand jedoch nicht unbedingt, dass mir die Sachen passten. Die meisten waren mir obenrum zu eng, auch später im Fundus, wo ich das erste Mal im Leben ein Dior-Kleid trug. Es soll ja Frauen geben, die würden für so was sterben. Sagen sie zumindest. Mir gefielen die Boss-Klamotten besser. Ich habe nun mal breite Schultern.

Schnuffi schlug vor, ich solle einfach weniger atmen. Und das meinte sie ernst. Außerdem sollte ich ab sofort nichts mehr essen für die nächsten Tage, das würden alle so machen vor großen Events. Es ist nicht so, dass ich was gegen Mode habe. Allerdings hat sich mein Style, seit ich mit Flipper lebe, deutlich gewandelt. Ich trage fast nur noch sportliche Schuhe und selten Weißes. Aber ich habe etwas gegen Hungern, und deshalb hat Flipper seinen Namen. Nicht, weil er schwimmt wie ein Fisch. Meine liebste Freundin hatte während der Pubertät davon geträumt, mit Delfinen und kranken Kindern zu arbeiten. Mit dünnen vor allem. Mit so dünnen Kindern, wie sie selbst eins war. Als sie 28 Kilo wog, hörte ihr Herz zu schlagen auf, und ich wollte nie wieder eine beste Freundin. Die ich auch nicht mehr brauchte mit einem Flipper an meiner Seite. Und nun noch dazu einem Felix. Zwei mal F, das war meine Familie.

Und da funkte er mich schon an.

»Wo bist du?«, fragte Felix.

»Beim Shoppen.«

»Du lügst.«

In diesem Moment fielen mir die Andeutungen von Lizzie ein. Ich erkundigte mich bei Felix, ob etwas aktenkundig war. Ob der Zar bedroht wurde.

Als Felix merkte, worauf ich hinauswollte, fragte er mich scharf: »Haben wir nicht vereinbart, dass du nie, nie, nie wieder als Hobbyermittlerin tätig wirst?«

Hatten wir das? Wahrscheinlich, wenn er so wütend klang.

»Aber das will ich doch gar nicht. Ich bin nur ein Safetygirl. Total harmlos«, sagte ich schnell und schwor mir, nie wieder mit Felix über so etwas zu sprechen. Er war für kriminalistische Fragen der falsche Ansprechpartner; zumindest für mich.

»Bitte sei vorsichtig«, bat Felix mich. »Im Umfeld von Prominenten ist es immer gefährlich.«

»Es sind ja nur ein paar Tage«, beschwichtigte ich ihn.

»Kannst du mir einen Gefallen tun?«, fragte er mich und fuhr fort, ohne mein Einverständnis abzuwarten: »Ich brauche zwei Eintrittskarten für ein Zar-Konzert.«

Wärme durchströmte mich. Felix wollte mit mir zum Zar. Seine gestrige Reaktion tat ihm leid. Er wollte es wiedergutmachen!

»Ich gehe heute ins Konzert«, sagte ich und wollte gerade hinzufügen, dass es sicher kein Problem wäre, eine Karte für ihn zu organisieren, da sagte er: »Für Johannes, meinen Kollegen. Und seine Freundin. Egal ob am Samstag oder Sonntag, wobei Sonntag wegen des Dienstplans besser wäre.«

Ich bemühte mich, beiläufig zu klingen. »Ich glaube schon, dass das geht.«

»Das wäre wunderbar!«

»Ja … und du? Hast du keine Lust, mich heute Abend zu begleiten?«

»Ehrlich, Franza, nein. Und ich kann jetzt auch nicht weg. Wir haben gleich Besprechung.«

»Hast du deinen Mörder noch nicht?«, zog ich ihn ein bisschen auf. Mittlerweile wusste ich, dass die meisten Mordfälle sehr schnell geklärt waren.

»Wenn es überhaupt einen gibt.«

»Aber in der Zeitung steht, dass es Mord war«, entgegnete ich.

Der Mord im Bootshaus hatte sogar den Zar aus der Schlagzeile verdrängt. Zumal ja der Tote nicht unbekannt in der Stadt war. Josef Hipp war ein bekannter Getränkegroßhändler. Allein in München besaß er 50 Filialen. »Hipp und Hopp« hieß sein Slogan. »Hipp und Ex« hatte die Abendzeitung draus gemacht. Worüber man insgemein schmunzelte, es aber lautstark als geschmacklos anprangerte.

Felix schwieg. Er sprach prinzipiell nicht über laufende Ermittlungen mit mir. Was ich ein bisschen bedauerte. Da hatte man mal eine Quelle bei der Kripo, und die hielt dicht. Aber Felix sagte, es wäre besser für mich. Während ich dachte, es wäre besser für ihn, sich mal auszusprechen. Das machte er angeblich mit seinen Kollegen.

»Also, ich wünsche mir, dass es kein Mord war«, sagte ich locker. »Dann hast du mehr Zeit.«

»Um auf dich aufzupassen«, antwortete er.

»Das kann ich selber«, erwiderte ich schnippisch und hörte erst danach, dass seine Stimme sehr weich geklungen hatte. Gar nicht vorwurfsfall. Da tat mir meine Bemerkung leid, und ich rief sofort Lizzie an und simste Felix zehn Minuten später: Zwei Karten für Sonntag sichergestellt.

Man könnte, wenn man schon so tief unten beginnt, natürlich auch gleich stiefeln und sporen. Wobei sich die Frage stellt, ob ein so schnelles Vorgehen nicht viel Freude an der Folter nimmt.

Der wahre Künstler weiß, dass die Erhabenheit in der Reduktion liegt. Und in der Pause. Der Kunst-Pause. Dem Wechsel von der Fußschraube zum spanischen Stiefel beispielsweise. Plump im Aussehen, doch überaus wirkungsvoll. Zwei Eisenplatten, die dem Unterschenkel angepasst werden. Phantasievolle Folterer haben sich hier wahrlich hübsche Variationen einfallen lassen. Zum Beispiel gossen sie Pech hinein. Ist es nicht immer wieder entzückend, wie sich die Folter in der Sprache niederschlägt? Pech gehabt, könnte man sagen. Und würde verkennen, dass Folter zur Wahrheit führt, und Wahrheit bedeutet Freiheit.

Kapitel 8

Die Arena war bestuhlt. Ich saß in der dritten Reihe. So einen guten Platz hatte ich in der Olympiahalle noch nie gehabt. Und ich musste mich immer wieder kneifen, um zu kapieren, dass das alles echt war. Der Zar war ein großer Künstler, ein Zauberer, ein atemberaubender Tänzer, und was er mit dem Flügel anstellte – das war schlichtweg zum Abheben. Wie ein Derwisch wirbelte er um das Instrument herum, schien ihm Flügel zu verleihen und entlockte ihm Töne, sogar aus seinem Innenleben, die ich so noch nie gehört hatte.

Während die über 12.000 Fans in der ausverkauften Olympiahalle tobten, fuhr es mir immer wieder durch den Kopf: Du hast ihn in echt gesehen. Von der ersten Sekunde an hatte der Zar die Konzertbesucher im Griff. Und obwohl mir diese Art von Musik normalerweise nicht gefiel, begeisterte sie mich jetzt.

Schnuffi saß neben mir und heulte fast pausenlos. Endlich war ich mir sicher, kein Kokain, sondern Tränen. Hin und wieder schrie sie mir ins Ohr: »Ich liebe ihn abgöttisch.« Und da war sie wohl nicht die Einzige. Ständig drängten sich Frauen mit Rosen nach vorne, wurden von den Ordnern zurückgeschoben, das Rote Kreuz war im Dauereinsatz und trug Ohnmächtige aus der Halle. Weibliche Fans wurden landläufig als hysterisch bezeichnet, in Wirklichkeit waren sie einfach geil. Sie wollten dem Zar die Klamotten vom Leib reißen und das Wildpferd reiten. Aber so was schickte sich nicht in der Öffentlichkeit, und deshalb fielen sie nicht aus Leidenschaft, sondern aus Hysterie in Ohnmacht.

Nach zwei Zugaben gingen die Lichter an. Wie verabredetet meldete ich mich am rechten Bühnenrand und zeigte dort meinen All-Area-Backstage-Pass, um den Schnuffi, die den Zar noch nie näher als aus 20 Metern Entfernung gesehen hatte, mich brennend beneidete. Ein Securityguide brachte mich hinter die Bühne, wo der Zauber des Konzerts sofort erlosch. Neonlicht, lange Gänge, Männer in dunklen Overalls, Hektik. Eher U-Bahn-Schacht als Bühnenflair. Aus der Traum. Ich sollte mich Backstage im A-Bereich einfinden und dort warten, bis mich jemand abholte. Während uns auf dem Weg dorthin noch viele Leute begegneten, war es nach der letzten Kontrolle fast menschenleer. Für den A-Bereich gab es nur wenige Zugangsberechtigte. Mein Guide verabschiedete sich. Ich war froh, dass mir der an sein iPhone genabelschnurte Typ aus der Konferenz entgegenkam. Mittlerweile kannte ich seinen Namen. »Oliver, hast du eine Ahnung, wohin ich soll?«, fragte ich ihn.

Er zuckte zusammen, als hätte ich ihn bei irgendetwas ertappt. Dann wies er hinter sich. »Richtung Garderoben. Frag Gudrun.« Und weg war er.

Ich ging weiter, niemand hielt mich auf, fragte einen Mann mit Walkie-Talkie – dass es so was noch gab – und gelangte in ein Foyer, das nicht mehr nach U-Bahn-Schacht aussah, sondern nach Wohnzimmer. Roter Teppich, Sessel, der Flur mit großen bunten Bildern, viele Türen. Das also war das Herzstück des A-Bereichs. Vermutlich gab es sogar Betten, in denen Groupies die Rockstars zähmten. Hier reinzukommen, Franza, sagte ich zu mir selbst, ohne Groupie oder Star zu sein, das ist eine Leistung.

Ich war noch mit Staunen beschäftigt, als eine der Türen aufgerissen wurde und eine rothaarige Frau brüllend auf mich zulief. Sie rannte mich fast über den Haufen, hinter ihr laut keuchend die dicke Gudrun Röder und zwei Männer, die ich noch nie gesehen hatte. Die Rothaarige verschwand in Richtung Kontrolltür in den B-Bereich, die drei rannten ihr nach, nein, nur die Männer, Gudrun blieb schwer atmend stehen, fasste sich an die Brust und eilte dann zurück in die Richtung, aus der sie gekommen war.

Als sie merkte, dass ich ihr folgte, keuchte sie: »Alles okay, Frau Fischer. Sie brauchen sich um nichts kümmern, alles in Ordnung. Bitte fahren Sie gleich ins Hotel.«

Dann verschwand sie hinter einer Tür – die Garderobe des Zar, wie ich kombinierte, als drei Männer, einer in Feuerwehruniform, angerannt kamen und der erste brüllte: »In der Garderobe!« Dort verschwanden sie. Und kurz darauf noch zwei Männer.

Meine Neugier stieg ins Unerträgliche. Und war ich nicht verantwortlich für den Zar? Was war mit der Rothaarigen? Und wie hing das mit dem Zar zusammen? War sie ein Groupie? Warum war sie schreiend weggerannt? War der Zar verletzt? Was hatte sie ihm angetan? Oder er ihr?

Zwei Sanitäter eilten an mir vorbei. Eine Frauenstimme, ich konnte sie nicht orten, rief: »Wo bleibt der Arzt?«

Jetzt hielt mich nichts mehr. Ich drückte die Klinke zu der Zarengarderobe hinunter und prallte gegen Gudruns Brust. Breit blockierte sie den Eingang, sie stand in einem Vorraum, von dem zwei Türen abgingen, ich sah eine verspiegelte Wand, da schob Gudrun mich zurück in den Flur. »Zaza ist im Hotel, es geht ihm gut. Bitte fahren Sie jetzt sofort dorthin und warten Sie dort auf weitere Anweisungen.«

»Ich dachte, hier duzen sich alle?«, sagte ich.

»Ich duze prinzipiell nur diejenigen, die ich duze«, erklärte Gudrun und knallte mir die Tür vor der Nase zu.

Natürlich passte mir das nicht. Aber was sollte ich dagegen tun? Sie war quasi meine Auftraggeberin, und mit meiner Neugier musste ich allein klarkommen. Ist besser so, Franza, versuchte ich mich zu überzeugen. Felix würde es auch besser finden. Was ich ihn natürlich niemals wissen lassen würde. Das wäre ja noch schöner, wenn mich ein Wunsch meines Freundes in meinen Handlungen beeinflussen würde! So trollte ich mich. Langsam. Gemächlich geradezu. Die Tür zur Garderobe öffnete sich, der Feuerwehrmann kam heraus.

»Was is'n da los?«, fragte ich ihn.

Er ignorierte mich. Ich war wohl nur ein Groupie für ihn, dabei trug ich meine Privatklamotten, denn ich war als Franza Fischer beim Konzert gewesen. Schnuffi hatte meine neuen Klamotten ins Hotel geschickt zur Stylistin des Zar, dort würde ich mich jeden Tag umziehen, hatte sie mir mitgeteilt. Ein Teil meiner Garderobe musste nämlich dann sofort wieder zurück. Und ich hatte zuerst geglaubt, ich könnte die Klamotten behalten. Denkste. Es waren Leihgaben.

Mein Handy vibrierte.

»Ist das Konzert schon aus?«, fragte Felix.

»Ja«, sagte ich.

»Franza?«

Jetzt kannte er mich schon so gut, dass er aus zwei Buchstaben etwas heraushören konnte.

»Ja, ich bin da.«

»Und wie war's?«

»Na ja. Nicht so mein Geschmack«, sagte ich. »Aber ganz nett.«

Das schien ihm zu gefallen.

»Ich wollte sagen, dass ich jetzt dann nach Hause fahre. Wir könnten uns bei mir treffen.«

»Ich bin leider noch im Dienst«, bedauerte ich.

»Das wäre jetzt eigentlich mein Text«, sagte er.

Wie gern hätte ich ihm erzählt, was hier gerade geschah. Aber damit würde ich ihn beunruhigen, und dann würden wir streiten, und das wollte ich jetzt nicht. Außerdem wusste ich ja selbst nicht, was hier gespielt wurde. Also zog ich einen Summenstrich und sagte: »Ich vermiss dich.«

»Und das ist ebenfalls mein Text«, erwiderte Felix.

Kapitel 9

»Felix, hast du noch einen Moment?«, fragte der Erste Kriminalhauptkommissar Leopold Chefbauer, als Felix zur Treppe ging.

»Du bist noch da?«, fragte er. »Ich hab gedacht, nur noch der Dieter und ich halten die Stellung.«

»Unten sind auch noch ein paar. Wie's halt ist, wenn man erst denkt, es war ein Unfall, und dann ist doch alles anders.«

»Ja, jetzt hamma an Mord«, nickte Felix. Vor zwei Stunden hatte ihnen der Fachbereich Physik des Landeskriminalamtes den Bericht geschickt. Die Techniker dort hatten das Batterieladegerät untersucht und waren zu dem Schluss gekommen, dass es manipuliert war. Deshalb hatte es immer weiter geladen, obwohl die Bootsbatterien längst voll waren. Und dann hatten sie zu kochen begonnen, und als Josef Hipp das bemerkte, die Abdeckung öffnete und sich darüberbeugte, spritze ihm die Säure ins Gesicht.

»Ich hab bei der Sache von Anfang an ein komisches Gefühl gehabt«, gestand Chefbauer. »Ich bin immer skeptisch, wenn einer doppelt stirbt. So als hätte Ertrinken nicht gereicht. Dann auch noch die Verletzungen. Und die Säure. Als hätte der Täter auf Nummer sicher gehen wollen.«

»Also dreimal gestorben«, addierte Felix.

»Wie? Ach so. Ja. Dreimal. Aber bloß einmal sicher bis vorhin. Und das war das Ertrinken. Die Techniker haben auch mit dem Hersteller gesprochen. Das Ladegerät hätte abschalten müssen.«

Felix gähnte versteckt. »Vielleicht sagen sie uns morgen dann auch noch, wer das Teil manipuliert hat.«

Chefbauer hielt einige Blätter Papier in der Hand, schaute sie an, dann sagte er nachdenklich: »Der Johannes, wie macht der sich?«

»Gut.«

»Ja, er ist sehr engagiert. Hast du seinen Bericht gelesen?«

»Nein, welchen Bericht?«

Chefbauer seufzte. »Ich hab ihm gesagt, er soll mal den Fall zusammenschreiben. Weil es bei ihm doch hapert. Er hat eine Rechtschreibschwäche.«

»Ich weiß. Aber manchmal hat er auch recht.«

»Wie meinst du das?«

»Na, wenn man sich die Wörter anschaut, die er falsch schreibt, könnte man die auch so schreiben, weil sie halt so klingen. Was hat er neulich …«, Felix dachte nach. »Ja, jetzt weiß ich es wieder. Engagement. Das könnte man wirklich anders schreiben.«

Chefbauer grinste. »Es geht mir jetzt aber nicht um die Wörter. Außerdem schickt er seine Dateien brav an die Irmi, und die korrigiert sie ihm. Er gibt sich wirklich Mühe, und ich finde nicht, dass ein guter Kriminaler wissen muss, wo ein H in ein Wort gehört. Also besser wär's, aber es ist nicht entscheidend.«

Felix nickte. Das war mal wieder der Chefbauer, wie er ihn schätzte. So einen Vorgesetzten gäbe es in München bei der Mordkommission höchstwahrscheinlich nicht.

»Die Sache ist die, dass die letzten Berichte von dem Johannes sehr mager waren. Es waren eher Fakten-Tabellen. Also habe ich zu ihm gesagt, er soll mal ausführlich schreiben. Und jetzt habe ich das gekriegt.«

Chefbauer reichte Felix die Blätter.

»Ja, und?«, fragte er, während er sie entgegennahm.

»Jetzt hat er es in die andere Richtung übertrieben. Das ist eine Doktorarbeit. Unlesbar. Ich möchte, dass der Junge dir mal über die Schulter schaut, wenn du einen Bericht schreibst. Das kann ja nicht so schwer sein, oder?«

Felix blickte auf die Papiere.

»Muss nicht jetzt gleich sein. Ist schon spät«, erinnerte ihn der Chef.

»Jetzt bin ich aber neugierig«, sagte Felix.

Leopold Chefbauer klopfte Felix freundschaftlich auf die Schulter. »Neugier ist eine deiner besten Eigenschaften.« Dann seufzte er »Und eine deiner nervigsten.«

Ohne Neugier wird man niemals die Melodien des Körpers erlauschen können. Steckt nicht in jedem von uns ein Sänger? Der gellt und fleht und girrt und ächzt und stöhnt und jammert und japst, blutgurgelt gar in allen Tempi, vom Largo bis zum Prestissimo.

Gibt es einen reineren Gesang als jenen, den die Folter aus dem Leibe quetscht? Aber dennoch gibt es Vollstrecker, die das nicht ertragen. Ihnen sei zur Mundbirne geraten. Ein simpler Schraubmechanismus hindert das Opfer am Schreien – und brächte die Virtuosen unter den Vollstreckern um den allerhöchsten Kunstgenuss. Denn der Schrei des Gefolterten ist beseelt, ist Musik, wie sie reiner nicht erklingen kann.

Kapitel 10

Flipper begrüßte mich begeistert, als ich ihn nach dem Konzert auf dem Olympia-Parkplatz aus dem Volvo befreite. Ich beschloss, ein paar Minuten mit ihm zu laufen, ehe wir zum Hotel fahren würden. Dort würde er ja wahrscheinlich wieder warten müssen.

Ich verließ den Parkplatz und lief zur Brücke über den Mittleren Ring. Da entdeckte ich die rothaarige Frau aus der Zar-Garderobe. Sie schien nicht verletzt zu sein, ging schnell, wenn auch ein bisschen unsicher. Aber vielleicht bildete ich mir das auch nur ein. Die meisten Konzertbesucher hatten das Gelände bereits verlassen, sodass es mir leichtfiel, ihr zu folgen.

Sie drehte sich kein einziges Mal um, nahm die Rolltreppe ins Untergeschoss. Während ich noch überlegte, was ich tun sollte und ob ich für Flipper eine Fahrkarte lösen müsste, fuhr die U3 ein, und die Rothaarige näherte sich den Gleisen. Einem Impuls folgend stieg ich zwei Türen hinter ihr ein und mit ihr an der Implerstraße aus. In dieser Gegend war ich noch nie gewesen, obwohl ich manchmal im Asia-Laden am Harras einkaufte. Ich kam mir vor wie in einer fremden Stadt. Das war der umgekehrte Effekt zu den Fußgängerzonen. Da konnte man sich mittlerweile in jeder deutschen Stadt heimisch fühlen, weil alle gleich aussahen mit den typischen Geschäften, oft sogar in derselben Nachbarschaft.

Es waren kaum mehr Menschen unterwegs in dieser Wohngegend um kurz vor Mitternacht. Deshalb musste ich zur Deckung einen größeren Abstand halten und schaffte es nicht mehr, durch die offene Tür in ihr Haus, einen fünfstöckigen Wohnblock in der Oberländerstraße, zu schlüpfen. Aber ich beobachtete, dass meiner Zielperson ein Tempotaschentuch aus der Jackentasche fiel, als sie nach dem Haustürschlüssel kramte.

Ich wartete eine Weile und beobachtete die Hausfassade, doch nirgendwo ging Licht an. Schließlich hob ich das Tempotaschentuch auf und hatte dann überraschenderweise Glück, denn eine Frau mit einem Pudel kam aus dem Haus. Sie sah Flipper, erschrak und war so damit beschäftigt, ihren Bazi vor dem bösen schwarzen Hund zu beschützen, der lammfromm neben mir stand, dass sie gar nicht auf die Idee kam, mich daran zu hindern, das Haus zu betreten. Als sie außer Sichtweite war, hielt ich Flipper das Taschentuch vor die Nase. Er verstand sofort, was er zu tun hatte.

Seit etwa einem Jahr gingen wir regelmäßig zum Mantrailing, wo Flipper immer besser wurde, Personen zu finden. Seine Rute schaltete auf Work in progress. Pendelnd nahm er die Fährte auf und rannte die Treppen nach oben. Die Rothaarige machte es ihm leicht, weil sie keinen Fahrstuhl benutzt hatte. Erster Stock, zweiter, Stock, dritter Stock, rechts. Flipper setzte sich vor eine Tür. Ich gab ihm ein Leckerli, dann legte ich mein Ohr an das Holz. Nichts. *A. Baumgartner* stand auf dem Klingelschild.

Sollte ich mal schellen? Und dann? Blöde Idee. Irgendwann würde mich meine Neugier noch umbringen.

***

Um fünf Minuten vor eins parkte ich meinen Volvo mit Flipper in der Nähe des Hotels. Ich war so müde, dass ich ständig gähnen musste. Ich wollte mich erkundigen, ob alles in Ordnung war. Es machte bestimmt einen besseren Eindruck, wenn ich das persönlich anstatt am Telefon erledigte.

Am Empfang fragte ich nach dem Zar und erhielt die Auskunft, dass man prinzipiell keine Auskunft über Hotelgäste erteile. Da fiel mir dann auch auf, dass das ziemlich naiv gewesen war. Doch schließlich wurde telefoniert und eine sehr attraktive Frau Mitte 20 holte mich ab, die sich mit Händedruck vorstellte: »Yasmin, Crossmediamarketing.«

»Franza, One-Woman-Show«, erwiderte ich.

Sie schmunzelte. Gelockte Mähne bis zur Taille, schwarz mit Bronzegeflimmer, kaum geschminkt, herzliches Lächeln, krosse Figur.

»Zaza isst noch«, sagte sie.

»Es ist total ungesund, so spät zu essen«, meldete sich die Ernährungsberaterin in mir.

Yasmin schmunzelte wieder.

»Aber klar«, dachte ich laut. »Vor seinem Auftritt kann der Zar wohl nichts essen. Und wann geht es dann morgen weiter? Weil, man muss doch auch mal schlafen. Also um eins, da liege ich normalerweise schon eine Zeitlang im Bett. Zumindest unter der Woche. Gerade wenn ich morgens einen Yogakurs gebe.«

Dann fiel mir ein, dass ich ja Bodyguard war. »Yoga ist total wichtig, also mental«, schob ich nach.

Ich war so müde, dass ich mich nicht mehr unter Kontrolle hatte. Das durfte einem Profi nicht passieren.

»Macht Zaza auch«, sagte Yasmin. »Aber sein Yogacoach ist in Paris krank geworden. Ich bring dich jetzt mal nach oben, okay? Ich muss gleich weiterarbeiten. Nach einem Konzert wird ja gepostet wie verrückt.«

Ich nickte und reimte mir zusammen, dass Yasmin den Social-Media-Auftritt des Zar betreute, so wie die andere Frau seine Autogrammkartenschreiberin war.

Was machte der eigentlich selbst? Und was hatten die Leute hier für Arbeitszeiten?

»Das ist ja schon toll, wenn der Zar seinen eigenen Yogalehrer hat«, versuchte ich an das Gespräch anzuknüpfen. Vielleicht wusste Yasmin, was in der Garderobe des Zar vorgefallen war.

»Ab Rom sind wir wieder komplett«, plauderte Yasmin munter. »Sieben vom festen Team sind nämlich in Paris hängen geblieben. Fischvergiftung.«

»Wahnsinn«, sagte ich. »Stell dir mal vor, den Zar hätte das erwischt. Die drei Konzerte hier.«

»Ja, er hatte Glück. Normalerweise isst er gern Fisch. Aber just an diesem Tag hat er etwas anderes bestellt.«

»Vielleicht sollte er einen Vorkoster engagieren«, rutschte es mir heraus. »Das wäre doch wohl standesgemäß für einen Zar?«

Yasmin grinste.

Ich war ein bisschen aufgeregt, dem Zar gleich gegenüberzustehen. Ob ich noch etwas von der Magie seines Auftritts spüren würde? Doch so weit wurde ich gar nicht vorgelassen. Ich war nur eine klitzekleine Zinnsoldatin am Zarenhof.

Gudrun Röder teilte mir zwischen Tür und Angel mit, dass ich mich am nächsten Vormittag ab elf Uhr in der Hotelhalle zur Verfügung halten sollte. Man würde mich anrufen.

»Geht es dem Zar gut?«, fragte ich.

»Wieso soll es ihm nicht gut gehen?«

»Da war doch irgendetwas in seiner Garderobe?«

»Ich habe keine Ahnung, wovon Sie sprechen«, entgegnete sie.

Kapitel 11

Felix mochte die Nachtstimmung über München. Wenn die Bürgerinnen und Bürger brav in ihren Betten lagen und die Stadt den Kriminellen und Einsatzkräften gehörte – Polizei, Feuerwehr, Notdienste. Früher hatte er nachts auch gern gearbeitet. Dann war Sinah auf die Welt gekommen, und er konnte tagsüber nicht mehr schlafen, denn er wollte immer wach sein und diesem Wunder zusehen – beim Spielen, beim Schlafen, immer. So als hätte er damals schon gewusst, dass sein Glück nicht allzu lange dauern würde. Jetzt sah er seine vierjährige Tochter alle zwei Wochenenden und im Urlaub. Und wenn Melanie sie ihm mal wieder unangekündigt vor die Tür stellte oder einfach im Revier abgab. Was den diensthabenden Beamten an der Pforte neulich so aufgeregt hatte, dass er sie laut eigener Aussage am liebsten verhaftet hätte.

Er fand einen Parkplatz am Goetheplatz, relativ nah der Rothmundstraße. Gerade zur Wiesnzeit musste er manchmal eine halbe Stunde suchen und dann womöglich noch eine halbe Stunde laufen. Langfristig war es keine Lösung, in München zu wohnen und in Fürstenfeldbruck zu arbeiten. Als er die Zweizimmerwohnung übergangsweise gemietet hatte, war ihm diese Distanz gerade recht gewesen. Weit entfernt von Melanie in Gräfelfing und nah an Sinahs Kindergarten in Schwabing, wo auch ihre Großeltern wohnten. Jetzt war alles anders. Er war viel zu weit weg von Sinah – dafür aber näher an Franza, die er damals noch gar nicht gekannt hatte.

Vor wenigen Monaten hätte Felix nicht geglaubt, dass sein Leben noch einmal so schön werden könnte. Wenn auch nie mehr so unbeschwert wie vor Jahren. Der Riss, Sinah verloren zu haben, schuld zu sein daran, dass sie nun ein Scheidungskind war, würde nie heilen, davon war er überzeugt. Deshalb hatte er geglaubt, er würde nie wieder eine Beziehung eingehen. Was Blödsinn war. Mit knapp 38 konnte er noch mal von vorne beginnen. Davon abgesehen legte Franza allergrößten Wert darauf, keine Beziehung zu führen. »Wir fangen so was erst gar nicht an«, hatte sie ihm mit ihrer unbegreiflichen Franza-Fischer-Logik erklärt, »dann kann es auch nicht kaputtgehen. Alle Beziehungen, die ich kenne, sind gescheitert.« Er hatte einfach Ja gesagt. Schon so oft hatte er Ja zu Franza gesagt, obwohl sie ihn an den Rand des Wahnsinns getrieben hatte. Fast hätte er wegen ihr seinen Job verloren, und das war nach dem Verlust von Sinah der verbliebene Fels in der Brandung seines Lebens.

Aber wie sollte man einer Franza Fischer widerstehen, wenn sie dann leibhaftig vor einem stand auf diesen Beinen bis zum Himmel und einen anfunkelte mit diesen blauen Augen, in denen sich die Welt nicht nur verkehrt, sondern doppelt verkehrt zeigte. Und in denen er schon einige Male ein Geheimnis entdeckt hatte, das sie ihm bislang nicht verraten hatte. Doch es gab diese Momente der Nähe. Da war er dicht dran, das spürte er. Bis sich die kleine Pforte zu ihrer Seele, schmaler als die Lücke zwischen ihren Vorderzähnen, wieder schloss. Vielleicht würden sie eines Tages sogar zusammenwohnen. Er war gespannt darauf, wie das sozusagen undercover realisierbar wäre, ohne unter einem Dach zu leben. Aber Franza fiel bestimmt eine Lösung ein. Vielleicht sollte er als Untermieter fungieren. Oder als Hundesitter. Er würde abermals Ja sagen. Gab es überhaupt eine erstrebenswertere Stellung als die an Flippers Seite? Noch dazu, wenn man bedachte, an welch schönem Schenkel er vorbildlich im Fuß lief?

Kapitel 12

Am Freitagmorgen wachte ich um acht Uhr morgens wie gerädert auf. Flipper war umso erholter, für ihn war am Vortag nicht viel geboten gewesen. Trotzdem blieb ich noch kurz im Bett liegen und träumte ein bisschen vor mich hin. Zum Beispiel, wie das wäre, wenn ich mit Felix zusammenwohnen würde. Es wäre viel praktischer, weil dann das Hin-und-Her-Fahren wegfallen würde. Wir könnten jede Nacht in einem Bett schlafen. Wir hätten einen gemeinsamen Kühlschrank. Das Telefon würde klingeln, ich würde sagen: »Er ist nicht da.« Das würde bedeuten: hier, bei mir. Es gäbe dann nicht mehr Felix und Franza und Flipper, sondern uns und wir. Etwas, das ich in meinem Leben gemieden hatte wie der Teufel das Weihwasser. Zum ersten Mal erschien es mir erstrebenswert.

»Könnte es sein«, hatte mich meine Freundin Andrea gefragt, »dass du ein Wir mit Felix bilden willst, weil er bereits ein Wir hat, dem du ihn entreißen möchtest?«

»Quatsch!«, hatte ich gerufen. Als ich später darüber nachdachte, musste ich mir eingestehen, dass etwas Wahres daran sein könnte. Felix, Sinah, Melanie. Papa, Kind, Mama – die glückliche Familie. Wollte ich unbewusst auch so etwas? Planten die Hormone im Untergrund, sprich Unterleib, die Machtübernahme? Aber ich konnte keine biologische Uhr ticken hören in meinem Inneren, sosehr ich auch lauschte.

Genau betrachtet hatte ich ja bereits ein Kind, ein Kind light. Mit einem Hund kann man reden, kuscheln, Spaß haben – und an Intelligenz nimmt er es je nach Rasse mit einem bis zu Dreijährigen auf. Aber man konnte das Kind light vor einem Geschäft anbinden, auf seine Decke schicken, wenn es nervte, man konnte »Heiabubu« sagen, und es schloss die Augen und schnorchelte kurz darauf entspannt vor sich hin. Man musste nicht ständig kochen, keine Windeln wechseln oder Blockflöte loben, Logos auf den Klamotten – Halsband und Leine – spielten keine Rolle, und die Hundeschule dauerte auch nicht so lang wie das Gymnasium. Wenn das Kind ins Gymnasium käme, wäre der Hund schon alt. Wenn es mit einem Kind richtig schwierig werden konnte – Pubertät –, lief die Lebenszeit des Hundes ab.

An so was durfte ich nicht mal denken. Ein Leben ohne Flipper war … unvorstellbar. Je lieber man etwas hat, desto tiefer der Schmerz bei seinem Verlust. Manchmal unheilbar. Trotzdem wünschte ich mir ein Wir mit Felix, weil ich mich in seiner Nähe zum ersten Mal seit dem Tod meiner Oma bei einem Menschen daheim fühlte.

Flipper streckte sich, als hätte er meine Gedanken gelesen. »Ja, du bist die Nummer eins«, versicherte ich ihm und fügte der Ordnung halber hinzu: »Bei den Vierbeinern.« Er wedelte. So ein Hund war sehr leicht zu begeistern und kostengünstig. Ein neuer Tag! Noch ganz frisch lag er vor uns. Was gab es Schöneres? Es war Vor-Napf-Zeit. Gleich käme einer der Höhepunkte. Weitere würden folgen. Gassis, Fährten, Begegnungen, Leckerlis, Abenteuer, vielleicht eine heiße Hündin? So musste man das Leben sehen, nein, riechen.

Ich joggte eine knappe Stunde an der Isar entlang, dann kaufte ich mir eine Semmel und eine Breze. Als wir am Bereiteranger um die Ecke bogen, geriet Flipper unter den Körnerregen eines alten Taubenweiberls mit Kopftuch.

»Des wollt ich ned«, entschuldigte sie sich erschrocken und lächelte mich zahnlos an.

Flipper schüttelte sich.

»Das macht nichts«, sagte ich.

»Scheißtauben!«, brüllte jemand aus dem Fenster.

»Scheißmenschen!«, rief ein Fahrradkurier zurück.

Grinsend überquerte ich die Eduard-Schmid-Straße. Bald würden die Kastanien blühen. Rosafarbene und weiße Blüten, ein klebriger Matsch, Flipper würde sie in die Wohnung tragen, so wie er früher den König, immer nur den König, geklaut hatte und damit die Schachspieler, die sich bei schönem Wetter hier versammelten, rebellisch gemacht hatte. Das hatte mich einige Flaschen Augustiner gekostet. Bei manchen der Spieler hieß Flipper respektvoll nach einem Schachweltmeister: Fischer, weil er zuweilen inspirierend in den Spielverlauf eingegriffen und sich mit zunehmendem Alter auch mal einen Läufer oder Springer geschnappt hatte – manchmal läutete er damit eine neue Spielphase ein und verhalf einem im Schatten des Schach darbenden Denker zu völlig neuen Perspektiven.

Und die eröffneten sich mir auch nach einem Telefonat mit Anton Dürr.

»Hast du einen Verdacht?«, fragte er mich, als er mich mit mehreren hartnäckigen Anrufen aus der Dusche holte. Ich wusste nicht, wovon er sprach.

»Äh, inwiefern?«

»Das Säureattentat auf den Zar!«

Mir wurde flau. »Was? Wann? Warum?«

»Warum?«, wiederholte Anton leicht gereizt und brachte mich damit auf den Boden der Tatsachen.

»Lebt er?«

»Ja. Du musst doch dabei gewesen sein gestern Abend.«

»Steht es in der Zeitung?«, fragte ich. Woher wusste Anton das?

»Nein. Es wird alles unternommen, es geheim zu halten. Aber du warst doch vor Ort.«

War ich das? »Manchmal ist man wo und ist gar nicht da.«

»Habe ich dich geweckt?«

»Anton, ich weiß nichts von einem Attentat. Sorry! Ich bin gerade erst aufgestanden. Außerdem war ich gestern noch gar nicht im Dienst.«

Anton zögerte kurz. Dann sagte er: »Ich rufe dich gleich noch einmal an.«

In diesem Moment wusste ich, dass der Sache eine weit größere Dimension innewohnte als ein bisschen Personenschutz. Anton würde mich von seinem abhörsicheren Telefon anrufen. Das bedeutete, ich war nun aufgerückt in seine kriminellen Kreise, aus denen die solventesten seiner Mandanten stammten. Anonym meldete mein Handydisplay einen eingehenden Anruf.

Ich drückte den grünen Knopf und redete sofort los »Warum hast du mir nicht gesagt, dass …«

»Weil ich es nicht weiß, Franza. Ganz einfach. Es ist so, dass der Zar seit mehreren Wochen Morddrohungen erhält, aber das ist ja nichts Ungewöhnliches für einen wie ihn. Nun hat es aber auch verstärkt Angriffe auf seine Person gegeben. In Brüssel hat ihm jemand heißen Kaffee über die Hände geschüttet, in London wäre er beinahe überfahren worden …«

»Und in Paris ist er knapp einer Fischvergiftung entronnen«, fügte ich hinzu.

»Davon weiß ich nichts. Aber diese Häufung von Merkwürdigkeiten legt den Verdacht nah, dass der Zar in Gefahr ist.«

»Moment mal, Anton«, unterbrach ich ihn. »Du hast mir doch gesagt, dass der Job absolut ungefährlich ist.«

»Davon bin ich nach wie vor überzeugt. Denn diese Vorfälle sind ja keine ernsthaften Anschläge, eher kleine Unbequemlichkeiten. Es macht den Eindruck, als würde jemand den Zar ärgern wollen. Ich glaube nicht, dass sein Leben bedroht ist.«

»Da wäre ich mir nicht so sicher!«, rief ich. »Täter steigern sich. Das weiß ich von Felix.«

»Ja, ja. Aber hier drängt sich der Eindruck auf, dass jemand aus seinem engsten Kreis dahinterstecken könnte. Und nur jemand, der selbst Zutritt zu diesem Kreis hat, kann diese Person finden.«

»Warum sagst du mir das erst jetzt?«, fragte ich wütend.

»Weil ich wollte, dass du unbefangen an die Sache herangehst. Ich wollte abwarten, ob dir was auffällt. Ich wollte nicht, dass du nach einer Spur suchst, weil dich das wiederum hätte auffliegen lassen können. Du bist Bodyguard mit einem kleinen Zusatzauftrag, der da lautet: Halt die Augen und Ohren offen.«

»Eine Spionin.«

»Wenn dir der Titel gefällt, von mir aus.«

Antons Ruhe übertrug sich auf mich. Er hatte bestimmt recht. Er konnte die Situation besser einschätzen als ich. Niemals würde er mich einer Gefahr aussetzen. Aber woher wusste er so genau Bescheid?

»Wer hat dir von dem Säureanschlag erzählt? Und was genau ist überhaupt passiert?«

»Mein Auftraggeber stammt aus dem Kreis der engen Vertrauten.«

»Wer ist es?«

»Das kann ich dir nicht sagen.«

»Aber warum nicht, verdammt?«

»Weil ich selbst nicht sicher bin, ob nicht der Auftraggeber gleichzeitig derjenige ist, der dahintersteckt, und das Ganze vertuschen will, indem er vorgibt, aktiv an der Aufklärung beteiligt zu sein.«

»Und wer ist das genau, der engste Kreis?«

Anton zählte auf: »Bibi, Gudrun, Hermann, Lizzie, Yasmin, Oliver, Mike, Pitt, Sascha, Weber, Stephanie ...«

»Moment, ich kenne nur die Ersten. Und auch nur flüchtig. Wer ist zum Beispiel Hermann? Der mit dem schwäbischen Dialekt? Der passt ja da gar nicht rein.«

»Findest du?«, frage Anton, und ich wusste, dass ich in einen Fettnapf getreten war. Was ja bei einer Begegnung mit Anton ständig passieren konnte.

»Ein Steueranwalt. Wundert mich, dass du den gesehen hast. Der ist meines Wissens normalerweise in seinem Büro in Stuttgart.«

»Ein Pitt oder Mike ist mir nicht bekannt«, lenkte ich ab.

»Mike ist sein Fotograf. Pitt ist sein Mädchen für alles. Weber ist sein Computerfritze, ihm unterstellt ist Yasmin, sie ist seine Stimme im Netz, wie auch Oliver, Sascha ist ein Musiker, mit dem der Zar sehr viel Zeit verbringt, vielleicht sein engster Vertrauter. Es gibt wohl noch einige Leute mehr, und natürlich auch welche mit größerem Einfluss, wie zum Beispiel seine Anwälte, aber die genannten sind am häufigsten mit ihm zusammen.«

Mir schwirrte der Kopf. Ich hatte ja schon Schwierigkeiten, die Leute um den Zar, die ich bisher kennengelernt hatte, auseinanderzuhalten.

»Wenn wirklich jemand vom Zarenhof dahintersteckt«, dachte ich laut, »was hat diese Person dann für ein Motiv? Zahlt der Zar schlecht?«

»Ich glaube nicht.«

»Vielleicht hat sich jemand von außerhalb an jemand aus dem inneren Kreis des Zar herangemacht? Vielleicht ...«

»Es gibt viele Möglichkeiten«, Anton klang ungeduldig.

»Und du bist wirklich sicher, dass die Sache harmlos ist?«, vergewisserte ich mich erneut.

»Ich könnte es mir niemals verzeihen, wenn ich Flipper zum Waisen machen würde.«

Das war die erste Aussage von Anton in diesem Gespräch, die ich vorbehaltlos glaubte.

»Was ist gestern genau passiert?«, erkundigte ich mich.

»Du darfst nicht zu erkennen geben, dass du darüber im Bilde bist«, erinnerte er mich.

»Ich bin doch nicht blöd«, erwiderte ich gereizt. Wie ein Stachel saß es mir im Fleisch, dass ich nichts mitbekommen hatte. Ich hätte Bodycoach bleiben sollen, statt mich als Bodyguard zu blamieren.

Anton berichtete mir: »Vorausschicken muss ich, dass der Zar, wenn er nach der Zugabe von der Bühne kommt, die Angewohnheit hat, sich die Hände zu waschen. Dies ist bekannt, zumindest seinen Fans und Kennern seiner Biographie. Es gibt ja einige über ihn, die hast du wahrscheinlich mittlerweile gelesen?«

»Äh, nein«, gestand ich. Seit ich mit Felix zusammen war, hatte ich kein Buch mehr in der Hand gehabt.

Anton fuhr fort: »Gestern nun hat sich eine Praktikantin des Konzertveranstalters und ein glühender Zar-Fan kurz vor Konzertende unbefugt Eintritt in die Garderobe des Zar verschafft. Angeblich wollte sie einfach mal dieselbe Luft atmen wie er. Angeblich musste sie dann dringend pinkeln. Frag mich nicht, was sie da genau gemacht hat, vielleicht wollte sie sich ein bisschen auf die Klobrille setzen, wo der Zar vielleicht davor gesessen hat, seine Oberschenkelhautschuppen an ihren, was weiß denn ich.«

Antons Stimme war anzuhören, dass er für solche erotischen Ekzeme kein Verständnis hatte. »Jedenfalls wollte sie sich danach – man möchte nicht fragen, wonach – die Hände waschen. Sie betätigte den Wasserhahn – da fließt aber kein Wasser raus, sondern Säure.«

»Was für Säure?«

»Die wird im Moment analysiert. Heute Vormittag erhalten wir das Ergebnis aus dem Labor, es war ja mitten in der Nacht.«

»Wir?«

»Du brauchst nicht fragen. Ich sage es dir nicht.«

»Also keine Polizei?«

»Die wurde rausgehalten. Nichts davon soll an die Öffentlichkeit, das ist auch im Sinne des Konzertveranstalters. Der garantiert ja für die Sicherheit seines Künstlers innerhalb der Garderobe, wie auch die Olympiapark GmbH als Betreiber der Halle. Das Mädel hat Glück gehabt und auch richtig reagiert, sie hat ihre Hände nämlich sofort unter die Dusche gehalten. Bis auf eine starke Rötung hat sie keine Verletzungen davongetragen. Die Ärztin vor Ort wollte sie in die Klinik bringen, aber dagegen hat sie sich gesträubt. Sie hat schriftlich Stillschweigen zugesichert und darf dafür im Gegenzug ihr Praktikum fortführen.«

»Ach, wie nett. Wird sie wenigstens anständig bezahlt?«

»Das entzieht sich meiner Kenntnis und im Augenblick auch meines Interesses, Franza. Es ist dasselbe Muster! Es sind keine ernsten Anschläge. Eher so kleine Sticheleien. Als würde jemand den Zar ärgern wollen, verstehst du?«

»Aber wie soll er spielen, wenn seine Hände verletzt sind? Er ist doch auf Europatournee!«

»Mit leicht verletzten Händen könnte er wahrscheinlich spielen. Aber eben nur mit Schmerzen oder nicht so gut. Was ihn vielleicht ärgern würde. Man sagt, er ist Perfektionist. Es sind immer nur Unannehmlichkeiten. Nichts Schlimmes, aber doch Beeinträchtigungen.«

»Also Säure halte ich persönlich schon für was Schlimmes!«

»Kommt drauf an, welche. Ich denke, dass jemand dahintersteckt, der dem Zar nicht gravierend schaden will. Und warum nicht? Weil er von ihm abhängig ist. Wie jemand, der vom Zar lebt. Einer seiner Mitarbeiter … warte mal bitte.«

Nach einer kurzen Pause, in der er mich in die Warteschleife drückte, sagte Anton: »Phosphorsäure. Es war Phosphorsäure. Eben kam die Analyse vom Labor.«

Und das Opfer heißt Baumgartner, dachte ich. A. Baumgartner. Ob Anton das auch wusste? Natürlich. Ich beschloss, meine Observation erst einmal für mich zu behalten.

»Geruchlos, farblos, zähflüssig, gut mit Wasser zu verdünnen, perfekt«, fügte Anton hinzu. »Keine Zersetzung bei bestimmungsgemäßer Lagerung und Handhabung. Ätzende Wirkung auf Haut und Schleimhäute, schwere Verätzungen der Haut und Augenschäden. Bildet auch verdünnt noch ätzende Gemische mit Wasser.«

»Wie hat der Anschlag funktioniert?«, fragte ich. »Um einen Wasserhahn zu präparieren, braucht es handwerkliche Fähigkeiten. Vielleicht auch fundiertes technisches Wissen? Ich zum Beispiel wüsste nicht, wie ich das anstellen sollte.«

»Es war ein Fünf-Liter-Kanister mit einer Trennmembran im Unterschrank installiert. Das ist relativ einfach zu bewerkstelligen. Man öffnet die Zuleitung vom Eckventil und schließt den Behälter an der Leitung zum Hahn an. Das System arbeitet wie der Ausgleichskessel in der Heizung. Die Praktikantin öffnet den Hahn, das einfließende Wasser drückt die Säure hoch. Auf der einen Seite Wasser rein, auf der anderen Säure raus.«

»Die haben in der Halle doch bestimmt Kameras?«, dachte ich laut.

»Ja, aber leider nicht flächendeckend. Die Halle wurde Anfang der 1970er-Jahre gebaut, und auch wenn nachgerüstet wurde, so doch nicht wirklich lückenlos. In den Künstlergarderoben befinden sich prinzipiell keine Kameras. Mit solchen Aufnahmen könnten Paparazzi ein Vermögen verdienen.«

»Und auf dem Flur?«

»Ja. Leider zeigt sie nur bis etwa einen Meter oberhalb. Die Tür geht auf und zu, doch man sieht nicht, wer reingeht, und zwar um 22:15, also nach der Pause. Während wiederum sehr genau sichtbar ist, wann die Praktikantin die Garderobe betritt, die hat sich nämlich nicht gebückt.

»Also wusste die Person, die den Anschlag ausübte, von der Kamera.«

»Ja. Aber auch die Praktikantin hätte ihre Standorte kennen können.«

»Der Täter war mit den Örtlichkeiten vertraut.«

»Richtig. Aber deshalb muss er nicht zu den Mitarbeitern in der Halle oder dem Zar gehören. Es gibt übrigens auch Führungen durch die Halle, also nicht während eines Konzerts, aber sonst manchmal. Wer aufmerksam ist, entdeckt die Kameras. Und für einen Profi ist es kein Problem, sie zu umgehen.«

»Wie hat der Zar es aufgenommen?«

»Ich schätze, er weiß nichts davon.«

»Dann können wir die Person, die am meisten daran interessiert ist, den Zar außen vor zu halten, ausschließen«, sagte ich bedächtig.

»Weshalb?«

»Weil der Attentäter ihn ja beunruhigen möchte und sicher ein Interesse daran hätte, dass er davon erfährt, auch wenn der Anschlag fehlgeschlagen ist.«

»Kluges Mädchen«, sagte Anton.

»Außer«, fügte ich hinzu, »die Person legt eine falsche Fährte.«

»Superkluges Mädchen«, sagte Anton. »Und somit wissen wir genauso wenig wie vorher.«

Kapitel 13

»Genau genommen wissen wir jetzt genauso viel wie vorher«, sagte Johannes, als er neben Felix zu dem 5er-BMW lief, den sie vor dem Firmenhauptsitz von Josef Hipp geparkt hatten. An diesem Tag hatten sie das unbeliebteste Fahrzeug der Flotte erwischt. Alle anderen waren bereits ausgerückt oder reserviert gewesen. In diesem BMW der Kripo roch es nach Umkleidekabine für Jungs im Alter zwischen 13 und 16 nach dem Turnschuhausziehen. Wahrscheinlich war irgendwann Milch ausgeschüttet worden und vergoren.

Mit einem Fluch wich Johannes einem Gabelstapler aus, der wie ein wütender Stier auf sie zuhielt. Die fuhren auf dem Firmengelände zu Dutzenden herum. Auf dem Hof türmten sich Getränkekästen bis zum ersten Stock des Gebäudes. Die unzähligen Paletten mit Bier, Limonaden und Mineralwassern bildeten ein Labyrinth, durch das man den Weg zum Seiteneingang finden musste, der in das Chefbüro im ersten Stock führte. Repräsentativ war das nicht, aber das hatte Josef Hipp wohl auch nicht nötig gehabt. Er war, wie die Kollegin Laura in der Morgenbesprechung mitgeteilt hatte, ein gemachter Mann, ein selbst gemachter sozusagen. Mit einem Händchen für die richtigen Investitionen zur rechten Zeit, wie es schien. Was an seinem Finanzberater liegen konnte, der allerdings wegen Betrugs seit einem Monat in U-Haft saß und die Aussage verweigerte. Hipp war noch mal davongekommen. Sein Privatvermögen belief sich auf mehrere Millionen, und er war im Besitz zahlreicher Immobilien. Schulden hatte er keine, seine Firma florierte, obwohl er im letzten Jahr mit einer großen Summe in eine kleine Brauerei eingestiegen war.

Felix und Johannes hatten sich eine knappe Stunde mit dem Geschäftsführer des Verstorbenen unterhalten. Sie wussten nun ein bisschen mehr über ihn – aber ein Motiv zeichnete sich noch immer nicht ab. Der Geschäftsführer Walter Brenner hatte seinen verstorbenen Chef als launisch, cholerisch, mitfühlend, aufbrausend, verständnisvoll, geizig und großzügig beschrieben.

»Das sind ja lauter Gegensätze«, hatte Felix angemerkt.

»Sag ich doch. Launisch.«

»Also hat er am Montag anders reagiert als am Dienstag?«, fragte Johannes.

»Um zwölf anders als um fünf nach«, korrigierte Brenner.

Sonst hatte er im Verlauf des Gesprächs wenig Erhellendes zu bieten. Er war erst seit vier Monaten in der Firma.

»Und Ihr Vorgänger?«, hatte Felix sich erkundigt.

»Man redet nicht schlecht über andere«, hatte Brenner in einem Tonfall erwidert, der das Komplettversagen seines Vorgängers in jedem Bereich nahelegte.

***

»Soll ich ein Protokoll schreiben?«, erkundigte Johannes sich diensteifrig, als sie fast schon bei ihrem Wagen waren.

»Ja. Das heißt …«, Felix zögerte. »Nein. Ich schreib es. Das heißt …« Er dachte nach, dann blieb er stehen und schaute Johannes in die Augen. »Redest du mit deiner Freundin über deine Arbeit?«

Johannes wurde knallrot. »Nein.«

»Das ist auch gut so«, sagte Felix ernst, während er innerlich schmunzelte. »Denn erstens geht es ja um Dienstgeheimnisse, und zweitens soll man andere nicht belasten.«

Johannes nickte.

»Aber angenommen, du würdest ihr was erzählen.«

Johannes schaute ihn unsicher an.

»Was würdest du dann sagen?«

»Wie, was ich sagen würde?«

»Na, angenommen, sie hätte keine Ahnung, wer Josef Hipp war, wie würdest du ihr die Geschichte erzählen?«

Johannes räusperte sich. »Du meinst, wie ich meiner Freundin von meiner Arbeit erzählen würde?«

»Ja. Wie würdest du ihr einen Fall vorstellen?«

»Wenn ich es dürfte?«

»Ja.«

Johannes holte tief Luft und begann dann. Zuerst stockend, schließlich immer schneller. »Josef Hipp, 52, Getränkegroßhändler, über 200 Filialen in Bayern, einige Dutzend in den neuen Bundesländern. Verheiratet, zwei erwachsene Kinder, die beide in Amerika studieren. Selfmademan. Hat sich hochgearbeitet aus einer kleinen Bierbrauerei seines Onkels in Niederbayern. Heute ein in München ziemlich bekannter Mann.« Johannes forschte in Felix' Gesicht. Der nickte ihm aufmunternd zu.

»Feiert gern«, fuhr Johannes fort. »Weiberheld, heißt es. Kehrt den großen Maxe raus wie oft Leute, wenn sie von unten kommen. Und braucht auch Insignien seiner Macht. Fährt dicke Autos, raucht dicke Zigarren – er raucht immer. Er ist so wie Helmut Schmidt, bloß ohne Politik.«

Felix grinste.

»Und weil zu den Reichen und Schönen auch Yachten gehören, hat er ein Boot auf dem Starnberger See. Kein Segelboot. Das ist gerade nicht so in Mode. Sondern ein E-Boot. Das wurde ihm dann allerdings zum Verhängnis. Als er nämlich mit seinem E-Boot in See stechen will, kocht die Batterie. Die Dinger sind ja wie Autos, die man an die Steckdose hängt«, Johannes räusperte sich. »Also das würde ich jetzt sagen, weil meine Freundin sich technisch nicht so auskennt.«

Felix grinste.

»Also nicht, dass du glaubst, die wär blöd. Die hat 'ne Schlagbohrmaschine.«

»Schon klar«, sagte Felix ernst.

Johannes fuhr fort. »Als der Hipp also rausfahren will, stimmt irgendwas nicht an seinem Boot. Das liegt in einer Bootshütte. Unten das Boot, obendrüber kann man auch übernachten. Was er wohl auch öfter gemacht hat mit seinen Freundinnen. Seine Frau hat ihm wohl einmal einen Detektiv nachgeschickt. Äh ... aber das wissen wir noch nicht ... Also soll ich jetzt so reden, als würde ich es meiner Freundin erzählen, wenn ich es ihr erzählen würde, oder eher einen Bericht, oder was?«

»Mach einfach weiter«, sagte Felix ruhig.

»Okay, also weitermachen, okay. Weil, das mit dem Detektiv ist natürlich interessant. Mindestens so interessant wie das mit dem Vorgänger vom Brenner, über den er nicht schlecht reden will. Warum ist der nicht mehr im Unternehmen? Hat es da Streit gegeben?«

Felix nickte anerkennend.

»Komisch finde ich auch, dass die Sekretärinnen alle im Urlaub waren. Als ob er sie absichtlich heimgeschickt hat. Na, das werden wir schon noch herausfinden, wir kennen ja ihre Namen. Und auch den Namen des Detektivs werden wir noch ermitteln. Wenn es den überhaupt gibt. Diese Info haben wir ja nicht von der Ehefrau, sondern von einer Nachbarin, die es mitgekriegt haben will. Frau Hipp streitet das ab.«

»Würde ich auch machen«, sagte Felix.

»Jedenfalls hat mindestens eine der Batterien im E-Boot gekocht, und dass da am Ladegerät rumgefummelt wurde, haben die vom LKA ja bestätigt. Aber an so was denkt man ja nicht. Dass da was sein könnte. Und das hat der Hipp bestimmt auch nicht gedacht, als ihm was spanisch vorgekommen ist. Vielleicht hat er was gerochen. Oder er hat es blubbern gehört. Vorher hat er, ganz blöd ist er also nicht, den Stecker vom Ladegerät gezogen.

Jedenfalls ist dann wohl Batteriesäure hochgespritzt, und zwar nicht wenig. In sein Gesicht und in die Augen. Das muss sakrisch wehtun, und du kriegst einen Riesenschreck. Der Hipp also springt wahrscheinlich hoch, taumelt, macht dann aber das einzig Richtige: Er will ins Wasser. Dabei strauchelt er, fällt unglücklich oder wird geschubst, weil noch jemand an Bord ist, der sich bis zu diesem Moment versteckt hat, von dem wir aber nichts wissen, geht über Bord, schlägt mit dem Kopf an einen Pfosten, wird ohnmächtig und treibt mit dem Gesicht im Wasser. Sodass er letztlich ertrinkt. Aber das kriegt er nicht mehr mit.«

»Und derjenige, der das alles vielleicht beobachtet und dann eingegriffen hat – warum war er da? Wollte er auf Nummer sicher gehen?«

»Vielleicht durch Zufall. Vielleicht hat er was am Tatort vergessen.«

»Oder er gehört zum Segelclub«, sagte Felix

»Oder er hat den Hipp begleitet«, ergänzte Johannes, »und hat von dem manipulierten Batterieladegerät gewusst. Oder auch nicht.«

»Wenn er einen Begleiter hatte, der ihn dann ertrinken ließ, wird das wohl kein Freund gewesen sein.«

Johannes brummte eine Zustimmung.

»Es gibt auch Begleiter, die verlieren die Nerven und hauen ab, wenn was passiert. Zum Beispiel, weil sie keine gültigen Papiere haben.«

»Wer soll das sein?«, fragte Johannes.

»Ich bin mir nicht sicher, ob auf dem Gelände von dem Hipp alle Gabelstaplerfahrer legal arbeiten«, erwiderte Felix.

Johannes riss die Augen auf. »Wie kommst du da drauf?«

»Wie sie uns angeschaut haben. Ängstlich irgendwie, misstrauisch. Gar nicht neugierig, so wie man guckt, wenn Fremde auftauchen und man selbst eine Daseinsberechtigung hat.«

»Das ist mir gar nicht aufgefallen«, gestand Johannes.

»Was denkst du über die Motivlage?«, fragte Felix.

»Vielleicht geht's um Geld, der Hipp war ja stinkreich. Wir müssen herausfinden, ob er Feinde hatte.«

»So einer wie der – bestimmt«, vermutete Felix.

»Oder die Ehefrau steckt dahinter. Weil sie jetzt ja alles erbt. Aber dass sie es selber war, glaub ich nicht. Die wiegt wahrscheinlich drei Zentner, ich hab sie gestern auf dem Revier gesehen, da wär das Boot gesunken, wenn die an Bord gewesen wäre.«

»Schade, dass die Hütte so weit weg vom Schuss ist. Die Kameras zeigen genau dieses letzte Bootshaus in der Reihe nicht«, sagte Felix.

»Das kann einer gewusst haben.«

»Und es sollte wie ein Unfall aussehen.«

»Glaubst du?«

»Um zwölf glaub ich das eine und um fünf nach zwölf das andere«, gestand Felix. »Das ist ein komischer Fall. Ich bin da noch nicht richtig reingekommen. So was gibt's manchmal. Da war bei mir schon am Anfang der Wurm drin, weil ich geglaubt habe, der Hipp wäre ewig und drei Tage im Wasser gelegen. Dabei waren es nur vier Tage. So geht das, wenn man nicht gleich vor Ort ist. Ich habe ja frei gehabt und 40 Tage verstanden statt vier.«

»Wegen deiner Tochter«, sagte Johannes schnell.

»Ja, ja, Kindergartenwechsel. Dann frag ich mich aber, warum der Lehrbub angewiesen wurde, das Boot dampfzustrahlen.«

»Damit die Ehefrau die Blutschlieren nicht sieht vom Sturz.«

»Hat's die überhaupt gegeben? Er ist doch erst im Wasser mit dem Kopf auf den Pfosten geknallt. An Bord hätte man auch mal drüberwischen können. Davon abgesehen weiß man doch, dass man keine Spuren vernichtet.«

»Wenn man keinen Dreck am Stecken hat«, ergänzte Johannes.

»Ungefähr so, wie du es mir erzählt hast, schreibst du jetzt mal eine Zusammenfassung«, trug Felix Johannes auf. »Und bitte mach keine Doktorarbeit draus. Füg noch die Ergebnisse vom LKA ein, und ruf dann den Hinteregger an, ob's was Neues gibt. Und wenn du fertig bist, streichst du alle Interpretationen und den Weiberheld. Sachlich bleiben, aber lesbar. Stell dir einfach vor, dass andere das lesen. Man will die ja nicht quälen, oder?«

Qual ist auch so ein Wort, das völlig falsch verstanden wird. Bis vielleicht auf die Wendung der süßen Qual, die das Warten schon impliziert. Denn Qual bedeutet immer auch Korrektur. Ein Umdenken. Eine Gelegenheit, sich über etwas klar zu werden. Was wiederum zur Vervollkommnung eines Menschen nötig ist. Aber manche Menschen schaffen dies nicht ohne Hilfe. Hier unterstützt sie der Folterknecht, eine Art Coach, um das Beste aus ihnen herauszuholen. Manche brauchen länger dafür, und es ist angeraten, sie zuerst eine Weile in einem eisernen Käfig darben zu lassen. Der Abstand der Stacheln, die hier den Boden bedecken, kann mittels einfacher Vorrichtungen nach Belieben variiert werden. Wie gesagt, die Kunst liegt in der Korrektur und der Pause. Schließlich will man sich an den Früchten seiner Arbeit erfreuen. Reißt man den Leib zu schnell entzwei, währt auch die Befriedigung nur kurz.

Kapitel 14

Um zwei Minuten vor elf nahmen Flipper und ich Platz im Foyer des Hotels Bayrischer Hof. Es war überhaupt kein Tag, um in einer Halle herumzusitzen, es war ein Tag, um rauszufahren aus der Stadt. Der Mai war mitten im April ausgebrochen, rosafarbene und gelbe Blüten platzten auf, als ginge es darum, bei »Deutschland sucht den Superstrauch« zu gewinnen, und wenn ich Bodycoach statt Bodyguard wäre, würde ich heute zum Starnberger See fahren und eine Wasserprobe nehmen, mindestens bis zum Bauchnabel. Nächste Woche, tröstete ich mich und stellte mir das viele Geld vor, das dann schon träge im Liegestuhl und mit Meerblick auf meinem Konto schwappte.

Um halb zwölf rief ich – Assistentin der persönlichen Assistentin – meine Vorgesetzte an. Lizzie verstand gar nicht, was ich von ihr wollte. Eine konkrete Ansage, wann der Zar was unternehmen würde, erklärte ich ihr. Ihr Lachen klang hysterisch. »Warte, bis du gerufen wirst«, beschied sie mir, dann legte sie auf.

Flipper hatte sich mit der Situation abgefunden und hielt ein Nickerchen. Darum beneidete ich ihn. Ich dachte ein bisschen über das Leben nach. Warte, bis du gerufen wirst, das konnte man auch philosophisch betrachten. War das ganze Leben nicht ein Warten auf die Abberufung? Wenn es danach überhaupt noch was gab. Das Wort Abberufung erschien fast als Zeichen. Ab in den Beruf. Jubilieren wie der bayerische Aloisius auf der Wolke? Solange mir niemand garantierte, dass dort oben kein Schild angebracht war: Wir müssen leider draußen bleiben, war das für mich kein Trost. Ohne Hund kein Himmel.

Ich musterte die Leute, die durch das Nobelhotel liefen. Die Mehrzahl von ihnen hatte wohl keine finanziellen Sorgen. Ob sie das würden büßen müssen und beispielsweise im nächsten Leben als Frauen zur Welt kommen in einem Land wie Bangladesch, Pakistan oder Indien? Und dann einen Fehler begingen, zum Beispiel ihren Vergewaltiger nicht heiraten zu wollen. Oder nicht auf das Werben eines Mannes einzugehen, den sie abstoßend finden. Oder sich in einen nicht standesgemäßen zu verlieben. Oder gar in eine Frau. Es könnte aber auch genügen, Aufsehen zu erregen. Zu schön zu sein oder zu klug. Zu laut zu lachen, überhaupt zu lachen. Bis ihr das Lachen verginge. Für immer. Es dauert eine Sekunde. Ein Becher Autobatteriesäure ins Gesicht. Säure ist billig zu haben in diesen Ländern. Schwefelsäure, Salzsäure, Buttersäure, man muss gar nicht wissen, wie sie heißt. Und oft wissen die Opfer nicht, dass sie das Schlimmste wie Erblinden vielleicht noch verhindern könnten, wenn sie lange, lange mit Wasser spülten. Wenn es sauberes Wasser überhaupt gab in ihrer Nähe.

Komisches Zeug denke ich da, dachte ich. Und war auf einmal zutiefst dankbar, hier sitzen zu dürfen – unverschleiert, selbstbestimmt, nicht so wohlhabend wie die Hotelgäste, aber ziemlich glücklich. Und wenn in meinem Land einem Menschen ein Unrecht zustieß, dann arbeiteten viele andere daran, dies zu ahnden. Verbrechen in Deutschland, besonders Morde, wurden in der Regel aufgeklärt. Allein im Fernsehen kamen Täter ohne Strafe davon. Von Felix kannte ich die Zahlen. Er war stolz auf die hohe Aufklärungsquote der bayerischen Polizei. Seit ich ihm begegnet war, schloss ich eine kriminelle Karriere, die ich zwar niemals angestrebt hatte, vollkommen aus. Die Methoden der Spurensicherung waren dermaßen ausgefeilt, dass jedes Fitzelchen unter dem Mikroskop eine Autobahn betonierte, die schnurgerade zum Täter führte.

Mein Handy bellte. Flipper reagierte schon lange nicht mehr auf meinen Klingelton.

Lizzie teilte mir mit: »Der Zar kommt jetzt dann raus. Durch die Küche in die Tiefgarage. Es fahren zuerst drei dunkle BMW-Fahrzeuge mit getönten Scheiben hoch. Die fahren in verschiedene Richtungen. Dann kommt mit drei Minuten Abstand ein Lieferwagen. Der hält an der Schranke. Da kannst du einsteigen, vorne.«

»Und wo fahren wir hin?«

Lizzie legte auf.

Alles geschah wie angekündigt. Ich öffnete die Beifahrertür des Lieferwagens mit den getönten Scheiben, am Steuer saß ein junger Kerl mit Pferdeschwanz.

»Servus«, begrüßte er mich.

»Kann der Hund in den Fußraum?«, fragte ich ihn.

»Des muasst eam scho selber frogn, ob er des ko«, grinste der Fahrer.

Ja, Flipper konnte. Kaum hatte ich die Tür ins Schloss gezogen, fuhren wir los.

»Seppi«, sagte der Fahrer.

»Franza«, sagte ich und fragte: »Wohin fahr ma?«

»Olympiahalle«, antwortete Seppi.

Doch dann gab es eine Zieländerung. Sie kam per Handy.

»Okay«, sagte Seppi mehrmals und fummelte an seinem Navi herum. Er schaute auch oft in den Rückspiegel. Das war mir nicht ganz geheuer.

Unverantwortlicherweise lenkte ich ihn zusätzlich ab. »Gehörst du zum Team vom Zar?«

Seppi schüttelte den Kopf. »Na. I bin vom Limusinensärfis. I fahr aba meistns Gefahrengut.« Er lachte und erklärte es mir. »Promis. Was glaubst du, was so a Privatfoto von am Promi wert is.«

»Keine Ahnung.«

»Fünfstellig«, sagte Seppi. »Manchmoi mehr. Kommt drauf o. Deshalb konnst ja koam traun. Und du?«

»Security«, sagte ich.

»Und er?«, fragte Seppi und nickte in den Fußraum.

»Mein Assistent«, sagte ich.

»Hob a oan«, grinste Seppi und deutete auf das Navi. Dann suchte er nach einer Nagelfeile, packte einen Kaugummi aus, räumte die Ablage unter dem Lenkrad auf und feilte sich den Daumennagel – ohne den Rückspiegel aus den Augen zu lassen.

Ich konnte nur hoffen, dass sein Assistent über ebenso viele Zusatzqualifikationen verfügte wie meiner.

Wir fuhren über den Mittleren Ring an der Olympiahalle vorbei, schließlich auf die A96 Richtung Lindau.

»Wird das ein längerer Ausflug?«, fragte ich.

»Kimmt drauf o«, erwiderte Seppi.

Zirka 25 Kilometer hinter München verließ er die Autobahn. Wir passierten Weßling, wo ich im Tierladen hin und wieder für Flipper einkaufe, fuhren die wunderschöne historische Eichenallee Richtung Pilsensee und gelangten dann in einen kleinen Ort, in dem ich noch nie gewesen war.

Seppi parkte vor einer Kirche, die mir viel zu groß für das kleine Dorf erschien. Ich kapierte gar nichts mehr. Besuchte der Zar jetzt einen Gottesdienst? Und war er überhaupt im Wagen? Oder fuhren wir einfach so spazieren, um eine falsche Fährte für diejenigen zu legen, die uns nicht verfolgten?

Da öffnete sich die Seitentür. Seppi zückte einen Fotoapparat, der ziemlich professionell aussah, und hielt ihn in Deckung unter dem Lenkrad.

»Ich hab gedacht …«

»Nur für mei private Sammlung«, sagte er und drückte ab. Im Außenspiegel sah ich zwei Männer, einer blond, einer brünett, beide freakig gekleidet. Schlabberjeans, Schlabberpulli, Turnschuhe. Keine Spur vom Zar.

»Und jetzt?«, fragte ich.

»Es is mir gsagt woarn, dass ich so lang sitzn bleib, bis mia weitafahrn oda die wos woin.«

Ich dachte nach. Wie lautete mein Auftrag, wenn der Zar gar nicht da war?

»Aba des guit natürlich bloß für mi. Du wearst scho aussteign miassn, oda?«

Da war ich mir nicht so sicher. Blöderweise hatte ich mein Handbuch für Bodyguards nicht dabei. Ich hatte keine Ahnung, was ich tun sollte, und wollte mir dies nicht anmerken lassen.

»Du kennst bestimmt viele Promis?«, versuchte ich Seppi in ein Gespräch zu verwickeln. Er fummelte eine Zigarette aus einer zerknautschten Packung.

»Ja, mei.«

»Und wie sand die so?«

»Moi so, moi so. Die mehran von dene seng soichane wia uns doch gor ned. Für die samma bloß Robota, die wo funktioniern miassn. Aber mei …«, er seufzte. »Macht ja nix, oda? I wenn mia a Brezn kaff, schaug i die Vakäuferin a ned o wia an Menschen, sondan hoit wia a Semmevakäuferin, vastähst?«

Ich nickte.

Seppi fand Gefallen an seinem Gedanken. »Aba wennst a wirklich guada Mensch sei wuist, derfst des ned. Do muasst a Semmevakäuferin oschaugn wia an Menschen. So muasst imma aufbassn, wer wer is, host mi?«

»Freilich.«

»Und insofern dad i song, dass di meistn von dene Promis koane guadn Menschen san.« Er dachte nach. »Wobei mir des a wuascht is, solang die Kohle stimmt. Wo ma sie jetzt frogn kannt, ob i deswegn koa guada Mensch warat.«

»Allein dass d' dir solchane Gedanken machst«, sagte ich, »zeigt eigentlich schon, dass d' einer bist oder mindestens aufm Weg.«

Er lachte. »Wenn des oane wia du sogst.

Im Außenspiegel beobachtete ich, wie einer der beiden Männer auf das Tor des Friedhofs zuging, der die Kirche umsäumte. Er trug eine Mütze, unter der blonde Haare hervorlugten, eine Sonnenbrille und Schlabberlook.

Die Art, wie er ging … Das war … der Zar! Verkleidet!

»Die Sau hoid si a Leberkässemme«, sagte Seppi, und ich kapierte erst nicht, was er meinte. Leberkäs frisch vom Friedhof? Leber ja, aber woher käme der Käs?

Dann sah ich, dass der andere Mann in der Metzgerei am Kirchplatz verschwand.

»Kannst dir auch eine holen«, sagte ich. »Ich bleib da.«

»Suppa«, sagte Seppi und stieg aus.

Als er in der Metzgerei war, stieg ich ebenfalls aus. Ich ließ Flipper im Auto und rannte zum Friedhof. Die Mauer war nur brusthoch, und obwohl davor viele Sträucher wuchsen, hatte ich gute Sicht. Und traute meinen Augen nicht. Der blonde Mann stand vor einem Grab und … urinierte. Auf Farn und Erika!

Reflexartig fummelte ich nach meinem Handy. Bis ich die Fotofunktion eingestellt hatte, war der Strahl versiegt. Ich drückte trotzdem ab.

Dann lief ich zurück zum Wagen und stieß fast mit dem zweiten Mann zusammen, der eine kleine Plastiktüte mit einem Schweinekopfaufdruck trug.

Ich streckte ihm die Hand entgegen. »Franza«, sagte ich. »Sascha«, sagte er, ignorierte meine Hand, stieg ein und hatte mich wohl schon vergessen. Das war also der Musiker, des Zar bester Kamerad, von dem Anton mir erzählt hatte.

Ich stieg ebenfalls ein und tippte hastig auf mein Handy. Ich hatte Antons Sekretärin gerade erst zugeflüstert, dass ich dringend mit ihrem Chef sprechen musste, als Seppi zurückkam. Ich legte auf.

Seppi hatte sich zwei Leberkässemmeln gekauft und wollte die, sicher nicht um zu beweisen, dass er ein guter Mensch war, mit Flipper teilen. Flipper schaute mich fassungslos an, als ich das Angebot zurückwies. Doch es gibt nun mal den guten Menschen und den guten Hundehalter. Und Leberkäs ist ja jetzt eigentlich kein Fleisch. Außerdem trieften die Semmeln vor süßem Senf, und Gewürze sind nichts für Hunde.

Als wir zurück nach München fuhren, schmierte Seppi den an den Schaltknüppel, was meinem Assistenten nicht entging. Die lange Zunge fuhr schon mal probeweise heraus. Ich schüttelte den Kopf. Der große schwarze Flipperkopf wich zurück. Womöglich glaubte er, ich würde den Knüppel selber sauberlecken wollen.

Leider spielt heutzutage auch die Sauberkeit des Verfahrens eine Rolle. Denn die Folter hinterlässt Spuren. Nicht nur am Gefolterten, auch an seinem Meister und in der Umgebung. So fühlen sich manche verleitet, schnell zu agieren, geben sich keinen Experimenten hin, sondern greifen beispielsweise gleich zur Schädelquetsche, indem sie den Kopf in eine Schraubzwinge legen und den Druck, wenn auch mit Bedacht, erhöhen, bis der Schädel bricht. Was durchaus mit dem Austritt von Körperflüssigkeiten einhergehen kann. Und dann drängt womöglich die Zeit, es gilt aber noch, die weißlichen Gedanken des Hingerichteten von den Wänden zu kratzen. Unschön, diese Hetze. Folter benötigt Muße, sie folgt ihrer ganz eigenen Zeit. Zu spät gibt es nie, höchstens zu früh, und das ist allemal höchst bedauerlich.

Kapitel 15

»Wie denkst du dir das?«, fragte Bibi.

Er und Gudrun redeten gleichzeitig auf den Zar ein, und Lizzie schwenkte ein Blatt Papier vor seinem Gesicht herum. Die drei waren in heller Aufregung, weil wir 45 Minuten zu spät kamen.

Gudrun warf mir einen bösen Blick zu – als sei das meine Schuld. Dabei hatte ich noch kein einziges Wort mit dem Zar gesprochen. Erst beim Aussteigen an der Olympiahalle hatte er mir zugenickt – aber ob er mich erkannt hatte? Das geschah erst, als er Flipper wahrnahm, auf dem Weg zur Bühne. Der Zar war mit dem gestrigen Konzert nicht zufrieden und wollte noch einige Veränderungen im Ablauf vornehmen. Das aber wollten ihm Gudrun und Bibi ausreden, da 30 Journalisten seit einer Stunde warteten.

»Ich kann mich nicht konzentrieren, wenn das Timing nicht stimmt«, sagte der Zar.

»Wir haben die Presseleute vom Hotel hierher dirigiert. Wir sollten sie nicht noch länger warten lassen«, bat Gudrun.

Ein großer dünner Mann, den ich schon mal gesehen hatte bei meinem Vorstellungstermin, stürmte auf den Zar zu. »Ich brauche dein Okay für die Fotos.«

Gudrun drängte ihn weg. »Später, Weber.«

»Du musst dich jetzt erst mal umziehen«, sagte eine Frau zu ihm. »Was soll ich dir geben?«

»Ja, um Gottes willen, nimm diese Perücke ab. Das ist ja fürchterlich«, stimmte Bibi zu.

Der Zar sagte gar nichts. Sein Team wuselte um ihn herum, alle fragten etwas, wollten etwas, und er stand einfach da, den Kopf schräg geneigt, als lauschte er.

Dann nickte er bedächtig. »Jetzt weiß ich, wie es gehen könnte. Wo ist Ronnie? Ich habe eine Idee für den Refrain. Ja!« Er lachte.

»Bitte, Zaza!« Gudrun klang fast verzweifelt.

»Später, Guddi. Versprochen.« Er schickte ihr eine Kusshand.

Zwei Männer, die ich noch nie gesehen hatte, steuerten auf den Zar zu. Ich zögerte nur kurz und stellte mich dann dicht neben ihn. Säure ist schnell verschüttet. Eine kleine Handbewegung, und ein Leben ist verätzt. Die wirklich schrecklichen Dinge passieren meistens in Sekundenbruchteilen. Verunglücken, Verbrechen, Verlieben.

Dann merkte ich, dass der Zar wenigstens einen der beiden kannte. Dennoch blieb ich bei ihm, und Flipper blieb bei mir. Er hätte auch keine Wahl gehabt, denn wegen Lizzie hatte ich ihn angeleint.

Der Mann warf einen missbilligenden Blick auf Flipper, sagte jedoch nichts, sondern breitete die Arme aus und rief Zaza zu: »Ich möchte mich wegen des Vorfalls von gestern entschuldigen.«

Gudrun stellte sich ihm in den Weg. »Ja, ja, Rainer. Aber wir sind jetzt ganz eng in der Zeit. Zaza muss sofort mit den Leuten vom Sound sprechen. Er hat Ideen, nicht wahr, Zaza?«

Der Angesprochene nickte.

Wer war Rainer? Und bedeutete dies, dass der Zar keine Ahnung von dem Säureanschlag in seiner Garderobe hatte? Oder war hier von etwas anderem die Rede?

Gudrun fuhr fort. »Dann haben wir eine Pressekonferenz. Lizzie, schau doch mal, ob man den Presseleuten was Gutes tun kann, um die Wartezeit zu überbrücken.«

Lizzie lief sofort los, dann fiel ihr Flipper ein, und sie verlangsamte ihr Tempo.

Der Zar schien tatsächlich nicht mitzubekommen, dass hier etwas vor ihm verheimlicht werden sollte. Sonst würde er doch nachfragen, oder? Vielleicht war ihm das aber auch nur recht. Dazu war sein Team doch da, alles Unangenehme von ihm fernzuhalten? Gehörte ich dazu? So fühlte es sich nicht an.

Ich setzte mich an den Rand der Bühne und stellte mir vor, wie das wäre, im Scheinwerferlicht zu glänzen und von Zehntausenden umjubelt zu werden. Das musste ein absolutes Hammergefühl sein.

Der Zar wusste sehr genau, was er wollte. Das Podest, bei dem er bei seinem gestrigen Auftritt von oben nach unten geschwebt war, fuhr zu langsam. Er erreichte den Flügel erst zum Refrain, und das war ihm zu spät. Der Bühnenmeister bedauerte, es gab Vorschriften, das Podest konnte nicht schneller fahren. Im Team mit sieben Leuten wurde eine andere Lösung gefunden, der Zar würde früher auf das Podest steigen. Das wurde geprobt, viermal, bis er zufrieden war. Niemand drängte ihn oder beschwerte sich. Alle ließen ihn machen, und was er wollte, hatte Hand und Fuß. Der Perfektionist, der wohl in ihm steckte, blitzte auf. Harte Arbeit.

Ich fand ihn noch beeindruckender als gestern beim Konzert, weil ich jetzt erst begriff, wie viel Mühe hinter einem solchen Auftritt steckte. Und weil er die Schönheit eines Menschen ausstrahlte, der sich mit Haut und Haar seiner Vision hingibt. Obwohl er freundlich mit allen sprach, merkte ich, dass die Leute Angst vor ihm hatten. Oder sich zumindest nicht wohl fühlten in seiner Umgebung. Da war zu viel Macht, zu viel Geld, er war ein Weltstar. Das machte die Bewegungen eckig, die Stimmen belegt, und bis auf Gudrun, Bibi und Sascha wirkten alle mehr oder weniger befangen. Auch Lizzie. Wobei es bei ihr vielleicht eher an der Liebe lag. Denjenigen, die man liebt, begegnet man ja oft gehemmt. Und man verzeiht ihnen … zu viel, wie ich fand.

Denn als alle Abläufe zu des Zar Zufriedenheit geändert worden waren, kam er wieder in der Realität und bei uns an. Jetzt erst fiel ihm Flipper auf.

»Schau mal, Lizzie-Pissie. Da ist ja dein Freund.«

»Ja, hab ihn schon gesehen.«

»Willst du ihn nicht mal streicheln?«

»Nein.«

»Aber Lizzie, tu es für mich.«

»Lieber nicht, Zaza. Bitte.« Ihre Stimme zitterte.

Seine lockte weich. »Aber ich bin echt traurig, wenn du es nicht tust.«

Ich wusste nicht, was ich davon halten sollte. War er auch ein Anhänger der Konfrontationstherapie, oder war das hier Folter?

»Vielleicht ein andermal, Zaza«, sagte Lizzie.

»Aber es stimmt gar nicht, dass große schwarze Hunde mit kräftigen weißen Zähnen die gefährlichsten sind und Menschen bis zur Unkenntlichkeit zerfleischen, stimmt's, Frieda?«

Ich trat vor. »Flipper frisst nur Pianisten«, sagte ich.

Zwei, drei Leute zogen hörbar Luft ein. Dann war es still. Totenstill. Viele trauten sich gar nicht, den Zar anzusehen, starrten zu Boden. Selbst Gudrun verschlug es die Sprache.

Dann lachte der Zar. Legte den Kopf in den Nacken und brüllte heraus. Es klang falsch, aber sofort fielen alle ein. Nur Lizzie und ich lachten nicht. In ihren Augen glitzerten Tränen.

Es gehört große Beharrlichkeit dazu, den Dienst am Menschen zu vollführen, denn so wie der Mensch Kot und Urin ablässt, wenn man ihn ein wenig zu fest berührt, neigt er auch zum Weinen. Frauen beginnen damit in der Regel schon vor dem eigentlichen Akt. Die Tränen entspringen der Furcht, nicht dem Schmerz. Männer weinen öfter aus Wut. Manchmal ist die Absonderung von Tränenflüssigkeit auch physisch bedingt. Sie kann ja nicht mit dem Willen gesteuert werden. Man denke an eine Zwiebel.

Und wenn sich Dornen in das Fleisch bohren, fließt eben nicht nur Blut, da fließen auch Tränen, das ist normal. Und hier scheidet sich der dienende Folterknecht vom sadistischen. Ein Geselle mit dem Herz auf dem rechten Fleck wird sich von solchen Affekten niemals beeinflussen lassen. Er dient dem höheren Ziele und verliert seinen Plan nicht aus den Augen.

Kapitel 16

Andi Gleixner erwartete die Kripo auf dem Steg zur Bootshütte, um die noch immer das rot-weiße Absperrband der Polizei gespannt war. Er war brünett, Mitte 30, groß und kräftig – ein gstandnes Mannsbuid – und legte bei der Begrüßung einen Händedruck an den Tag, der das Lächeln von Felix und Johannes gleichermaßen verbreiterte. Seine kindertoilettendeckelgroße Hand war feucht. Was Felix nicht verwunderte. Für die meisten Menschen ist es aufregend, mit der Polizei, noch dazu mit der Kriminalpolizei, zu tun zu haben.

»Der Chef hot gsagt, ich soll …«, Andi Gleixner zögerte, »Rede und Antwort, äh, geben.« Er bemühte sich sichtlich um gutes Deutsch.

»Ja, Herr Gleixner, schön, dass Sie sich die Zeit für uns nehmen«, entgegnete Felix freundlich, als wären sie alle freiwillig hier. Wobei das für Felix sogar ein bisschen zutraf. Er liebte den Starnberger See, wo er als Junge viele Ferienwochen verbracht hatte, denn sein Opa war ein Fischer gewesen. Ganz früh waren sie im Morgengrauen mit dem Außenborder rausgefahren. Als der Opa ein junger Mann war, hatte er ausschließlich gerudert, und später, wenn er Streit mit seiner Frau hatte, vermisste er das Rudern, weil es sich dabei besser denken ließ – in dem gleichmäßigen Vor und Rück und Auf und Ab und Plätschern und Schlagen.

Felix hatte kein Wort sagen dürfen, und er hätte auch gar nicht reden wollen, weil der See so viel erzählte. Durch die Wolkentürme brach die Sonne, manchmal hörte man eine S-Bahn rauschen, sonst nichts. Die Fischer redeten alle nicht viel. Nur, was sein musste. Und sie hörten gut zu. Dem Wasser und dem Wind. Vielleicht war Felix deshalb ein ziemlich guter Polizist geworden, denn im Grunde genommen verrieten sich alle Kriminellen. Man musste es nur hören, und manchmal war ein Geständnis so leise wie ein Windhauch.

»Der Herr Perchtinger hat uns gesagt, dass Sie für die Batterien zuständig sind und in den Bootshäusern nach dem Rechten schauen. Gell,

Sie kennen sich mit E-Booten aus?« Johannes blickte Andi Gleixner fest in die Augen.

»Na, auskennen wäre jetzt zu viel«, winkte der ab. »Mia baun ja keine E-Boote. Da hamma nur a Kooperation. Eigentlich hamma Segelboote. Aba weil die Kunden imma weniga Zeit ham und trotzdem a Boot wollen, weil des halt dazugehört, is es einfacher mit am E-Boot. Do hockst die nei und fahrst los, und fertig.«

»Und was arbeiten Sie dann an den E-Booten?«, fragte Johannes.

»Mit denen hab ich eigentlich nur zum tun, wenn kei Saison ist. Ich lad halt die Batterien. Des musst du machen, sonst gehens kaputt.«

»Ihr Werkstattmeister, der Herr Klammer, hat einer Kollegin von uns gesagt, dass Sie die Batterien das letzte Mal im März kontrolliert haben?«

»Ja. Des wird turnusmäßig gmacht, alle drei, vier Wochen. Ab April, Mai sand die Kunden dann selber für ihre Boote verantwortlich.«

»Auch für die Batterien und des Laden?«, schaltete Felix sich ein.

»Freilich.«

»Und so ein Elektroboot fährt also nur mit Batterie«, gab Felix sich unwissend.

»Ja. Weil du kriegst ja koa Motorboot-Lizenz mehr am See. Des wär wie a Lottogewinn.«

»Ist es möglich, dass ein Unbefugter sich Zutritt zu einer Bootshütte verschafft?«, erkundigte Johannes sich.

»Ja, mei, unbefugt. Wos moanen S' jetzt do genau?«

»Einer, der wo nichts mit dem Boot zu schaffen hat, rechtmäßig«, präzisierte Felix.

»Ja, scho. Wenna schwimma ko. Der muss halt unterm Tor durch.«

»Es könnt also einer reintauchen, das Tor von innen öffnen und rausfahren.«

»Ja. Aba 's Boot war ja no do, oda?«

»Freilich. Das war auch eher eine theoretische Frage«, erklärte Felix.

»Theoretisch konn ois bassieren. Theoretisch ko ma a beim Nausfahren drei andere Boote rammen.«

»Des is passiert?«, fragte Felix neugierig.

»Ja. So was passiert. Weil du ja ned Bootfahrn kenna muasst, wenn du a Schiff host. Ois, wos du brauchst, is a Geld. Dann kaufst dir a E-Boot für 100.000 und bist z' deppad zum Fahrn. Do is mei kloaner Bua im Autoscuta fei bessa.«

»Wollen Sie damit sagen«, fragte Johannes, »dass der Herr Hipp beim Ausparken andere Boote gerammt hat?«

»Ausparken«, wiederholte Andi Gleixner grinsend. »Sie sand ma ja a so a Bootsmann. Na, ned er. D' Frau am Steuer. Unsa Gräfin war des. Des hot an sechsstelligen Schadn geben. Aba mir sand ja versichert, gell. Des macht gar nix, wenn ma des ganze Hafenbecken schreddert. Und, oans muas ma ihr lassn: Einen Geschmack hat sie, die Frau Gräfin. Mitten nei in unsa einzige Hallberg Rassy.«

Felix verzog das Gesicht schmerzlich. Johannes schaute ihn fragend an.

»Edles Segelboot«, erklärte der, wandte sich dann an Andi Gleixner. »Aber eigentlich zu groß für'n Starnberger See?«

»Ja, mei. Unsere Kunden fahrn a mit'm Hummer umananda. Des is a Panzer. Braucha mir den? Siegst du irgendwo an Russn oder an Islamistn? Oiso jetzt aktuell?«

Felix blickte zu Boden, um sein Lachen zu verbergen.

»Sie meinen also«, fragte Johannes ernst, »dass Ihre Kunden sehr solvent sind?«

»I sog amoi so: In derane Untahosen mechat i ned neischaun.«

»Wie bitte?«, frage Johannes, während Felix sich nur mühsam beherrschen konnte.

»Weil do werd ja woi nix drin sei, wenn die so a Gerät brauchen, oda?«

Johannes begriff noch immer nicht.

Andi Gleixner übersetzte für ihn: »Leere Hose.«

Johannes' bartlose Wangen färbten sich rosa.

Felix nickte langsam, als lasse er die Ergüsse des Bootsbauers auf sich wirken. Dann stellte er fest: »Des is bestimmt kein leichter Tschob mit so viele Großkopfade. Geben die wenigstens a gscheits Trinkgeld?«

Andi Gleixner überkreuzte die muskulösen Arme vor der Brust. »Kein Kommentar.«

»Haben Sie den Herrn Hipp persönlich gekannt?«, fragte Johannes.

»Gekannt, oiso wia moanen S' des jetzt?«

»Haben Sie mal mit ihm geredet?«, präzisierte Felix, ehe der Mitarbeiter von Herrn Perchtinger nun auch über das Kennen philosophieren würde. Vielleicht war das eine Betriebskrankheit hier.

»Er war halt a Kunde. Ich hab ihm des Boot öfter rausgefahren. Weil er da wie, äh, wie ausgeführt Schwierigkeiten gehabt hat. Ist ja a bisserl eng. Also eigentlich is es überhaupt ned eng nicht. Aber der Chef sagt, dass mia den Kunden des Gefühl geben sollen, es wär sehr eng, damit sie ned glauben, sie wären blöd.«

»Sie sind aber blöd?«, fragte Felix.

Andi Gleixner grinste. »Ja, schau doch selber, wie breit des is. Da komm ich doch durch mit am Raddampfer. Aber der Chef sagt, der Kunde ist König.«

»Und was war der Josef Hipp für ein Kunde?«, erkundigte Felix sich.

»Er hat oft Bier gebracht. Aber da ist er ja an der Quelle gsessen.« Andi blickte Beifall heischend zwischen Felix und Johannes hin und her ob seines gelungenen Wortspiels.

»War er allein?«, fragte Johannes.

»Selten.« Andi zwinkerte dem Kommissar zu.

»Mit seiner Frau?«

»Eher weniger.«

»Woher wissen Sie das?«, fragte Johannes.

»Sei Frau is a Fass.«

»Und die Begleitungen waren das nicht?«

»Nein. Das waren junge Medels.«

»Minderjährig?«

»Na, na!«, winkte Andi Gleixner erschrocken ab. »Erwachsen. Aber wenn so eine neben ihm gschtandn is. Des hätten seine Töchter sein können. Er war halt a alter Knacker. Ich hab mich da schon gfragt, was die von so eim wollen. Schee wara a ned. Und dann der Gschtank.«

»Was für ein Gschtank?«, fragte Felix.

»Der war doch Kettenraucher. Der war praktisch a voller Aschenbecher, besonders im Mund. Mi leckst am Arsch, hat der gschtunken ausm Maul.«

Nun platzte Johannes laut heraus, schlug sich dann jedoch die Hand vor den Mund, räusperte sich und fragte ernst: »An dem Tag, an dem der Leichnam in der Bootshütte gefunden wurde, hatten Sie ja Urlaub, gell?«

»Na.«

»Nein?«

»Na, des warn Überstunden. Weil ich in die Schule hab müssen wegen meinem Buam und dem Sechser in Deutsch, der wo a Frechheit war.«

»Also haben Sie den Azubi nicht geschickt mit dem Dampfstrahler, dass er das Boot saubermacht? Weil es erinnert sich nämlich keiner dran, wer das gewesen sein soll«, schaltete Felix sich ein.

»Schmarrn, Dampfstrahler. Abspritzen sollt er. Sonst wär ja alles überschwemmt.«

»Also waren Sie doch da?«

»Na. Aber des ist doch logisch. Wasser ja, Dampfstrahler nein. Hauptsache, d' Säure is weg. Die macht dir ja des Schiff kaputt. Hinten die Polster, ois. Und dann samma mia no schuid.«

»In den See gewaschen?«, fragte Felix.

»So vui war's wohl ned.«

»Ham Sie's gesehen?«

»Na! Ham Sie was auf die Ohren? Ich war ned da. Aber wo Sie dauernd so vui wissen wolln, do frog i mi scho: War des jetzt ein Unfall oder ein Mord?«

»Ist des wichtig für Sie?«

»Na ja, a Mord warad mir scho liaba.«

»Aha?«

Andi Gleixner schlug einen vertraulichen Ton an. »Wennst wo arbeitest, wo's an Mord geben hat, des ist doch a Riesensach. Unfälle gibt's dauernd. Grad bei uns. Im letzten Jahr war's ganz schlimm. Da ist die Berufsgenossenschaft quasi ei und aus ganga. Oana is vom Takelmast gflogn, am andan is a Masten aufigfoin, da Nächste hot si um d' Bohrmaschin gwickelt, und dann hamma no fast an Giftgasalarm ghabt bei dem Brand in der Malerei. So muas des fei in dem Jahr ned weitergeh. Und wenn ma jetzt an Mord hätten, dann warat des ja amoi a Abwechslung. Wobei des dem Chef ned schmecken würd. Oiso i tät mei Boot scho in an Segelclub mit am Mord. Des is doch erst recht spannend. Aba der Normalmensch, verstängan S'? Der macht do an Bogen. Weil der Normalmensch koa Risiko eingeht. Der Normalmensch is nämlich a feige Sau.«

Felix schwieg.

»Mei Meinung«, schob Andi Gleixner nach. »Wobei die Normalmenschen bei uns ja eigentlich koane sand. Mia hom vui Promis. Fußballer, Fernsehstars, Geldige o mass, Unternehmensvorstände, ois. Politiker a.«

Felix nickte bedächtig. Dann fragte er langsam: »Wenn des jetzt also wirklich ein Mord gewesen wäre, Herr Gleixner. Was glauben Sie, wie des passiert sein könnte? Sie ham sich da doch bestimmt schon Gedanken gemacht.«

»Na.«

»Nein?«

»Is ja ned mei Tschob, oda?«

»Nein. Aber man denkt sich doch was.«

»Na. Ich denk mir nix, wenn mich des nix angeht, weil die meisten Probleme kriegst du im Leben, wenn du über was nachdenkst, was dich nix angeht.«

Felix schwieg abermals.

»Aber ...«, Andi Gleixner zögerte, »also wenn ich amal a Ausnahme machen würd.«

»Ja?«

»Dann würde ich glauben, dass der Täter drauf spekuliert hätte, dass der Kahn komplett in d' Luft fliagt. Und des wär ja einfach gwesen bei so am Kettenraucher. Der oide Hipp geht in sei Hüttn, zünd si a Zigarettn o, und des war sei letzte. Peng. Weil die Batterien so gasen, dass eam 's Licht ausblost, wenn eam 25 Batterien mit 40 kW um die Ohrn fliagn.«

»Dann hätte der Täter es also auf den Hipp abgesehen?«

»Ja, freilich. Bringst du irgendwen um bloß aus reiner Gaudi?«

»So was hama manchmal auch«, entgegnete Felix.

»Dann wäre der Täter also in die Hütte reingeschwommen und hat das Ladegerät manipuliert?«, fragte Johannes und wurde im nächsten Augenblick tomatenrot.

Felix sprang ihm bei. »Oder was meinen Sie, wie soll das gegangen sein, wenn das Ladegerät normal gearbeitet hätte?«

Die LKA-Information über das manipulierte Ladegerät war noch nicht an die Presse weitergegeben worden. So eine Information posaunte man nicht unbedingt herum. Aber im Eifer des Gefechts konnte einem das schon mal rausrutschen.

Johannes hatte seinen Fehler selbst bemerkt, Felix würde ihn später nicht darauf aufmerksam machen.

»Dass mit dem Ladegerät wos ned stimmt, des hob i mir glei denkt. I hätt mir des a gern ogschaut. Aba es war ja dann nimma do, weil Sie des mitgnomma hom. Oiso, Sie woitn wissen, wia ma in die Hüttn einikimmt. Des ist so: Manchmal stehen unsere Hütten offen. Des ist normal. Wenn der Hipp nämlich nausgfahrn is, bleibt des Tor offen, bis er wieder zurückkimmt. In dera Zeit konn a jeder nei. Und weil's die letzte Hüttn aufm Gelände ist, sigt des a koaner. Der Chef hot sich total aufgregt. Morgn kommt die Firma von der Überwachung, und mia kriagn neue Kameras. Die Hipp-Hütten war nämlich im toten Winkel.«

»Und wie ist des dann, wenn Sie die Batterien nicht mehr laden und der Bootseigentümer es selbst macht?«, fragte Johannes.

»Ja, nachad macht er's selber«, bestätigte Andi Gleixner.

»Und wie genau?«

Andi Gleixner schaute Johannes mitleidig an und antwortete dann fast druckreif: »Der Kunde fährt raus, dann kommt er wieder rein und hängt die Batterien ans Ladegerät. Sonst hätte er ja keinen Saft mehr nicht beim nächsten Mal.«

»Wie lang bleiben die Batterien dann hängen? Die muss doch jemand abklemmen?«

»Schmarrn. Die hängen so lang, bis der Kunde wiederkommt. Da passiert nix. Wenn's voll sind, gehen s' in den Modus Erhaltungsladung.«

»Aber warum laden Sie dann im Winter?«

»Damit s' ned tiefentladen und auffriern. Dann wärn's hi. Und wer tät des zahln müssn? Mia. Na, da bass ma scho auf.«

»Und in der Saison ist der Kunde selbst dafür zuständig?«

»Des hob i doch vorhin scho amoi erklärt.« Andi Gleixner wurde ungeduldig.

Felix nickte nachdenklich. »Das heißt, dass der Herr Hipp davon ausgegangen ist, dass alles in Ordnung ist.«

»Ja, was soll denn auch gwesen sein? Da wär doch keiner auf die Idee nicht gekommen, dass des Ladegerät immer weitergeladen hat, bis die Batterien kochen. Und des muss so gwesen sein! Wie soll des denn sonst gehen? Aber so was gibt's normalerweise ned. Des hat auch Ihr Techniker gsagt, der wo im Ganzkörperkondom überall rum is. Und von der Herstellerfirma warn gestern zwei Ingenieure da und a Mechaniker. Denen geht die Düse. Die ham alle Geräte durchgetscheckt. Is ja ned so prickelnd, wenn sich des rumspricht, dass des Ladegerät a Bombn is.«

»Nicht das Ladegerät. Es war manipuliert«, korrigierte Felix und entlastete damit seinen Kollegen.

Johannes warf ihm einen dankbaren Blick zu und fragte den Bootsbauer: »Eine Sicherung ist schnell draußen, oder?«

»Kommt drauf an, wie gut du hinkommst.«

»Und da war's ned einfach?«, fragte Felix.

Andi Gleixner kniff die Lippen zusammen und schwieg.

»Jetzt mal unter uns«, begann Felix. »Könnten Sie ein Batterieladegerät so manipulieren, dass es immer weiterladen würde?«

Abermals überkreuzte Andi Gleixner die Arme vor der Brust. »I bin Bootsbauer, koa Batteriefuzzi. Des is Elektronik. I mach in Holz. Wenn's sein muss auch Kunststoff. Aber koa Elektrik ned.«

»Gibt's denn hier einen auf der Werft, der wo in Elektronik macht?«

»Weniger.«

»Und was machen Sie dann, wenn Sie ein elektronisches Problem haben? Das kommt doch vor?«

»So a Teil wird eingeschickt. Genauso wie bei euch. Des hat mir oaner von eure Techniker verzählt.«

»Aha. Und wenn Sie jetzt zum Beispiel ein Radio in einem Boot einbauen?«

»Des is ja koa Elektronik. Des ist ja bloß Plus und Masse.«

Kapitel 17

»Ich hab's vermasselt«, sagte ich in eines der seidigen Flipperohren. »Aber wir kriegen deinen Napf auch so voll. Versprochen.« Flipper drückte seinen großen schwarzen Kopf in meine Hand. »Und du musst auch keine Pianisten verspeisen«, versprach ich ihm. »Die sind bestimmt schwer verdaulich mit all den Noten im Gekröse.« Flipper schleckte sich übers Maul.

Wie so manches Mal, wenn ich einen vertraulichen Monolog mit meinem Hund hielt, musste ich grinsen. Als Hundebesitzerin hatte ich quasi eine Dauerkarte für die Klapsmühle. Wobei ich noch nicht in die geschlossene Abteilung gehörte. Es gab auch Hundebesitzer, die hielten ihre Vierbeiner für Reinkarnationen verstorbener Zweibeiner, kochten ihnen aufwändige Menüs und nahmen ihnen zärtlich Knochen aus dem Maul. Allerdings nicht mit der Hand. Bei mir durfte Flipper nur auf eine Sofaecke, manchmal. Und niemals ins Bett. Und ich glaubte auch nicht, dass er mal ein Mensch gewesen war. Aber vielleicht wurde er im nächsten Leben einer. Bis dahin war alles wunderbar, genauso wie es war.

»Komm, Flipper!« Ich rannte los, und er folgte mir mit großen Sprüngen. Gelb und rosafarben blühten die Sträucher, die Wiesen schimmerten lindgrün appetitlich. Man konnte neidisch auf alle Grasfresser sein, die sich diese zarten Delikatessen würden schmecken lassen. Um diese Uhrzeit waren viele Jogger im Olympiapark unterwegs, die den Frühlingsabend genossen, der wahrscheinlich nicht mehr lange andauern würde. Der Föhn, der den Münchnern wieder einen herrlichen Tag beschert hatte, brach allmählich zusammen, eine wie geölt wirkende Wolkenschicht glitt wie ein Vorhang über die Stadt. Das passte zu meiner Abschiedsstimmung. Ich würde Anton anrufen, ihm beichten, dass ich den Job verloren hatte, und meinen Fitnessstudios mailen, dass ich die ausgefallenen Stunden nun doch übernehmen konnte.

Flipper hatte einen Tennisball gefunden und warf ihn mir auffordernd vor die Füße.

»Gleich«, vertröstete ich ihn, weil ich einen Stein im Schuh hatte. Ich setzte mich auf eine der unbequemen dunkelgrünen Gitterbänke, von denen es im Olympiapark Dutzende gab, und schaffte es, einen so festen Knoten in die Schnürsenkel zu zurren, dass ich eine Weile daran herumnesteln musste.

»Frau Fischer!«

Erschrocken fuhr ich herum. Hier kannte mich doch keiner! Der Olympiapark gehörte nicht zu meinem Revier.

Gudrun Röder klang aufgeregt. Rote Flecken leuchteten in ihrem Gesicht. »Wie gut, dass ich Sie finde.«

Ich war erstaunt, dass sie überhaupt noch mit mir sprach. Schließlich hatte ich mich wortlos vom Dienst entfernt. Ich rechnete mit einer fristlosen Kündigung.

»Frau Fischer, ich brauche Ihre Hilfe.«

Das hörte sich nicht nach Kündigung an. Neugierig musterte ich sie. Ihr Gesicht glänzte, sie hatte Schweißperlen auf der Stirn. Bewegung war sie anscheinend nicht gewohnt.

»Zaza is weg. So was macht er manchmal. Er bleibt dann stundenlang verschwunden.« Sie seufzte. »Das darf er ja auch. Das steht ihm zu. Ich kenne niemanden, der so viel arbeitet wie er. Aber gerade jetzt ist das sehr, sehr ungünstig. Wir haben zwei Filmteams da, eins aus Washington. Der Zar ist im Gespräch als einer der geladenen Künstler für die Weihnachtsfeier im Weißen Haus. Ich muss Ihnen sicher nicht erklären, was das bedeutet. Also: Können Sie ihn finden?«

»Wie, finden?«, fragte ich. »Die Halle ist riesig.«

»Nein, nein, er ist rausgelaufen. Ich habe ihn gesehen.«

»An welchem Ausgang?«

»Ich kann es Ihnen zeigen.« Gudrun deutete auf Flipper. »So ein Hund kann doch Menschen finden?«

»Wenn er trainiert ist.«

»Ist er das?«

Ich nickte und spürte, wie mich Stolz durchflutete, was ich gleich darauf albern fand. Aber so war es nun mal, wenn man eine Dauerkarte für die Klapse hatte. Da war man stolz darauf, wenn der Hund auf Kommando Würste fabrizierte, Männchen machte oder Leute fand. Letzteres bereitete Flipper großen Spaß. Unter Führung von Stephanie Lang von Langen, einer Adeligen, trainierten wir seit einem Jahr regelmäßig in einer Mantrailing-Gruppe im Englischen Garten. Und die Teilnehmer waren größtenteils auch adelig. Aristoteles vom Tomberg, Saxthorpe Domino of Brindlebay, Dinco vom Rauhenberg, Mell of Carinthia, Amy von Starenberg. Allein Flipper und der Sauser, der schnellste Dackel zwischen München und Starnberg, waren Illegale ohne Papiere. Was man ihren Nasen nicht anmerkte. Flipper war sogar der führende Schnüffler des Rudels, ob blaublütig oder anämisch, er fand jeden.

Gudrun Röder wirkte sehr nervös. »Normalerweise wäre so etwas wirklich kein Problem«, erklärte sie mir. »Sicher, Fans können ziemlich aufdringlich werden. Aber im Großen und Ganzen lassen sie ihn schon am Leben.« Sie schlug sich mit der Hand auf den Mund, eine Geste, die überhaupt nicht zu ihr passte.

»Glauben Sie, er ist in Gefahr?«, fragte ich, während mein Zusatzauftrag mit voller Wucht in mein Bewusstsein drang.

Gudruns Stimme zitterte. »Natürlich nicht«, sagte sie. Sie war offensichtlich in allerhöchster Sorge um ihren Arbeitgeber.

»Wie ist er gekleidet?«, fragte ich. »Sieht er aus wie der Zar?«

»Mütze, große Sonnenbrille. Sonst normal.«

»Haben Sie irgendwas, das nach ihm riecht?«

Gudrun reichte mir eine Socke. Ich staunte. Diese Frau war wirklich top. Sie hatte mich mit dem Vorsatz gesucht, mein Hund solle den Zar finden, und deswegen eine Duftmarke eingesteckt.

So intensiv wie von einer Socke hätte der Geruch nicht sein müssen. Also nicht, dass ich etwas roch. Flipper hätte auch der Schlüsselbund des Zar genügt. Am Ausgangspunkt der Suche nahm er einen Schnapper Sockenduft und schaute mich an. Ich nickte langsam, hielt ihn in Spannung. Dann schickte ich ihn mit meinem Kommando los. Er schoss davon wie ein Pfeil. Eigentlich hätte ich ihn an eine lange Leine nehmen müssen, doch die war im Auto. Also rannte ich ihm nach, das Gelände war ja übersichtlich. Kurz keuchte es noch hinter mir, dann gab Gudrun Röder auf.

Flipper galoppierte Richtung Olympiasee, lief dort am Ufer entlang, schlug einen Bogen, rannte Richtung Fernsehturm, die Rute hoch erhoben, ständig wedelnd, und ich hastete hinterher, allmählich etwas außer Atem, auch der Abstand vergrößerte sich zwischen uns. Einem Hund mit Witterung in der Nase kommt kein Mensch nach. Oben am Theatron blieb Flipper stehen, hob die Schnauze in die Luft, prüfte, lief Richtung Schwimmhalle, kehrte um, suchte weiter und rannte erneut zum Wasser, die Stufen hinab. Da sah ich ihn. Eine einzelne Gestalt am Rand der Plattform.

Ich pfiff einmal schrill, um Flipper zu stoppen. Er setzte sich sofort. Der Zar hatte uns nicht gesehen, er hörte auch nichts, er trug große weiße Kopfhörer über seiner dunklen Mütze. Ich belohnte Flipper mit drei Leckerlis für seinen Gehorsam und klopfte ihm die Flanken, worauf er wahrscheinlich hätte verzichten können. Ich aber war wahnsinnig stolz auf ihn, und das musste raus.

Das war wieder mal eine Meisterleistung gewesen, in diesem schwierigen Gelände eine Spur zu verfolgen, wo es ja keine Auffälligkeiten im Boden gab. Flipper musste über die Luft filtern. Menschen verlieren permanent Hautschuppen. Und weil unsere Körpertemperatur – außer im Hochsommer – wärmer ist als die Umgebung, steigen die winzigen Hautschuppen auf und rieseln dann zu Boden. Bei Wind werden sie auch ein Stück zur Seite geweht, verfangen sich in einem Gebüsch oder werden weit weggetragen über ein freies Feld, einen belebten Platz in der Innenstadt, auf dem es von unterschiedlichsten Hautschuppen nur so wimmelt. Was einen erfahrenen Hund übrigens nicht stört. Unbeirrt folgt er seiner Spur, bahnt sich den Weg durch Millionen von Hautpartikeln. Wie an einer Schnur gezogen behält er die richtigen in der Nase. Es ist nicht schmeichelhaft, aber so ist es nun mal: Der Hund riecht einen Zersetzungsprozess, denn die Geruchspartikel, die wir Menschen verlieren, sind mit Bakterien besiedelt. Sobald sie sich zersetzen, entstehen Gase – eine heiße Fährte für den Hund. Je nach Witterung findet dieser Zersetzungsprozess schneller oder langsamer statt.

Flipper wollte nun endlich zu seinem Zielobjekt, dem Sockenbesitzer. Ich überlegte kurz, dann ließ ich ihn frei. Hier draußen war der Zar ein ganz normaler Mensch. Ein Mann, der unter einem grauen Himmel am Ufer vor einem grauen See saß. Und drum herum Entenscheiße.

Der Zar erschrak, als der große Hundekopf ihn anstupste, dann lachte er, nahm den Kopfhörer und seine Sonnenbrille ab und klopfte Flipper auf die Flanken.

»Sieh an, die Frieda. Jetzt hetzen sie mir schon Hunde auf den Leib.«

Ich setzte mich neben ihn. Flipper setzte sich neben mich.

»Muss ein schönes Gefühl sein mit so einem Hund an seiner Seite«, stellte der Zar fest.

»Ja«, bestätigte ich.

»Als Kind habe ich mir immer einen gewünscht«, erzählte er, als wäre er ein Mensch wie du und ich. »Aber das ging ja nicht. Ich hatte nie Zeit. Dann dachte ich, dass ich später einen haben werde. Und das denke ich noch immer. Wie war es bei dir?«

»Ich hatte als Kind Angst vor Hunden. Bin mal gebissen worden. Ich weiß gar nicht, ob ich einen wollte. Eigentlich wollte ich eher ein Pferd«, erzählte ich dem Zar und wunderte mich über meine Redseligkeit. Über das Pferd hatte ich nicht mal mit Felix gesprochen. Genauer gesagt: über den schwarzen Hengst.

»Wie heißt er gleich noch mal?«, fragte der Zar.

»Flipper.«

Er lachte und wiederholte es: »Flipper.« Höflich schaute mein Seelengefährte den Zar an. Ihm war es egal, wie berühmt der sein mochte. Für ihn waren alle gleich, ob rot- oder blaublütig. Dabei war er ihm näher gekommen als manch anderer. Er hatte seinen Sockengeruch inhaliert.

In diesem Augenblick wurde mir bewusst, wie dicht ich beim Zar saß. Fast berührten sich unsere Beine. Und wie gut er aussah, nein, nicht gut. Er war schön. Ein ausnehmend schöner Mensch mit diesen sehr blauen Augen, der bronzefarbenen Haut, der perfekt geschwungenen Nase und den vollen Lippen. Er war sogar ein Bild von einem Mann, wenn er seine sensationell wilden dichten Haare verbarg. Warum dachte ich jetzt aber an Felix? Da gab es doch nichts zu vergleichen! Felix war auch attraktiv, aber eben nicht schön: Felix war ein interessanter, kantiger Mann, durchtrainiert, sehr sportlich, ein richtiger Kerl eben. Vielleicht sollte ich auch mal eine Prise Sockenduft nehmen, um wieder auf dem Boden zu landen.

»Wie oft gehst du mit ihm raus?«, erkundigte sich der Zar.

»Dreimal am Tag.«

»So ein Hund ist ganz schön zeitaufwändig, oder?«

»Ja. Aber er gibt einem auch viel«, sagte ich und wunderte mich, dass ich mich völlig entspannt mit einem Weltstar unterhielt. Vielleicht würden wir als Nächstes Rezepte austauschen. Wie machst du dein Tiramisu?

»Das kann ich mir vorstellen. Man ist nie allein, oder?«

»Du meinst einsam?«, fragte ich.

Da schaute er mich an mit einem Blick, der mir in die Seele fuhr. Noch nie zuvor hatte ich einen so einsamen Menschen gesehen. Aber er lächelte. Und das machte das Ganze noch schlimmer.

Ich hielt das Schweigen nicht aus. »Ja«, sagte ich. »Seit Flipper bei mir ist, war ich niemals einsam, aber ich habe vorher gar nicht gewusst, wie einsam ich eigentlich war.«

So hatte ich das noch nie gesagt. Es erstaunte mich.

»Das kann ich mir gut vorstellen, Frieda.«

»Ich heiße Franza.«

»Aber Frieda gefällt mir besser.«

»Es ist ein schlechtes Omen, wenn mein Name verändert wird«, sagte ich.

Ein solcher Buchstabendreher hatte mich vor einigen Monaten in Lebensgefahr gebracht, als ich, beziehungsweise eine Frau Ziska, wie mein Name verstümmelt worden war, als Hauptverdächtige in einem Mordfall gesucht wurde.

»Okay, wenn du dran hängst«, sagte der Zar.

»Ja.«

»Franza«, sagte er.

»Danke«, sagte ich und fand das gleich darauf übertrieben. Wieso bedankte ich mich, weil er mich so nannte, wie ich hieß? Ich wollte keinen Weltstarbonus geben.

»Kann er auch schwimmen?«, fragte der Zar.

»Er liebt schwimmen.«

»Auch jetzt, ich meine, das Wasser ist ja noch recht kalt?«

»Für Flipper ist es nie zu kalt.«

»Und wenn du einen Stock ins Wasser wirfst, holt er den raus?«

Ich lachte. Das war ja wohl die leichteste Übung.

Der Zar schaute sich suchend um. Flipper war aufgesprungen. Das Wort Stock gehörte zu seinen Lieblingswörtern. Kam gleich hinter Napf und Knochen und Ball.

»Hol 'nen Stock«, trug ich ihm auf.

Er spurtete los, die Nase am Boden, rannte rechts über die Wiese hoch zur Schwimmhalle, Stöcke waren hier im Park Mangelware. Doch dann brachte er einen. Der Zar war beeindruckt. Ich ließ Flipper am Ende der Plattform sitzen, warf den Stock weit ins Wasser und gab dann mein Kommando. Flipper holte Anlauf, sprang ab, drei, vier Meter, platschte ins Wasser und schwamm los. Der Zar klatschte begeistert in die Hände. Und ich war unsäglich stolz auf meinen lieben Gefährten. Und vergaß alles um mich herum. Ja, war ich denn überhaupt noch Bodyguard oder nicht vielmehr Privatperson, die mit einem Bekannten ein nettes Gespräch führte?

Wie aus dem Nichts stand der Mann vor uns. Er trug ein Käppi und eine Sonnenbrille. Etwas an seiner Körperhaltung alarmierte mich. Flipper schwamm noch immer dem Stock hinterher. Ich konnte sehr weit werfen.

»Ich möchte dir etwas schenken«, sagte der Mann zum Zar.

Da sah ich die Flasche in seiner Hand. Plastik, halber Liter. Finger, die geschwind am Verschluss der Flasche drehten. Säure, schoss es mir durch den Kopf.

Mit einem Schrei stürzte ich nach vorn und versetzte dem Kerl einen Fußkick mitten auf die Brust. Geistesgegenwärtig drehte er sich seitlich weg, sodass ich das Gleichgewicht verlor. Der Zar war ebenfalls aufgesprungen, stand nun aber bewegungslos hinter mir. Ohne zu überlegen, gab ich ihm einen kräftigen Stoß, dann positionierte ich mich in Kampfstellung mit erhobenen Fäusten. Der Angreifer, ich schätzte ihn auf über 40, konnte aber wenig von seinem Gesicht erkennen, hielt noch immer die Flasche in der Hand. Jetzt war sie offen. In

Sekundenbruchteilen schossen mir die Bilder auf die Netzhaut, die ich im Internet gesehen hatte. Die entsetzlich entstellten, verätzten Gesichter der Frauen.

Hinter mir plätscherte und prustete es. Ich wagte nicht, mich umzudrehen, hielt es aber für unwahrscheinlich, dass der Zar Nichtschwimmer war. Außerdem war ich ziemlich sicher, dass der See nicht allzu tief war. Oder doch? »Hilfe! Hilfe!«

Reflexartig drehte ich mich um. Flipper war fast beim Zar, den Stock im Maul. Der Zar griff danach. Und dann flog ich durch die Luft. Der Angreifer hatte diesen Sekundenbruchteil genutzt. Es war eiskalt. Ich schluckte Wasser und vermutlich Entenscheiße. Der Zar packte mich panisch und drückte mich unter Wasser. Als ich wieder über der Wasseroberfläche war, sah ich, dass der Angreifer die Stufen hinaufrannte. Den würde ich nicht mehr einholen, schon gar nicht mit nassen Klamotten.

Keuchend zog ich mich auf die Plattform und reichte dem Zar die Hand. Mit einem dumpfen Laut landete er wie eine Robbe auf dem Betonboden.

»Alles okay?«, fragte ich.

Er zitterte am ganzen Körper, nickte aber.

»Am besten Klamotten ausziehen, auswringen, wieder anziehen«, riet ich ihm. »Ich versuche, den Kerl zu kriegen«, erklärte ich, was übertrieben war. Flipper sollte ihn stellen. Der schüttelte sich gerade ausgiebig. »Los! Pack ihn!« Ich wies nach oben. Flipper spurtete los, ich hinterher. Unsere Verfolgung endete am Olympiabad. Da durfte der Hund nicht rein, und so wie ich aussah, war ich bereits schwimmen.

Eine herausragende Folter ist eine Komposition, die einem Thema gewidmet ist, sich ihm behutsam nähert, es umspielt und schließlich deutlich hervorhebt, um es gleich darauf in einzelne Noten fallen zu lassen, die sich dann abermals sammeln, wenn auch in anderer Gestalt – und so geht es weiter durch die gesamte Partitur. Eine Folter sollte also beginnen mit der Territio, der Androhung. Ihr folgt die Tortura, die Schmerzzufügung.

Natürlich kommt es zu Dissonanzen. Doch sie gehören in die Harmonie, denn sie sind wie ausgebrochene Takte, die allein der Foltermeister wieder in das Gesamtkunstwerk einzugliedern imstande ist, indem er seinen Rhythmus ändert.

Kapitel 18

Felix schloss seinen Bericht in der Runde der Kollegen mit den Worten: »Und wenn einer wie der Andi Gleixner, der jetzt nicht unbedingt wie ein Gesundheitsapostel wirkt, die Kettenraucherei von dem Hipp schon zweimal erwähnt, dann kann da was dran sein. Der Ladegerätsaboteur könnte darauf spekuliert haben, dass sich der Hipp in seinem Bootshaus früher oder später eine Zigarette anzündet und in die Luft fliegt.«

»Aber wenn die Batterien richtig gekocht hätten, sähe die Leiche anders aus. Die müsste es quasi zerrissen haben. Außerdem hat's keinen Brand gegeben. Und der Hipp selber hätte es riechen müssen, dass da was nicht stimmt«, widersprach Kriminalkommissar Bert Roch. »Des gast doch dann ganz sakrisch.«

Felix entgegnete ihm: »Vielleicht ist er zu früh aufgetaucht. Vergiss nicht: Die Batterien hätten ja noch weitergekocht. Es wusste keiner, wann der Hipp in die Hütte kommt. Ich habe mich erkundigt, die Kunden sagen sich normalerweise nicht an. Es gibt zwar ein paar, die rufen an, weil sie ihr Boot klargemacht kriegen wollen, aber der Hipp hat nicht dazugehört.«

»Manchmal schon«, warf Johannes ein.

Felix nickte. »Danke. Stimmt. Gelegentlich hat der Hipp wohl angerufen. Wir konnten noch nicht mit allen Mitarbeitern des Segelclubs sprechen. Zwei sind im Urlaub, und ein Azubi ist auf der Schule in Lübeck und geht nicht ans Telefon.«

Claudia von Dobbeler sagte bedächtig: »Aber wenn die Batterien immer weitergekocht hätten … wäre die Hütte dann nicht so oder so in die Luft geflogen? Das ist doch Knallgas, was sich da entwickelt. Ich meine, was wäre gewesen, wenn irgendein Mitarbeiter des Segelclubs den Lichtschalter betätigt hätte, vorausgesetzt, da befindet sich so was, oder sich eine Zigarette angezündet hätte? Der Hipp wird ja wohl nicht der einzige Raucher auf dem Gelände gewesen sein. Also hätte es jedem passieren können?«

Sie schwiegen eine Weile. Dann sagte der Erste Kriminalhauptkommissar Leopold Chefbauer: »Der Bert ruft beim LKA an und spricht mal mit einem Techniker die Theorie durch.«

»Entschuldigung, des mach lieber ich«, meldete Laura sich. »Physik is, glaub ich, nichts für 'n Bert.«

Gelächter brandete auf. Bert wehrte sich wider Erwarten nicht. Er warf Laura einen dankbaren Blick zu. Ham die was miteinanda?, fragte Felix sich. Hoffentlich nicht, sonst wäre ihm seine Lieblingskollegin lang nicht mehr so sympathisch.

»Schauts mir noch amal die Protokolle durch«, fuhr der Chef fort, »und seids lästig im Segelclub. Und fragts auch im Umfeld vom Hipp, ob da irgendwas bekannt war, dass er genau an dem Tag rausfährt. Er kann es rumerzählt haben. Wie ma halt so sagt. Morgen fahr ich mit dem Boot raus. So was kündigt man doch manchmal an. Wir müssen rausfinden, ob wirklich der Hipp gemeint war.«

»Seine Frau hat's gewusst«, warf Johannes ein.

»Eben nicht«, erklärte Dieter. »Also, das sagt sie. Sie hat ja überhaupts geglaubt, dass er vier Tage weg ist. So hat er es ihr gesagt. Der ist einmal im Monat quer durch Deutschland in seine Filialen.«

»Und diesmal wollt er vorher noch a bisserl Schifferlfahren?«, zweifelte Claudia.

»Vielleicht ist der See auf seinem Weg gelegen«, warf Bert ein.

»Aber wenn man verheiratet ist, ruft man doch mal zu Hause an.«

»Ned unbedingt«, widersprach Leopold Chefbauer. »Sobald ma über fuffzig ist, reduziert sich des mit dem Anrufen, des wirst du auch noch merken. Da machst du des dann per Telepathie. Redn brauchst nämlich nimma viel, wennst so lang beieinanda bist.«

»Das sind ja tolle Aussichten«, stöhnte Claudia.

»Du, für an Mo wird die Ehe ab dem Zeitpunkt erst erträglich«, schmunzelte Bert.

»Und wenn seine Frau was damit zu tun hat?«, fragte Johannes.

»Die kann's nicht gewesen sein. Also nicht selber«, erwiderte Dieter, der die Ermittlungen in dem Fall führte. »Das trau ich ihr nicht zu, so fett wie die is, und außerdem hat sie ein Alibi.«

»Man sagt nicht fett«, erklärte Claudia von Dobbeler, die ihren Spitznamen Moppelchen sehr wohl kannte.

»Na, des nennt sich querschlank«, grinste Dieter breit.

Der Chef hob beschwichtigend die Hände.

Kriminalkommissarin Laura Lichtenstern führte sie zurück zur Sachebene: »Klar ist, dass die Frau Hipp ihren Mann nicht besonders mochte.«

»Also eine ganz normale Ehe«, resümierte Dieter.

»Schmarrn normal«, widersprach Bert. »I mog mein Frau.«

»Und du, Felix?«, stichelte Claudia von Dobbeler. Ihre unglückliche Liebe zu ihm war bekannt.

Er ignorierte ihre Bemerkung und wandte sich an Dieter: »Du hast mit der Frau Hipp gesprochen. Wie schätzt du sie ein?«

Dieter zögerte kurz, dann sagte er: »Wie eine, die sich arrangiert hat. Die Frau ist sich sehr wohl bewusst über die Annehmlichkeiten, die ihr das Geld ihres Mannes verschafft.«

»Aber wieso soll man was ändern, wenn es gut läuft? *Neffa tschänsch ä ranning süstem.*«

»Ist es denn gut gelaufen?«, fragte Felix. »Oder hat sie doch was damit zu tun?

Dieter schüttelte den Kopf. »Ich glaub nicht, dass sie dahintersteckt. Wobei ja der Tod, das dürfen wir nicht vergessen, durch Ertrinken eingetreten ist.«

»Wenn ihm einer was über den Schädel gezogen hat«, sagte Johannes, »ist er aber deswegen ertrunken.«

»Was glaubst du eigentlich, worüber wir uns hier die ganze Zeit unterhalten?«, fuhr Claudia von Dobbeler ihren jungen Kollegen an. Der wurde sofort rot. »Wir fragen uns, ob es Mord war. Oder Körperverletzung mit Todesfolge. Und den Knüppel kannst du dir sparen. Der Luminol-Test vom LKA hat Blut am Pfosten nachgewiesen. Das heißt, er ist draufgeknallt, niemand hat ihm einen Knüppel über den Kopf gezogen, hast du vielleicht mal die Akten gelesen, auch der Hinteregger …«

»Claudia!«, rief der Chef sie zur Ordnung.

»Ich mein ja nur«, trat sie nach. »Wir fragen uns doch, ob der Täter den Hipp vielleicht nur erschrecken wollte mit dem Säureattentat und es danach in einer Verkettung tragischer Umstände zu seinem Tode kam, weil er unglücklich ins Wasser gesprungen ist. Oder ob dieser Tod von vorneherein in der Absicht des Täters lag.«

»Und wenn wir den Knüppel nur nicht gefunden haben?«, hielt Johannes trotzig dagegen. Er sprach aber so leise, dass ihn niemand verstand.

Claudia lenkte ein. »Jedenfalls hat der Hipp das einzig Richtige getan, nachdem ihn die Säure erwischt hat. Er ist ins Wasser gesprungen. Oder eben gestoßen worden. Wasser ist medizinisch betrachtet die erste wichtigste Maßnahme, ich habe mit einem Arzt gesprochen.«

»Mich beruhigt das immer irgendwie, wenn ich mir vorstell, dass einer nicht merkt, wie er ertrinkt«, sagte Laura. »Des muss doch furchtbar sein, wenn du Wasser einatmest.« Sie schüttelte sich.

»Des ist halt unvermeidlich beim Ertrinken«, stellte Dieter fest. »Wenigstens des hat ja der Hinteregger zweifelsfrei festgestellt, dass er ertrunken ist, auch wenn er höchstwahrscheinlich an seinen Schädelverletzungen gestorben wäre. Vielleicht hätte er eine Chance gehabt, wenn man ihn gleich aus dem Wasser geholt hätte. Aber gewiss ist des nicht. Denn in dem Augenblick, wo er tot war, also des Herz aufgehört hat zu schlagen, hat die Hirnverletzung ja auch nicht weitergeblutet, es kann also nicht gesagt werden, wie viel da noch nachgelaufen wär. Ob der überhaupts noch amal worn wär.«

»Was ist mit seinen Freundinnen?«, fragte Bert. »Der Hipp hat doch welche gehabt?«

»Ja. Und ich glaub, die Frau von dem war froh, dass ihr die die Arbeit abgenommen haben«, meinte Dieter.

»Drecksarbeit«, grinste Bert.

Felix machte sich eine Notiz. Bei aller Achtung Dieter gegenüber glaubte er das nicht, solange er sich nicht selbst davon überzeugt hatte. Auch wenn eine Frau nichts von ihrem Ehemann wollte, konnte ihr Seelenfrieden davon abhängen, ob er eine Freundin hatte. Melanie zum Beispiel. Sie hatte darauf gedrungen, dass er auszog. Kaum hatte sie von Franza erfahren, hatte sie ihm das Leben zur Hölle gemacht, obwohl sie selbst einen Liebhaber hatte, wie er durch zuverlässige Quellen wusste, was sie jedoch abstritt. Was ihm wiederum egal war. Was sie so deutete, als habe er sie nie geliebt. Was er überhaupt nicht kapierte. Weil das doch heißen würde dass sie verlange, er liebe sie noch immer. Versteh einer die Frauen. Dagegen war die Franza-Fischer-Logik simpel: Wir haben keine Beziehung, weil wir uns sonst trennen würden. Ergo bleiben wir zusammen für immer – weil wir nie zusammen waren.

Kapitel 19

Während der Zar von Lizzie und einer mir unbekannten Frau versorgt wurde – »oh mein Gott, oh du Armer, du zitterst ja, komm schnell unter die heiße Dusche« –, musste ich darum bitten, ein Bad im Backstagebereich benutzen zu dürfen und Klamotten geliehen zu bekommen. Als ich in einer übergroßen Jeans mit Sweatshirt zurückkehrte, stritten Gudrun und Bibi. Bibi wollte auf keinen Fall die Polizei benachrichtigen, Gudrun sah darin hingegen eine gute Story. »Es ist ja nichts passiert. Es war halt irgendein verrückter Fan. Und die guten Fans können sich davon distanzieren. Das beschert uns eine Welle der Sympathie. Wunderbar!«

Da tauchte der Zar wieder auf. Im Bademantel.

Lizzie lief hinter ihm her. »Du musst unter die Dusche. Lang und heiß. Bitte!« Sie weinte fast.

»Wo ist Flipper?«, fragte der Zar mich.

»Vor der Tür«, entgegnete ich. Ich hatte den nassen, schlammbespritzten Hund nicht über die hellen Teppiche im VIP-Bereich laufen lassen wollen.

»Er hat mir das Leben gerettet«, sagte der Zar leise, wiederholte es lauter und dann noch einmal, wobei er Gudrun seltsamerweise triumphierend ansah.

»Wie denn?«, fragte Yasmin.

»Als mich der Kerl ins Wasser gestoßen hat, ist er mir nachgesprungen und hat mir einen Stock gebracht, an dem ich mich festhalten konnte«, erklärte der Zar ernsthaft.

»Hammer«, hauchte Yasmin.

Gudrun fasste sich ergriffen an die Brust. Sogar Bibi nickte anerkennend.

Ich hätte fast herausgebrüllt vor Lachen. Doch dann merkte ich, dass der Zar das wirklich glaubte. Und ich erinnerte mich daran, wie Felix mir einmal erzählt hatte, wie schnell Zeugen Situationen verdrehen, dass oft das subjektive Erlebnis über der Realität steht. Da berichten

Opfer von einem Täter, der mindestens 1,90 groß, kräftig und breitschultrig war. Aber in Wahrheit misst er 1,68 Meter und ist mager, ein Grischperl. Doch das Opfer hat ihn anders wahrgenommen, nämlich übermächtig. Und dann gibt es da noch Scheinerinnerungen. Nur Profis können die Wahrheit herausschälen. Nicht jede falsche Aussage ist eine Lüge, manchmal beruht die Lüge auf einer falschen Erinnerung, die durch einen subjektiven Eindruck gebildet wurde.

Gudrun klatschte in die Hände. »Wunderbar! Großartige Geschichte! Zaza, glaubst du, wir können in 20 Minuten eine kleine Pressekonferenz abhalten? Die Leute sind ja alle schon da. Mit dieser Story ist uns keiner mehr böse, weil er warten musste.«

»Ich bin absolut dagegen«, insistierte Bibi.

»Mein Hund kommt nicht in die Medien«, erklärte ich ruhig, aber bestimmt.

»Dann ist er eben aus Versehen ins Wasser gefallen?«, versuchte Yasmin eine Lösung zu finden. »Wenn Gudrun meint, dass das gut ist, so als Geschichte. Wobei mir *Hashtag Zarattentat* besser gefallen würde.«

»Auf keinen Fall!«, widersprach Bibi. »Zar und Attentat niemals koppeln, niemals!«

So aufgebracht hatte ich ihn noch nie erlebt.

»*Hashtag Zarfan*?«, schlug Yasmin vor.

»Zaza muss jetzt duschen! Bitte! Das könnt ihr doch später besprechen. Er erkältet sich sonst noch!« Lizzie klang weinerlich.

Während dieser Verhandlungen, die ihn ja auch betrafen, stand der Zar völlig unbeteiligt in seinem Bademantel da. Er schien nicht zu hören, was sein Team besprach. Als würde er einer inneren Musik lauschen, denn sein Gesicht wirkte entspannt. Schließlich wandte er sich zu mir. »Würde dein Hund mich auch verteidigen? Wenn ich angegriffen würde? Oder macht er das nur bei dir?«

»Kommt drauf an«, sagte ich.

»Worauf?«

»Ob ich ihm das sage.«

»Also ist es erforderlich, dass du dabei bist.«

»Ja, natürlich. Er ist doch mein Hund.«

»Und …«, der Zar zögerte, »wenn du weg wärst?«

Nicht nur ich hörte den Unterton in seiner Stimme. Auch Gudrun fiel er auf, wie ich an ihrem Gesicht ablas, über das ein Sorgenschatten huschte.

»Bitte, Zaza«, bat Lizzie nachdrücklich.

»Was ist, Frieda?«, fragte der Zar. »Wenn du weg wärst, was wär dann?«

»Woher soll ich das wissen, wenn ich dann weg bin?«, fragte ich ihn.

Er musterte mich. Sein Blick war so kalt, dass mich fröstelte. Ich verstand nicht, was das sollte, warum er jetzt so schaute, oder war er einfach nur durchgefroren?

Das schien auch Gudrun zu vermuten. Sie bat ihn sehr freundlich: »Bitte Zaza! Ich bitte dich inständig, jetzt mit Lizzie zu gehen. Ich kläre inzwischen mit Bibi, wie wir am besten mit dem Vorfall umgehen sollten, und wir sagen dir dann, zu welchem Ergebnis wir gekommen sind, was wir dir vorschlagen möchten.«

Der Zar nickte und ging ab. Von Flipper verabschiedete er sich nicht. Eben noch Lebensretter, jetzt schon vergessen. Die spinnen doch, die Pianisten.

***

30 Minuten später zeigte ich einem halben Dutzend Polizeibeamten die Stelle, an der der Zar wohl angegriffen worden war. Mit dieser Formulierung, so meinte Bibi, würden wir nichts verheimlichen, aber auch nichts behaupten. Denn wenn der Zar abstreiten würde, im Wasser gewesen zu sein, würde garantiert irgendein Foto auftauchen von einem klatschnassen Zar. »Heute hat die Luft Augen«, erklärte er mir. »Du musst jederzeit damit rechnen, fotografiert und gefilmt zu werden. Der gemeine Fan sieht alles.«

»Zu meiner Zeit hieß das noch, Gott sieht alles«, warf ich ein. Als Kind hatte ich mir manchmal die großen Liebergottaugen am Himmel vorgestellt, die hin- und herrollend jedes Menschlein im Blick behielten, sogar auf der Toilette.

Damit ich mich nicht verplapperte, begleitete Bibis Assistent Fred mich, der mir in diesem Zusammenhang zum ersten Mal begegnete. Er sprach allerdings nicht mit mir, sondern war fast ununterbrochen mit seinem Smartphone beschäftigt. In seinem Anzug mit Krawatte und den polierten Schuhen sah er aus wie ein Banker.

»Waren Sie auch dabei?«, wurde er von einem Polizisten in Zivil gefragt. Vier Stück waren angerückt. Das war wohl ein bisschen übertrieben, und zwei weitere Streifenbeamte standen auch noch in der Gegend herum.

Fred schüttelte den Kopf.

»Wann können wir mit dem, äh, Herrn Zar sprechen?«

Ich merkte deutlich, dass alle Polizisten nun die Ohren spitzten. Das wäre eine Sensation am Abendbrottisch: Vorhin hab ich übrigens den Zar vernommen.

Seit ich mit Felix liiert war, wusste ich, dass Polizisten ganz normale Menschen waren. Die manchmal auch unerlaubt in ihren Datenbanken recherchierten, um etwas über die Nachbarn herauszufinden.

Fred erklärte den Beamten: »Der Zar hat nichts gesehen. Er weiß nur, dass es sich um eine männliche Person mit Käppi und Sonnenbrille gehandelt hat. Er ist dann geistesgegenwärtig ins Wasser gesprungen. Wie Sie wissen, hat er noch zwei Konzerte in Ihrer schönen Stadt zu geben. Als der Zar wieder auftauchte, stand er mit dem Gesicht zum Olympiaberg, nicht zum Ufer. Bis er die Situation verarbeitet hatte und sich umdrehte, war der Angreifer verschwunden. Insofern kann er Ihnen überhaupt nichts zum Hergang sagen. Es könnte auch eine ganz harmlose Geschichte sein. Vielleicht ging es dem Angreifer nur darum, Körperkontakt herzustellen. Einmal den Zar zu berühren. So was gibt es oft. Verstehen Sie mich bitte richtig, meine Herren, wir melden das nur der Ordnung halber.«

»Aber er ist doch bedroht worden? Sonst wäre er nicht ins Wasser gesprungen?«

»Ich war nicht dabei. Bitte wenden Sie sich an die Dame, die Augenzeugin gewesen ist.«

Ja, das war ich. Und ich hätte es abgestritten. Doch es gab da eine

Spaziergängerin, die ganz entzückt von Flipper war und ihn fotografiert hatte, wie ich mich erinnerte. Und wenn ich Pech hatte, war ich auch auf dem Bild, und der Zar. Ich würde nie mehr die Polizei anlügen, das hatte mich schon einmal fast das Leben gekostet. Davon abgesehen waren zwei Anrufe bei der Polizei eingegangen, dass erstens ein Mensch im Olympiasee ertrank und zweitens trotz des Badeverbotes jemand dort schwamm. Und der am Eingang der Olympiahalle postierte Wachmann hatte den triefend nassen Zar und mich gesehen, denn seine Mütze hatte der Zar im Wasser verloren.

Bibi hatte recht. Wir sollten so nah wie möglich an der Wahrheit bleiben. Und Gudrun hatte recht: Es wäre keine gute Presse, wenn der Zar ein Bad in Entenscheiße genommen hätte. »Ist der Zar noch Herr seiner Sinne oder überkommt ihn in Bayern das Kini-Syndrom? Wird unser Zar verrückt? Ertränkt er sich? Auf dem Olymp, sprich im See des Olympiaparks?« So oder ähnlich hätten dann die Schlagzeilen geheißen.

Alle schauten mich an, die Augenzeugin. Meiner Meinung nach war ich die Einzige, die die Wahrheit kannte. Ich beschloss, mich auf die handfesten Details zu beschränken, und beschrieb den Angreifer so gut wie möglich. »Zirka 1,80 Meter, ich glaube über 40, Normalfigur, nicht zu dünn, nicht zu dick, aber doch ein bisschen kräftig, schwarze Jacke, schwarze Hose, schwarze Schuhe. Große Sonnenbrille. Schwarzes ...«, ich zögerte, »nein, dunkelbraunes Käppi.« Und dann fiel mir noch etwas ein. »Breiter Goldring am rechten Ringfinger, da wo er die Flasche in der Hand gehalten hat.«

»Ehering?«

Ich zuckte mit den Schultern.

»Und hat er den Zar jetzt angegriffen oder nicht oder hat er ihn nur mal gestreichelt?«

»Tut mir leid, ich habe wohl gerade woanders hingeschaut. Ich weiß es nicht.«

»Und was war das für eine Flasche?«

Fred starrte mich an, als wolle er mich hypnotisieren.

»Wasser«, sagte ich und dachte, dass der kleinste der vier Zivilbeamten ein ziemlich guter Bulle war. Er hatte irgendetwas gemerkt, wenn er auch nicht wusste, was. Vielleicht hatte meine Stimme bei dem Wort Flasche verdächtig geklungen. Felix hätte das auch gehört.

»Wurde der Zar jetzt bedroht oder nicht? Sie müssen uns schon auch verstehen. Wir können nicht ermitteln, wenn uns der Grund dazu fehlt. Ein Grund wäre, wenn der Zar zum Beispiel mit einer Waffe bedroht worden wäre. Aber das ist ja anscheinend nicht der Fall. Eine Wasserflasche ist ja wohl keine Waffe.«

Doch, dachte ich.

Der aufmerksame Cop musterte mich intensiv. Konnte der meine Gedanken hören?

»Meine Herren, ich danke Ihnen.« Fred drückte allen sechs Polizisten die Hand, als wäre soeben etwas Großartiges in die Wege geleitet worden, und ging einfach weg.

Einen Augenblick war ich irritiert, doch dann beschloss ich, zum Zarenhof dazuzugehören. Der Ruf des uniformierten Polizisten: »Wir müssen noch Ihre Personalien aufnehmen«, perlte an mir ab. Ich lief einfach weiter, einen halben Schritt hinter Fred. Ich war die Assistentin der persönlichen Assistentin des Zar. Ich genoss Immunität. Niemand hielt mich auf.

Hat die Folter erst einmal begonnen, ist sie nicht mehr aufzuhalten. Aus diesem Grunde sollte sie stets mit Bedacht begonnen werden – mit einem Territio mere verbalis, einem Erschrecken mit bloßen Worten. Zeigt dieses keine Wirkung, kann die Realterrition folgen, aber auch diese beginne man sanft, vielleicht mit einem Anlegen der Daumenschrauben oder Platzverweis auf einen Folterstuhl, vielleicht mit hölzernen Stacheln oder Bindung an einen Pfahl.

Dies alles freundlich, doch durchaus ohne die Absicht, zu verschleiern, welche Torturen bevorstehen. Diese kann man sachlich thematisieren, um die Spannung zu steigern. Wie später den Rhythmus der Folter.

Kapitel 20

»Was ist da los?«, brüllte Felix mir ins Ohr.

Ich hielt das Handy ein Stück weg und fragte: »Was?«, als wäre er nicht laut genug gewesen.

»Was da los ist?«, wiederholte er noch lauter.

»Äh, wo?«, fragte ich und wollte ihn wirklich nicht provozieren. Aber genauso kam es an. Und es dauerte fünf Minuten, ehe ich ihm erklärt hatte, dass nichts passiert war. Das war dann die vierte Version. Ein unbewaffneter Spaziergänger mit einer Wasserflasche in der Hand, völlig harmlos, wahrscheinlich hatte ich überreagiert, ich war eben eine Anfängerin in Sachen Bodyguard, hatte den Zar ins Wasser gestoßen, blöde Sache. Ich konnte von Glück reden, dass ich meinen Job noch hatte.

Felix, der Superbulle, glaubte mir nicht. Er hatte über den polizeilichen Flurfunk, vermutlich von seinem Kollegen Johannes, der ja ein Zar-Fan war, etwas anderes gehört. Alarm im Olympiapark, Attentat auf den Zar, keine Ahnung, wie sie das im Amtsdeutsch ausdrückten. Vielleicht war der Vorfall im Theatron das Topthema bei der bayerischen Polizei. Ich fragte mich, wie es dann geheim gehalten werden sollte. Und wie ich die Zeit bis Montag überbrücken könnte, ohne mich mit Felix zu streiten, zumindest wenn wir uns dabei nicht in die Augen sehen konnten. Am Montag würde der Zar München verlassen, und ich hätte einen Batzen Geld auf dem Konto. Bis dahin musste Waffenstillstand herrschen.

»Dass du den Zar im Freien begleitest, ist gegen die Abmachung«, lud Felix durch.

»Ja«, sagte ich zahm. »Eigentlich wäre ich nicht zuständig gewesen, das stimmt. Es war reiner Zufall, dass ich dabei war. Ich bin mit Flipper kurz rausgegangen, da haben wir den Zar getroffen.«

»Zufällig, im Park. Beim Entenfüttern, oder wie?«

»Ja, da liegt wirklich wahnsinnig viel Entenscheiße rum«, seufzte ich. »Und die Leute beschweren sich immer über Hundescheiße. Aber es sind nicht die Hunde. Da müsste man mal Aufpasser hinstellen. Könnte da nicht die bayerische Polizei, ich meine, das würde dem bösen Wort Scheißbulle eine ganz andere Bedeutung geben und …«

»Ich rufe jetzt Anton Dürr an«, unterbrach Felix mich. »Du bist gebucht für Veranstaltungen im kleinen Kreis, nicht dafür, deinen Kopf hinzuhalten in einer völlig unkontrollierbaren Situation. Das ist Wahnsinn!«

»Ich war nur ganz kurz unter Wasser«, stellte ich richtig.

»Und wieso sagst du, dass der Spaziergänger unbewaffnet war? Da stimmt doch was nicht.«

»Du machst auch dauernd gefährliche Sachen.«

»Ich habe eine Ausbildung. Ich setze eine Waffe ein, wenn es sein muss. Ich habe Kollegen, die ich zur Verstärkung rufen kann. Und du?«

»Ich habe Flipper«, entgegnete ich und legte auf. Denn das brachte nichts. Das würde immer schlimmer werden. Vielleicht würde Felix sogar die Wasserflasche anbohren, und dann würde Säure rauslaufen, und zum Schluss würden wir so entsetzlich streiten, dass alles zu Ende wäre. Das konnten wir uns nur leisten, wenn wir sofort Sex haben konnten. Ohne Sex war so ein Streit ein Doppelmord. Mit Sex: ein Vorspiel.

Warum aber bricht der eine unter Folter so schnell ein und der andere nicht? Ist es Gott, der da aufscheint und dem einen mehr Kraft verleiht als dem anderen, dem einen Flügel schenkt, mit denen er der Folter davonfliegt?

Der Foltermeister sollte hier nicht urteilen, sondern neutral bleiben und sein Handwerk solide verrichten. Und er sollte niemals den Respekt vor seinem Opfer verlieren. Das ja nichts anderes ist als sein Musikinstrument, auf dem er so virtuos als nur möglich spielen sollte.

Kapitel 21

Wie gern hätte ich mich Felix in diesem Kleid gezeigt. Doch dann hätte er sich bestimmt wieder aufgeregt. Ich bat Lizzie, mich zu fotografieren. Irgendwann würde ich Felix das Bild präsentieren. Irgendwann nach Montag, wenn der Zar weit, weit weg wäre. So hatte ich noch nie im Leben ausgesehen. Das rote Kleid reichte bis zum Boden. Die Stylistin hatte mir die Haare hochgesteckt und mich geschminkt. Flipper bekam ein mit funkelnden Steinen besetztes Halsband in der Farbe meines Kleides. Ich fand das alles albern und genoss es gleichzeitig.

Allein bei den Schuhen musste ich passen, schließlich besorgte die Stylistin halbhohe, in denen ich in einer Kampfsituation nicht wackeln würde. Zwischenzeitlich hatte ich mich allerdings mit den Stöckeln angefreundet und zehn Minuten konzentriert geübt. Knie nach oben, Stöckelschuh vom Fuß reißen, und zwar so, dass ich ihn gleich wie einen Hammer in der Hand hielt. So was konnte durchaus ins Auge gehen. Mein neuer Hammertrick begeisterte mich, und ich überlegte, ob ich vielleicht gelegentlich auf Stöckeln statt barfuß trainieren sollte. Falls ich zukünftig weitere Bodyguard-Aufträge in der High Society übernehmen würde …

Die Stylistin puderte noch einmal mein Gesicht, als Gudrun an die Tür klopfte. Ohne mich zu begrüßen, teilte sie mir mit: »Zazas Nerven liegen blank. Er verlässt sich auf dich. Gib ihm das Gefühl, dass alles gut ist. Dass er sicher ist. Wir haben ihm gesagt, dass dein Hund auch da sein wird, allerdings im Hintergrund, weil Blitzlicht für Hundeaugen schädlich ist, okay? Es wäre gut, wenn du dir dieses Wording zu eigen machst.«

Ich nickte und fragte mich, was das jetzt wieder für eine Variante war. Ich hatte den Zar nicht geknickt erlebt, eher gekickt von den Vorkommnissen. Oder war er im Schock gewesen, und der flaute nun ab? Das war natürlich auch möglich.

Gudrun fuhr fort: »Zaza ist kein Mensch wie du und ich. Er ist hochgradig sensibel. Es nimmt ihn mit, wenn der Sound nicht stimmt, so wie das gestern beim Konzert war. Davon erholt er sich oft tagelang nicht. Darauf muss man Rücksicht nehmen.«

Ach, sie sprach gar nicht von dem Überfall?

»Kann ich mich auf dich verlassen?«, erkundigte sie sich.

»Sind wir jetzt per du?«, fragte ich. Denn das spielt ja eine Rolle bei der Verlässlichkeit.

»Aber natürlich, meine Liebe.«

***

Zehn Minuten später war schon wieder alles anders. Die Hundetrainerin, die man aus dem Hut gezaubert hatte, damit sie sich Flipper annahm, wenn es nötig sein sollte, wurde nach Hause geschickt, weil der Zar darauf bestanden hatte, dass Flipper nicht von seiner Seite wich. Das mit dem Blitzlicht war dann nur bei Hunden mit Stehohren der Fall. Es beeindruckte mich, wie einfach es war, die Welt zu verändern.

Davon abgesehen hätte ich Flipper nie irgendeiner Hundetrainerin anvertraut. Ich hatte da schon meine Vorlieben. An meinen Flipper lass ich nur Stephanie Lang von Langen!

Natürlich fuhren Flipper und ich in der Stretchlimousine mit dem Zar. Was von innen besessen lang nicht so spektakulär war wie von außen betrachtet. Es war halt eine Fahrgastzelle, wenn auch eine sehr luxuriöse, aber daran war ich ja durch Antons Maybach schon gewöhnt. Neben dem Zar saß Gudrun, beide simsten ohne Unterlass. Ich betrachtete die Finger des Zar. Sein Kapital sozusagen. Lange, schöne, sehr gepflegte Finger und auch die bronzefarbenen Hände waren ausnehmend schön.

Ich hätte ihn gern ein paar Sachen gefragt. Ob er täglich übte und ob er immer noch besser wurde, ob er, wenn er Noten las, die Musik hören konnte. Wann sitzt man schon mal in der Stretchlimo einem Weltstar gegenüber, so was muss man doch ausnutzen. Stimmt es, dass Lou Lomax in lauwarmen Orangensaft getunkte Wattebällchen schluckt, damit sie kein Hungergefühl hat und so sagenhaft schlank bleibt? Stimmt es, dass sie sich abends mit Heftpflaster die Augenlider nach oben klebt, für ihren sagenhaften Katzenblick?

Der Zar beachtete mich nicht. Niemand beachtete uns. Das fand ich irgendwie merkwürdig. Eben waren Flipper und ich noch Lebensretter, und jetzt waren wir nicht vorhanden. So als könnte man uns anklicken und wegwischen. Genauso wie Seppi, der Chauffeur, es gesagt hatte: Ein guter Mensch erkennt auch in der Semmelverkäuferin den Menschen, nicht bloß einen Semmelautomaten.

Die Stretchlimo hielt. Der Zar stieg aus. Ich wollte auch aussteigen, aber Gudrun hielt mich zurück. Draußen Rufe und Applaus, dann verließ Gudrun den Wagen, und schließlich folgten Flipper und ich. Da waren wahnsinnig viele Leute, und alle winkten und fotografierten, in diesem Moment begriff ich, was der Ausdruck Blitzlichtgewitter bedeutet.

Unschlüssig blieb ich stehen, da schubste Gudrun mich nach vorne zum Zar. Der wartete tatsächlich auf mich, streckte mir einladend eine Hand entgegen. Im Publikum erklangen anerkennende Pfiffe. Ich wusste nicht, was ich tun sollte, Gudrun schubste mich noch einmal. Flipper, irritiert von dem Klatschen und Rufen und dem Blitzlicht, hielt sich dicht an meiner Seite. So liefen wir zu dritt über den roten Teppich, der Zar, Flipper und ich. Mein Herz schlug bis zum Hals, und ich schwitzte, obwohl der Abend eher kühl war und ich ja nur ein dünnes Jäckchen über dem roten Kleid trug. Ich musste einen potenziellen Angreifer erkennen, ehe etwas passierte. Ich schaute den Leuten in die Augen und zu ihren Händen, ob eine Wasserflasche drohte, und war so konzentriert, dass ich kaum etwas von dem Walk über den roten Teppich mitbekam.

Dann befanden wir uns in einem Foyer vor einer Wand mit Sponso renlogos. Ich wollte mich am Rand postieren, doch jemand versperrte mir den Weg, und so stand ich neben dem Zar, und er lächelte mich an, und ich lächelte zurück. Dann kniete er sich neben Flipper, legte seinen Arm um ihn, das war wirklich ein schönes Bild, der schwarze Hengst und der schwarze Rüde, und mehrere Stimmen riefen: »Danebenknien«, und dann machte ich das eben, so konnte ich auch die Hände besser sehen, und die Blitzlichter blendeten nicht so sehr. Irgendwann nahm der Zar meine Hand, und ich war so überfordert von allem, dass mir erst Minuten später auffiel, dass ich die Zarenhand berührt hatte, diese zehn virtuosen Finger voller Melodien.

Der Zar führte mich in einen Saal, hier war festlich gedeckt, und an der Tür stand – ich erkannte ihn erst auf den zweiten Blick, weil ich ihn nicht erwartet hatte: der Bayerische Ministerpräsident. Hinter ihm entblätterten sich Gala, Bild und Bunte.

Gudrun trennte mich vom Zar und führte mich an einen Tisch. »Zaza will natürlich, dass du neben ihm sitzt, aber ich denke, es ist besser, du hast einen Platz, von dem aus du seinen Tisch im Auge behältst. Ich werde ihm das erklären. Wenn er es nicht akzeptiert, musst du den Platz wechseln.«

»Prima«, sagte ich. Meine Stimme klang belegt. Ich war im falschen Film beziehungsweise überhaupt in einem Film. Es waren nicht nur die vielen Bestecke und Gläser vor mir, es waren die Leute, es war alles. Flipper legte sich sofort unter den Tisch und rollte sich zusammen. Mein lieber Freund war todmüde. Er war es gewöhnt, täglich 16 bis 18 Stunden zu schlafen. Genießen, Franza, befahl ich mir. So was erlebst du vielleicht nie wieder. Doch ich konnte es nicht. Weder die Rede des Ministerpräsidenten noch die des Bosses der Schallplattenfirma, die erst neulich ihren Firmensitz nach München verlegt hatte. Dort würde der Zar morgen eine Pressekonferenz geben. Und auch das siebengängige Menü konnte ich nicht würdigen.

Meine Augen brannten, weil ich den Tisch des Zar nicht aus dem Blick ließ. Was mich zum Gespött an meinem Tisch machte, wo man mich wahrscheinlich für eifersüchtig hielt, denn am Zarentisch saßen einige ausnehmend schöne Damen. Ich musste dringend zur Toilette, wusste aber nicht, ob ich meinen Platz verlassen durfte. Aber das hier war schließlich nicht das Oktoberfest, wo Männer einfach den Hosenlatz öffneten und im Sitzen untern Biertisch brunzten. Und ein Mann war ich auch nicht.

»Flipper, bleib«, wies ich meinen Gefährten an und stand auf. Seine Ohren zuckten kurz, und er schlief weiter.

Auf der Toilette ließ ich kaltes Wasser über meine Handgelenke laufen.

»Ganz schön heiß hier drin, gell?«, sagte eine stark geschminkte Blondine neben mir.

Ich nickte.

»Seit wann kennst du den Zar denn schon?«

»Ach, erst seit zwei Tagen«, antwortete ich aufrichtig.

»Und wo habt ihr euch kennengelernt?«, fragte sie mich.

Ich kam gar nicht auf die Idee, dass sie mich aushorchte. Es fiel mir nicht ein, dass sie von der Presse sein könnte. Ich antwortete wie ein braves Schulmädchen: »Im Hotel.«

Die Blondine hätte wahrscheinlich weitergefragt, doch es kamen mehrere Frauen herein. Alle schauten mich an, dann schauten sie weg und versuchten mich heimlich in den Spiegeln zu beobachten. Zwei zückten ihre Handys. Ich floh nach draußen.

Kurz vor meinem Tisch fing Lizzie mich ab. »Zaza will, dass ich mit dir Platz tausche.« Noch nie hatte mich jemand so hasserfüllt angeschaut. Dabei lächelte sie.

»Ich will aber gar nicht tauschen«, sagte ich. »Ich bleibe lieber an meinem Tisch.«

»Zaza will das so«, quengelte sie. Und weil er das wollte, wollte sie es auch, obwohl sie es auf keinen Fall wollte.

Ich beschloss, die Aufforderung zu ignorieren, und versuchte, Lizzie zu überzeugen. »Flipper schläft. Unter meinem Tisch hat er einen guten Platz. Ich würde ihn nicht mitnehmen an den Tisch von Zaza.«

Lizzie erbleichte. Ihre Augenlider flatterten. Dann sagte sie tapfer: »Okay.«

Ich stellte mir vor, dass Lizzie vor Angst in die Hosen machte. Aber wie ich schon festgestellt hatte, war dies ja eben nicht das Oktoberfest. Und deshalb ignorierte ich ihren Befehl und setzte mich auf meinen alten Platz. Wenn der Zar meine Gesellschaft wünschte, konnte er sich zu mir setzen. Aber er war beschäftigt. Flirtete nach rechts und links, wo die zwei schönsten Damen postiert worden waren, die um die Wette posierten. Ob der Zar Lou Lomax treu war? Oder beschaffte ihm Bibi jeden Tag ein Pfund Groupies? Oder war er vielleicht schwul, so unglaublich attraktiv er aussah? Ich hätte selbst schwul sein müssen, um das zu erkennen.

Irgendwann zwischen viertem und fünftem Gang dachte ich, dass ich niemandem erzählen könnte, dass ich an diesem Dinner teilgenommen hätte, weil ich nicht wüsste, was ich gegessen hatte und eigentlich auch nicht anwesend war. Ich hatte das Gefühl, ich müsste für die Sicherheit des Zar bürgen, und das war der schlimmste Stress meines Lebens. Es gab zwar noch ein Dutzend kastenförmiger Männer mit kantigen Kinnen und Knöpfen in den Ohren, aber das war die offizielle Security. Ich war undercover hier.

»Es muss großartig sein, für den Zar zu arbeiten«, hauchte mir eine Schauspielerin ins Ohr, die ich kürzlich in einem preisgekrönten Kinofilm gesehen hatte. Sie hatte viel mehr Falten als auf der Leinwand. Ich erkannte sie eigentlich nur an der Stimme.

»Sind Sie schon lange mit dem Zar befreundet?«, fragte mich eine andere.

»Der Zar ist doch großartig, nicht wahr?«

Und alle fragten insgeheim dasselbe: Fickst du ihn? Oder vielleicht: Lässt du dich vom Zar ficken? Oder: Fickt er dich? Was einen bedeutenden Unterschied ausmacht und tief schließen lässt auf das sexuelle Erleben der betreffenden Personen.

Plötzlich stand Gudrun neben meinem Stuhl und sagte, ich könne gehen, sie würden in fünf Minuten selbst aufbrechen und mich nicht mehr brauchen.

In diesem Moment sah ich zwei Männer, die sich dem Tisch des Zar näherten.

Gudrun verstellte mir den Blick.

»Geh nur nach Hause. Wir haben ja noch die Security hier und die Leibwächter der Politiker. Zaza zeigt sich jetzt auch nicht mehr in der Öffentlichkeit. Wegen morgen rufen wir dich an.« Sie lächelte freundlich. »Nicht vor elf. Es gibt mehrere Termine, aber alles hängt davon ab, ob Zaza noch mal einen Soundcheck vor dem Konzert machen wird. Okay?«

»Okay«, sagte ich. Die beiden Männer waren verschwunden. Der Zar lebte. Ich entspannte mich.

Und dann stand ich auf der Straße vor der Residenz in der kühlen Abendluft. Und schaute zurück in die hellen Lichter und wusste für einen Moment nicht, wer ich war. Und ob das alles wahr war. Manche

Leute glauben ja an Paralleluniversen. Dass wir alle in verschiedenen Welten verschiedene Existenzen leben. Am liebsten hätte ich Felix angerufen, damit er mir sagte, wer ich bin. Aber: Weiß ein Mann das? Noch dazu, wenn er verliebt ist? Nein, die nackte Wahrheit kennt nur dein Hund.

»Sag mal, Flipper«, fragte ich ihn. Er schnupperte in meiner Nähe herum und kam sofort zu mir. Er hörte genau, dass es dringend war.

»Wer bin ich eigentlich?«

Flipper setzte sich. Ich kniete mich neben ihn. Eine Laterne beleuchtete sein Gesicht, doch nur eine Seite, die mit dem blauen Auge. Und in diesem Moment fühlte ich mich, als wäre ich gerade noch mal davongekommen.

Und wenn alles nicht fruchtet, dann ist die Territio, die Androhung, zu beenden. Und es möge beginnen die Tortura, die Schmerzzufügung. Sei behutsam und gefühlvoll in deinem Adagio. Auch wenn es dir an Zuschauern mangelt. Der, den du auserwählt hast, ist an Zuschauer gewöhnt. Und so lernst du, jede Regung, jede Gewohnheit, jedes Ritual als Instrument für die Tortura zu nutzen. Ja, durchaus, es ist zu bedauern, dass die Zuschauer fehlen. Denn er, gerade er. Gebührt es sich nicht, die Vollendung durch ein Pferd zu erfahren, was hier eines heißt: Vier an der Zahl. Es werde ein Erdgrab bereitet, allein der Kopf sehe hervor. Und nun werden die vier stolzen Pferde herangeführt. Sie tänzeln, sie blähen die Nüstern. Ihre Hufe sind scharf. Es sind Werkzeuge, sie bearbeiten keine Äcker. Und schon zischen die Peitschen durch die Luft, die Pferde zu beflügeln, damit sie pflügen. Den Kopf ab.

Und niemand wird es sehen. Das ist höchst bedauerlich, doch es gehört zu dieser speziellen Behandlung an einem, der immer Publikum hatte. Und wenn er gegrillt würde, hätte er auch kein Publikum, er wird nie wieder Publikum haben.

Kapitel 22

Das Telefon riss mich aus einem wilden Traum, in dem ich den Zar verfolgte, in einer Hand einen Stöckelschuh, und aus meinem Fuß schoss blaues Blut. Schon als ich den Hörer abnahm, schloss sich die Wunde, und wäre mein Blick nicht zufällig auf Flipper gefallen, der sich gerade eine Pfote leckte, wäre der Traum für immer versunken gewesen.

»Hallo?«, fragte ich und räusperte mich gleich darauf. Meine Stimme klang eingerostet. Die Uhr zeigte 8:10 Uhr. Ich war noch lange nicht ausgeschlafen.

»Hallihallo Franziska«, zwitscherte mir eine fremde Stimme ins Ohr. »Hier ist Sanni.«

Ich kannte keine Sanni.

»Ich wollte mich mal wieder melden. Ich denke ja so oft an dich, weißt du. Aber wie es eben ist. Die Zeit rast nur so.«

Irgendwo in den Regionen, wo der Traum versunken war, moderte auch eine Sunni vor sich hin. Es gelang mir aber nicht, sie ans Tageslicht zu zerren.

»Ja, also, es wär total schön, wenn wir uns mal wieder treffen würden. Wo wir doch immer so viel Spaß hatten. Und außerdem verdankst du mir deine gute Note im Englisch-Abi.« Sie lachte, als wäre das ein Scherz. Aber es war wohl keiner, denn ich hörte deutlich, dass sie einen Dank dafür erwartete. Jetzt? Um elf Minuten nach acht? Gefühlte 300 Jahre danach?

»Bitte ruf mich wann anders an«, sagte ich. »Ich hab noch geschlafen.«

»Okay, okay, klar, mach ich, es ist wohl spät geworden, versteh ich doch, ich melde mich, so in zwei Stunden, okay? Ach, wie schön, dass ich dich wiedergefunden habe. Wo ich so oft an dich gedacht habe. Ciao, Franziska.«

Wer an mich als Franziska dachte, kannte mich sowieso nicht. Etwas benommen ließ ich Wasser in die Kaffeekanne laufen. Da klingelte das Telefon schon wieder. Und es war noch nicht mal Viertel nach acht.

»Hi Franza, da ist die Biene, du, ich wollt dir nur sagen, dass es total okay für mich ist, dass ich jetzt deine Kurse übernehme im Moment, ja, eigentlich ist es eine Ehre, und du, wenn ich mal wieder für dich einspringen soll, aus welchen Gründen auch immer …«, sie kicherte. »Also ruf einfach an, okay?«

»Danke«, sagte ich.

»Und, wie geht's so?«

»Äh, entschuldige bitte, aber ich bin gerade erst aufgestanden.«

»Ups, ja, das hätte ich mir denken können.«

»Wieso hättest du dir das denken können?«, fragte ich.

Biene kicherte. »Nichts für ungut. Du, ich freu mich total für dich.«

»Ja, danke«, sagte ich. »Servus.«

Keine Ahnung, was mit der los war. Dann schaltete ich den Anrufbeantworter ein und stellte mich unter die Dusche. Beim Abtrocknen riefen vier Leute an. Und drei weitere hatten auf Band gesprochen. Ich wollte die Nachrichten abhören, da bemerkte ich Flippers Blick. »Okay. Jetzt bist erst mal du dran. Bring mir dein Halsband.«

Er brachte es.

»Und die Leine.«

Er brachte sie. Ich steckte mein Handy und einen Fünfeuroschein in die Hosentasche und machte mich auf den Weg zum Bäcker. Vorher liefen wir ein Stück an der Isar entlang. Flipper wollte schließlich Zeitung lesen. Als er sich in einen offenkundig anspruchsvollen Artikel an einem Baum vertiefte, schaltete ich mein Handy ein. Vier Nachrichten auf der Mailbox. Die Osteopathin, bei der ich vor zwei Jahren einmal gewesen war, bot mir eine kostenlose Behandlung an. Der Mann, der mir vor drei Monaten an der Ampel draufgefahren war, beteuerte, dass er nicht absichtlich seine Schuld nicht zugegeben hätte, er wäre so im Stress gewesen. Und er würde mich gern zum Essen einladen. Die Sprechstundenhilfe meiner Zahnärztin erinnerte mich an die fällige Vorsorgeuntersuchung. Und Enzo, der geizigste Fitnessstudiobesitzer Münchens, bot mir eine Honorarerhöhung an.

Ich brauchte einen Kaffee. Und eine Breze. Danach konnte ich bestimmt klar denken. Die Bäckerei war voll, fünf Leute vor mir. Ich trat ein. Alle Köpfe fuhren zu mir.

Die Bäckereiverkäuferin fragte mich: »Was darf es sein?«

»Äh … da sind doch welche vor mir dran?«, entgegnete ich verwundert.

»Wir überlegen noch«, sagte eine der Frauen in der Schlange.

»Alle?« Ich kapierte überhaupt nichts mehr.

Sie nickten.

Ja, wenn das so war … »Eine Breze mit wenig Salz und eine dunkle Vollkornsemmel«, bestellte ich und kramte nach meinem Fünfeuroschein.

Die Bäckereiverkäuferin reichte mir die Tüte. Den Schein nahm sie nicht. »Ein Geschenk des Hauses«, sagte sie.

Ich fragte mich allmählich, ob ich noch immer träumte oder ob ich mittlerweile verblutet war und tot. Aber es kam noch schlimmer. 100 Meter vor meinem Haus traf ich das Frauchen von Monster, einem Rehpinscher. Flipper interessierte sich null für Monster, was dessen Frauchen regelmäßig zur Weißglut brachte. Sie behauptete, Flipper habe Angst vor Monster. Und das begründete sie stets wortreich. Doch heute wünschte sie mir: »Einen wunderschönen guten Morgen, Frau Flipper.«

»Grüß Gott, Frau Monster«, erwiderte ich verblüfft. Wie üblich sprachen wir uns mit den Namen unserer Hunde an. Ich hatte keine Ahnung, wie Frau Monster minus vier Beine hieß.

»Und wenn Sie bitte Grüße ausrichten täten.« Sie strahlte mich an.

»An wen?«, fragte ich.

»An ihm.«

Nur weg hier. »Mach ich«, sagte ich und ging schnell weiter. Ich spürte ihre Blicke in meinem Rücken. »Ich glaube, wir legen uns noch mal aufs Ohr«, sagte ich zu Flipper. »Wir müssen aus diesem Traum rauskommen.«

Doch als ich zu Hause meinen Anrufbeantworter abhörte, wo mir zu den tollen Fotos in der Abendzeitung und der tz und auf Bild online gratuliert wurde, und im Frühstücksfernsehen habe man mich auch gesehen, kam ich schlagartig in der Wirklichkeit an. Und das Telefon klingelte schon wieder. Und das Handy. Und es war gerade mal neun Uhr morgens.

Kapitel 23

Die Lagebesprechung war für neun Uhr angesetzt. Felix kam als Letzter in das Besprechungszimmer. Alle Kollegen blickten ihn an. Grinsten. Irritiert überlegte er, ob irgendetwas an ihm komisch war. Als er Platz genommen hatte, kontrollierte er sein Hosentürl. Zu. Wieso schauten sie noch immer? Wenn auch flüchtiger, weil der Erste Kriminalhauptkommissar Leopold Chefbauer das Wort ergriff und es dann an Dieter, den leitenden Ermittler im Säure-Fall, wie sie ihn intern nannten, übergab. Dieter fasste die neuen Erkenntnisse, die sie seit gestern Nachmittag gewonnen hatten, zusammen. Man hatte die Detektei ausfindig gemacht, die Josef Hipp beschattet hatte. Frau Hipp bestritt jedoch, den Auftrag erteilt zu haben. Hier war eine Gegenüberstellung geplant, da der Auftrag telefonisch erfolgt war.

»Ach, da musst du gar nicht mehr persönlich erscheinen?«, wunderte Bert sich.

»Heutzutage kannst du auch einen Killer übers Internet bestellen«, erinnerte Laura ihn.

»Ja, ja, im Internet findet man so manches«, erwiderte Claudia und schaute Felix herausfordernd an.

Der konnte sein Bedürfnis, in einen Spiegel zu blicken, nun nicht mehr unterdrücken. Womöglich hatte er einen Tintenfleck im Gesicht oder Sahne auf der Nase, auch wenn er nichts gegessen hatte. Er stand auf. Alle starrten ihn an. »Komm gleich wieder«, brummte er und ging zur Toilette.

Der Blick in den Spiegel zeigte nichts Ungewöhnliches. Dunkles, dichtes Haar, markantes Gesicht, blaue Augen, große Nase ohne Sahne, voller Mund ohne Schokospuren. Gut, er war unrasiert. Aber das war er oft, deswegen musste man ihn nicht so anstarren. Felix wusch sich die Hände, damit er nicht ganz umsonst hier war. Auf der Höhe seines Büros hörte er das Telefon klingeln. Vielleicht Franza? Er hätte gern mit ihr gesprochen, doch es war gestern bestimmt spät bei ihr geworden.

Felix betrat sein Büro. Das Telefon verstummte. Da sah er es. Wieso lag eine Zeitung auf seinem Tisch, noch dazu aufgeschlagen, über allen Papieren ausgebreitet?

Er trat näher. Er sah das Foto. Es nahm ein Drittel der Seite ein. Er bekam keine Luft mehr. Er hob die Zeitung hoch, dann wendete er den Blick ab, schweifte zur Wand, wo drei Tatortfotos hingen und eines der Leiche. Josef Hipps Froschgesicht. Seine Augen waren rot und angeschwollen, es schien sie aus dem Kopf zu drücken. Die dünne Haut um die Augenlider hatte sofort auf die Säure reagiert. Die tiefe, klaffende Platzwunde an der Stirn, in der Form einer Triangel. Ohne diese Sturzverletzung würde Josef Hipp wohl noch leben. Und wäre die Säure nicht gewesen, hätte diese Wasserleiche nach vier Tagen bei frischen acht Grad Celsius noch recht human ausgesehen. Wasserleichen waren ja normalerweise der Horror. Je Sommer, desto Brechreiz. Aufgedunsen, weißlich – und im Starnberger See gab es auch viele Fische, die sich an den Augen gütlich taten. Ob so ein Fisch die Augen fressen würde, wenn da Säure dran war, überlegte Felix, und das war einer der Momente, in dem ihm sein Opa fehlte. Den hätte er das fragen können. Und was er jetzt machen sollte. Denn das war doch wohl eine Extremsituation, wenn man sich von dem Anblick seiner Freundin erholte, indem man ein maskenhaftes Froschgesicht anstarrte.

Der Beginn. Ist dies nicht der schönste Augenblick überhaupt? Wenn der Leib noch unversehrt vor dir liegt, auf dem du bald schon deine Spuren unwiderruflich hinterlassen haben wirst?

Wähle auch die Instrumente mit Bedacht, die du nun einsetzt. Hau nicht gleich auf die Pauke. Beginne behutsam, vielleicht mit einer Triangel, einem Flötenton, dünn und atemvoll wie aus der Ferne. Bleibe deinem Tempo treu, wenn du die Leibfesseln anlegst. Sind sie anspruchsvoller, kannst du ja eine muntere Tonart anschlagen, ins Allegro wechseln, vielleicht, wenn du die Eiserne Krawatte anlegst, mit der du gleichzeitig Hals, Hand und Fußgelenke fesselst. Oder eine andere Art von Fesselung, was natürlich davon abhängt, wie du vorgehen möchtest. Planst du ein Grillen, wirst du ihn aufrecht an einen Pfahl binden, ehe du seine Füße mit Fett beschmierst und das Feuer entfachst. Da wird manchem übel, wenn ihm der Geruch seines eigenen verbrannten Fleisches in die Nase steigt. Und dabei bleibt er vor dem Anblick verschont, wenn nach und nach seine Fußknochen sichtbar werden. Und auch hier kann er ins Grübeln geraten, weshalb er auf keinen Fall in eine Ohnmacht flüchten darf. Denn was den Füßen geschieht, kann auch den Händen geschehen.

Kapitel 24

Ich wollte Felix anrufen, doch in dem Moment, in dem ich das Telefon abhob, klingelte es. Obwohl ich nicht rangehen wollte, drückte ich automatisch das grüne Hörersymbol. Ich war sicher, Felix würde mich anrufen. Das war oft so. Ich wollte ihn anrufen, da rief er mich an.

Eine fremde Stimme sagte: »Hier Maurer von der Bild, na, Frau Fischer, wie fühlt es sich an, die neue Freundin des Zar zu sein?«

Ich legte auf.

Er rief sofort wieder an.

»Lassen Sie mich in Ruhe!«

Das machte er nicht. Stattdessen unterbreitete er mir einen Vorschlag. »Sie haben zwei Möglichkeiten, Frau Fischer. Entweder wir verabreden jetzt einen Termin, an dem wir ein paar schöne Fotos von Ihnen machen. Am liebsten natürlich mit dem Zar. Aber wir nehmen auch Sie allein. Oder, und das ist die zweite Möglichkeit, von der ich Ihnen abrate, wir lauern Ihnen auf. Irgendwann kriegen wir Sie. Sie werden uns nicht entkommen, und ich kann Ihnen versprechen, dass die verabredeten Fotos wesentlich besser aussehen werden als die anderen. Auf denen werden sie so unvorteilhaft rüberkommen, wie Sie sich in ihren schlimmsten Träumen nicht vorstellen wollen, dass Sie aussehen können. Möchten Sie das? Wollen Sie das wirklich, dass die Leute diese Bilder sehen? Außerdem ist es immer besser, man redet selbst, als dass andere etwas über einen erzählen.«

»Hören Sie«, sagte ich, weil ich blöd war. Weil ich glaubte, man könnte mit so einem verhandeln. »Ich arbeite für den Zar. Ich bin nicht seine Freundin. Und ich kann Ihnen nichts über meine Arbeit sagen.«

»Klar arbeiten Sie für ihn«, Maurer lachte schmierig. »Aber es ist ja wohl ein eher angenehmer Job, oder?«

»Ich kann aus vertraglichen Gründen nicht über den Zar sprechen.«

»Jetzt hören Sie mal auf, mich für dumm zu verkaufen, Frau Fischer.«

»Woher kennen Sie überhaupt meinen Namen?«

»Von all den netten Leuten, die seit sieben Uhr morgens bei uns in der Redaktion anrufen und uns verraten, wer die unbekannte Schöne ist, nach der wir suchen. Also. In einer Stunde? Wenn Sie wollen, bringen wir eine Stylistin mit.«

»Okay«, sagte ich. »In einer Stunde. Ich wohne …«

»Ich weiß, wo Sie wohnen, Frau Fischer. Und … bitte: Sollte sich jetzt die Konkurrenz bei Ihnen melden, gehen Sie am besten nicht ans Telefon. Sie bekommen auch ein hübsches Honorar, okay? Wir zahlen am besten von allen. Lassen Sie sich nicht bequatschen, Sie würden es bereuen. Wir wollen die Story exklusiv. Das lohnt sich für Sie.«

»Prima«, sagte ich. »Dann bis gleich.«

Ich legte auf. Meine Hände zitterten.

Ich drückte auf die Wiedergabetaste des Anrufbeantworters und fuhr den Computer hoch. Ich fühlte mich wie ein gehetztes Wild. Sie würden das Haus belagern. Sie würden meine Nachbarn befragen. Ich musste Rosina Marklstorfer warnen. Es gab immer irgendwelche Leute, die es aufregend fanden, ins Fernsehen oder in die Zeitung zu kommen, und die würden allerhand erzählen. Was sie glaubten, dass die Presse interessierte. Ich würde durchsichtig werden und schlimmer. Wenn sie mit mir fertig wären, hatte ich wahrscheinlich nicht mal mehr einen Job.

Nun klingelte es auch noch an der Tür. Und vom Anrufbeantworter klangen Stimmen, die ich lange nicht mehr gehört hatte. Jenny von der Uni. Gaby aus Berlin. Maximilian, mein Lover aus der Taekwondo-Gürtelprüfung vor acht Jahren.

Alle riefen zufällig an. Alle wollten sich seit Wochen melden. Aber du weißt ja, wie es ist.

Ja, ich wusste Bescheid.

Ich schaltete mein Handy aus und drückte das Telefon auf belegt. Dann klickte ich mich auf dem Laptop zu den News. Das Bild warf mich schier um. War ich das? Diese Frau im roten Kleid, strahlend schön neben dem Zar, der sie anlächelte? Und sie lächelte zurück. Zwischen ihnen ein riesiger schwarzer Hund, der allerdings nicht glücklich wirkte. Was aber kaum auffiel. Auf seinem Rücken trafen sich die Hände der beiden.

Ich stieß einen dumpfen Laut aus. »Felix«, keuchte ich. Ich musste ihm sofort sagen, dass ... Nein, später. Ich musste weg hier. Ich hatte nur eine knappe Stunde Zeit. Ich brauchte Ruhe, um ihm das alles zu erklären. Ich sprang auf, rannte zum Schrank, kehrte zurück, klickte mich durch die Fotostrecke, überflog den Text.

»Bricht der Zar Lou Lomax das Herz? Wer ist die unbekannte Schöne, die den Zar verzaubert?«

Nein, ich musste sofort mit Felix sprechen! Doch weder zu Hause noch auf dem Handy oder im Büro erreichte ich ihn. Ich hinterließ keine Nachricht, denn was sollte ich sagen? Es ist anders, als du denkst? Ich wusste doch gar nicht, was er dachte. Vielleicht begriff er ja, dass das ein schreckliches Missverständnis war. Und dass ich nicht stundenlang verliebt den Zar angestarrt hatte, sondern konzentriert. Weil ich doch sein Bodyguard war, auch wenn diese Fotos etwas ganz anderes nahelegten. Wie er mich anschaute! Wie ich ihn anschaute! Felix, das war das Blitzlicht, würde ich ihm sagen. Ich konnte doch nichts dafür, dass ich wirkte wie ein verliebter Backfisch. Und wieso hatte ich mich dann auch noch mit dem Zar zu Flipper gekniet. Ich hatte doch keine Ahnung, was die draus machen würden. Oder kannte Felix die Fotos noch gar nicht? Er hörte Nachrichten meistens beim Autofahren, und das war unverfänglich für mich.

Flipper merkte natürlich, dass der rote Knopf für den Ausnahmezustand gedrückt war. Aufgeregt lief er in der Wohnung hin und her. Tapp, tapp, tapp, seine Ballen auf dem Parkett. Ich packte als Erstes sein Futter für drei Tage ein, dann ein paar Klamotten, was ich vergaß, könnte ich nachts holen. Zwischendurch trank ich meinen Kaffee, der kalt geworden war. Um zehn vor zehn verließ ich die Wohnung und rannte im Treppenhaus Rosina Marklstorfer in die Arme. Seit einem knappen Jahr waren wir Nachbarinnen. Kennengelernt hatte ich sie beim Gassigehen. In den Isarauen hatten wir uns gelegentlich getroffen und waren ins Plaudern gekommen. So hatte ich auch erfahren, dass sie eine neue Wohnung suchte, weil ihr das Treppensteigen – sie ging auf die 80 zu – Probleme bereitete. Alles wies auf die Endstation Städtisches Altersheim, und das bedrückte die alte Dame sehr. Dass sie geistig fit war, nutzte ihr nichts mit einer Wohnung im zweiten Stock. Flipper setzte sich schließlich bei meinem Vermieter für Rosina ein, indem er dessen Jaguar bewachte, der in unserer Straße schon zweimal verkratzt worden war.

»Frau Marklstorfer, Sie kennen mich nicht«, fiel ich mit der Tür ins Haus. »Wenn irgendjemand fragt, sagen Sie: In einer Großstadt lebt man anonym, Sie haben keine Ahnung, wer hier wohnt.«

Die alte Dame griff sich an den Hals. »Um Gottes willen! Haben Sie wieder was angestellt?«

»Diesmal nein, ausnahmsweise bin ich nicht schuld.«

»Und der Herr Felix? Hat es was mit ihm zu tun? Sie laufen aber nicht wieder vor ihm weg?«

»Nein! Ganz im Gegenteil. Ich lauf zu ihm hin. Bitte, Frau Marklstorfer, wir kennen uns nicht.«

»Wer sind Sie?«, fragte sie mich grinsend.

Ich drückte ihr einen Kuss auf die Wange und rannte zur Haustür, wo Flipper schon auf mich wartete.

Draußen am Tor prallte ich mit einem Mann zusammen, der die Namen auf dem Klingelschild las. Er sah mich, riss die Kamera hoch und drückte ab.

»Hey! Was soll das?«, rief ich.

Er drückte weiter auf den Auslöser.

Mit einem Schritt war ich bei ihm und riss ihm die Kamera aus der Hand.

»Spinnst du, blöde Kuh! Des is Sachbeschädigung. Gib die Kamera her!«

»Noch nicht!«, sagte ich und drehte sie in meinen Händen. Wo war der verdammte Chip?

Der Mann machte einen Schritt auf mich zu. Flipper knurrte. Er erkannte die feindliche Energie. Als der Mann seine Hand ausstreckte, schwoll das Knurren zu einem tiefen Grollen an, und Flipper zog seine Lefzen zurück. Ungefähr so, wie die Revolverhelden im Wilden Westen ihre Rockschöße zurückgeschlagen haben und ihre Waffen freilegten. Flippers Waffen blitzten im Morgenlicht. Groß, weiß, stark. Die meisten Leute würden jetzt zurückweichen. Nicht dieser Kerl. Mit einer ruckartigen Bewegung versuchte er, mir die Kamera zu entreißen. Flipper war schneller. Er sprang dem Mann mit voller Wucht an die Brust. Der taumelte rückwärts, stürzte, lag auf dem Boden. Nun, er war erwachsen. Er würde mit einem traumatischen Erlebnis zurechtkommen, zumal er wohl prinzipiell keine Angst vor Hunden hatte.

Ich befahl Flipper, stehen zu bleiben, und drückte dem Mann die Kamera in die Hand. Der zitterte. Kein Wunder: steifbeinig, mit gesträubtem Fell und grollend stand Flipper über ihm.

»Mach den Chip raus«, befahl ich.

Die Hände des Mannes bebten so stark, dass das eine Weile dauerte. Ich schaute mich um. Zum Glück war gerade niemand auf der Straße.

Endlich hatte der Mann den Chip herausgefummelt. Er fiel auf das Trottoir. Ich hob ihn auf. »Wenn du irgendwelche Tricks versuchst«, sagte ich, »dann gibt es Hackfleisch.«

Mein Volvo war in der Asamstraße geparkt. Flipper zeigte wenig Verständnis dafür, dass wir seine Freundin Emma nicht besuchten, die hier ihr Büro hatte. Beziehungsweise ihre Chefin.

Auf dem Weg zu Felix' Wohnung rief ich Gudrun Röder an. Ruhig hörte sie sich meine Empörung an. Dann meinte sie: »Aber du siehst doch prima aus! Die meisten Frauen würden sich ein Bein für so einen Artikel ausreißen.«

Vor meinem geistigen Auge sah ich Zehntausende von einbeinigen jungen, hübschen, geschminkten, gut gekleideten, langhaarigen, meist blonden Frauen und fragte mich, wie sie das bewerkstelligt hatten. Reißen allein klappte bestimmt nicht. Ohne Säge war da ja wohl nichts zu machen.

»Ich finde das unverschämt«, widersprach ich. »Ohne meine Einwilligung! Ich muss meine Wohnung verlassen! Ich muss untertauchen! Ich bin auf der Flucht ohne Verbrechen.«

Gudrun lachte. »Wir sind immer auf der Flucht. Komm doch gleich zu uns ins Hotel. Der Zar hat schon nach dir gefragt«, gurrte sie, »beziehungsweise nach deinem Hund. Ich glaube, in den hat er sich verguckt. Setz am besten eine Perücke auf.«

»So was hat man ja quasi immer in der Handtasche.«

»Etwa nicht?«, lachte sie. »Du kriegst was von uns. Komm erst mal. Ach, und … Wir haben das Hotel gewechselt. Wir wohnen jetzt im Mandarin Oriental.«

»Wieso denn das?«

»Ach, nur so«, sagte sie, und ich kannte sie nun schon so gut, dass ich ihrer Stimme anhörte, dass hier etwas faul war. Oberfaul. Und weil ich mich über die Bemerkung mit dem Bein noch immer ärgerte, überprüfte ich meinen Verdacht. Denn wer wechselte schon das Hotel – mitten in der Nacht?

Ich rief im Bayrischen Hof an und zuckte mit keiner einzigen Wimper, als ich mich fordernd und cool weiterverbinden ließ in meiner Eigenschaft »Security-Service Zar-Management, Fischer. Ich wollte mich noch mal erkundigen, ob wirklich alles wie besprochen abläuft.«

Nach zwei Weiterschaltungen geriet ich an eine Frau mit kurzem Namen und langem Titel, die mir versicherte, dass sie den Vorfall zutiefst bedaure und vollstes Verständnis dafür habe, dass der Zar das Hotel gewechselt habe. Und dass sie ihm sehr verbunden seien, wenn die Sache nicht publik gemacht werden würde. Und dass er und sein Team sich selbstverständlich als Gast des Hotels gefühlt haben sollten.

Ich verstand zwei Dinge. Erstens, dass irgendetwas geschehen war, das ich noch herausfinden musste, und zweitens, dass Reiche immer reicher werden, weil sie nirgendwo etwas bezahlten.

Kapitel 25

Felix brauchte zwei Minuten für seine Strategie, wie er es den lieben Kollegen heimzahlen konnte. Dann ging er zurück ins Besprechungszimmer, warf einen Blick in die Runde und sagte bedauernd: »Tut mir leid, Leute. Ich glaube nicht, dass meine Freundin für das ganze Revier Eintrittskarten für das Zar-Konzert besorgen kann.«

Sie starrten ihn an. Damit hatte keiner gerechnet. Polizisten waren auch nur Menschen und manchmal leicht zu durchschauen. Was manche Täter vortrefflich auszunutzen wussten. Die Kollegen glaubten wohl, er wäre verlegen oder würde ausflippen – wie immer, wenn diese Frau ins Spiel kam. Auf der Kripo in Fürstenfeldbruck war sie bekannt wie ein bunter Hund. Nicht nur als Freundin von Kriminalhauptkommissar Tixel. Sondern als eine, die das Verbrechen anzieht wie eine Leiche die Fliegen. Dreimal war sie bereits in Ermittlungen verwickelt gewesen. Untragbar für einen Kriminaler, zumal man ja munkelte, dass er ihr Tatortwissen verraten hatte. Hätte der Polizeipräsident in dem Russenmafia-Fall nicht über Gebühr Felix' Hand gehalten … So eine Polizeipräsidentenhand löst sich dann nämlich vom Gelenk und halbschalt sich schützend über denjenigen, den sie so lange geschüttelt hat. Davon abgesehen galt Felix bei manchen als beliebter Kollege. Obwohl oder gerade weil seine Ermittlungsmethoden zuweilen unkonventionell waren. Zu viele Alleingänge, bemängelte der Chef. Doch die Erfolge in Fürstenfeldbruck konnten sich sehen lassen. Und das mit der Russenmafia, das war ein Hammer ohne Sichel gewesen. Er, der Tixel ganz allein, hebelt eine mafiöse Bruderschaft aus. Da kann einer schon mal abheben. Da wird es dann aber Zeit, dass man ihn ausbremst. Da kannst du noch so ein Schwarm auf dem Revier sein, und alle Weiber schauen dir nach. Du bist auch nur ein Polizist mit einem kleinen Gehalt, und gegen so einen Superstar kommst du nicht an. Willkommen auf dem Boden der Tatsachen, Herr Überflieger.

Der Chef fragte in die Runde: »Was ist da überhaupt los?«

Alle schwiegen.

»Claudia?«, bat der Chef die denkbar schlechteste Mediatorin.

Sie grinste triumphierend. Wahrscheinlich hatte sie ihm den Artikel auf den Tisch gelegt.

»Dem Felix seine Freundin ist in der Zeitung. Oiso seine Ex. Die ist nämlich jetzt die neue Freundin von dem Zar. Des ist der, der wo heute des Konzert in der Olympiahalle gibt.«

»Den kenne ich«, sagte der Chefbauer. »Mei Frau …«, er schüttelte verständnislos den Kopf. »Mit der Schwiegertochter. Beide gehen hin.«

»Alle Weiber stehen auf den Zar«, flüsterte Bert an den Chefohren vorbei.

»Geht's dir nicht gut, Felix?«, fragte der Chef in einem Tonfall, der ein »Doch« einforderte.

Felix und seine Scheidung. Felix und seine Tochter. Felix und die Frauen. Das ganze Privatleben des Tixel war ein Minenfeld.

»Mir geht's bestens. Aber es gefällt mir nicht, wenn Kollegen anonym und ohne einen Sachverhalt zu prüfen Vermutungen anstellen.«

»Vermutungen? Hoho! Es steht ja wohl schwarz auf weiß in der Zeitung, dass deine Freundin dir den Laufpass gegeben hat!«, zischte Claudia.

Felix kreuzte die Arme vor der Brust. »Phantasie hast du, mit dem Lesen hapert's wohl. Ich hab meinen Namen in dem Artikel nicht gesehen. Und eine Kommissarin, die glaubt, was in der Zeitung steht – ja, da seh ich schwarz für unsere nächste Statistik.«

Chefbauer fing den Ball sofort auf. Die Statistik der Aufklärungsquote war sein Lieblingskind. Wie stand Fürstenfeldbruck da im Vergleich zur Münchner oder gleich der gesamten bayerischen Kripo. Er hob die Hände, pumpte sich auf, warf einen Blick auf seine Armbanduhr, besann sich, ließ sie sinken, sagte kraftlos: »Also wenn es was Privates ist, wäre ich froh, wenn wir das jetzt beenden könnten.«

»Ja, das können wir«, sagte Felix. »Um die dilettantisch geführten Ermittlungen abzukürzen, erkläre ich hiermit, dass meine Freundin als Bodyguard für den Zar arbeitet, und zwar undercover.«

Diese Mission platzte wie eine Bombe in der Runde. Wie sie ihn anstarrten. Wie sie zu begreifen versuchten. Es klapperte, als die Kinnlade von Claudia von Dobbeler zu Boden fiel. Schließlich das Nicken von Chefbauer, bei dem es jetzt auch angekommen war, dass diese Querelen nicht von Felix ausgingen. Aber als sie sich dann wieder dem Säure-Fall zuwandten, merkte Felix, dass er selbst von einem Bombensplitter getroffen worden war.

Franza! Warum hatte sie ihn ins offene Messer laufen lassen? Sie hätte ihn doch warnen können! Oder hatte sie geglaubt, sie könne so etwas vor ihm verheimlichen? So wie damals Melanie ihm hatte weismachen wollen, der Nachbar habe sie um ein Rezept gebeten und sei dann umständehalber gleich dageblieben zum Probekochen und kosten? Wirf Franza und Melanie nicht in einen Topf, mahnte Felix sich, doch er war nun mal ein gebranntes Kind. Warum rief Franza ihn nicht an? Okay, sie hatte angerufen. Aber auch wenn er nicht zurückgerufen hatte, konnte sie doch noch mal anrufen. Sie hatte ihm etwas zu erzählen. Er war nach dem Dienst nach Hause gegangen und hatte dort geschlafen. Keine besonderen Vorkommnisse. Mit so einem Krösus konnte er nicht konkurrieren. Was war das überhaupt für ein alberner Name, Zar! Dass der den Flipper mit seinen Klaviergriffeln befummelt hatte, verzieh er Franza nicht. Wieso hatte sie das zugelassen? Da war sie doch sonst so eigen. Sie konnte es nicht ausstehen, wenn Fremde Flipper betatschten. Genauso wie Melanie bei Sinah. Aber Melanie hätte reden wollen, Melanie wollte immer reden, ständig. Beziehungsgespräche, auch wenn er um acht in der Früh vom Nachtdienst kam: Wir müssen reden. Da ist doch das Heimkommen nicht mehr schön, wenn du dauernd reden sollst. Und jetzt war er es, der mehr redete, weil Franza der Meinung war, was man nicht sagte, konnte einem auch nicht zum Verhängnis werden.

Schon bei ihrem allerersten Treffen damals im Wald vor der flaschengrünen Leiche inmitten des bestialischen Gestanks und umschwirrt von Hunderten von Fliegen hatte er gewusst, dass diese Auffinderin speziell war. Und hätte sie nicht den Hund gehabt, in den er sich auf den ersten Blick verliebt hatte, hätte es auch kein Wiedersehen gegeben, höchstens dienstlich. Auf seine Intuition konnte er sich verlassen, sie hatte ihn zu Dutzenden von Tätern geführt, und wenn so ein Bild in der Zeitung war, dann rief man doch an als normaler Mensch. Aber das war die Frau Fischer ja nicht, sondern speziell, sehr speziell, um genau zu sein. Wofür er sie liebte. Wofür er sie an die Wand werfen konnte. Andere Paare telefonierten täglich miteinander, manche stündlich. Was ihn nerven würde. Aber nicht mal halbtäglich war mit Franza möglich, weil sie keine Beziehung führten, nicht wahr, also brauchte man sich auch keine Rechenschaft darüber ablegen, was man so machte. Zu Mittag hab ich einen Cäsar-Salat gegessen und vorhin hat mich die Telekom angerufen. Aber nachts im Bett, nach ein zwei Runden … da fing sie zu reden an, erst zögernd, dann brach der Damm, und auf einmal war es eins in der Früh, und sie erzählte ihm noch immer, was sie erlebt hatte, was sie dachte, was sie glaubte, dass andere glaubten … und zwischen den Sätzen erzählte sie ihm so viel von sich, dass er es manchmal gar nicht fassen konnte, was in diesem Wesen alles steckte. Da wollte er sie nie wieder hergeben, und weil er wusste, dass das nicht möglich war, alle und alles musst du hergeben früher oder später, musste er sie festhalten, und dann war es schon wieder zwei oder drei in der Früh. Aber jetzt wusste er gar nichts, und das gefiel ihm nicht. Bodyguard, was für eine Schnapsidee! Diesen Anwalt Dürr würde er sich mal zur Brust nehmen. Das mit dem Zar sollte ihr einziger Fall bleiben, da war es ihm lieber, sie hielt ihre Kurse ab. Irgendwie kamen sie schon durch, Franza brauchte lang nicht so viel Geld wie Melanie, Statussymbole konnten sie nicht beeindrucken …

»Was meinst du dazu, Felix?«, wurde er von Bert gefragt.

Er hatte keine Ahnung und nickte nachdenklich. »Gute Idee.«

Auch der Chef nickte. »Das finde ich auch. Dann machen wir das so. Wer hat eigentlich seine Finanzen durchleuchtet?«

»Ich«, sagte Claudia und schaute provozierend zu Felix. »Geldsorgen hatte der Josef Hipp bestimmt nicht. Deshalb hat er wahrscheinlich auch so viele Freundinnen gehabt. Weil, wenn du Geld hast, umschwärmen dich die Frauen. So ein Superstar verdient ja in einer Stunde, was wir im Monat kriegen.«

»Eher in einer Minute«, korrigierte Bert.

»Wieso Superstar?«, fragte der Chef. »Der Hipp ist doch Getränkegroßhändler.«

»Genau«, warf Dieter schnell ein und Claudia einen warnenden Blick zu. »Und jetzt machma uns dann mal an die Arbeit, würd ich sagen. Weil deswegen samma ja wohl da, ned zum Sticheln.«

»Ich stichel nicht. Ich sag bloß die Wahrheit!«, musste Claudia das letzte Wort haben.

In seinem Büro las Felix den Artikel, in dem spekuliert wurde, wer die schöne Unbekannte an der Seite des Zar sein könnte, noch einmal aufmerksam durch. Wahrscheinlich keine Münchnerin, da aus zuverlässiger Quelle bekannt geworden sei, dass der Zar die Dame im Hotel kennengelernt habe. Wieso im Hotel?, fragte Felix sich. Hat sie da übernachtet? Und ... ging ihn das überhaupt etwas an? Schließlich hatten sie doch gar keine Beziehung. Was waren sie überhaupt? Flüchtige Bekannte?

Kapitel 26

Allmählich machte es mich nervös, dass Felix sich nicht bei mir meldete. Von mir aus hätten wir täglich mehrmals miteinander telefonieren können, doch das war bei seinem Job leider nicht möglich. Nachdem ich ihn in der Vergangenheit oft genug beruflich in Schwierigkeiten gebracht hatte, meldete ich mich nun tagsüber nur selten bei ihm und meistens über Whatsapp. Aber dies war doch eine Ausnahmesituation, oder nicht? Ich beschloss, Andrea um ihre Meinung zu bitten. Sie würde mir bestimmt einen Rat geben – zum einen als Psychologin, zum anderen hatte ich es wegen ihr schon einmal in die Abendzeitung geschafft, genauso unfreiwillig wie dieses Mal in die Bild. Andrea gehörte eigentlich zu Flippers Schutzbefohlenen. Er hatte sie sich selbst ausgesucht, besser gesagt: Er hatte sie für mich ausgesucht. Knapp zwei Jahre lag das nun zurück.

Es war kurz nach Mitternacht gewesen, kurz vor der Brücke am Tierpark, da hatte ich eine Frau um Hilfe rufen gehört. Auf eine solche Situation wartete ich damals seit Jahren. Das war der Ernstfall, für den ich trainierte. Bis zu meiner Bekanntschaft mit Felix Tixel, die mir unter anderem einen Leberstich durch ein Messer bescherte, hatte ich verbrechensfrei gelebt. Aber wer eine Kampfsportausstrahlung hat, schreckt Angreifer ohnehin ab. Und wenn der schwarze Gürtel dann noch durch einen schwarzen Riesen verstärkt wird, kann einem eigentlich nichts mehr passieren. Flipper war es damals auch, der Andrea rettete. Er war viel schneller als ich und konnte ihre Schreie auch besser orten. Wie eine schwarze wilde Bestie brach er aus dem Unterholz – so erzählte Andrea es mir später –, ein einziges knurrendes gefletschtes Gebiss, und dann sprang er los. Vielleicht ist doch etwas hängen geblieben in den vielen Trainingsstunden, an denen er gezwungenermaßen teilnahm und mehr oder minder gelangweilt das Geschehen beobachtete. Jedenfalls schlug er den Angreifer mit seiner Breitseite zu Boden und dann in die Flucht. Flipper setzte ihm nicht nach, sondern kauerte sich neben die zitternde, weinende Andrea, leckte ihr über die Hände, dann hob er seine Schnauze dem nachtschwarzen mondlosen Himmel entgegen und heulte wie ein Wolf. So fand ich die beiden. Ich rief den Notarzt und blieb bis zu dessen Eintreffen.

Zwei Tage später entdeckte ich in der Abendzeitung die Überschrift »Hund schlägt Sextäter in die Flucht«. Dummerweise mit einer ziemlich treffenden Beschreibung von Flipper und seinem Frauchen, die vielleicht in der Nähe vom Flaucher wohnten. Bis heute bin ich überzeugt davon, dass uns Frau Monster denunzierte. Und dann standen sie vor meiner Tür, bewaffnet mit Fotoapparaten und Hundewurst. Alle Münchner Tageszeitungen berichteten über den Helden auf vier Pfoten. Flipper wurde mit Andrea fotografiert, es wurde der übliche Teig zusammengeknetet aus den üblichen Rührstücken: Frau, allein, Nacht, dunkel, Gebüsch, Schreie, mutig, treu, heldenhaft, unerschrocken, Täter, Opfer, Flucht, Zivilcourage, wedeln.

Eine Zeitlang traute ich mich kaum mehr auf die Straße, weil wir plötzlich prominent waren. Andrea lud mich zum Essen ein und zu einem Wellnesswochenende, und sie fragte mich, ob ich mit zum Wandern kommen wollte und zum Schwimmen. Ich sagte immer Ja, weil ich glaubte, sie würde das brauchen, um wieder auf die Beine zu kommen. Doch Flipper hatte sie für mich ausgesucht, damit ich auf die Beine kam. Flipper hatte beschlossen, dass ich eine beste Freundin brauchte. Das würde ich natürlich niemals zugeben. Bis heute firmiert Andrea als Flippers Freundin und meine Bekannte, und auch wenn sie mir nähergekommen war, so war unsere Beziehung ein wenig abgekühlt, seit ich mit Felix zusammen war. Die beiden konnten sich nicht ausstehen. Wobei ich es Andrea hoch anrechnete, dass sie ihn mir nicht madig zu machen versuchte.

Wir redeten gar nicht über ihn. Er wurde ausgeklammert, als gäbe es ihn gar nicht. Was nicht einfach war, weil ich zum ersten Mal in meinem Leben an ein Für-immer glaubte und es mir sogar wünschte. Andrea las keine Boulevardzeitungen, schaute kein Frühstücksfernsehen und surfte nur abends im Internet. Doch während des Telefonats wurde sie diesem Vorsatz untreu und teilte mir mit: »Sie haben deinen Exfreund interviewt.«

»Abgehakt?«, rief ich.

»Martin W.«, sagte sie.

»Das ist Abgehakt!« Mein Herzschlag beschleunigte sich, als wäre ich in ihn verliebt. Dabei verachtete ich ihn, seitdem er wochenlang ein Doppelleben in seinem Doppelbett geführt hatte mit meiner damaligen besten Freundin. Von dem Moment an wollte ich nie wieder einen Freund und auch keine beste Freundin.

Andrea las mir vor: »Sie ist eine wunderbare Frau, und ich bin immer noch traurig, dass sie sich von mir getrennt hat. Aber natürlich verstehe ich, dass der Zar eine bessere Partie ist.«

»Aber das klingt, als wären wir bis gestern zusammen gewesen!«, rief ich empört.

»Es kommt noch schlimmer«, stöhnte Andrea.

»Was?«

»Nein, das lese ich dir jetzt nicht vor, und du liest es am besten auch nicht.«

»Doch! Ich muss doch wissen, was der über mich für Lügen verbreitet!«

»Bringt dir das irgendwas?«

Ich dachte kurz nach »Nein.«

»Dann lass es. Ich lese dir bloß noch den letzten Satz vor, okay?«

»Ja, mach«, sagte ich. Ich konnte mich ja später selbst zu Abgehakt durchklicken. Auch wenn ich ihn am liebsten durchgekickt hätte. In der Mitte.

Andrea las vor: »Wenigstens hat sie meinen Hund bei sich, da weiß ich sie in guten Händen.«

»Ich glaub's nicht! Der kennt Flipper nicht mal! Den hab ich doch erst nach unserer Trennung gefunden. Ist der wahnsinnig?«

»Nein, mediengeil«, entgegnete Andrea.

»Wenn das so weitergeht, graben sie noch meine Kindergartenfreundinnen aus!«

»Ich wusste gar nicht, dass du welche hattest. Möchtest du darüber reden?«, versuchte Andrea mich aufzuheitern.

»Nein!«, rief ich. Bloß nicht reden. Alles, was mir jetzt noch helfen konnte, war Sex.

Ich überlegte, wie ich Felix nach Hause locken konnte, dann schickte ich ihm eine Nachricht. »Bitte hilf mir!« Das konnte er nicht abschlagen. 90 Sekunden später fragte er: »Wo bist du?«

»Vor deiner Wohnung«, whatsappte ich zurück. Ich war ihm sehr dankbar, dass er mich nicht anrief. Reden konnten wir später immer noch.

»30 min«, teilte er mir mit.

Wie schnell die Zeit dann doch vergeht. Nach Jahren der Vorbereitung rast sie dem Ende entgegen, das noch immer im Dunkeln liegt. Es ist nicht leicht, sich zu entscheiden. So unendlich viele Möglichkeiten locken. Auch der Einsatz von Tieren.

Man setze eine Ratte auf den Bauch desjenigen, dem man zu seiner höheren Wahrheit verhelfen möchte, und stülpe einen Käfig darüber. Dann entzünde man ein Feuer oberhalb des Käfigs, sodass die Ratte in Todesangst einen Ausweg sucht. Beißend und kratzend gräbt sie sich in den Bauch.

Schön an dieser Methode ist auch der psychologische Effekt. Denn Ratten sind ja nicht unbedingt beliebte Tiere. Manchmal genügt es, darüber zu sprechen, was man beabsichtigt. Doch andererseits: Man will ja nach so langer Vorbereitung auch mal eine Freude haben, nicht wahr?

Kapitel 27

»Wohin so eilig?«, fragte der Chef den vorbeihastenden Felix.

»Termin«, erwiderte der.

In diesem Moment stieß Johannes dazu. »Wir wollten noch mal zum Hipp fahren«, improvisierte er. »Weil die Sekretärinnen doch nicht da gewesen sind.«

»Und heute sind sie da?«, fragte Leopold Chefbauer. »Am Samstag?«

»Ja, ja, die sind da bis Mittag«, erwiderte Johannes schnell.

Ein guter Schauspieler, dachte Felix anerkennend und ergänzte: »Drum pressiert's uns.«

Als sie im Erdgeschoss standen, bedankte Felix sich bei seinem jungen Kollegen, dem er eine solche Finte niemals zugetraut hätte.

Johannes winkte ab. »Ich fand das unmöglich von der Claudia. Und außerdem hast ja noch etwas gut bei mir. Wegen dem Konzert morgen. Meine Freundin ist ausgeflippt, wie ich ihr gesagt habe, dass für uns Karten hinterlegt sind. Und das sogar im Pressebüro!«

»Schön«, nickte Felix unkonzentriert, während sie Richtung Parkplatz liefen.

»Hättest mir aber schon sagen können, dass deine Ex für den arbeitet.«

Ruckartig blieb Felix stehen. »Wieso meine Ex?«

»Du magst den Zar nicht. Das hab ich gleich gemerkt, wie wir den im Radio gehört haben.«

»Hast du dir schon mal überlegt, zur Kripo zu gehen?« Felix klopfte Johannes auf die Schulter, und dann hörten sie vom Parkplatzwart, dass sie schon wieder den stinkenden BMW nehmen mussten.

»Und jetzt?«, fragte Johannes.

»Fährst du zu der Firma vom Hipp und lässt mich vorher bei mir daheim raus. Und danach holst mich wieder ab.«

»Und wenn 's Revier was will und fragt?«

»Dann rufen die mich schon selber an.«

»Und wenn nicht?«

»Gehst nicht ans Telefon.«

»Und wenn die dann fragen, wo ich war?«

»Aufm Klo«, sagte Felix.

»So lang?«

»Kann passieren, wenn ma jeden Tag in der Kantine isst.«

Johannes grinste. »Fahrma Blaustich?«

»Grund?«, fragte Felix gespielt streng.

»Die Sekretärinnen gehen bestimmt pünktlich heim.«

Felix zog das Blaulicht unterm Sitz hervor und stellte es auf das Autodach. Ein paar Kilometer hinter dem Revier schaltete Johannes es ein. Und dann zeigte er, was er in seiner Zeit bei der Streife gelernt hatte. Sie waren in 21 Minuten im Stadtzentrum Münchens. Johannes' Gesicht glühte. Und auch Felix hatte erhöhten Blutdruck. Aber eher wegen Franza.

***

Sie saß auf den Stufen vor seinem Haus, ein Tuch um den Kopf geschlungen, und Flipper lag zu ihren Füßen. Verloren sah sie aus. Während er ausstieg, dachte er, dass er ihr seinen Zweitschlüssel geben würde. Auch wenn er sich geschworen hatte, dass er das nie tun würde. Dass er einen privaten Bereich brauchte. Gegen Franza Fischer kam er nicht an, die war in Räume in seinem Inneren vorgedrungen, wo noch keine andere Frau sich aufgehalten hatte. Genau genommen hatte nicht mal er selbst gewusst, dass es diese Räume gab. Was willst du da machen? In so einer Situation kannst du nur deinen Schlüssel rausrücken. Bestimmt belagerte die Presse ihr Haus. Schön, dass sie zu ihm gekommen war und nicht zu dieser Psychologenfreundin, die er nicht ausstehen konnte. Er würde jeden Morgen vor dem Dienst mit Flipper joggen.

Sie sah ihn erst, als er unmittelbar vor ihr stand.

»Servus«, sagte er. »Was gibt's?«

»Ich hab Stress.«

»Das Kleid aus der Zeitung steht dir gut. Das kenn ich gar nicht.«

»Das war von den Zar-Leuten.«

»Hat's Spaß gemacht?«

»Ich kann nichts dafür! Das war mein Job!«

»Ich wusste nicht, dass du beim Escortservice arbeitest«, sagte er. Nein, nicht er. Irgendjemand in ihm sagte das. Er hätte den Kerl umbringen können.

Sie sprang auf. Der Hund wollte zu ihm. Sie hielt ihn an der Leine, seit wann hielt sie ihn an der Leine, und wieso durfte Flipper jetzt nicht zu ihm? Durfte man den nur noch berühren, wenn man Klavier spielen konnte, oder was lief hier ab?

»Dann gehe ich eben wieder«, fauchte sie.

»Ich halte dich nicht auf«, gab er zurück beziehungsweise dieser Kerl in ihm. Aber der sprach doch gar nicht mit ihr, mit Franza, sondern mit der Furie in ihr! Die Furie und der Kerl. Die beiden gingen sich an die Gurgel, während Franza und Felix wie gefesselt danebenstanden.

Als sie sich 30 Sekunden später in einen Rollbraten verwandelt hatten, weil Flipper sie im Kreis laufend mit der Leine bis zu den Oberschenkeln aneinandergefesselt hatte, dachte Felix nicht zum ersten Mal in seinem Leben, dass in einem Vierbeiner mehr steckte, als ein Zweibeiner ahnen konnte. Was ja, rein rechnerisch betrachtet, nur logisch war.

Hass entsteht oft eruptiv. Wie ein Vulkanausbruch. Doch die wirkliche Rache kann nur kalt genossen werden. Eiskalt. So ist die Folter niemals eine spontane Aktion, sondern immer eine akribisch geplante. Nur so ist der vollendete Genuss gewährleistet.

Kapitel 28

Diesmal holte mich Weber ab, der Chef von Yasmin, wie ich mittlerweile wusste, zuständig für den Social-Media-Auftritt des Zar. Er entwarf die Kampagnen, Yasmin und andere setzten sie um. Ich hatte Weber überhaupt noch nie ohne seine Herz-Lungen-Maschine gesehen. Ich fragte mich, ob er sein XXL-iPhone auch nachts so fest umklammert hielt, und ob er beim Duschen die Ohrstöpsel rausnahm. Ich fand ihn unsympathisch, was in diesem speziellen Fall vielleicht nicht einmal auf Gegenseitigkeit beruhte. Denn während man sich ja beispielsweise einseitig verlieben kann, findet man sich normalerweise nicht einseitig unsympathisch. Doch wenn man ständig mit mindestens einem Ohr und Auge in einer anderen Welt lebte, entging einem womöglich manches.

»Wo ist dein Hund?«, fragte Weber.

»Im Auto.«

»Hol ihn.«

»Wieso?«, fragte ich.

Flipper hatte einen unruhigen Vormittag hinter sich, er sollte jetzt mal ein Schläfchen halten.

»Weil der Zar schon mehrmals nach ihm gefragt hat. Solltest du nicht längst hier sein? Es ist schon nach Mittag. Lizzie hat ständig bei dir angerufen, aber du bist ja nicht rangegangen.«

»Ich war beschäftigt«, sagte ich und spürte ein Glühen in meinem Inneren.

»Du arbeitest für uns«, erinnerte Weber mich.

»Ja, und ihr habt mir mit diesem Presserummel jede Menge Stress beschert.«

»Das posten wir aber erst in einer Stunde«, sagte er, und es dauerte eine Weile, ehe ich begriff, dass er gar nicht mit mir sprach. Die Herz-Lungen-Maschine hatte vibriert, da musste er ran.

Ich holte Flipper aus dem Auto und wurde dann von einem Angestellten des Hotels zur Präsidentensuite geleitet. Ein wenig verwundert nahm ich zur Kenntnis, dass ich jetzt schon ein alter Luxushotelhase war. Vor drei Tagen noch wäre ich staunend durch die Halle gelaufen. Jetzt war das alles schon fast normal.

Lizzie empfing mich am Fahrstuhl. Es freute mich, wie relaxt sie mittlerweile auf Distanz mit Flipper umging. Seitdem er dem Zar das Leben gerettet hatte, war er keine Bestie mehr für sie, wenngleich sie seine Nähe mied und er natürlich in ihrer Gegenwart immer angeleint war. Man müsste nun dranbleiben, damit sie diese ersten positiven Regungen auf andere Hunde übertragen konnte, um eines Tages angstfrei zu leben. Das wollte ich ihr gerade vorschlagen, da blaffte sie mich an: »Wo hast du gesteckt?«

»Die Presse hat mich terrorisiert.«

Lizzie verdrehte die Augen. »Die Presse, die Presse! Halt dich nicht für wichtiger, als du bist! Bloß weil du ein Foto mit dem Zar in der Zeitung hast, bist du nicht plötzlich jemand.«

»Ich möchte auch nicht jemand sein, es reicht mir, wenn ich ich bin«, entgegnete ich und behielt für mich, dass das schon schwer genug war. Zumal ich manchmal nicht so genau wusste, wer das sein sollte, ich.

»Was glaubst du, wie viele Frauen schon an seiner Seite abgelichtet wurden, hä? Hunderte, nein, Tausende. Bilde dir also bloß nichts drauf ein, das ändert null an deiner Bedeutung für den Zar, du bist einfach nur ein Dienstleister.«

»Was anderes will ich auch gar nicht sein«, entgegnete ich ruhig.

»Und wo warst du heute Morgen?«

»Ich sollte später kommen.«

»Davon weiß ich nichts. Du hast deine Einsätze mit mir abzustimmen. Ich bin deine Vorgesetzte. Und wenn Gudrun oder Bibi dir irgendetwas auftragen, hast du das trotzdem mit mir zu besprechen.«

Das war mir neu. »Okay«, sagte ich.

»Und jetzt meldest du dich bei Mikesch, die kleidet dich ein, der Zar hat in 30 Minuten einen Charityauftritt.«

»Äh, ich dachte ich soll mich beim Zar melden?«, fragte ich verwirrt.

In diesem Augenblick krachte etwas.

Wir hörten die Stimme des Zar: »Raus!« Dann kam – mit hochrotem Kopf – Weber um die Ecke. Er lief an uns vorbei, während er in seine Herz-Lungen-Maschine brüllte: »Stoppen! Nichts mehr posten, alles löschen! Sofort!«

Lizzie verschränkte die Arme vor der Brust und schaute ihm zufrieden hinterher. Dann sagte sie zu mir: »Das kommt davon, wenn man sich zu viele eigene Gedanken macht. Wenn man sein Ego einmischt. Du musst dich tief in den Zar einfühlen, in ihm aufgehen, damit du begreifst, was er braucht.«

»Äh, ehrlich gesagt interessiert mich das gar nicht so unbedingt«, erwiderte ich.

»Du bist ja auch nur eine temporäre Randfigur«, zischte Lizzie. »Morgen hat er dich schon vergessen.«

Übermorgen, dachte ich. Übermorgen würde der Zarenhof abreisen. Doch ich behielt es für mich und meldete mich brav zwei Stockwerke tiefer bei Mikesch, die mir einen beigen Hosenanzug verpasste. Nun kann man über die Farbe beige geteilter Meinung sein. Ist das überhaupt eine Farbe? Aber sieh an, durch den Schnitt bekam Beige tatsächlich ein wenig Rot auf den Wangen. Ich wollte gerade ein Selfie für Felix machen, da klingelte das Handy.

»Perfekte Tarnung«, lobte Anton mich. Er hatte nun wohl auch das Foto von mir und dem Zar entdeckt. »Wenn du nicht mehr nach Hause kannst, quartier dich im Hotel ein, das wäre vielleicht ohnehin das Beste.«

»Weißt du, was die Zimmer hier kosten?«, fragte ich ihn. Man konnte im Mandarin Oriental, ohne sich anzustrengen, eine Nacht in fünfstelliger Höhe verbringen.

»Spesen«, entgegnete er locker, dann wurde er ernst. »Franza, wir müssen uns treffen. Es gibt neue Entwicklungen. Ich bin leider im Moment noch in Moskau. Aber wir sollten uns unbedingt vor dem Konzert morgen Abend sehen.«

»Vormittags?«, fragte ich. »Vor elf wäre gut, danach muss ich vielleicht wieder zum Zar. Ich glaube nicht, dass er mich vor elf braucht, er gibt ja heute Abend das zweite Konzert in der Olympiahalle.«

»Ich melde mich um neun mit Zeit und Ort.«

»Okay.«

»Franza?«

»Ja?«

»Pass auf dich auf.«

»Äh, ich dachte, es ist alles total ungefährlich?«, entgegnete ich. Dabei glaubte ich das selbst schon längst nicht mehr.

»Halt die Ohren steif.« Anton lachte. Es klang ein klein wenig nervös. »Und offen.«

»Brauchst du eine Extraeinladung?«

Was war nur mit Lizzie los? War sie plötzlich eifersüchtig auf mich? Drei Kreuze, wenn es endlich Montagmittag wäre und der Privatjet des Zar in Richtung Rom abheben würde.

Ich schaltete mein Handy aus und folgte Lizzie zur Präsidentensuite. Erst eine massive Tür, dann ein Vorraum, in dem mich ein Butler empfing. Wahrscheinlich gehörte er zur Suite. Man mietete ihn wie ein Möbelstück. Und genauso sah er aus. Eine Antiquität, stilvoll restauriert, mit dichtem eisgrauem Haar. Er schaute Flipper an und schüttelte den Kopf. »Das ist okay«, sagte Lizzie und verabschiedete sich dann von mir. Weiter ging es durch eine Flügeltür, so hatte ich mir das auch vorgestellt. Der Butler geleitete mich schweigend durch einen Empfangsraum in ein Wohnzimmer, in dem so viele Sitzmöbel standen, dass man bequem eine Familiensaga hätte drehen können. Mit einem Diener zog er sich zurück.

Ich hatte keine Zeit, mir die angemessenen Gedanken zu machen. Was man auf so einer Butlerschule alles lernte, dass man Butler und Butcher, wenn man es schnell sprach, verwechseln konnte und ob so eine Berufswahl auf sadomasochistische Sexpraktiken schließen ließ. Denn da kam schon in einem schwarzen Seidenkimono der Zar mit ausgebreiteten Armen auf mich zu. Aber er schaute nicht mich an, sondern Flipper. Und ging in die Knie.

»Pfote«, sagte er.

»Das ist ein bayerischer Hund«, sagte ich. »Da heißt es grüß Gott.«

»Grüß Gott«, sagte er.

Flipper reichte ihm eine Pfote.

Der Zar lachte. »Wir verstehen uns, gell.« Er kraulte Flippers Hals und schaute mich an.

»Ich habe mir überlegt, dass ich dir den Hund abkaufe.«

Ich lachte.

»Wie viel willst du für ihn?«, fragte der Zar.

»Flipper ist nicht zu verkaufen«, erwiderte ich, noch immer belustigt.

»1000?«, fragte er.

Ich kicherte. Das war zu komisch. Und völlig absurd.

»10.000?« Seine Stimme klang nicht nach Spaß.

»Du bist verrückt«, sagte ich, weil mir allmählich dämmerte, dass er das ernst meinte.

»50.000?«

Ich zuckte ein klein wenig. Aber nicht wegen Flipper. Sondern wegen der Stufen in dem Angebot. Bei mir wären nach 10.000 maximal 15.000 gekommen, eher 12.000. Da sagte ich, einfach so, aus Jux und Tollerei:

»500.000?«

Der Zar streckte mir seine Hand entgegen. »Abgemacht.«

Ich zuckte zurück und ging drei Schritte rückwärts.

»Schlag ein!«, forderte er mich auf.

»Nie im Leben! Niemals!«

»Denk drüber nach, Franza, was du mit so viel Geld machen könntest.«

»Auf einmal kennst du meinen Namen?«

»Versteh doch, dass ich Flipper viel dringender benötige als du. Du weißt genau, in welcher Situation ich bin. Ich brauche Schutz. Und ich werde gut für ihn sorgen, das verspreche ich dir. Ich werde eine Hundenanny einstellen, die sich rund um die Uhr um ihn kümmern wird, wenn ich unabkömmlich bin.«

Ich schnappte nach Luft. Kapierte er denn nicht? Flipper hatte bereits eine Hundynanny!

»Du brauchst dir auch keine Sorgen machen«, fuhr er fort, »wegen der vielen Fliegerei. Da kriegt er einfach eine Schlaftablette, dann merkt er das gar nicht. Und …«

In diesem Augenblick kam Gudrun herein.

»Raus!«, brüllte er und fuchtelte wild in der Gegend herum. So hatte ich ihn noch nie gesehen. Seine Augen funkelten gefährlich. Fast irre. War er wahnsinnig? Als Genie hatte er dazu wohl eine gewisse Disposition.

Mit einem »Entschuldigung« verschwand Gudrun.

»Und?«, fragte der Zar. Sein Lächeln wirkte wie eine Maske.

»Nein«, sagte ich.

Das leise Grollen in Flippers Kehle wurde lauter. Er hasste dramatische Auftritte, und Lautstärke war ihm ein Gräuel, das er mit Knurren beantwortete.

Der Zar machte einen schnellen Schritt auf mich zu. Sofort stellte sich Flipper neben mich, die Nackenhaare gesträubt. Jetzt sah er aus wie ein Wolf.

»Du bist auch nur ein konformistischer Dreckskōter«, zischte der Zar.

»Man nennt so etwas Treue. Sie dauert bis in den Tod«, erwiderte ich ruhig.

Die nächste Störung kam von Bibi. Aber diesmal riss sich der Zar zusammen.

»Zaza, du bist noch im Morgenmantel!«, rief der Manager fröhlich wie immer. Noch nie hatte ich ihn schlecht gelaunt erlebt. Mit dem Zar sprach er immer wie mit einem Kind, das es zu motivieren galt. »Ich schick dir gleich jemanden, die Leute sind schon da. In 25 Minuten sollten wir beginnen, das Fernsehen überträgt deinen Auftritt in der Musikschule, voraussichtlich kriegen wir fünf Minuten Sendezeit mit An- und Abmoderation.«

»Bin gleich fertig«, flötete der Zar, und niemand hätte das Vorgefallene in seinem Gesicht ablesen können. »Aber keine Nahaufnahme heute«, schränkte er ein.

»Ich geb es weiter«, sagte Bibi und blieb abwartend an der Tür stehen. Er wollte, dass ich die Suite verließ.

Ohne mich eines Blickes zu würdigen, verschwand der Zar im Inneren seiner Präsidentensuite, wo das Bad wahrscheinlich so groß war, dass eine mehrköpfige Familie sich darin verlaufen hätte.

»Beige steht dir gut«, komplimentierte Bibi. »Bitte bleib bei der Veranstaltung nah bei Zaza, wir haben dir einen Platz rechts vom Flügel reserviert. Und halt die Augen offen, okay?«

Bevor ich fragen konnte, warum er mir das extra sagte, war er verschwunden. Und das hätte ich am liebsten auch gemacht. Doch leider fand ich niemanden, der meine Kündigung entgegennahm. Und vorher musste ich mit Anton Dürr sprechen. Der nicht ans Telefon ging.

***

Als ich kurz darauf den Saal betrat, in dem das Konzert stattfinden sollte, das der Zar für die Musikschule der geistig- und körperlich behinderten Kinder gab, hatte ich mich wieder beruhigt. Ich würde diesen Termin nun noch absolvieren und mich im Anschluss verabschieden. Wer Flipper Drecksköter nannte, hatte sich aus meinem Leben katapultiert. Nach drei Rednern kam der Zar endlich auf die Bühne, er trug eine Sonnenbrille, verbeugte sich und ging im Scheinwerferkegel zum Flügel. Mindestens zwölf Männer in Security-Uniformen standen im Raum herum. Ich fragte mich, warum ich hier unbedingt dabei sein musste.

Der Zar begrüßte die Gäste, ließ seine Finger wie Regentropfen über die Tasten prasseln und sagte dann: »München ist eine inspirierende Stadt.« Er spielte weiter.

Die Menschen schmolzen dahin. Auch ich ein bisschen, obwohl ich es nicht wollte. Wie machte der das? Der legte seine Finger auf die Tasten und spielte nicht nur, nein, er zauberte. Er schlug nicht bloß Noten an, es war mehr, als intonierte er eine Musik, die hinter jenen Tönen lag, die wir kennen, eine Musik, die einen traf, mitten ins Herz. Sogar, wenn man versuchte, sein Herz vor ihm zu verschließen. Musste man nicht besonders rein und reif sein, um so etwas zu vollbringen? Oder waren nicht gerade viele große Künstler eben oft auch die größten Arschlöcher? In diesem Moment würde niemand glauben, dass er auf ein Grab gepisst hatte.

Der Zar spielte eine leise Melodie und sprach dazu: »Auf einer Welttournee verschwimmen die Städte. Manchmal weiß man dann gar nicht mehr, wo man ist. Außer es geschieht etwas Besonderes. So wie hier, in

Ihrer schönen Stadt München. Hier habe ich Freunde gefunden«, der Zar schaute mir frontal ins Gesicht. Und mit ihm schauten mich alle an. Der Zar schaute zu Flipper, der neben meinem Stuhl lag. »Und mehr als das.« Dann spielte er eine Melodie an, die ich sofort erkannte, natürlich. Die anderen Leute waren nicht vorbereitet und brauchten eine Weile. Dann schauten sie sich verwundert an und lachten, weil sie nicht wussten, wie sie reagieren sollten. Der Zar spielte die Titelmelodie der Uralt-Fernsehserie *Flipper*. Den Text konnte ich auswendig: »Mein Freund ist Flipper, Flipper, gleich wird er kommen, jeder kennt ihn, den klugen Delfin …«

Abrupt brach er ab, schaute mir in die Augen und sagte so, dass es alle hörten: »Eine Million …«, er machte eine Pause, fügte »Küsse« hinzu.

Die Leute lachten nun laut und erleichtert. Damit konnte man was anfangen. Das war eine Liebeserklärung. Alle starrten mich an. Hitze stieg mir ins Gesicht. Der Zar spielte weiter, improvisierte sich weg von der Titelmelodie, die Blicke wandten sich zu ihm. Ich ballte eine Faust und ließ meinen Mittelfinger hochschnellen. Und dann sprang ich auf und rannte hinaus.

Flipper hatte Mühe, mir durch die Stühle und das technische Equipment zu folgen. In meinem Rücken hörte ich das Klicken der Fotohandys, und draußen vor der Tür stand eine Traube von Fotografen und Reportern, die mich auch alle ablichteten. Aber ich war jetzt Profi. Ich war ein Erste-Klasse-Hotel-alter-Hase. Ich lächelte sie an und ging ruhig an ihnen vorbei.

In der Garderobe schälte ich mich aus dem beigen Hosenanzug und schlüpfte in meine Jeans, mein Shirt, meine Jacke, meine knallbunten Joggingschuhe. Flipper schaute mir mit schräg geneigtem Kopf zu. Natürlich bekam er mit, dass hier was nicht stimmte. »Keine Sorge«, sagte ich zu ihm. »Wir kommen schon durch. Aber wir sind nicht und niemals käuflich. Ich ruf jetzt Anton an und sag ihm, dass wir kündigen. Und dann überlegen wir uns was. Wir könnten vielleicht Zeitungen austragen morgens, wenn die Stadt noch schläft. Was meinst du, würde dir das Spaß machen?«

Flipper wedelte ein wenig. Diese treue Seele unterstützte mich immer. Und er glaubte an mich.

Ich knöpfte gerade meine Jacke zu, als Lizzie die Tür öffnete. Sie blieb im Türrahmen stehen. »Du bist entlassen.«

»Prima«, sagte ich.

»Man beleidigt den Zar nicht.«

»Ich habe nur auf seine Beleidigung reagiert.«

Sie zeigte mir einen Vogel und sagte: »Unsere Anwälte werden das regeln.«

»Flipper, komm!«

Lizzie machte einen Satz zur Seite, als wir die Garderobe verließen.

Ich durchquerte das Foyer, als Gudrun mich anrief.

»Franza, komm zurück, bitte! Der Zar möchte, dass du bei ihm bleibst. Bitte. Er braucht dich.«

»Ich wurde soeben gekündigt und kündige zurück«, antwortete ich.

Erst später fiel mir ein, dass die korrekte Formulierung gelautet hätte, dass ich die Kündigung annahm.

Kapitel 29

Sie saßen in Felix' Büro auf beiden Seiten des Schreibtischs. »Nehmen wir mal an«, sagte Felix zu Johannes, während er zwei Gläser mit Wasser füllte, »alles wäre ganz anders.«

Johannes beugte sich vor. Seit wenigen Minuten war die Besprechung beendet, in der Dieter lang und breit den Stand der Ermittlungen dargelegt hatte. Da hatte Johannes schon gemerkt, dass Felix nicht zufrieden war. Doch er hielt sich zurück. Dieter hatte die Leitung in dieser Sache übertragen bekommen. In Fürstenfeldbruck rollierten sie, und die Fallleitung war nichts, worum man sich riss, weil sie in erster Linie die Koordination der Teams draußen und Schreibtischarbeit bedeutete.

»Wir suchen jetzt seit drei Tagen im Umfeld von Josef Hipp nach dem Tatmotiv, richtig?«

Johannes nickte.

»Und wenn wir an der falschen Stelle suchen?«

»Aber wir haben doch jede Menge Ansatzpunkte.«

»Schon«, sagte Felix nachdenklich. »Aber geben die wirklich was her?«

»Du kannst auch für einen Euro jemanden umbringen.«

»Das ist mir klar. Aber bei all den Leuten, die Ärger mit Josef Hipp haben, und das sind ja nicht wenige …«

»… nein, das kann man nicht sagen«, warf Johannes ein.

»… geht es doch eher um Kleinigkeiten. Einmal hat er einem eine Filiale vor der Nase weggeschnappt, dann hat er sich mit seinem Schwiegersohn zerstritten, dann hat er den Porsche seines Kumpels geschrottet …«

»Seine Ehefrau jahrelang betrogen«, fuhr Johannes fort, »durch eine fadenscheinige Lüge seinem vormals besten Freund die Papstaudienz geklaut …«

»Bringst du deswegen einen um?«, fragte Felix.

»Na, wenn's um einen Platz im Flugzeug des Ministerpräsidenten zum Sündenablass nach Rom geht«, grinste Johannes.

»Das ist jetzt aber der einzige schwerwiegende Grund. Alles andere hat sich doch früher oder später wieder eingerenkt. Der Hipp war eben kein einfacher Zeitgenosse. Ein Ekelpaket, meinetwegen. Aber als solches in seiner Klasse auch kein Sonderexemplar. Er hat sich verhalten wie die meisten Großkopferten.«

»Wobei er auch viel fürs Gemeinwohl getan hat«, stellte Johannes richtig.

»Ein typischer Bayer halt. Traditionell und egoistisch, Ellenbogenmentalität und rührselig, großzügig und raffgierig. Aber reicht das für einen Mord? Wo also ist er definitiv zu weit gegangen?«

Johannes zuckte mit den Achseln.

»Ich glaube, wir suchen an der falschen Stelle. Mein Gefühl sagt mir, dass wir entweder weiter in die Vergangenheit müssen oder ganz weg vom Hipp.«

»Wie, weg vom Hipp, wenn er unser Opfer ist?«

»Ich hab doch gesagt, mein Gefühl«, erklärte Felix ungehalten. »Beweise hab ich dafür keine.«

»Warum hast du das eben in der Besprechung nicht erwähnt? Vielleicht geht es anderen Kollegen genauso, und wir hätten eine neue Spur aufgetan?«

»Weil ich, um dieses vage Gefühl zu belegen, erst die Akten lesen möchte. Schau, Johannes – so ein Gefühl, eine Intuition ist manchmal Gold wert, keine Frage. Aber du kannst dich nicht zu 100 Prozent darauf verlassen. Denn manchmal ist die innere Stimme eine Lügnerin. Deshalb bleibt uns nur die solide kriminalistische Arbeit.«

»Du meinst, dass du alle Akten lesen willst?« Johannes riss die Augen auf. Sie hatten bis jetzt mindestens 500 Seiten Protokolle. Wenn das überhaupt reichte. Und was Felix da beabsichtigte, bedeutete nicht schnelles Überfliegen, sondern konzentriertes Lesen. Vergleichen aller Aussagen, nachdenken, zurückblättern, grübeln.

Felix nickte. »Alle. Ich habe mir gedacht, ich leg heute eine Nachtschicht ein. Morgen habe ich nämlich meine Tochter.«

»Die wird sich dann wohl mit einem müden Papa begnügen müssen.« Johannes zögerte. »Bis Mitternacht könnt ich bleiben und mitlesen.«

»Du bist doch bestimmt mit deiner Freundin verabredet am Samstagabend?«, fragte Felix.

»Und du?«

»Die ist beschäftigt.«

Johannes' Wangen röteten sich. »Ach so, ja klar. Bodyguard, stimmt. Aber bei mir macht das auch nichts. Du hast die Karten für das Zar-Konzert besorgt. Da versteht sie schon, dass ich so einen Superkollegen nicht im Stich lasse.«

Felix zwinkerte dem Kriminalhauptmeister Winter zu. »Super!«

Kapitel 30

Wie immer, wenn ich einen klaren Kopf brauchte, joggte ich die große Runde. Flipper merkte gleich, was los war, und lief im Energiesparmodus, statt sich frühzeitig zu verausgaben mit Zwischenspurts und Vor- und Rücklaufaktionen. Und er nutzte jede Pause. Als ich unter der Reichenbachbrücke meine Schnürsenkel fester band, setzte er sich neben mich. An der Wittelsbacherbrücke schlug er das Angebot seines Kumpels Moll auf ein Spielchen aus. Als wir die Braunauer Eisenbahnbrücke passierten, tat er mir fast schon leid. Kurz vor der Brudermühlbrücke warf ich ihm ein paarmal einen Stock, und am Flauchersteg spielten wir Fangen. Und da merkte ich, dass ich mich wieder gefangen hatte.

An der Thalkirchner Brücke überlegte ich mir, ob ich Felix anrufen sollte. Aber ich würde ihn doch später ohnehin sehen. Wir hatten vereinbart, dass ich ein paar Tage bei ihm bleiben würde. Ich war sogar im Besitz des Zweitschlüssels zu Felix' Wohnung, leihweise natürlich, darauf hatte ich Wert gelegt beziehungsweise so getan, der Form halber. Ich beschloss, Felix erst morgen von meiner Kündigung zu erzählen. Denn war er nicht ein wenig eifersüchtig gewesen, auch wenn er versucht hatte, es zu verbergen? Das hatte mir gefallen. Stand ihm gut! Der coole Kommissar konnte den Zar nicht ausstehen. Sollte er ruhig bis morgen glauben, ich sei noch immer dessen Körperhüterin.

***

Auf dem Rückweg zu Felix' Wohnung fiel mir ein, dass ich Flippers Knoblauchextrakt gegen Zecken einzupacken vergessen hatte. Die Tierhomöopathin hatte mir eingetrichtert, dass ich es täglich geben musste, wenn ich wollte, dass es so gut wirkte wie die chemische Keule, die den meisten Hunden ins Fell gerieben wird. Ich selber schluckte meistens Chemie; dieses ganze Heilpraktikerzeug ist mir zu umständlich und zu langwierig. Aber an meinen Hund lass ich nur Wasser und Frau Steinel.

Ich bat Flipper, bei den Schachspielern auf mich zu warten, was diese erheiterte. Es ist nicht unbedingt üblich, bitte zu einem Hund zu sagen. Warum eigentlich nicht? Allein machte ich mich auf zu meiner Wohnung. Dort schien alles ruhig zu sein, einzig ein Lieferwagen, der vor dem Haus parkte, machte einen verdächtigen Eindruck.

Ich ging zurück an die Isar und holte Flipper. Als ich vor Felix' Wohnung den Lieferwagen noch einmal auf der Straße entdeckte, hielt ich mich für verfolgungswahngefährdet, weil es bestimmt nur der gleiche war, nicht derselbe.

Oben in der Wohnung fühlte ich mich ohne Felix am falschen Ort. Hier gehörte ich nicht hin. In der Olympiahalle wäre mein Platz gewesen. Das zweite Konzert! Irgendwie bedauerte ich es, hingeschmissen zu haben. Nicht, dass ich eine Wahl gehabt hätte, aber es hatte schon Spaß gemacht, Höhenluft zu schnuppern. Ich kam schlecht drauf. Der Kater nach dem Rausch. Womöglich kriegte ich auch noch meine Tage, nein, sicher, denn es überfiel mich ein ununterdrückbarer Putzdrang. Und ein bisschen wollte ich mich vielleicht auch erkenntlich zeigen, wenn ich schon hierbleiben durfte. Ich staubsaugte, dann legte ich mich für ein halbes Stündchen aufs Sofa.

Drei Stunden später wachte ich auf und fühlte mich wie gerädert. Es war kurz vor zehn. »Wir gehen kurz raus, dann schlafen wir weiter«, teilte ich Flipper mit. Doch die kühle Luft, in die der Frühling sein würziges Aphrodisiakum gestreut hatte, erfrischte mich.

Ich lief nicht bloß zum Nussbaumpark, der nur zwei Minuten von Felix' Wohnung entfernt lag, sondern Richtung Isar. Da konnte ich doch gleich noch Kontoauszüge ausdrucken. Lang starrte ich mein Guthaben auf dem letzten der fünf schmalen Zettel an. Es wurde dadurch nicht mehr. Von einer hohen Kante war ich weit entfernt, aber diesen und nächsten Monat würde das Geld reichen. Es reichte eigentlich immer, aber es blieb eben nichts übrig, um etwas zurückzulegen. Ich musste dringend einen lukrativen Nebenjob finden oder mehr solvente Privatkunden akquirieren, die mich für Einzelstunden buchen würden.

Ein Pärchen traute sich wegen Flipper nicht in die Bankfiliale. Ich winkte den jungen Leuten zu, sie regten sich auf, dann starrte die Frau mich an, riss die Augen auf und sagte etwas zu ihrem Freund. Jetzt starrten sie mich beide an wie eine Bankräuberin. Dabei war ich bloß die Ex vom Zar. In diesem Augenblick hatte ich eine Idee, die mich schlagartig hellwach machte. Ich war berühmt, mindestens bekannt. Ich war die Freundin vom Zar. Also war ich ein Promi-Coach. Bei mir konnte man Fitnessstunden buchen! Ja! Das war die Lösung! Ich würde mich vor Anfragen kaum mehr retten können! Die Kunden würden Schlange stehen, um von der Fitnesstrainerin des Zar gepiesackt zu werden. Beschwingt verließ ich die Bank und schlug automatisch den Weg zu mir nach Hause ein. Wie immer nahm ich die kleinen Seitenstraßen in Richtung Au. Flipper lief, mal hier, mal dort schnuppernd, vor mir her.

An einer Hauswand sah ich plötzlich den Schatten einer Schlinge, durch das Licht einer Laterne riesengroß. Ich blieb stehen und schaute mich um, wo kam denn das her? Das sah ja abgefahren aus. Eine abgerissene Wäscheleine? Ich brauchte viel zu lang, um zu kapieren. Denn als mir das Wort Hundefänger in den Sinn kam, standen die drei Kerle schon vor mir, und einer von ihnen fuchtelte mit der Schlinge vor Flippers Kopf herum. Der war genauso überrascht wie ich, die drei mussten aus einer Hofeinfahrt gesprungen sein – und hinter mir stand ein vierter. Ein kräftiger Angreifer packte mich brutal von hinten und drückte mir mit dem abgewinkelten Unterarm den Hals zu.

Befreiung aus dem Würgegriff, schoss es mir durch den Kopf. Und zwar schnell, ehe ich bewusstlos werden würde. Ich holte Schwung, drosch dem Angreifer meinen rechten Ellenbogen seitlich in die Rippen, sein Griff lockerte sich, ich packte sein Handgelenk und schlüpfte aus seiner Umklammerung, während ich ihm gleichzeitig massiv den Arm verdrehte. Als Nachschlag versetzte ich ihm einen gewaltigen Tritt zwischen die Beine. Er ging sofort zu Boden, mit unattraktiv verzerrtem Gesicht. Mitte 30, stellte ich fest. Sonst konnte ich nicht viel erkennen. Und dann ging ich auch zu Boden, denn einer der drei Kerle trat mir in den Rücken. Reflexartig führte ich eine Judorolle vor, sodass ich seitlich zum Liegen kam. Nun war mein rechtes Bein frei, und das drosch ich mit voller Wucht gegen das am nächsten befindliche Knie. Es knirschte. Knie durchtreten gehörte zu meinen Spezialitäten. Wie Unterarme packen zu Flippers. Nur am Rande nahm ich wahr, dass Flipper sich in einen solchen verbissen hatte. Brüllend drehte sich sein Opfer im Kreis, während es auf Flipper einschlug, der wild knurrend nachfasste. Der vierte Angreifer versuchte, Flippers Kopf durch die Fangstange zu fädeln, was nicht funktionieren konnte, solange er am Arm hing.

Ein Fenster öffnete sich. »Was ist da los?«, rief jemand. Und »Polizei!«, jemand anders. Ich versuchte auf die Beine zu kommen, als mich ein Tritt in die Nieren traf. Doch das Adrenalin, das mich durchströmte, machte mich stark. Ich sprang in Kampfstellung und hob brüllend die Fäuste. Von rechts kam die Schlinge. »Flipper, schnapp sie dir!« Er ließ den Unterarm los, sprang aus dem Stand hoch, biss in die Stange, riss sie dem Angreifer aus der Hand und jagte über den Gehsteig davon, wobei er mehrere parkende Autos zerkratzte. Nach einigen Metern blieb er an einem Laternenpfahl hängen, drehte sich zu mir.

Da durchfuhr mich ein entsetzlicher Schmerz. Gleichzeitig hörte ich ein komisches Bizzeln. Ein Taser, Elektroschocker, durchfuhr es mich. Und dann wurde alles schwarz.

Kapitel 31

Felix parkte vor seinem Exhaus, in dem nun seine Exfrau Melanie mit seiner vierjährigen Tochter Sinah lebte. Er durfte das Haus nicht betreten, obwohl es ihm zur Hälfte gehörte. Er musste warten, bis Melanie Sinah nach draußen schicken würde. Das konnte dauern. Bis zu einer Stunde. Dabei hatte sie ihn längst gesehen, die Gardine in der Küche hatte sich bewegt. Wehe, er rief an. Dann würde es noch länger dauern oder sie würde Sinah gar nicht rausschicken. Die ja nichts von ihrem Papatag wusste. Damit sie sich nicht darauf freuen konnte, weil sie das aufregen würde. Und weil ihr Papa als Polizist so unzuverlässig war, dass man Enttäuschungen vorbeugen musste. Deshalb sagte Melanie eine Minute, bevor sie Sinah zu ihrem Papa schickte: Heute ist Papatag. Und versetzte das Kind in einen fortwährenden nervösen Spannungszustand, weil es nie wusste, wann es so weit sein würde. Aber wehe, Felix wollte daran etwas ändern. Nein, er beschwerte sich nicht, auch wenn es ihn innerlich zerriss. Denn das brachte ja nichts, das machte alles nur noch schlimmer. Und wenn es ganz schlimm war, entzog Melanie ihm Sinah komplett, und er musste wieder bei seinem Anwalt anrufen, der verfasste einen Brief, und es dauerte und dauerte und dauerte.

Sein Handy klingelte. Zwölf Minuten über der Zeit. Der kalte Krieg mit Melanie. Er wollte nicht rangehen. Er wollte gar nicht hören, dass er sich umsonst bemüht hätte, weil Sinah angeblich Fieber hatte oder Brechdurchfall. Und einen Alternativvorschlag bekommen, von dem Melanie wusste, dass er den wegen seines Dienstplans nicht wahrnehmen konnte. Aber es war nicht Melanie, sondern sein Kollege Bert.

»Ja?«

»Du, Felix, da ist eine alte Dame am Telefon, die ruft hier ständig an, hat mir die Zentrale gesagt, die will dich unbedingt sprechen, die lässt sich nicht auf morgen vertrösten, die sagt auch nicht, um welchen Fall es geht, und sie will ausdrücklich nur mit dir sprechen.«

»Hat sie auch einen Namen?«, fragte Felix genervt.

»Marklstorfer, Rosina.«

»Her damit«, sagte er, wartete, fragte dann: »Hallo, Frau Marklstorfer? Hier ist der Felix Tixel.«

»Ach. Endlich, Herr Felix!« Die alte Dame klang erleichtert. »Bin ich froh, dass ich Sie am Telefon habe. Danke, dass Sie zurückrufen.«

Felix ersparte sich die Richtigstellung, dass sie die Anruferin war, und fragte ruhig: »Was gibt's, Frau Marklsdorfer?« Sein Herz schlug bis in den Hals.

»Es ist wegen dem Flipper.«

Flipper. Nicht ganz so schlimm. Aber schlimm genug. »Was ist mit dem Flipper?«

»Ja, also, ich war vorhin kurz draußen, weil mir beim Geschirrtuchaufhängen ein Klupperl runtergefallen ist vom Fenster, und da will ich das holen, weil es war eins aus Holz, die aus Plastik taugen ja nichts. Und da steht der Flipper auf der Straße.«

»Und?«

»Allein. Ohne das Fräulein Franza, und die ist auch nicht um die Ecke gekommen, fünf Minuten nicht. Ganz jämmerlich ist der Flipper da unten gesessen, ein Häufchen Elend. Da hab ich ihn mit zu mir in die Wohnung genommen. Natürlich habe ich sofort das Fräulein Franza angerufen, aber sie meldet sich nicht, obwohl ich ihr nach dem Signalton gesagt habe, dass der Flipper bei mir ist.«

»Wann war das, Frau Marklstorfer?«

»Dass ich den Flipper gesehen habe?«

»Ja.«

»Nach zehn. Die Hopfenmüllers sind gerade aus der Kirche gekommen.«

Felix schaute auf seine Uhr. »Also vor einer guten Stunde.«

»Ich mache mir Sorgen, Herr Felix. Dem Flipper geht es gar nicht gut. Der hechelt so, obwohl er an einem kühlen Platz liegt. Ob er Hunger hat? Oder krank ist? Und er riecht auch sehr … nun ja, streng.«

»Frau Marklstorfer, ich komme sofort zu Ihnen. Bitte machen Sie die Tür auf keinen Fall auf, nur für mich, hören Sie? Und … Moment mal … ist denn noch Presse bei Ihnen vor dem Haus?«

»Ich glaube nicht. Vorhin war keiner da, aber die kommen und gehen, und sie belästigen alle Hausbewohner. Aber eben war niemand auf der Straße. Bitte dreimal kurz, dreimal lang, dreimal kurz läuten, dann weiß ich, dass Sie es sind.«

»SOS, verstanden«, sagte Felix und legte auf. Als er den Wagen wendete und wegfuhr, sah er im Rückspiegel, dass die Haustür sich öffnete. Er blickte nach vorne. Er wollte das Bild nicht sehen. Sinah, wie sie zum Gartentürchen rannte. Es zerriss ihm auch so das Herz. Er rief Melanie an. Sie ging nicht ran, natürlich nicht.

»Du warst nicht zu Hause«, sprach er auf den Anrufbeantworter. »Ich komme in einer Stunde noch mal.« Er dachte, dass sie Sinah erzählen würde, dass ihr Papa sie vergessen habe. Oder zumindest, dass er unzuverlässig und unpünktlich war. »Und weil du mir die Sinah nicht rechtzeitig rausgeschickt hast«, fuhr er fort, »behalte ich sie heute länger.«

Kapitel 32

Ich erwachte von einem lauten, unheimlichen Geräusch. Gleichzeitig durchfuhr mich ein Schmerz, der mir den Atem raubte. Da merkte ich, dass mein Mund verklebt war. Panisch saugte ich Luft durch die Nase. Der Gestank war brechreizerregend. Magensaft stieg meine Kehle empor. Ich wollte den Mund aufreißen, doch wie. Mein Herz schlug so heftig, dass mein Kopf fast platzte, denn jeder Schlag war einer mit dem Hammer. Ruhig, befahl ich mir. Ruhig. Atme.

Es roch nach Fäulnis, Knoblauch, Scheiße, Zwiebeln, Chemie, nach einer Mischung aus allem, das einem den Magen umdreht. Und es wackelte, rumpelte. Das Teil, in dem ich mich befand, bewegte sich. Ich selbst konnte mich kaum rühren. Meine Hände waren auf dem Rücken zusammengebunden. Meine Schultern waren wahrscheinlich ausgekugelt, die Arme und Hände taub, meine Beine abgewinkelt zusammengeschnürt bis zu den gefühllosen Füßen. Ich konnte gerade mal den Kopf bewegen, ein kleines bisschen. Mit dem knallte ich in der völligen Finsternis an eine harte Begrenzung. Und fiel zurück … in eine vollgepisste Windel, dem Gestank nach. Und da durchfuhr es mich. Das war Müll, Hausmüll. Ich lag in einer Mülltonne! Aber wie war ich hier reingekommen? Ich begriff das nicht. Seit wann lag ich hier? Und was bedeutete der plötzliche Lärm? Nein!!! Die Tonne wurde geleert! Hydraulische Pumpe, Müllpresse, Quetsche …

Meine Augenlider flatterten. Ohnmacht lockte mich. Dann sah ich Felix' blaue Augen vor mir. Sie schossen Blitze. Wach bleiben, brüllte ich mich innerlich an. Tu was! Aber was? Es ist deine letzte Chance, brüllte ich. Aber ich hatte keine Möglichkeit, mich bemerkbar zu machen … Wirklich nicht? … Aber … was war denn das? … Eine akustische Halluzination? Nein? Nein, das war echt. Das war … Flipper! Ich kannte doch das Gebell meines Hundes! Und … da waren … Stimmen … Menschen! Ein jämmerliches Wimmern drang aus meinem völlig ausgetrockneten Mund. Flipper bellte wie verrückt. Ich konnte ihn nun sogar an der Tonne kratzen hören, und er sprang dagegen.

»Wart amal, Fritz«, hörte ich da und bäumte mich auf und brüllte, bis weiße Blitze durch meinen Kopf zuckten. Da draußen hörten sie mich nicht. Sie hörten mich nicht!

»Wieso? Mia sand so spät dro. Und der blöde Dreckskötä geht ma aufn Sack.«

»Wart amal, Fritz«, wiederholte die Stimme. »Vielleicht stimmt da was ned.«

»Ja, da stimmt mehra ned. Am Sonntag arbeiten, des stimmt ned. Scheiß Straßenfeste.«

»Du hast dich freiwillig gmeldet.«

»Haha, freiwillig.«

»Jetzt wart doch amal. Vielleicht is da was drin?«

»Ja, da wird scho a Gammelfleisch drin sei. Los, weida.«

»Mohammed! Mohammed! Mach mal 'n Motor aus!!

»Depp.«

»Ich schau da nach.«

»Mensch, es pressiert!«

»Aba der Hund is komisch.«

»Ja, Scheißköter. Mohammed, ruf die Bullen. 112.«

»Depp, 110.«

»Funk die Zentrale an. Die sollen a Streife schicken.«

Ein Rucken, ein Riss in der Dunkelheit – schlagartig wurde es hell. Reflexartig kniff ich die Augen zusammen.

»Scheiße! Scheiße! Da liegt a Leich! Scheiße!«

»Scheiße, ja!«

»Bloß nix anrühren!«

»Mohammed, ruf an!«

»Die schnauft!«

»Bloß nix anrühren, sonst gibt's Ärger.«

»Aber die schnauft!«

»Ej, Scheiße, Mann. Musst du geben Luft.«

»Nix anrühren!«

»Musst du klopfen auf Brust. Damit Herz schlägt.«

»Die müss ma rausholen.«

»Ich mach nix!«

»Depp!«

»Scheiße, scheiße, jetzt ist der Hund a no drin.«

»Sog i doch. Der Hund ghört dazu, des sog i doch.«

»I lang des Viech fei ned oh.«

»Hau ab, Köter!«

»Au!«

»Des hast jetzt davon!«

»Scheißköter!«

»Los, pack an, mia müssen die rausheben!«

»Pfui Deifi, stinkt die!«

Jemand riss mir das Klebeband vom Mund. Ein Jesus mit wunderschönen braunen Wüstenaugen beugte sich über mich, rief: »Wasser?«, und rannte weg.

»Lem Sie?«, fragte eine andere Stimme.

»Ja«, keuchte ich.

»Sie lebt, hot s' gsogt«, rief der Engel in orangefarbener Kleidung.

»Frogt sie halt, wie lang no«, erwiderte ein anderer. »So wia di beinand is.«

Und das fragte ich mich auch, ehe es wieder dunkel wurde.

Kapitel 33

Felix atmete auf, weil er nur eine Pflegerin im Schwesternraum antraf. So wenig Zeugen wie möglich. Er zückte seinen grünen Polizeiausweis. »Tixel, ich hab da mal ein paar Fragen zu Ihrer Patientin Franziska Fischer.«

Die junge Frau hob abwehrend die Hände. Sie war so blond, dass ihr Anblick fast schmerzte – als höre man jedes einzelne Haar unter der Folter der Bleiche brüllen. Bevor sie einen Arzt holen würde, erklärte Felix: »Ich weiß schon, dass Sie nichts sagen dürfen. Ich frage auch nichts, was unter die Schweigepflicht fällt.«

»Kollegen schon da«, sagte sie in hartem Deutsch.

»Ja, sicher«, erwiderte Felix freundlich. »Und die haben auch schon mit der Frau Fischer gesprochen, nicht wahr?«

Die Krankenschwester nickte. »Muss sich jetzt ausruhen. Sehr schlimme Sache. Mensch in Müll geschmissen wie Dreck. Aber Doktor sagt, dass alles gut verheilt. Patientin stark.«

Felix atmete erleichtert durch. Ja, Franza war stark.

»Wissen Sie, wo Hund ist? Fragt immer nach Hund.«

»Ja, das weiß ich. Und das würde ich ihr jetzt gern selber sagen. Kann ich zu ihr?«

Die Schwester zögerte. »Noch mal Ausweis, bitte.«

»Sie sind sehr gewissenhaft, das ist gut«, lobte Felix und reichte ihr den Ausweis. Sie notierte seinen Namen und sagte: »Zimmer 21.«

Felix hoffte, dass sie ihr Zusammentreffen für sich behalten würde. Es brächte ihn in Erklärungsnot, wenn er rechtfertigen sollte, weshalb er sich mit seinem Polizeiausweis Zutritt zu einem Fall verschafft hatte, der ihn nichts anging. Er gehörte nicht zu den Münchnern, und das war ein Fall für die hiesigen Kollegen.

Auf dem Weg zu Rosina Marklstorfer hatte er mehrere Telefonate geführt. Wegen Flipper war es relativ einfach, Franza auf die Spur zu kommen. Es hatte seit ein Uhr nachts mehrere Anrufe gegeben, die einen großen Hund anzeigten, der scheinbar orientierungslos durch die Gegend lief und sich auch bei den Mülltonnen in der Nähe der Grillplätze am Flaucher herumtrieb. Das wurde von den Kollegen in drei Innenstadtrevieren aufgenommen, aber in der Bearbeitung auf den nächsten Tag verschoben, um einen Kollegen von der Hundestaffel zu beauftragen, den freilaufenden Vierbeiner einzufangen. Dann hatten die Müllmänner eine gefesselte Frau gefunden. Die Streifenbeamten, die als Erste am Fundort waren, informierten den KDD, den Kriminaldauerdienst, der den Fall als Mordversuch einstufte. Ohne das auffällige Verhalten des Hundes wäre die Tonne geleert worden, was das Opfer nicht überlebt hätte.

Franza, seine geliebte Franza, ohnmächtig und gefesselt in eine Tonne geworfen! Was für ein Wunder, dass sie das überlebt hatte, ein geradezu unfassbares Wunder. Aber warum Franza, warum schon wieder Franza? Man hatte sie zuerst mit einem Elektroschocker kampfunfähig gemacht – was extrem schmerzhaft war – und später mit Äther nachgelegt. Aber warum?

Klein sah sie aus. Klein und verletzlich, wie sie da in dem weißen Bett lag, die große, starke Franza. Ihr Gesicht war geschwollen, besonders um die Augen, sie hatte Pflaster auf Stirn und Wange. Neben ihrem Bett ein Ständer mit zwei Infusionsflaschen, sie schlief. Sie bekam sicher Schmerzmittel, beide Schultern waren ausgekugelt gewesen, und sie hatte einige Blessuren davongetragen, aber keine inneren Verletzungen erlitten.

Vorsichtig setzte Felix sich neben sie. Innerhalb eines Jahres besuchte er sie nun zum dritten Mal im Krankenhaus. Es kam ihm so vor, als sei das alles seine Schuld. Bevor sie ihn kannte, hatte sie niemals Kontakt mit der Welt des Verbrechens gehabt. Er lächelte wehmütig, als ihm sein erster Krankenbesuch einfiel. Das war im Klinikum Starnberg gewesen … Da waren sie noch per Sie. Franza war ernstlich verletzt nach einer Messerattacke. Und er war gnadenlos in sie verschossen gewesen – wogegen er sich gewehrt hatte. Bloß keine Beziehung, und erst recht nicht mit Franza Fischer. Nun, laut ihrer Definition hatten sie die ja auch nicht. Aber in seinem Herzen. Diese unendliche Wärme für sie. Diese verrückte, wahnsinnige, unvergleichliche, große, tapfere, starke, wilde, scheue, leidenschaftliche, zurückhaltende Frau mit der schrägen Wahrnehmung, den tabulosen Bemerkungen und dem tiefen Empfinden. Und für ihren Hund. Dem Flipper würde er eine Rinderhaxn spendieren.

Er wollte sie nicht wecken, aber er konnte nicht widerstehen. Er musste sie berühren, wenigstens ein Mal. Behutsam legte er seine Hand auf ihre Wange.

Ihre Lider flatterten. Dann fragte sie: »Flipper?«

»In Sicherheit«, sagte er, während sie die Augen öffnete.

»Felix?«

»Ja. Ich bin da, Franzi.«

»Aber woher weißt du …?«

»Polizeifunk«, kürzte er ab.

»Und Flipper?«

»Ist bei mir im Auto. Ich habe ihn bei deiner Nachbarin abgeholt, da ist er hingelaufen, als dich der Notarzt abtransportiert hat. Dem ist er übrigens bis zur Reichenbachbrücke nachgelaufen.«

»Um Himmels willen!«

»Er hat sich wie ein Radfahrer verhalten und ist immer schön rechts am Straßenrand geblieben. Ein Sanitäter hat das sogar gefilmt. Kann man wahrscheinlich schon auf YouTube sehen.«

Sie lächelte.

Er wollte sie Dutzend Dinge auf einmal fragen. Ob sie die Täter gesehen hatte und ob sie ihn heiraten wollte. Und er schwieg. Das alles war jetzt nicht wichtig. Hauptsache, sie war da und schnaufte.

»Ich habe … schon alles deinen Kollegen erzählt«, begann sie von sich aus. Das Sprechen fiel ihr schwer.

»Sag nichts«, bat er.

»Ich will aber«, widersprach sie. Sie wollte sich aufsetzen, verzog das Gesicht. »Rippenprellung.«

»Oha«, versuchte er einen Scherz. »Dann werden wir in Zukunft wohl tatsächlich mehr reden müssen, anstatt …«

»Bin dagegen«, keuchte sie. Ihr Schmerz trieb ihm die Tränen in die

Augen. Dass man einen anderen Menschen, der kein Kind mehr war, so liebhaben konnte.

»Kann ich irgendetwas für dich tun?«, fragte er. »Soll ich den Rechtsanwalt Dürr verständigen, damit er den Leuten beim Zar Bescheid gibt?«

Sie fuhr hoch. »Nein! Der steckt doch dahinter!«

»Was?« Felix riss die Augen auf.

»Ich habe gekündigt, weil er mir Flipper für eine Million Euro abkaufen wollte. Danach ist es passiert. Ich bin ganz sicher, er hat mir diese Hundefänger auf den Hals gehetzt.«

»Hundefänger?«

»Ja. Die hatten es auf Flipper abgesehen.«

Felix stutzte. Dann war das Betäubungsmittel, das man Franza verpasst hatte, womöglich für den Hund gedacht gewesen. Aber was redete sie da vom Zar? War sie ein bisschen neben der Spur?

»Bist du dir sicher?«

»Der Zar steckt dahinter«, beharrte Franza. »Hundertprozentig. Der ist es nicht gewöhnt, etwas nicht zu kriegen, was er haben will.«

»Der Zar?«, wiederholte Felix. Das klang … unfassbar.

»Glaubst du mir vielleicht nicht?«

»Doch! Es ist nur … also … wie soll ich sagen …«

»Bekommt er vielleicht einen Promi-Bonus?«

»Franza, nein, so meine ich es nicht. Die Kollegen werden ihn gründlich vernehmen.«

»Das hab ich deinen Kollegen aber nicht erzählt!«

Fragend schaute Felix sie an.

»Ich bin doch nicht bescheuert. Das glaubt mir doch keiner! Münchner Fitnesstrainerin bezichtigt Weltstar, er habe ihren Hund entführen wollen. Ich weiß jetzt, wie die Presse tickt! Was die aus der Wahrheit machen.«

Insgeheim gab Felix ihr recht. Doch er schüttelte den Kopf.

Leise sagte sie: »Ich glaube nicht, dass diese Typen es ursprünglich auf mich abgesehen hatten. Die Situation ist eskaliert, weil sie nicht mit meiner Gegenwehr gerechnet haben. Ich glaube, die haben totale Panik gekriegt, weil ich kein bequemes Opfer war.«

Felix streichelte ihre Hand.

»Ich hatte solche Angst um Flipper! Den hättest du mal sehen sollen! Ich schätze, dass einer der Typen eine ziemliche Bisswunde am Arm hat.«

»Warum waren sie zu viert, wenn sie mit einer Frau gerechnet haben?«

»Frau mit Hund!«

»Hast du den Kollegen von der Bisswunde erzählt?«

»Mist, das habe ich vergessen.«

Felix vermutete, das war aus Absicht geschehen. Dabei brauchte sie sich keine Sorgen zu machen, dass Flipper deshalb in Sachen gefährlicher Hund zum Wesenstest müsste. Das fiel unter Selbstverteidigung.

Felix stand auf, ging zum Fenster, schaute hinaus. »Wieso hast du eigentlich ein Einzelzimmer?«

»Weil ich so gestunken habe. Bevor ich geduscht wurde, mussten sie ja Spuren sichern. Aber ich glaube nicht, dass sie was gefunden haben, ich kann mich nicht erinnern, dass die Kerle mich angefasst haben.«

»Sie müssen dich getragen haben.«

Sie atmete heftig.

Er setzte sich zu ihr aufs Bett, obwohl ihm das Stillhalten schwerfiel. Er wollte auf und ab laufen. Nachdenken. Eine Möglichkeit finden, den Zar anzuzeigen.

»Gibt es irgendwelche Beweise«, fragte er. »Hat jemand gehört, dass der Zar Flipper besitzen will? Oder wie lief das ab?«

»Felix!« Sie griff nach seiner Hand. »Ich dachte …«, sie schluchzte, »ich dachte, ich muss sterben.«

Er nahm sie in den Arm.

»Ich dachte … ich dachte, ich sehe dich nie wieder und …«

»Ich bin bei dir.«

»Ich will hier raus!«

»Du musst dich erholen.«

»Aber mir fehlt doch nichts Schlimmes. Bloß Prellungen, Platzwunden, verstauchter Daumen, die Schultern sind wieder eingerenkt. Ausruhen kann ich mich daheim besser.«

»Lass wenigstens noch die beiden Infusionen reinlaufen.« Er wies nach oben. »Und dann kommst du zu mir.«

»Felix«, sagte sie leise.

»Ja?« Er spürte ihren Atem an seinem Ohr.

»Als ich gedacht habe, dass es aus ist …«, sie suchte nach Worten. »Da wäre es gar nicht so schlimm gewesen. Weil ich dich noch kennengelernt habe.«

Ihre Worte fuhren ihm ins Herz. Er drückte sie vorsichtig an sich. Und nach einer Weile merkte er, dass sich ihr Körper entspannte. Sie schlief ein.

***

Mit schnellen Schritten und großer Wut im Bauch verließ Felix das Krankenhaus. Das Schlimmste war, dass Franza recht hatte.

Der Verdacht klang aberwitzig. Der Weltstar Zar organisiert einen Schlägertrupp, um den Waldwiesenhund ohne Papiere einer bayerischen Sportlehrerin zu entführen. Noch dazu, wenn es sich bei dem Opfer um eine Frau handelt, die mutmaßlich mehr von ihm wollte als er von ihr. Die Geschichte stank geradezu nach enttäuschter Liebe. Man würde vermuten, der Zar habe eine Nacht mit Franza verbracht, sie dann abserviert, und mit dieser Geschichte würde sie ihm das heimzahlen wollen. Jeder Cop würde hier Rache wittern. Es war wie bei den Vergewaltigungsanzeigen, bei denen sich letztlich ein Drittel als Falschaussage herausstellte. Aber es gab eben auch zwei Drittel, die tatsächlich Opfer eines Sexualdeliktes geworden waren.

Felix rief Johannes an. Der hatte heute bis 18 Uhr Dienst. Danach würde er mit seiner Freundin ins Zar-Konzert gehen. So was konnte man natürlich nicht absagen. Keiner hätte den Mut, den Weltstar jetzt zu verhaften, weil eine Frau behauptete, er habe Killer beauftragt, sie in eine Mülltonne zu werfen.

»Ruf mal alle Krankenhäuser an und frag, ob die heute Nacht einen Hundebiss reingekriegt haben.«

»Äh … wieso? Also in welcher Sache jetzt?«

»Und wenn du was hast, meldest du mir das sofort.«
»Äh, okay, mach ich.«
»Servus.«

***

An seinem Auto, er hatte es im Parkverbot abgestellt, stand ein Mann. Felix hielt ihn zuerst für einen Parkwächter. Da sah er das Handy. Wieso knipste der Kerl in das Wageninnere? Dann begriff er. Melanie hatte jemanden auf ihn angesetzt. Sie hatte womöglich sogar einen Detektiv beauftragt, denn sie wollte das Sorgerecht für Sinah, weil Felix sich nicht verantwortungsvoll um seine Tochter kümmerte. Oder wie wollte man das nennen, wenn ein vierjähriges wehrloses Mädchen zusammen mit einem gefährlichen, riesengroßen, wilden, zähnefletschenden Kampfhund stundenlang in brütender Hitze im Parkverbot eingesperrt wartete.

Als Felix wütend näher trat, lächelte ihn der Mann freundlich an. »Do han i oifach a Foto mache miasse. So ebbes Liabs. Die zwoi dohanda send scho arg dicke Freind, gell?«

Felix zögerte. War das ein Bluff? Aber wie sollte er das herausfinden? Er müsste den Kerl verfolgen. Er prägte sich dessen Aussehen ein, nickte ihm zu, stieg ein und fuhr los, während die zwei dicken Freunde dohanda, sprich auf der Rückbank, wo sie Arm in Bein kuschelten, langsam wach wurden.

Wenn alles vorbereitet ist, gibt es nur noch eine Macht, die die Folter verhindern kann. Die höchste. Der Herzschlag des Schöpfers, der Herzschlag des Opfers. Allein die gute Vorbereitung wird mit einem Stakkato belohnt, das bis zum Exodus um sein Leben hämmert.

Kapitel 34

Felix und Sinah waren nicht die Einzigen, die an diesem Sonntag in den Tierpark wollten. Die Schlange vor den Kassen war so lang, als wäre halb München heute auf diese Ausflugsidee gekommen. Als sein Handy einen anonymen Anrufer anzeigte, überlegte er es sich sechs Klingeltöne lang, ehe er das Gespräch annahm. Melanie unterdrückte ihre Rufnummer. Und seine Exgattin hatte ihm jetzt gerade noch gefehlt.

»Servus, da ist der Hartmut.«

Felix brauchte einige Sekunden, um die Stimme ins Tor zu schießen. Bis vor einem Jahr hatte er mit Hartmut in der Handballmannschaft der Polizei gespielt. Dann war Hartmut zum LKA gewechselt, und er hatte ihn aus den Augen verloren.

»Wart mal bitte kurz«, bat er, drückte Sinah die Leine in die Hand und trug ihr auf: »Bleib in der Schlange, ich geh ein paar Schritte weg.«

Sie nahm die Leine mit hoch konzentriertem Gesichtsausdruck entgegen wie eine ehrenvolle Aufgabe, die fast zu schwer für sie war. Flipper machte es ihr leicht, brav setzte er sich und hechelte sie treuherzig an. Die Erwachsenen um sie herum lächelten.

»Jetzt bin ich wieder da«, sagte Felix, ohne Sinah und Flipper aus den Augen zu lassen.

»Tut mir leid, dass ich dich an deinem freien Tag störe. Ich bräuchte deine Hilfe.«

»Ja?«, fragte Felix. Ihm schwante da etwas.

»Wir haben heute früh einen Fall reingekriegt, da ist eine Frau in eine Mülltonne geworfen worden. Sie lebt, aber es war knapp. Kurz darauf wäre die Tonne geleert worden.«

»Ich dachte, du bist beim LKA?«, fragte Felix, um sich eine Denkpause zu verschaffen.

»Das war nur ein Lehrgang. Ich war im Anschluss noch beim BKA. Jetzt bin ich bei der Kripo in München. Das vermeintliche Opfer heißt Franziska Fischer. Klingelt da was bei dir?«

Wieso sagte er vermeintlich?

»Ja«, entgegnete Felix.

»Eben«, sagte Hartmut. »Das habe ich nämlich im Computer gefunden. Du hattest ja schon einmal mit ihr zu tun.«

Dreimal, dachte er. Aber wahrscheinlich hatte Hartmut keine Zeit gehabt, gründlich zu recherchieren. Und manchmal wäre es angenehm, anders zu heißen. Karl Maier zum Beispiel.

»Ja«, sagte Felix.

»Und das war doch ein komischer Fall, ich meine – die gibt sich als jemand aus, der sie nicht ist? Seltsame Geschichte. Und jetzt wollte ich einfach mal von dir wissen, wie du die so eingeschätzt hast damals.«

»Entschuldige, ich versteh nicht ganz …« Felix ließ den Satz bewusst offen, um an weitere Informationen zu kommen.

»Also, es ist so«, begann Hartmut. »Ich bin erst seit zwei Wochen da. Ich krieg den Fall rein, alles schaut ganz normal aus. Dann stellt sich raus, dass das vermeintliche Opfer die vermutliche Freundin von einem Promi ist. Also sind wir zu diesem Promi gefahren.«

»Wieso vermeintlich?«, fragte Felix. Franza war ein echtes Opfer.

Hartmut bezog den Begriff auf die Freundin. »Wir haben die Info aus der Zeitung. Eine Kollegin hat sich an den Hund erinnert.«

»Welchen Hund?«, fragte Felix scheinheilig.

»Egal jetzt, da war eben auch ein Hund im Spiel. Jedenfalls hat der Promi nicht mit uns gesprochen. Weil sie nämlich gar nicht seine Freundin war. Das hat uns sein Manager erzählt. Der wiederum behauptet, das vermeintliche Opfer würde Frieda heißen. Den Nachnamen kannte er nicht. In dem Fall, auf den ich mich beziehe, hatten wir auch so eine Namensgeschichte. Ich will mich da nicht in die Nesseln setzen. Wegen diesem Promi ist schon der Polizeipräsident informiert. Es ist mein erster Fall in der neuen Abteilung. Und wie ich deinen Namen bei den Ermittlungen in der Von-Lübtow-Sache gelesen habe, was ja in gewisser Hinsicht auch ein Promi-Fall war, wenn auch auf Politebene, dachte ich: Ruf doch mal den Felix an. Denn das war ja dein Fall. Wie geht's dir überhaupt so?«

»Bestens«, sagte er. »Wart noch mal kurz, bitte.«

Er reichte Sinah, die inzwischen bis vor die Kasse gekommen war, einen 20-Euro-Schein. »Ein Erwachsener, ein Kind, ein Hund«, sagte er.

»Hund kost nix«, sagte die Frau im Häuserl.

»Und ein Eis«, sagte Sinah.

»Später«, versprach Felix.

»Felix?« Hartmut klang ungeduldig.

»Ich bin gerade mit meiner Tochter im Tierpark. Und ich verstehe noch nicht so genau, was du wissen willst.«

»Ob es sein könnte, dass die das erfunden hat. Verschmähte Liebe und sich interessant machen oder so was. Ich meine, das klingt zwar ein bisschen krass, aber man weiß doch, wozu die Leute fähig sind. Sie könnte sich von jemandem fesseln und in die Tonne legen lassen. An so was musst du heute denken. Die Leute werden immer mediengeiler. Und der Promi ist echt ziemlich promi. Ist schon komisch, dass – kaum liegt sie in der Tonne – die geleert wird.«

»Sie lag mindestens fünf Stunden in der Tonne«, murmelte Felix.

»Was? Was sagst du? Die Verbindung ist schlecht, du bist so leise.«

»Ich höre dich gut.«

»Glaubst du also, die könnte das erfunden haben? Zumal sie schon wieder mit einem anderen Namen aufschlägt.«

»Wie lang sitzt du schon an der Sache?«, fragte Felix.

»Keine zwei Stunden. Ich hab's vom KDD übernommen.«

Felix dachte nach. Es würde nicht mehr lang dauern, bis Hartmut alles wüsste, falls er in Sachen Franza Fischer weiterrecherchierte. Und dann stünde er blöd da, wenn er es ihm nicht gesagt hätte.

»Hartmut, ich kann gerade ganz schlecht reden. Nur so viel: Ich habe die Zeugin damals als absolut glaubwürdig erlebt. Die Geschichte klang verrückt, aber letztlich waren das alles Missverständnisse und Zufälle. Sie hat sich nicht als jemand anders ausgegeben, sondern eine schwerhörige Hausangestellte hat ihren Namen falsch verstanden. Aus Franziska Fischer wurde Frau Ziska. Und so haben wir eine falsche Spur verfolgt, und sie wurde zur Hauptverdächtigen.«

Hartmut atmete schwer aus. »Das ist ja eine schräge Story. Die kannst du mir vielleicht mal bei einem Bier ausführlich erzählen. Danke jedenfalls, das hilft mir im Moment schon mal weiter. Deine Einschätzung ist also, dass die Zeugin glaubwürdig war, damals in eurem Fall. Und sag mal, hast du …

»Ich muss jetzt Schluss machen. Ich melde mich später noch mal.«

»Du, von meiner Seite ist das im Augenblick gar nicht nötig«, erwiderte Hartmut.

Hoffentlich dauert der Augenblick bis in die Ewigkeit, dachte Felix.

Kapitel 35

»Frau Fischer?«

… War ich das …?

»Frau Fischer?«

Tief steckte ich in einem zähen Nebel.

»Frau Fischer, können Sie mich hören?«

Ich öffnete die Augen. Eine Krankenschwester mit extrem gebleichten Haaren stand vor meinem Bett. Der Kaffee, den sie mir brachte, schmeckte besser als erwartet. Und als sie kurz darauf die erste Infusion abklemmte, ging es mir auch schlagartig besser. Das Schmerzmittel hatte mich dösig und schwerfällig gemacht. Mit dem Infusionsständer ging ich zur Toilette. Im Spiegel über dem Waschbecken begegnete mir eine Chinesin. Ich musste auf irgendetwas in der Mülltonne allergisch reagiert haben. Einen Vorteil hatte das geschwollene Gesicht: Niemand würde auf die Idee kommen, dass diese Frau dieselbe war wie die geschminkte und gestylte Schönheit in der Zeitung.

Ich würde Felix gleich simsen, dass ich nur noch an einer einzigen Infusion hing. Er sollte mich so bald als möglich abholen.

Als es klopfte, glaubte ich, er wäre es schon. Stattdessen kam ein Blumenstrauß auf zwei Beinen herein. Nie zuvor im Leben hatte ich einen solchen Strauß erhalten.

»Fleurop«, sagte der Strauß und legte sich auf mein Bett. Übrig blieb das nackte Gesicht des Blumenboten. »Bitte eine Unterschrift.«

Gerührt quittierte ich den Erhalt des Straußes. Felix war wahnsinnig. Was das gekostet hatte!

»So schöne Blumen!«, staunte die Krankenschwester. »Muss ich suchen Vase. Vielleicht besser Eimer?«

»Egal«, sagte ich und riss das beigelegte Kuvert auf.

Gute Besserung vom Zarenhof war auf ein Kärtchen gedruckt. Woher wussten die von dem Überfall? Hatte Felix da womöglich etwas ins Rollen gebracht? Das war mir überhaupt nicht recht. Ich musste dringend mit Anton Dürr sprechen. Aber mein Handy war weg. Nicht in meiner Jackentasche, nicht in der Nachttischschublade, und auch die Krankenschwester wusste nichts über seinen Verbleib. Bestimmt hatten mir die Täter das geklaut. Ich klingelte. Ein Pfleger kam herein, und ich bat ihn um sein Handy. Er deutete auf das Telefon an meinem Bett. Die Leitung war tot. »Das muss freigeschaltet werden«, erklärte er mir. Und dafür war er nicht zuständig.

Fünf Minuten später kam die blonde Krankenschwester mit einem Telefon. Ich würde Felix bitten, ihr einen Zehner Trinkgeld zu geben. Mein Portemonnaie war nämlich ebenfalls verschwunden. Plus Kreditkarte. Ich musste mich um so viel kümmern, ich konnte nicht untätig hier herumliegen.

»Da will Sie jemand sprechen«, sagte die Krankenschwester und reichte mir das Telefon.

»Hallo Frau Fischer, hier Sarah Bergmann vom Zar-Management.«

»Hallo«, sagte ich abwartend.

»Frau Röder hat mich gebeten, mich mit Ihnen in Verbindung zu setzen. Ich soll Ihnen ausrichten, dass von unserer Seite her keine Vertragsauflösung erfolgen wird. Abgerechnet wird wie vereinbart nach Tagessatz. Frau Röder meinte, falls das für Sie versicherungstechnisch relevant sein sollte.«

»Danke«, sagte ich erneut, ohne in diesem Moment zu begreifen, was das bedeutete. Womöglich könnte ich ein Ausfallhonorar geltend machen? Falls ich versichert wäre? Das musste ich mit Anton besprechen. Über seine Kanzlei lief die Abrechnung.

»Bitte bleiben Sie noch in der Leitung. Ich weiß nicht, ob die Verbindung zum Zar klappt, aber ich versuche es. Er wollte Sie gern noch persönlich sprechen.«

Der Zar? Wieso der Zar? Wir waren geschiedene Leute!

»Frieda!«

»Ich heiße Franza.«

»Entschuldige. Franza. Ich habe gehört, dass du überfallen wurdest. Ich wollte dir sagen, dass mir das leidtut.«

»Es tut dir leid?«, wiederholte ich fassungslos.

»Ja, natürlich!« Seine Stimme klang aufrichtig.

Sollte ich mich getäuscht haben? Oder war er ein so guter Schauspieler?

»Du hättest nicht weglaufen sollen«, sagte er scherzhaft tadelnd. »Wie geht es dir?«

»Beschissen«, erklärte ich aufrichtig und blieb wachsam.

»Und Flipper?«

»Ohne ihn wäre ich tot.«

»Oh, mein Gott! Wie am See im Olympiapark. Oh, mein Gott! Frieda … Franza, ich habe noch mal über alles nachgedacht. Ich wollte dich nicht kränken. Du hast recht. Bei dem vielen Fliegen, dieser Druck auf den Ohren und der Lärm. Das muss entsetzlich sein. Ich glaube, das war keine gute Idee. Ich habe mit einem Tierarzt gesprochen. Auch mit den Schlafmitteln wäre das eher Tierquälerei, und dann die Klimaveränderungen und schließlich die Quarantänebestimmungen in den unterschiedlichen Ländern. Ich ziehe mein Angebot zurück.«

Wovon redete der überhaupt? Ich hatte sein Angebot niemals angenommen! Er litt unter … Realitätsverlust! Falls es so was in seiner Welt überhaupt gab. Flippers Kidnapping hatte nicht geklappt wie beauftragt, und weil er das nicht zugeben konnte, musste er für sich eine andere Lösung finden. Weil der Zar alles kriegt, was er will, und wenn der unwahrscheinliche Fall eintritt, dass dem mal nicht so ist, will er einfach nicht mehr.

Der Zar fuhr fort: »Ich werde sicher auch mal einen Hund haben, aber nicht, solange ich auf Tournee bin. Du hast mir eine Perspektive eröffnet. Vom schönen einfachen Leben. Das bedeutet mir viel. Ich möchte nicht im Streit mit dir auseinandergehen. Ihr habt mir das Leben gerettet. Ohne Flipper wäre ich ertrunken.«

Wieso redete der so einen Blödsinn? Der Olympiasee war nicht tief. Er hatte stehen können!

»Kannst du eigentlich schwimmen?«, fragte ich.

»Ich hatte immer sehr wenig Zeit«, sagte er.

»Das tut mir leid.«

»Aber nein. Ich bin ja doch geschwommen. Irgendwie. Auf den Tasten.« Er lachte. Aber es klang traurig. »Ich wollte dir noch persönlich Auf Wiedersehen sagen. Es hat mich sehr gefreut, dich kennenzulernen. Und wenn wir mal wieder in München sind, würde ich Flipper und dich gerne erneut buchen.« Seine Stimme hörte sich aufrichtig an und ein bisschen wehmütig.

»Das ist nett«, erwiderte ich, während ich angestrengt überlegte, wie ich ihn überführen könnte.

»Also dann, Franza. Ich bin schon auf dem Weg zur Olympiahalle. Heute ist ja das letzte Konzert hier.«

»Und du hast keine Ahnung, wer mich überfallen haben könnte?«, fragte ich ihn direkt.

»Dich? Aber nein, Franza. Wer soll dich denn überfallen wollen? Du hast doch nichts getan, was andere dir nachtragen.«

»So was weiß man nie.«

»Oh, doch. Das kriegt man dann schon mit. Jedenfalls versuche ich jetzt, ohne meine beiden Bodyguards durchzukommen«, sagte er. »Das Leben ist ja nicht ungefährlich.«

»In München schon«, behauptete ich absurderweise.

»Schön wäre es, wenn es irgendwo auf der Welt einen ungefährlichen Ort gäbe«, sagte er. Und dann war die Verbindung getrennt.

Verwirrt starrte ich das Telefon an. Und da fiel es mir wie die berühmten Schuppen von den Augen. Lizzie! Es war Lizzie! Der Zar wäre das Risiko, Flipper zu verletzen, niemals eingegangen. Er verdankte dem Hund sein Leben. Lizzie wiederum konnte Flipper nicht ausstehen und wollte sich an mir rächen. Sie wollte mir Flipper wegnehmen. Oder ihn umbringen. Weil sie sich darüber geärgert hatte, dass der Zar ihm so viel Aufmerksamkeit schenkte … Und ihre geradezu hündische Ergebenheit gegenüber Zaza. Lizzie war es! Sie hatte Killer engagiert, die Flipper töten sollten. Es ging gar nicht darum, ihn zu entführen. Sie wollte den Hund ermorden, um mich dafür zu bestrafen, dass der Zar mich gut fand. Flipper! Oh, mein Flipper!

Ich heulte los und konnte lang nicht mehr aufhören. Was aber egal war, da mein Gesicht bereits davor völlig verschwollen war. Und als mir bewusst wurde, dass ich mich vor Felix nicht schämte, beschloss ich, noch einmal über meinen Beziehungsstatus nachzudenken. Dieser Spleen währte jedoch nicht lang, denn als Felix mich um kurz nach acht endlich abholte, wollte er den Riesenstrauß nicht mitnehmen. Sein Auto sei kein Blumentransporter. Doch dann fanden wir alle Platz. Der Strauß, Flipper, Sinah, Felix und ich.

»Pfan-nen-ku-chen«, sang Sinah auf der Fahrt zu Felix' Wohnung, wo sie heute übernachten durfte.

»Franza ist krank. Die darf sich heute was wünschen.«

»Pfan-nen-ku-chen«, wiederholte ich.

Und Flipper, der wahrlich kein Gourmet, eher ein Gourmand ist, gab meiner kleinen Welt in Schräglage einen Stups mit seiner begeisterten Wedelei. Und so war alles wieder im Lot.

Quam fortis es? Wie tapfer bist du?

Kapitel 36

»Aufwachen, kleine Sinah«, flüsterte Felix.

Ich fuhr hoch. Das Kind neben Felix schlief weiter.

»Wie spät ist es?«, flüsterte ich.

»Vor sechs. Ich will ihr noch einen Kaba machen und sie um sieben im Kindergarten abgeben. Um acht sollte ich im Dienst sein.«

»Kannst du nicht später anfangen und noch mal herkommen?«, bat ich ihn.

»Leider geht das heute nicht. Ich habe Termine.«

»Aber du vergisst nicht, deinen Kollegen in München zu sagen, dass Lizzie dahintersteckt, okay?«

Deswegen hatten wir gestern fast gestritten. Felix nahm den Hinweis nicht so ernst, wie ich mir das wünschte.

Er küsste mich auf die Wange. »Versuch noch mal einzuschlafen.«

»Ich helfe dir beim Frühstück machen.«

»Nichts da. Du bleibst liegen.«

»Ich muss sowieso mit Flipper raus!«

»Das hab ich schon gemacht.«

»Wann denn?«, fragte ich überrascht.

»Vorhin. Du hast fest geschlafen. Bitte ruh dich aus. Du hast starke Medikamente bekommen. Ich gehe auch heute Abend mit Flipper.«

»Papa«, flüsterte Sinah.

Er hob sie aus dem Bett und trug sie ins Bad.

Bin ich froh, dass ich kein Kind habe, dachte ich, als ich mich ins Bett kuschelte.

***

Bin ich froh, dass ich dieses Kind habe, dachte Felix, als er in den Rückspiegel schaute, wo Sinah sich mit ihrem Teddy unterhielt, der über Nacht offenbar erblindet war. Jetzt erklärte sie ihm die Welt. Das beunruhigte Felix ein wenig. Wegen des Berufsverkehrs brauchte er zudem länger als geplant nach Schwabing. Kein guter Start in den Tag. Aber Sinah machte ihm den Abschied leicht. Sie liebte den Kindergarten und wollte deshalb auch nicht in die Schule, wie sie ihm anvertraute, sondern für immer im Kindergarten bleiben.

»Das machen viele Erwachsene, aber ganz heimlich bloß«, sagte er zu ihr. Da lachte sie, und er wünsche sich, sie würde dieses unbeschwerte Lachen beibehalten. Er schnallte sie vom Kindersitz, gab ihr einen Nasenstüber, wie das Ritual es verlangte, dann folgte er ihr, Teddy und Rucksack in der Hand.

»Heute hast du ja deinen Papa mal wieder dabei«, wurden sie von einer Erzieherin begrüßt.

Sinah nickte, während sie ihre Jacke auszog und schon durch die Tür lugte, wer denn alles da war.

»Sie wissen ja, dass heute der große Tag ist«, sagte die Erzieherin.

Felix hatte keine Ahnung, wovon sie sprach.

»Die Kinder aus dem Kindergarten der Blindenschule besuchen uns. Jedes Kind bekommt einen sehenden Begleiter zugeteilt. Stichwort Inklusion.«

»Toll«, sagte Felix, während er Melanie am liebsten geohrfeigt hätte. So was hätte man als Vater gern gewusst. Dann hätte man die Unterhaltung mit dem Teddy auch kapiert und sich keine Sorgen gemacht, weil die Tochter blind sein wollte nach dem Motto: Was will sie nicht sehen?

»Holen Sie Ihre Tochter auch wieder ab?«

»Nein. Das macht dann, äh, meine Frau.«

Er hasste es, Melanie so zu nennen. Doch es erschien ihm angebracht. Sinah sprang ihn an, umklammerte ihn und hüpfte an ihm hoch. Er drückte ihr einen Kuss auf die Stirn, reichte ihr Rucksack und Teddy und verabschiedete sich von der Erzieherin.

Im Auto schaute er als Erstes auf die Uhr am Armaturenbrett. Halb acht. Das würde knapp werden. Er schaltete das Radio ein, um die Nachrichten zu hören.

»München. Der unter dem Namen ›Der Zar‹ international bekannte Poppianist ist tot.«

Kapitel 37

Nein, das ist nicht wahr, dachte ich, als Felix es mir erzählte. Aber mit jeder Sekunde, die verstrich, wurde es realer, und die klitzekleine Möglichkeit, dass ich träumte, verblasste.

Nein, das kann nicht wahr sein, dachte ich später, als ich merkte, wie der Tod des Zar mein Leben ins Wanken brachte.

Nein, das könnt ihr nicht verstehen, merkte ich, als alle mir das Gleiche sagten. Dass mich keine Schuld am Tod des Zar träfe. Dass die Tat von langer Hand vorbereitet und deshalb kaum zu verhindern gewesen sei. Nach und nach sickerten Details durch. Der Zar sei bestialisch ermordet worden. Was man sich genau darunter vorzustellen hatte, blieb »aus ermittlungstechnischen Gründen« im Dunklen.

Auch Anton Dürr verstand mich nicht. Felix hatte ihn angerufen. Felix wollte, dass er mir erklärte, dass ich unschuldig sei, wenn ich schon nicht ihm glaubte, dann vielleicht einem Anwalt. Doch niemand kann einen freisprechen, wenn man sich schuldig fühlt. Felix holte sogar Andrea, die er nicht ausstehen konnte, an mein Bett, in ihrer Eigenschaft als Psychologin. Ich hörte die beiden später in der Küche leise miteinander sprechen. Es fielen Wörter wie posttraumatisches Belastungssyndrom und Burn-out und Depression. Dabei wollte ich nur in Ruhe nachdenken und mich so wenig wie möglich bewegen, was alle gut fanden, wegen meiner Rippen. Aber es waren nicht die Rippen, die schmerzten. Der Schmerz saß tiefer, innen drin. Und auch um Flipper machte ich mir Sorgen. Der hing wie ein nasser Sack an meiner Seite, wenn Felix mit ihm rauswollte, weigerte er sich. Man musste ihn fast zur Wohnungstür schleifen, freiwillig gab er seinen Platz neben mir nicht auf. Er schlief viel, so wie ich, und manchmal wachte ich auf und bemerkte, dass er mich beobachtete.

So vergingen vier Tage. Zwischendurch wurde ich zweimal vernommen und sagte dabei größtenteils die Wahrheit, jedenfalls verschwieg ich nichts, was die Ermittlungen der Polizei behindern würde. Dass mir der Zar Flipper abkaufen wollte und ein paar andere Details behielt ich für mich. Felix blieb während der Vernehmungen im Zimmer, es war schließlich seine Wohnung, sagte jedoch kein Wort. Das war ja nicht sein Fall. Und es war auch nicht einfach für ihn, denn für die Presse war ich nun erst recht die Freundin des Zar und anfangs schuld an dessen Tod. In allen Zeitungen, auf allen Kanälen konnte man das Bild sehen, wie ich einem Weltstar den Stinkefinger zeigte.

»Hat dieser Finger ihn umgebracht?«, titelte die Bild in ihrer ersten Ausgabe nach seinem Tod, als man noch spekulierte, ob es Selbstmord gewesen sein könnte.

In der Vernehmung ließ ich den Finger schrumpfen. Ich sei sauer gewesen, weil diese Charity-Veranstaltung nicht zu meinen Aufgaben zählte. Denn wenn ich was gelernt habe von meinem Freund und Helfer bei der Polizei, dann: So wenig wie möglich reden. Aus allem, was du sagst, kann dir ein Strick gedreht werden. Zum Schluss würden sie mich noch belangen, weil ich meine Aufsichtspflicht verletzt hatte.

Felix löschte meinen Facebook-Account, als innerhalb von drei Stunden mehr als 30.000 Freundschaftsanfragen einliefen, die mich mutmaßlich später mit Shit bestürmen würden. Wenn man Frau und Zar und Hund bei Google eingab, landete man bei mir, später genügte Zar und Frau. Es kam gleich nach Zar und tot, dann Zar und Unfall, Zar und Verbrechen, Zar und Mord. Und da gingen die Spekulationen los: Wer hat den Zar ermordet? Noch dazu auf so bestialische Weise? Kaum jemand aus dem Kreis der ersten Verdächtigen – die mit dem Stinkefinger – hatte ein so gutes Alibi wie ich. Zuerst im Krankenhaus, dann unter Aufsicht eines Polizeibeamten. Was leider durchsickerte. Immer wieder mal streunten Reporter um Felix' Haus. Der hatte einen Verdacht und seine Kollegin Claudia von Dobbeler laut eigener Aussage zusammengefaltet, wie auch immer das aussehen mochte.

Die seriöse Presse, die auch mitmachen wollte, bemühte Parallelen zum Zarenmord 1918, was vom musikalisch gebildeten Mob gern aufgegriffen wurde, denn im vorherigen Jahrtausend schien man noch anständig gearbeitet zu haben, da wurden die Bediensteten gleich mitbeseitigt.

»Hör auf, dir das alles reinzuziehen!«, bat Andrea mich eindringlich. Doch ich konnte nicht aufhören. Es kam mir vor wie ein Spiel, denn: Das war ich doch gar nicht. Ich war nicht die Frau, die der Zar abgöttisch geliebt hatte, die ihm den Laufpass gegeben hatte, woran er zerbrochen war. Und als am Abend des zweiten Tages die Nachricht durchsickerte, dass er ermordet worden war, sie ihm verweigert hatte, glücklich zu sterben. Hätte sie ihn erhört, titelte die Bild, wäre der Zar glücklich aufgestiegen in den Musikhimmel.

Es erschreckte mich, woher sie so viele Fotos von mir bezogen. Was war von Leuten zu halten, die Fotos verkauften, die sie irgendwann durch Zufall von mir gemacht hatten, bei einem Hundetreffen, im Sport, wo auch immer. Und ich war froh, dass ich so wenige Freunde hatte. Denn mit Freunden fährt man in den Urlaub und fotografiert ständig, auch mal einen witzigen Schnappschuss unter der Dusche – und der landet dann auf Seite eins der Bild, wenn auch unvorteilhaft geschminkt: mit schwarzem Balken.

Anton Dürr legte mir ein Blatt zur Unterschrift vor. Ich las es nicht durch, doch am vierten Tag ließ die Presse von mir ab. Und die drei Tage davor, so simste Anton mir, würden mir einiges an Geld einbringen, seine Kanzlei bereite Klagen vor. Anton Dürr ließ auch andere Verbindungen spielen, und es gelang tatsächlich, meine wahre Aufgabe am Zarenhof vor der Presse geheim zu halten. Diese öffentliche Schlachtung hätte mich wirklich getroffen. Den Stinkefinger nahm ich auf mich. Als Bodyguard versagt zu haben, damit konnte ich nicht gut leben. Tag und Nacht schob ich Wenn und Hätte und Wäre hin und her.

Wenn ich damals am Olympiasee souveräner reagiert hätte. Wenn der Mann mit der Flasche der Mörder war. Ich hatte die Chance gehabt, ihm das Handwerk zu legen, hatte aber versagt. Und warum? Weil ich in meinen persönlichen Kram verstrickt gewesen war. Ich war nicht aufmerksam gewesen. Auch später nicht. Dieser ganze Promikram hatte mich geblendet, ich war zu viel mit Äußerlichkeiten beschäftigt, anstatt einen guten Job zu machen. Und wieso hatte ich mich von dem Angebot des Zar provozieren lassen? Das war so uncool! Man musste es doch nicht persönlich nehmen, wenn man eine Million Euro für seinen

Hund geboten bekam. So etwas konnte man als Kompliment betrachten und dankend ablehnen. Ich hätte professioneller arbeiten müssen. Nicht weglaufen wie ein trotziges Kind aus der Unterschicht, das sich in seinem Vorurteil bestätigt sieht, dass Reichtum mit Charakterschwäche einhergeht.

Sobald Felix die Wohnung verließ, schaltete ich den Fernseher an. Die Berichterstattung lief rund um die Uhr auf vielen Kanälen. Während sich die Meldungen in den ersten zwei Tagen überschlugen, tröpfelten die gehaltvollen Informationen dann nur noch. Was die Sendezeit jedoch nicht reduzierte. Bei den Interviewpartnern hatte man die A-, B- und C-Promis durchgefragt und bat mittlerweile Menschen um ihre Meinung, die dem Zar niemals persönlich begegnet waren. Dennoch sollten sie ihre Einschätzung kundtun. So zum Beispiel der Chef der Cateringfirma, die das Backstage-Buffet lieferte, Wäschereiangestellte aus dem Hotel, in dem der Zar gewohnt hatte, ehemalige Mitarbeiter – und natürlich viele, viele Promis aus der ganzen Welt. Sogar in Hollywood, meldete ein Boulevardmagazin, wurde tief getrauert. Und dann kam der nächste Zusammenschnitt über das Leben des Wunderkinds aus dem Allgäu und seine beispiellose Karriere. Schöne Frauen zuhauf brachen vor den Kameras in Tränen aus und überboten sich gegenseitig in ihren Lobpreisungen auf den Zar. Sein Charme, seine Großzügigkeit, sein Genie und dabei immer ganz bescheiden und rücksichtsvoll. »Er war ein nachdenklicher Mensch … Er war immer so begeistert … Im Grunde seines Herzens war er sentimental … Er hasste Gefühlsduseleien, er war sehr gefühlsbetont«, und am Ende blieben nur Worthülsen und ein paar Dutzend angeblicher Kinder, weltweit.

Meiner Vorgängerin, der Oscar-prämierten amerikanischen Schauspielerin Lou Lomax wurde vor laufender Kamera ein Bild von mir und dem Zar unter die Nase gehalten. Daraufhin flüsterte sie: »*He loved Germany*«, was aber von einigen als *German Bitchs* verstanden wurde, doch auch die Lippenableser konnten hier nur munkeln, nicht beschwören.

Sei's drum. Laut gemutmaßt war so gut wie bewiesen.

So saß ich auf der hässlichen braunen Couch in Felix' Wohnung und schaute fern am helllichten Tag, stundenlang. Meine eigene Wohnung, das wusste ich von Rosina Marklstorfer, wurde noch immer belagert. Sämtliche Hausbewohner waren interviewt worden. Wenn ich sie im Fernsehen sah, drückte ich auf lautlos. Ich wollte nicht wissen, was sie über mich sagten, wie sollte ich ihnen jemals wieder begegnen, ohne sie zusammenzuschlagen für ihre Bemerkungen, die mir Rosina dann doch irgendwann erzählte? Frau Feigl beispielsweise hatte sich darüber beschwert, dass Flipper immer in den Hof kackte. Dabei wussten doch alle, dass das nicht Flipper, sondern Frau Feigls Schwiegervater war, der an Demenz litt und Schützengraben spielte. Aber würde RT7 darüber berichten? Wohl kaum. Meine Wohnungstür war verschmiert. Mein Briefkasten quoll über. Und das hörte auch nicht auf, als bekannt wurde, dass der Zar ermordet worden war und nicht Selbstmord begangen hatte, weil ich seine Liebe verschmähte.

»Rund um die Uhr steht jetzt ein Streifenwagen vor dem Haus«, erzählte mir Frau Marklstorfer am Telefon. »Manchmal sogar zwei.«

Der Polizeipräsident trat täglich vor die Presse. Ein Weltstar war in Deutschland, was schlimm genug war, aber es kam ja noch viel schlimmer, in München getötet worden, und das war die Landeshauptstadt von Bayern, die Stadt mit der strahlend weißen Kriminalstatistik, kaum Löcher in der schusssicheren Weste der Ermittler. Was für ein Bombentrichter in der Statistik. Hochrangige Politiker waren zutiefst betroffen. Die Bundeskanzlerin erklärte nach ihrer offiziellen Trauerbekundung und der Versicherung an alle Künstler auf der Welt, die sie herzlich einlud, weil Deutschland international einer der ungefährlichsten Orte sei, dass sie mehrere CDs vom Zar besitze, was eine Zeitung, als es am vierten Tag keine neuen Erkenntnisse zum Zarenmord gab, darüber spekulieren ließ, ob Deutschland als innovativer Technikstandort sich eine Bundeskanzlerin leisten könne, die CDs abspiele.

Auch vor meinem Bewusstsein waberte eine Wolke. Ich fühlte mich selbst flau, schwach, wie im Nebel – als würde mich das gar nicht betreffen. Ich saß nach wie vor über Stunden regungslos vor dem Fernseher, mit Flipper ging ich nur kurz raus, ausschließlich über den Hinterhof und mit einer blonden Langhaarperücke. In Verbindung mit meinem noch immer leicht geschwollenen Gesicht wirkte ich wie eine

Prostituierte nach einer Meinungsverschiedenheit mit ihrem Zuhälter. In meinem speziellen Fall allerdings würde der deutlich schlechter aussehen als ich, wenn er überhaupt gehen könnte. Vorteilhafter wäre es gewesen, Flipper zu verkleiden. Jeder kannte ihn. Als schwarzer Hund allein wäre er vielleicht durchgekommen, doch in weiblicher Begleitung fiel er auf. Morgens und abends machte Felix eine große Runde. Felix kochte auch für mich und brachte mir Blumen mit und war so lieb zu mir, als wäre ich die kleine Sinah und hätte Mumps. Aber nicht mal ihn spürte ich. Alles war weit, weit weg, sogar Flipper. Obwohl mein schwarzer Riese nun ständig ganz nah bei mir saß, dabei ist er im Allgemeinen alles andere als erpicht auf Körperkontakt; jetzt rückte er auf.

Vielleicht würden wir ja sogar erben? Die Münchner Abendzeitung schloss das nicht aus. Schließlich hatte der Zar keine Angehörigen. Die Eltern tot, nur noch eine demente Großmutter am Leben, irgendwo auf Mallorca, einem der Wohnsitze des Zar, in einem privaten Altenheim. Der Zar war steinreich. Gab es ein Testament? Und wenn nicht: Wer würde das Geld bekommen? Vielleicht München, weil er hier gestorben war? Oder Mallorca, Malibu – Wohnsitze gab es mehrere – und Meierhofen, seine Heimatgemeinde im Allgäu, die mit dem Gedanken spielte, das Gemeindehaus namens Floriansjüngerhütte nach dem Zar zu benennen, wogegen die Freiwillige Feuerwehr ein Protestspritzen veranstalten wollte. Und die nächste Staffel von »Deutschland sucht den Superdeppen« würde eventuell, der Sender wollte sich noch nicht festlegen, in Memorandum des Zar laufen mit vielen tollen Aktionen zum Mitmachen und Gewinnen.

Immer wieder und wieder ließ ich die Zeit am Zarenhof Revue passieren und suchte nach meinem Fehler. Wann hätte ich etwas merken können, müssen? Und warum hatten sie mich nicht näher rangelassen? Da war doch was! Der Zar war definitiv bedroht worden. Auch von Anton, und der musste es doch wohl wissen, erfuhr ich keine weiteren Details. Stattdessen brachte mir sein Chauffeur ein neues Handy und Blumen. Jeden Tag Blumen. Wie damals Lizzie im Hotel … und schon wieder driftete ich weg.

Stunden später kehrte ich zurück. Irritiert. Irgendetwas war anders. Hatte es geklingelt? Vom Bett schlurfte ich ins Bad. Der Geruch wurde stärker. Da schwante mir etwas. Wo war Flipper? Er lag unter dem Küchentisch, ein Häufchen Elend. Ich glaubte nicht, dass der Haufen im Flur vor der Wohnungstür der Grund dafür war. Den hatte er wahrscheinlich schon vergessen, wenngleich er unüberriechbar brüllte. Hitze schoss mir ins Gesicht. Mit Küchentüchern transportierte ich den Haufen in die Toilette, schrubbte den Boden feucht und riss die Fenster auf. Dann stellte ich mich zehn Minuten unter die Dusche, zum Schluss eiskalt. Und dann wagte ich es, meinem Hund in die Augen zu sehen. In Felix' Polizeisport-Trainingsanzug, der, obwohl frisch gewaschen, tröstlich nach ihm roch, setzte ich mich zu Flipper unter den Küchentisch.

»Entschuldigung«, begann ich. Er wedelte ein bisschen. Ihm war das wahnsinnig unangenehm. Also nicht der Haufen, der war längst weggespült, aber dass ich neben ihm unter dem Tisch hockte. Flipper war vom ersten Tag an stubenrein gewesen. »Das war mein Fehler«, ließ ich ihn wissen. »Ich verspreche dir, dass der Haufen nicht in der Statistik erscheinen wird. Du bist weiterhin hundertprozentig stubenrein.« Flipper wedelte stärker, denn Frauchen schien allmählich bessere Laune zu haben. »Was ich eigentlich sagen will«, fuhr ich fort, »ist, dass ich jetzt wieder da bin.«

Hunde können nicht reden, ich weiß. Sie kommunizieren auf ihre eigene Art. Flipper hatte mir einen Haufen Scheiße vor die Tür gesetzt, um mich darauf aufmerksam zu machen, dass erstens ich in der Scheiße steckte, zweitens diese Scheiße weggeräumt werden konnte, wenn man mal wieder in die Gänge kam, und dass drittens die Sache zum Himmel stank, vor allem weil viertens wir beide in Todesgefahr gewesen waren. Vielleicht könnte ich mich fünftens mal darum kümmern, denn: Womöglich hing der Anschlag auf mich mit dem Mord am Zar zusammen. Auf diese Idee waren die Polizisten bislang nicht gekommen, und ich würde sie ihnen bestimmt nicht unter die Nase reiben, sonst wäre ich von allen Seiten umzingelt. Aber wie sollte ich jemals wieder frei und unbeschwert leben können, wenn ich nicht wusste, wer mir, wer uns das angetan hatte? Es gab nur eine Therapie für mich. Ich musste diejenigen finden, die mich in die Mülltonne geworfen hatten. Denn wie sollte ich mich sonst nachts allein nach Hause trauen? Sie konnten überall sein. Ich musste sie finden.

Nur du allein kannst dein Leben in die Hand nehmen. Oder es fahrenlassen, so wie Flipper es mir gezeigt hatte mit seinem Haufen. Das Zeichen war unmissverständlich. Als Erstes mussten wir dorthin, wo ein solcher Haufen beheimatet war. In die Erde.

Kapitel 38

»Servus, hast du einen Moment Zeit?«, fragte der Erste Kriminalhauptkommissar Leopold Chefbauer, kaum war Felix im Flur des dritten Stocks des Reviers aufgetaucht, in einer dermaßen ausgesuchten Höflichkeit, dass er innerlich zusammenzuckte.

Felix nickte.

»Komm doch am besten mal kurz zu mir rein«, bat der Chef und wies ihn in seinem Büro an, Platz zu nehmen.

Felix setzte sich und wartete ab.

»Wie geht es deiner Freundin?«

»Sie erholt sich langsam.«

»So wie die Claudia«, sagte der Chef bedächtig.

»Ich will nie wieder mit ihr zusammenarbeiten«, erklärte Felix.

»Man prügelt sich nicht mit einer Kollegin.«

»Ich habe sie nur zur Rede gestellt. Dann hat sie auf mich eingeschlagen. Ich habe sie nur festgehalten.«

»Ja, ja. Und dann ist sie die Treppe runtergeflogen.«

»Glaubst du mir vielleicht nicht?«

»Doch. Es wurde ja von Bert und Laura bestätigt, die Claudia hat sich umgedreht, ist gestolpert und gefallen. Aber natürlich schmeckt mir das nicht. Bei dem Krankenstand, den wir haben. Da könnte man glauben, der Frühling wäre endlich da, und dann kommt die Grippewelle.«

»Oder Heuschnupfen«, grinste Felix schief. Natürlich tat ihm das mit Claudia leid. Aber sie hatte ihn fortgesetzt provoziert. Zwei Tage hatte er gebraucht, um zu kapieren, dass er ihr die Belagerung durch die Presse vor seinem Haus verdankte. Am schlimmsten war ihr Geheule gewesen. Dass er diese Frau mit dem Hund vergessen müsse. Warum er nicht auf die Stimme seines Herzens höre und ihr, seiner Kollegin Claudia, eine Chance gebe. Sie litt an dem Liebeswahn, den die Presse Franza unterstellte. Denn Lou Lomax hatte auch geweint. Wenn das kein Beweis für die Liebe des Zar war.

»Soll ich mich versetzen lassen?«, platzte es aus ihm raus.

»Felix! Das meinst du jetzt aber nicht ernst. Was willst du denn in München?«

»Zum Beispiel in die Soko vom Zar.«

»Da bist du nur ein kleines Rädchen«, erinnerte der Chef ihn. »So wie der Hartmut. Erinnerst du dich an den? Der damals mit dem Dieter im Brückenmord ermittelt hat?«

»Freilich.«

»Der ist da auch dabei. Gestern hab ich ihn zufällig getroffen in der Rechtsmedizin. Felix, brauchst du Urlaub?«

Felix winkte ab. »Wegen dem Hipp …«, begann er.

»Ja?« Der Chef griff diese Überleitung dankbar auf.

Als Felix zu sprechen begann, hatte er keine Ahnung, wie er den Satz, seine These, zu Ende bringen sollte. Doch je mehr er sagte, desto klarer formierte es sich, und da wusste er, dass er schon seit Tagen schwanger war mit der Idee.

Leopold Chefbauer hörte sich alles an, dann nickte er langsam. »Das klingt … zumindest interessant. Da machst du ja ein ganz neues Fass in den Ermittlungen auf. Aber … warum nicht? Gerade wo wir bei allen anderen Spuren im Trüben fischen. Doch, ja, mach da weiter.«

Felix stand auf.

»Du hast gute Ideen, Tixel!«, rief der Chef ihm nach, als er schon mit einem Fuß im Flur stand. »Auch deshalb will ich dich bei uns behalten.«

Gute Ideen, dachte Felix. Leider an der falschen Stelle. Die zündende Idee, wie er Franza aus ihrem Loch holen konnte, die fehlte ihm leider. Aber so konnte es nicht mehr lang weitergehen. Er fuhr schon nicht mehr gern nach Hause. So hatte es damals mit Melanie auch angefangen.

Ich darf die beiden nicht immer vergleichen, dachte Felix. Das geht ja auch gar nicht. Weil die Franza, die will ich ja behalten.

Kapitel 39

Ich wunderte mich, wie schnell ich das Dorf fand, in das Seppi mich neulich chauffiert hatte, und wertete das dann als gutes Zeichen: Der Nebel in meinem Kopf lichtete sich. Die letzten Schwaden wurden vom Fahrtwind, der durch den Volvo zog, vertrieben. Flipper schnupperte interessiert in der Luft und genoss den Ausflug ins Grüne.

Auf dem Friedhof war ich unsicher, auf welches der beiden Gräber der Zar uriniert hatte. Ich war ja nur davorgestanden. Ob Flipper mir helfen konnte? In Sachen Urin war er ein Crack, aber betraf das auch Markierungen von männlichen Zweibeinern, oder blieb er wie ein Schuster bei seinen Leisten, sprich bei denen der Rüden? Ich ließ es auf einen Versuch ankommen, holte ihn aus dem Volvo und führte ihn durch die hüfthohe, eiserne Friedhofspforte einen Kiesweg entlang zu den beiden Gräbern auf der rechten Seite, die auf den ersten Blick identisch wirkten. Grauer Stein, Schale mit Erika, Grablicht. Links *Gustav Rose-Meyer*, rechts *Meinrad Wagner*. Ich tendierte zu Gustav.

»Sic! Hunde dürfen da nicht rein!«

Ich drehte mich, um die Absenderin dieser keifenden Stimme zu identifizieren. Aus den Augenwinkeln sah ich, dass Flipper, als würde er ihr antworten wollen, sein Bein hob und in vollendetem Gleichgewicht in hohem Bogen an den rechten Grabstein pinkelte.

Röte schoss mir ins Gesicht. Obwohl ich selbst nicht glaubte, dass ihm deswegen der Hundehimmel verwehrt bliebe, erschreckte es mich. Er hatte vor Zeugen die Bepflanzung gegossen. Ich bin immer sehr darum bemüht, das schlechte Image von Hunden und ihren Haltern zu verbessern, indem ich der Öffentlichkeit ein vorbildliches Frauchen vorführe. Hier war es offensichtlich in die Hose gegangen. Oder doch nicht?

Etwas Seltsames geschah: Die Zeugin begann zu lachen. Öffnete ihren zahnlosen Mund, der aussah, als würde es in dessen Backentaschen nach Sülze und Presssack riechen, und lachte, lachte, lachte. Ich hätte dieser kleinen mageren Gestalt mit dem Kopftuch, die gar nicht mehr aufrecht stehen konnte, so viele Jahre hatte sie schon auf dem Buckel, ein solches Lachlager gar nicht zugetraut. Es dauert Ewigkeiten, bis sie sich beruhigt hatte.

Dann sagte sie: »Der Hund gfoit ma.«

»Entschuldigung.«

»Da können Sie doch nix dafür, wo ihr Hund hinbieselt«, sprach sie mich frei.

Ich staunte. So etwas hatte ich noch nie gehört. Als Hundehalterin wurde ich in der Regel für jedes Geschäftsgebaren meines Vierbeiners verantwortlich gemacht.

»Ich wenn ein Hund warad«, ergänzte die Alte, »tät genau auf denselben Fleck bieseln.«

»Und wieso?«, fragte ich in nebensächlichem Tonfall, während mich das elektrisierende Gefühl durchströmte, dass Flipper die richtige Fährte markiert hatte.

»Weil des eine Riesensauerei is, dass auf unsam Dorffriedhof solchane begrom werden, die wo nicht hiesig sind. Oiso die wo ned hier geboren sand«, präzisierte sie.

»Der Wagner Meinrad war kein Hiesiger?«

»Nein, des war ein Zugreister«, erweiterte sie die Begrifflichkeiten, die nun schon aus hiesig und gebürtig bestanden. »Keine zehn Jahr hat er da gewohnt und is woanders gestorbm und hat doch a Platzerl kriegt. Und was war dann mit dem Kurti, der wo des Pech ghabt hat, vier Tag später zum sterm? Den hams nüberglegt auf den neuen Friedhof. Des war die Eröffnungsleich. A Frechheit is des. Aufm neuen Friedhof, da hört ma die Autobahn.«

Das vertrug sich nun wirklich nicht mit der letzten Ruhe. Ich nickte mitfühlend.

»Der Kurti, der war der beste Trompeter, den wo mia jemals überhaupts g'hapt ham.«

»Und hat der Wagner Meinrad auch was gespielt?«, stieß ich ins Horn der Musik, wenn es mir schon so großzügig offeriert wurde.

Die Alte blies mir den Marsch: »Der?« Sie stemmte die Hände in die Seiten. »Des war ein Lehrer. Ein Gscheithaferl. Wenn der was gschpielt hat, außer den Besserwisser, dann Klavier. Und so was ist überflüssig wie a Kropf. Des kann ma doch gar ned tragen. Bei einer Fronleichnamsprozession zum Beispiel, da braucht doch neamdi ein Klavier nicht.«

»Ach, er hat Klavier gespielt?«

»Was weiß denn ich. Das war doch nur ein Beispiel. Das Klavier ist ihm halt im Gsicht gstanden.«

Ich grinste in mich hinein. Der eine hatte Klavier im Gesicht, die andere Presssack. Dann bestätigte ich die Alte: »A Klavier is a totaler Schmarrn.«

Flipper hatte bestimmt recht! Das musste irgendeine Bedeutung haben. Der Zar hatte auf das Grab eines Mannes gepinkelt, der mutmaßlich Klavier spielte! Ein virtuoser Konkurrent?

»War der denn berühmt, der Wagner? Ein Komponist vielleicht?«, fragte ich das Naheliegende.

Da zeigte mir das alte Mutterl einen Vogel und ging zu einem Grab an der Mauer. Es dauerte einige Minuten, bis mir ein Komponist namens Wagner einfiel. Was mir allerdings überhaupt nicht weiterhalf.

Mit meinem nigelnagelneuen Smartphone von Anton googelte ich Meinrad Wagner und fand keine Spuren. Zumal er ja auch den Großteil seines Lebens in der internetfreien Zone verbracht hatte. Und wo? Vielleicht hätte ich mehr Glück, wenn ich wusste, woher er stammte, der Zuagroaste. Ich musste versuchen, es herauszubekommen. Die alte Frau goss das Grab.

»Entschuldigung«, sagte ich und ging auf sie zu. »Woher ist er denn gekommen, ursprünglich?«

»Des is mir wurscht.«

»Wer könnte denn des wissen?«

»Neamdi.«

Die Alte ging mir auf die Nerven. »Und was ist mit den Flüchtlingscontainern vor Ihrem Dorf?«, fragte ich. »Wissen Sie da auch nicht, wo die Leute herkommen?«

»Neger«, sagte sie. »Afrika.«

Dies war einer der Momente, in denen ich mich schämte, aus dem Entwicklungsland Bayern zu stammen.

***

Beim Ochsenwirt mit angeschlossener Metzgerei kaufte ich mir, wie neulich der Seppi, eine Leberkässemmel. Die Verkäuferin stammte dem Dialekt nach aus Schwaben. Ich fragte nach dem Bruder meines Stiefvaters, Meinrad Wagner. Ob der mal hier gewohnt hätte. Die Verkäuferin holte den Ochsenwirt persönlich. Der stammte dem Dialekt nach aus Franken. Angeblich gehörte das alles zu Bayern.

Der Ochsenwirt rief seinen Schwiegervater an.

»Da steht a Fra im Lodn, die frogt nachm Wachner Meinrad. Wiss mer da was?«

Er hörte eine Weile zu, brummte: »Hm, hm«, dann sagte er zu mir: »Mia wissen nix.«

Spätestens jetzt war ich neugierig. Und dann ging alles wie von selbst, denn Flipper nahm die Sache in seine Pfoten. Er knüpfte Kontakt mit einer langfelligen einheimischen Brünetten, die beiden flirteten ein wenig, sie verknallte sich sofort in ihn, und er apportierte folgende Informationen für mich, die das Frauchen der Brünetten mir gab: Meinrad Wagner stammte aus dem Allgäu, was komisch war, weil es bei denen doch selber schön ist.

Woher wusste Flipper, wen er ermittlungstechnisch befragen musste? Wieso landete er einen Treffer nach dem anderen? Ich hatte längst aufgehört, so etwas ergründen zu wollen.

Ich ging noch mal zurück zum Grab. Die Alte war verschwunden. Meinrad Wagner war 2008 gestorben, mit 68, da war der Zar Anfang 20. Wenn die beiden sich gekannt hatten, dann musste der Zar damals ein Kind gewesen sein, denn er lebte seit seiner Pubertät in New York? Oder erinnerte ich etwas Falsches? Nein, in allen Artikeln hatte ich gelesen, dass seine Weltkarriere in den Staaten gestartet war. Ich sollte endlich mal eine Biographie vom Zar lesen. Zum Schluss war Meinrad Wagner sein Klavierlehrer.

Nein, war er nicht, wusste ich zehn Minuten später, denn auf Wikipedia waren die Größen aufgelistet, bei denen er studiert hatte.

Auf wessen Grab würde ich pinkeln?, fragte ich mich. Auf das von

Abgehakt, kam mir als Erstes in den Sinn. Auf das von Melanie, der Ex von Felix. Auf das meiner Physiklehrerin. Nein, würde ich nicht. Tot würde mir reichen.

»Was muss einer dir angetan haben, wenn es nicht reicht, dass er tot ist?«, fragte ich Flipper.

Er blickte mich aufmerksam an.

»Oder glaubst du, man pinkelt einfach so auf Gräber?«

Ja, warum eigentlich nicht? Vielleicht war das ein Zarenhobby, Grabpissen. Vielleicht war ich ziemlich im Unterzucker. Ich verließ den Friedhof und biss in meine Leberkässemmel.

***

Zurück in München musste ich feststellen, dass die Bücher über den Zar in allen drei Buchhandlungen, die ich betrat, ausverkauft waren. In der vierten Buchhandlung ließ ich meiner Enttäuschung freien Lauf, da nahm mich eine freundliche Buchhändlerin beiseite: »Es ist so schrecklich. Aber wenn Sie jetzt Trost brauchen und nicht warten können, dann laden Sie sich doch die Biographie von der Dorith Keding runter, das ist von allen Büchern, die es über den Zar gibt, das beste. Das ist eine deutsche Autorin, die hat schon viele Biographien geschrieben. Die anderen Bücher sind ja meistens übersetzt.«

Im Volvo beschäftigte ich mich eine Weile mit meinem neuen Smartphone. Wollte ich auf diesem kleinen Ding ein Buch lesen? Einen Reader besaß ich nicht, ich fand es toll, wenn ich mir von Flipper ein Buch bringen lassen konnte. Der Reader von Felix steckte in einem apportierfähigen Ledereinband. Ich rief ihn an.

»Franza!« Seine Stimme klang erfreut. »Du bist unterwegs? Wie hast du es aus dem Haus geschafft?«

»Mit Perücke.«

»Wie geht es dir?«

»Besser. Du, ich wollte dich fragen, ob ich mir deinen Reader ausleihen kann.« In diesem Moment fiel mir ein, dass er dann wüsste, was ich las.

»Gern«, sagte er. »Da ist auch ein witziges Buch drauf. Es heißt *Das Leben ist keine To-do-Liste*. Das könnte dir nicht schaden, will heißen: Übertreib es nicht!«

»Nein, nein«, sagte ich locker. »Danke für den Lesetipp. Und wo bist du gerade?«

»In Starnberg. Wir sind unterwegs zu einem Termin, aber Johannes hört schlecht und will sein Ohr durchblasen lassen. Ja … wer ist denn des?«

»Hallo?«

»Franza, ich ruf dich später wieder an.«

Weg war er. Und das kam mir sehr entgegen.

Kapitel 40

Im ersten Moment glaubte Felix an eine Erscheinung. Was machte Professor Hinteregger in der Oswaldstraße in Starnberg? Der gehörte in die Nussbaumstraße in München zur Rechtsmedizin! Das musste ein Doppelgänger sein, zumal dieser kleine, quirlige Terriermix, der den stattlichen Mann im Trachtenjanker hinter sich herschleifte, überhaupt nicht zu dem Professor passte. Was der Hund wohl auch dachte, er stemmte sich zusätzlich seitlich in die Leine, und so bildeten der Professor und der Terrier ein unversöhnliches V der Abstoßung. Die Art, wie der Professor den linken Arm schlenkerte, so eilte er meistens den Linoleumgang zum Seziersaal entlang, fast rudernd, animierte Felix dazu auszusteigen.

Der Professor lief am Klinikum Starnberg entlang, direkt auf Felix zu. Aber Hinteregger erkannte ihn nicht. Auch nicht, als Felix sich ihm in den Weg stellte. Dann fuhr er erschrocken zusammen, als wäre er tief in Gedanken gewesen.

Felix bemerkte auf den ersten Blick, dass Hinteregger in keinem guten Zustand war. Unfrisiert, zerknittert – war das der private Auftritt des deutschlandweit führenden Pathologen? Wirkte er nur im Angesicht des Todes gepflegt?

»Grüß Gott«, sagte Felix.

»Sie?« Hinteregger stutzte.

Felix vermutete, dass der Professor in diesem fremden Umfeld seinen Namen nicht parat hatte. Er ging ja auch schon auf die 60 zu, und angeblich gehörten solche Ausfallerscheinungen ab Mitte 45 zum schlechten Ton.

»Tixel, Kripo Bruck.«

»Ach, ja, ja, natürlich, Herr Tixel. Entschuldigen Sie. Aber meine Tochter. Da drin …«, Hinteregger wies auf das Klinikum. »Ich werde Opa.«

»Holla! Herzlichen Glückwunsch«, gratulierte Felix. Die Geburtsstation des Starnberger Klinikums genoss einen ausgezeichneten Ruf. Auch viele Münchnerinnen wollten hier entbinden – wenngleich es manchen vor allem um den Geburtsort Starnberg ging, eine frühkindliche Form der Legendenbildung.

»Bitte noch nicht«, winkte Hinteregger ab, riss sein Handy aus der Jackentasche, warf einen Blick darauf, schüttelte den Kopf.

Der unerzogene Terrier schnappte nach Felix' Schuh. Der räusperte sich, warf dem Terrier einen strengen Blick zu, woraufhin er sich hinter dem Professor versteckte.

»Tut mir leid. Rosi hat leider keine Manieren. Normalerweise kümmert sich meine Frau um den Hund, wenn meine Tochter zu tun hat. Aber jetzt ist meine Frau drinnen. Meiner Tochter war das lieber. Wegen den Toten. Und ich finde das auch richtig. Frauen unter sich. Es ist ja das erste Kind. Kann aber noch dauern. Drei Zentimeter.« Der Professor fand zurück zu seiner Professionalität.

»Bitte?«, fragte Felix. Er sah nirgendwo eine Verletzung, die drei Zentimeter maß.

»Muttermund«, erklärte der Professor.

Felix nickte wissentlich. Und da überfiel ihn eine solche Sehnsucht nach Sinah, dass seine Brust brannte. Sinah war in München zur Welt gekommen, in der Maistraße, einen Steinwurf von seiner jetzigen Wohnung entfernt.

Rosi ruckte an der Leine, sodass der Professor wider Willen von Felix abrückte.

»Hinter dem Krankenhaus ist ein Park«, sagte Felix. »Da kann der Hund mal.«

»Im Park sind Hunde verboten«, erklärte Hinteregger. »Das habe ich schon eruiert. Aber ich wollte mich nicht zu weit entfernen.«

Felix zauberte eine Plastiktüte hervor.

Hinteregger lachte. »Ach, ich weiß schon! Der Tixel. Sie ham mir doch im letzten Monat mal ein halbes Ohr in so einem Hundekotbeutel gebracht, oder?«

»Ja, das war ich. Ein Kollege hat es später noch gefunden am Tatort, und wir hatten nichts anderes dabei.«

Hinteregger grinste. »Vielleicht sind Sie auch nur fortschrittlich. Da habe ich neulich in der Zeitung gelesen, dass eine Gemeinde jetzt Gentests für Hunde anordnen will. Jeder Besitzer muss eine Kotprobe seines Haustieres abgeben. Da fragt es sich doch: In welchem Behältnis? Kot- oder Spurensicherungstüte?« Wieder schaute der Professor auf sein Handy, hielt es sich sogar dicht vor die Augen, um zu überprüfen, ob ihm auch wirklich nichts entgangen war.

Nein, er war in keinem guten Zustand, dachte Felix.

Sie gingen um das Klinikum herum in den Park.

»Ich würde die Rosi jetzt von der Leine lassen«, empfahl Felix. »Dann geht es schneller mit dem Geschäft.«

»Und wenn sie wegläuft?«

»Wohin soll sie denn? Die kennt sich doch hier nicht aus.«

»Meinen Sie?«

Felix nickte.

»Haben Sie auch einen Hund?«

»Einen …«, Felix zögerte. Der halbe Hund lag ihm schon auf der Zunge. Aber das würde Franza sicher nicht gefallen. »Einen Teilzeithund.«

Hinteregger hakte den Karabiner aus. Kaum war die Leine weg, lief Rosi in fast vorbildlichem Fuß neben ihm.

»So was«, staunte Hinteregger.

Da machte Rosi einen Buckel und setzte eine Wurst an den Wegrand.

»Toll!«, rief Hinteregger. »Sie sind ja ein Hundeflüsterer.«

Felix war diese Bezeichnung peinlich. Er wehrte ab und reichte Hinteregger den Kotbeutel. Der hielt ihn ratlos in der Hand und schaute sich suchend um. Felix nahm ihm den Beutel wieder weg und tütete Rosis Haufen routiniert ein.

»Ich bin Ihnen sehr verbunden«, hauchte der Professor.

Felix reichte ihm die Tüte.

»Aber wohin damit?«, fragte der Professor mit angeekeltem Gesichtsausdruck und blickte sich im Park um. Im Inneren der Tüte wurden Fahnen gehisst, die schnell nach außen schwenkten.

»Ja, das ist ein Problem«, stimmte Felix zu. »Die Gemeinden schrauben überall Mülleimer ab.«

»Soll ich die Tüte etwa mitnehmen ins Krankenhaus? Vielleicht auf die Säuglingsstation? Das kann ja wohl nicht sein!« Bürgerzorn rötete das Gesicht des Professors. Hinter seiner gefurchten Stirn meißelten sich die ersten Sätze eines Beschwerdebriefs. Da wurden wohl Kontakte von Rang und Namen aufgerufen. Dann klingelte sein Handy. Er ließ die Tüte fallen und nahm das Gespräch mit einem atemlosen »Ja?« an. Rosi setzte sich brav neben die Tüte.

»Ja, ja. Also doch! Und ihr habt es angepasst, ja? Das heißt, wir waren von Anfang an auf der richtigen Fährte? Gut. Ja, sehr gut. Nein, ich weiß noch nicht, wann ich komme. Schicken Sie mir bitte die Fotos. Und, wie heißt das Ding noch mal? Halsgeige? Nie gehört. Na ja, ich bin ja auch unmusikalisch.« Dröhnend lachte der Professor. »Okay. Ja, ja. Nein. Ja. Okay. Ich melde mich am Nachmittag. Und die Fotos nicht vergessen!« Hinteregger beendete das Gespräch und warf im Anschluss einen langen Blick auf sein Display. Dann begann er in einem Tonfall, als wären sie eben unterbrochen worden. »Ich hab's ja nicht so mit den Promis. Da kann man nicht in Ruhe arbeiten. Aber dieser Fall jetzt …«

»Der Zar?«, fragte Felix.

Hinteregger zögerte.

Felix bückte sich nach dem Kotbeutel und hob ihn auf.

»Ich habe von Anfang an so ein Gefühl gehabt«, erklärte Hinteregger. »Aber Ihr Kollege Zöhl, der die Ermittlungen in München leitet, war da ganz anderer Meinung. Und an dieser Stelle kann ich Ihnen durchaus mal zur Kenntnis bringen, Kriminalhauptkommissar Tixel, dass ich die Zusammenarbeit mit Ihnen schätze.«

»Danke, gleichfalls. Sie haben uns oft gute Hinweise gegeben.«

»Ja, weil Sie sich die Zeit dafür nehmen. Ihr Kollege Zöhl will von der Rechtsmedizin nur die Fakten.«

»Damit schneidet er sich aber ins eigene Fleisch«, schmeichelte Felix dem Professor.

»Schönes Bild«, grinste der.

Felix wedelte ein klein wenig mit dem Kotbeutel und fragte in nebensächlichem Ton: »Und was haben Sie so rausgefunden?« Die Informationen zum Tathergang waren aus ermittlungstechnischen Gründen rar gesät, die Presse beschwerte sich ständig darüber.

Hinteregger räusperte sich. »Die Verletzungen waren … Ich sag mal: So was hab ich noch nicht gesehen.«

»So schlimm?«, fragte Felix.

»Schlimmer«, entgegnete Hinteregger.

Das wollte was heißen von einem, der hin und wieder auch die Einzelteile zerstückelter Bahnleichen oder verkohlte Brandleichen, von Maden und Gewürm angefressene Gliedmaßen und Organe auf dem Edelstahltisch vor sich hatte. Hinteregger streichelte Rosi und leinte sie wieder an. Sofort zog der Hund los.

»Die Spuren, die wir sichern konnten, waren … ich sage mal, ungewöhnlich. Also das war kein Wald- und Wiesenmord. Wie zum Beispiel kommt der Rost in die Wunden?«

Felix blickte Hinteregger fragend an. »Rost?«

»Dann haben wir diese langen Nägel. So was gibt's heute gar nicht mehr. Vielleicht auf dem Dachboden in einem alten Bauernhaus irgendwo. Ich habe mir zwischendurch mal gedacht, die Leiche schaut aus wie aus dem Mittelalter. Zumal ja die Finger alle zerquetscht waren. Da liegt der Schluss doch nah, oder? Die waren damals ziemlich kreativ. Daumenschrauben ecetera pepe.«

Felix nickte, wenngleich dieser Schluss für ihn nicht so nahlag.

»Und nun hat mir ein Mitarbeiter gerade gesagt, dass einige der Verletzungen in erstaunlicher Weise zu verschiedenen mittelalterlichen Folterinstrumenten passen. Wir haben einen Spezialisten aufgetrieben, laut seiner Expertise besteht kein Zweifel. Das Opfer wurde augenscheinlich mit mittelalterlichen Apparaturen gefoltert. Und, Tixel – das Mittelalter kannte keine Gnade. Der Mann musste entsetzlich leiden, ehe er starb. Der oder die Täter wussten genau, wie sie vorgingen. Sie haben ihm gerade so viel Qual zugefügt, dass er wahrscheinlich über weite Strecken bei Bewusstsein war. Wenn Sie mich fragen, da muss jemand mit viel Sachversand vorgegangen sein. Aber zum Schluss ist er natürlich doch ohnmächtig geworden. Wie soll das auch anders gehen, wenn man bei lebendigem Leibe ausgedärmt wird, ausgeweidet wie ein Stück Vieh.«

»Ein Mord mit mittelalterlichen Methoden?«, wiederholte Felix fassungslos. »Dahinter muss ja ein wahnsinnig großer Aufwand stecken.«

»Ja. Irgendwo muss es diesen Folterkeller geben.«

Erneut klingelte Hintereggers Handy. Er wurde blass, als er die Nummer sah.

»Ja?«, sagte er ins Telefon.

Felix entfernte sich ein paar Schritte. Rosi folgte ihm und zog den Professor hinterher.

»Falscher Alarm«, meldete der Professor.

In diesem Moment entdeckte Felix am Ausgang des Klinikums Johannes. »Da kommt mein Kollege. Der hat sich die Ohren durchpusten lassen. Ich muss los.«

»Das alles bleibt unter uns?«, fragte Hinteregger.

»Schon vergessen«, bestätigte Felix.

Und dann war der Professor ganz schnell weg, und Felix wusste, woran das lag. Er wollte keinen Händedruck von einem, der einen Kotbeutel in der Hand trug. Dabei gab es Schlimmeres, was der Professor eigentlich wissen sollte, es war sein tägliches Brot.

Flipper? Wer soll das sein? Man ruft Gott an, man ruft nach seiner Mutter. Niemand ruft nach Flipper. Und wenn doch, dann muss Flipper eine innere Stärke haben, die er selbst nicht hatte. Viel zu früh ist er zusammengebrochen. Wer ist dieser … Flipper? Ob er mir die Befriedigung verschaffen kann, die er mir so heimtückisch verwehrt hat? Auf die ich so sehnsüchtig warte?

Kapitel 41

Wenn du was wissen willst, frag die richtigen Leute. So lautete ein Standardspruch meines bevorzugten, persönlichen Polizeihauptkommissars. Die Qualität eines Cops zeigt sich auch darin, ob er herausfindet, wer die richtigen Leute sind. Nun, ich selbst kannte zwei solche Leute. Doch leider ließen sich die Quellen nicht anzapfen.

Anton Dürr verriet mir mit keiner Silbe, wen er verdächtigte, hinter den kleinen und größeren Attentaten auf den Zar zu stecken, die letztlich auch zu meinem Engagement geführt hatten. Und er würde mir auch keine Informationen von Mittelsleuten bei der Polizei verschaffen, über die er zweifellos verfügte. Weshalb auch? War ich doch selbst mit einem Bullen liiert. Der übrigens einen Teufel tun würde, den Namen Meinrad Wagner in den Polizeicomputer einzugeben. Ich war also, wie immer, auf mich allein gestellt. Und wie immer sollte Felix nicht wissen, dass ich meine eigenen Ermittlungen aufgenommen hatte. Denn wo das enden würde, war bekannt, und das durfte, durfte, durfte diesmal nicht geschehen. Ich wollte eine eidottergelbe, nach Milch und Honig duftende Beziehung mit meinem Kommissar, und der Haussegen sollte stehen wie eine Eins.

Ich selbst hatte für meine Nachforschungen nur zwei Ansatzpunkte, Gudrun und Lizzie. Eigentlich nur einen: Gudrun. Denn mit Lizzie hatte ich eine offene Rechnung, wenngleich ich nicht mehr ganz so überzeugt davon war, dass sie hinter dem Attentat auf mich steckte. Aber noch immer war sie meine Hauptverdächtige. Im Grunde genommen traute ich ihr die Planung einer solchen Tat nicht zu. Egal, wie eifersüchtig sie auf mich gewesen sein mochte, egal wie viel Angst sie vor Flipper hatte: Sie war zu sanftmütig. Oder war diese Sanftmut ein Hinweis auf versteckte Aggressionen? All die Demütigungen Zazas, die sie klaglos geschluckt hatte. Ich sollte mit Andrea, der Fachfrau für Seelenbulimie, darüber sprechen. Sie wusste es aus ihrer täglichen Praxis: In den liebsten Menschen konnten Bestien stecken. In mir also schon mal nicht. Gerade die zarten Gemüter, die keine Grenzen aufzeigten, wurden häufig zu Opfern. Würde ich an einen Gott glauben, in dessen Namen Kriege geführt werden, hätte ich mich vielleicht für so wichtig gehalten, dass Gott die Tat von Lizzie bestraft hatte, indem er Lizzie bestrafte: Er nahm ihr den Zar weg. Musste ich mich da noch einmischen?

Seltsamerweise hatte der Tod des Zar meine Wut auf Lizzie gelindert. Aber natürlich wollte ich trotzdem wissen, ob ich recht hatte, und ich wollte, dass sie bestraft würde. Ich für mich allein hätte vielleicht darauf verzichten können. Hauptsache, ich war am Leben. Aber sie hatte meinen Schutzbefohlenen angegriffen. Das Bild der Stange mit der Schlaufe hatte sich in mein Gehirn gegraben, und wenn ich manchmal nachts aufwachte, sah ich einen Galgen in der Dunkelheit baumeln, wie aus meinen Träumen gefallen.

Wieso erzählte Felix mir nichts von den Ermittlungen in meinem Fall? Auch wenn er nicht zur Münchner Kripo gehörte, hatte er bestimmt Kontakte, die er anzapfen konnte. Wir waren uns doch einig darüber gewesen, dass mir niemand glauben würde, wenn ich den Zar für den Anschlag auf mich verantwortlich machte. Und jetzt war er tot – und was mit mir geschehen war, zählte nichts mehr? Es ging um mein Grundgefühl von Sicherheit. In unzähligen meiner Selbstverteidigungskursen war mir sehr deutlich vor Augen geführt worden, wo Menschen enden, die ihr Sicherheitsgefühl verloren haben, weil ihr angeknackstes Selbstbewusstsein sie in den Teufelskreis der Ohnmacht, in ein Dahinvegetieren im Opfertum verdammt hat. Ich musste mein Leben wieder in meine eigenen Hände nehmen. Ich wollte mich wieder sicher und stark fühlen.

Ich rief Gudrun an und sprach ihr auf die Mailbox. Danach mit Herzklopfen Lizzie. Auch hier sprang die Mailbox an. Meine Stimme klang belegt, als ich um Rückruf bat. Ich parkte den Volvo in der hintersten Ecke einer Tiefgarage in der Innenstadt und machte mich auf in ein Buchkaufhaus. Flipper ließ ich im Wagen zurück. Tatsächlich, bei Hugendubel bekam ich die vorletzte Biographie von Dorith Keding. Die letzte vorrätige provozierte eine Schlägerei zwischen zwei Teenies. Es gab wohl einen Engpass mit den nachbestellten Büchern.

Ich hatte gerade bezahlt, als Lizzie sich meldete. Zuerst erkannte ich ihre Stimme nicht, sie hörte sich erkältet an. Erst nach einer Weile begriff ich, dass sie wahrscheinlich seit Tagen heulte.

»Was willst du von mir?«, fauchte sie.

»Können wir uns treffen?«

»Wieso soll ich dich treffen? Du bist schuld, dass Zaza tot ist. Du hast nicht richtig auf ihn aufgepasst!«

Röte schoss mir ins Gesicht. Lizzie sprach das aus, was ich dachte und was alle anderen um mich herum mir ausreden wollten. Und deswegen rechtfertigte ich mich auch, anstatt den Ball flachzuhalten.

»Lizzie, ich … ich hätte dem Zar gar nicht helfen können. Ich lag im Krankenhaus. Jemand hat versucht, mich umzubringen.«

»Das ist mir doch egal!«, krächzte sie. »Und selbst wenn es so gewesen wäre, dann hättest du deine gerechte Strafe bekommen.«

Meine Hände zitterten. War das ein Geständnis?

»Dein Hund hätte ihn beschützen können! Wenn dein Hund da gewesen wäre, könnte Zaza noch am Leben sein«, beschuldigte sie mich erneut mit solcher Vehemenz, dass sie nichts mit dem Anschlag auf mich zu tun haben konnte. Vorausgesetzt, sie war nicht psychisch krank und wusste selbst nichts mehr davon.

Ihre Stimme überschlug sich, kreischte wie Kreide auf der Tafel in meinem Ohr: »Warum bist du weggelaufen? Warum hast du deinen Hund nicht bei Zaza gelassen? Er wollte ihn dir abkaufen. Zaza hatte vielleicht eine Vorahnung … Zaza war der tierliebste Mensch auf der ganzen Welt. Er hat kein Fleisch gegessen. Er ist aktiv im Tierschutz, was glaubst du, wie viel er jedes Jahr spendet? Dass er den Hund um jeden Preis wollte, beweist, dass er etwas gespürt haben könnte, eine Bedrohung, was auch immer. Und du hast ihm die einzige Chance genommen, sich zu schützen, du hast …«

»Und deshalb wolltest du Flipper kidnappen?«, unterbrach ich sie.

Ihr »Was?«, klang überrascht. Und echt. Und dann fragte sie noch mal: »Was soll ich getan haben?«

Ich lehnte mich an die Bestsellerwand. Nein, Lizzie hatte nichts damit zu tun. Und jetzt? Aus den Augenwinkeln entdeckte ich das Buch, von dem Felix gesprochen hatte. *Das Leben ist keine To-do-Liste.* Ich hätte gern einen nächsten Punkt gewusst, den es abzuhaken galt. Auf einmal erschien mir Lizzie wie eine bevollmächtigte Hinterbliebene. Von all den Menschen, die ich im Umfeld des Zar kennengelernt hatte, war sie ihm am nächsten gestanden, auch wenn sie weniger Einfluss auf ihn hatte als Bibi oder Gudrun oder andere. Lizzie hatte den Zar wirklich geliebt. Sie hatte ausgesprochen, was mich quälte. Keiner kann raus aus seiner Haut. Und auch, wenn es mir heute deutlich besser ging als die letzten Tage – schuldig fühlte ich mich noch immer. Es war nicht so, dass ihre Vorwürfe an mir abprallten. Ihr wollte ich meine Situation erklären. Sie sollte mir vergeben.

»Lizzie, bitte, lass uns treffen.«

»Ich wüsste nicht, wozu. Ich will dich nie, nie, nie wiedersehen.«

Bevor sie auflegen konnte, warf ich ihr einen Köder hin. »Ich hab kurz vor seinem Tod mit dem Zar gesprochen. Er hat mich angerufen«, sagte ich.

»Du lügst. Zaza hatte nicht mal deine Nummer!«

»Ich wurde verbunden.«

»Von wem?«

»Irgendeine Frau vom Büro Zar, ich erinnere mich an keinen Namen, ich lag im Krankenhaus, und es ging mir beschissen. Wie gesagt, ich wäre fast gestorben.«

»Aber du lebst. Zaza ist tot.«

»Lizzie, er hat mir nichts nachgetragen. Er hat mich angerufen. Ich war mit ihm im Reinen, verstehst du?«

»Er war viel zu feinfühlig und rücksichtsvoll, dir etwas anderes zu sagen. Er hat immer darauf geachtet, dass es den Menschen in seiner Umgebung gut geht.«

Redeten wir von derselben Person?, fragte ich mich.

»Ja, und deshalb möchte ich dich auch treffen, Lizzie. Es ist mir sehr wichtig. Und dir geht es danach vielleicht auch besser.«

»Wie soll es mir besser gehen, wenn ich dich sehen muss?«

»Ich bin sicher, der Zar würde es sich wünschen«, zog ich meinen Joker.

»Was weißt du denn schon?« Lizzie heulte wieder. »Er hat sein Leben geopfert für die anderen. Und das ist so ungerecht, so ungerecht, dass er jetzt tot ist. Das geht einfach nicht. Das geht nicht. Das darf überhaupt nicht sein.«

»Gerade deshalb«, sagte ich behutsam, »ist es so wichtig, dass wir uns treffen. Stell dir mal vor, der Zar schaut vom Himmel auf uns runter.«

»An so einen Scheiß glaube ich nicht.«

»Niemand weiß, ob an dem Scheiß nicht doch was dran ist«, erwiderte ich ruhig. »Also stell dir vor, er schaut da runter und sieht, dass seine liebe Lizzie sich mit der Chefin von dem Hund trifft. Glaubst du nicht auch, dass er dann wahnsinnig stolz auf dich wäre?«

Die nächsten drei, vier Minuten heulte Lizzie. Wie der berühmte Schlosshund. Dann schniefte sie: »Ich habe vorhin einen Anruf gekriegt von der Kripo in München, die wollen noch mal mit mir sprechen. Ich kann einen frühen Flug buchen, dann können wir uns morgen Vormittag treffen. Ich schicke dir eine SMS.«

Mein »Danke« hörte sie nicht mehr, es tutete schon.

***

Mit weichen Knien lief ich über den Marienplatz. Keiner sieht mir an, dachte ich, dass ich in einen Mordfall verwickelt bin, dass ich vor wenigen Tagen in einer Mülltonne gelegen war, dass ich den Zar persönlich kannte. Ich laufe hier einfach so rum, eine brünette Frau mit einer Tüte in der Hand. Ich wolle nicht diese brünette Frau sein. Ich wollte Franza sein und den schwarzen Riesen an meinem Oberschenkel spüren. Ich wollte meinen Hund nicht verstecken müssen. Egal, wie viel Geld mir Anton Dürrs Klagen einbringen würden, ich wollte einfach nur mein altes Leben und meine Haarfarbe zurück.

Flipper erwartete mich sehnsüchtig. »Tut mir leid«, sagte ich, »wir haben heute noch gar kein richtiges Gassi gemacht, gell. Und hier ist es natürlich auch schlecht.«

Er hechelte, obwohl es nicht besonders warm im Wagen war. »Druck auf der Blase?«, fragte ich ihn. »Okay. Wir drehen eine kurze Runde. Nur zum Pinkeln. Heute Abend darfst du länger raus mit Felix.«

Wie immer bei dem Namen spitzte er die Ohren. Ich hatte noch nicht herausgefunden, ob es an dem Namen oder am X am Ende des Wortes lag. Wenn wir seine aktuelle Herzensdame Lumix besuchten, spitzte er die Ohren genauso. Aber womöglich war das einfach eine nette Geste – die Herzensdame, der Herzensherr.

Ich hieß Flipper aussteigen, befahl ihm, bei Fuß zu laufen, und so erreichten wir den Tiefgaragenausgang. Flipper recherchierte nicht lang, sondern schnappte sich den nächsten Laternenpfahl.

»Guter Junge«, lobte ich ihn.

Eine Stimme, sehr nah bei mir, ließ mich zusammenzucken. Sie gehörte zu einem Mann im Trenchcoat mit Vollbart, etwa in meinem Alter. Irgendwie kam er mir bekannt vor. Ich hatte aber keine Ahnung, woher.

»Das ist aber ein schöner Hund«, sagte er.

»Danke«, erwiderte ich artig.

»Wie heißt er denn?«, fragte er, und da schrillten alle Alarmglocken in mir.

»Felix«, sagte ich.

»Ah, ein Junge. Ich dache, es ist ein Mädchen.«

»Fl… Felix, komm!« Auf einmal fühlte ich mich bedroht.

»Wiedersehen«, sagte ich höflich und lief mit Flipper an meiner Seite zu den Kassenautomaten. Aus den Augenwinkeln beobachtete ich den Mann, der einfach stehen geblieben war. Das wusste doch wohl jeder, dass Rüden das Bein heben!

Irgendetwas stimmte hier nicht. Oder stimmte etwas mit mir nicht? Meine Grundsicherheit? Ich war ein Nervenbündel. Ich konnte nicht mal mehr ein Kompliment für meinen Hund entgegennehmen. Aber dann fiel mir ein, dass ich den Mann im Trenchcoat schon einmal gesehen hatte, im Buchladen. Mein Mund wurde schlagartig trocken. Und als ich mich fragte, ob ich mir das alles einbildete, Stichwort Verfolgungswahn, bekam ich Herzklopfen. Waren dies nicht die klassischen Anzeichen einer Panikattacke? War es jetzt so weit mit mir? Vielleicht sollte ich mich auf der Stelle einliefern lassen.

Kapitel 42

Als hätte er einen Fehler gemacht, stand Johannes neben dem Dienstwagen vor dem Klinikum Starnberg.

»Hat's geklappt?«, fragte Felix freundlich.

»Ja, bin ziemlich schnell drangekommen.«

»Dann mal los«, sagte Felix und warf Johannes den Autoschlüssel zu.

Kaum saßen sie im Wagen, verzog Johannes das Gesicht.

»Was hast du denn da drin?« Er wies auf den Beutel, den Felix in den Fußraum gelegt hatte.

»Fahr«, sagte Felix.

»Ich muss gleich kotzen.«

»Fahr!«

Johannes fuhr an.

»Stopp!«, brüllte Felix nach einigen hundert Metern, riss die Tür auf und entsorgte die Tüte in einem Mülleimer. Doch Rosis Fahnen wehten noch lange durch den BMW.

»Und was war das jetzt?«, fragte Johannes.

»Rein geschäftlich«, erwiderte Felix, während er auf sein Smartphone starrte.

Im üblichen Stau vor der Ampel an der Hauptstraße, von wo aus man den See im Herbst aufblitzen sah, riskierte Johannes einen Blick auf Felix' Display. Der schlug plötzlich mit der Handfläche auf das Armaturenbrett. »Ja!«

Johannes zuckte zusammen.

»Der Scheißhaufen nämlich«, sagte Felix unvermittelt, »ist Gold wert.«

»Wie?«, fragte Johannes begriffsstutzig.

»Weißt du, was eine Halsgeige ist?«

»Äh, nein.«

»Grundschulstoff«, behauptete Felix.

»Also in Musik war ich ehrlich gesagt keine Leuchte.«

Felix grinste kurz, und dann hüllte er sich erneut in Schweigen. Bis zum Wasserpark nah der Autobahn starrte er wortlos auf sein Smartphone, das mit dem Mittelalter spielte, wo eine Halsgeige als hölzerne Fessel eingesetzt wurde, die den Hals und die Handgelenkte umschloss. Sie bestand aus zwei symmetrisch angeordneten Holzteilen mit einem Scharnier und Verschluss. Es gab aber auch Halsgeigen aus Eisen, die übrigens alle nicht zu den brutaleren Folterinstrumenten zählten, sie wurde verwendet bei sogenannten Ehrenstrafen. Dazu verurteilte Häftlinge wurden an der Halsgeige mit einem Strick durch die Stadt geführt – zum Spott der Bevölkerung.

»Manchmal frag ich mich, ob die Welt besser ausschauen würde, wenn wir einen Pranger hätten. Vielleicht gäbe es dann weniger Kleinkriminelle«, sagte Felix unvermittelt. »Wobei man natürlich aufpassen muss, sonst ist man ruckzuck im Wilden Westen, sprich bei Terrorgruppierungen.«

»Terror?« Johannes pickte genau das Wort heraus, das in seiner Ausbildung immer wieder thematisiert wurde.

»Ohne ordentliche Gerichtsverhandlung kann jeder zum Opfer der Willkür werden«, fuhr Felix fort. »Aber damals gab es halt noch keine Aufzeichnungen, nur Liveshows – in Ermangelung von Fernsehen.«

Johannes starrte geradeaus. So war der Felix manchmal. Am besten, man verhielt sich unauffällig. Irgendwann ließ er einen dann schon wieder mitspielen.

Felix steckte sein Smartphone weg. »Und eigentlich gibt es den Pranger ja doch noch. Auf Facebook.« Er lehnte sich im Sitz zurück und streckte die Beine aus. Man muss weiter hinten schauen« sagte er. »Noch weiter hinten.«

»Äh, wo jetzt?«

»Und manchmal an ganz anderen Orten suchen«, fuhr Felix fort. »Denn manchmal ist da nix, wo man sucht«, ergänzte er in einem Tonfall, als hätte er einen Fall gelöst.

»Und wie jetzt genau?«, rutschte es Johannes heraus.

»Jetzt fahrma zum Yachtclub.«

»Nicht zum Segelclub? Du hast doch zum Chefbauer gesagt, dass mia jetzt zum Perchtinger fahren.«

»Na, mia fahrn eine Station weiter. Zum Yachtclub«, befahl Felix.

»Und dann?«

»Schau ma mal.«

Kapitel 43

Die Begegnung an der Tiefgarage hatte mich so aus dem Gleichgewicht gebracht, dass ich davon abkam, für Felix kochen zu wollen. Stattdessen kaufte ich beim Türken auf der Lindwurmstraße jede Menge kalter Vorspeisen und Fladenbrot. Ein kleines Danke, weil Felix mich bei sich aufgenommen hatte. Das fand ich nicht selbstverständlich, wenngleich wir wahrscheinlich so etwas Ähnliches wie eine Beziehung hatten. Kalt war die beste Wahl, ich wusste ja nicht, wann mein Kommissar nach Hause kommen würde. Und fragen würde ich ihn das bestimmt nicht.

Um vier begann ich mit der Biographie von Dorith Keding. Um sieben war ich damit durch. Schade, dass ich einiges davon nicht früher gewusst hatte. Vielleicht wären mir die Allüren des Zar dann leichter erträglich erschienen. Ein Wunderkind zu sein ist kein Zuckerschlecken, und als solches wurde er ab seinem achten Lebensjahr gehandelt. Seine frühe Kindheit lag im Dunkeln, Lehrer kamen darin gar nicht vor, deshalb wusste ich auch nicht, ob Meinrad Wagner vielleicht sein Physiklehrer gewesen war. Wie gesagt, meine Physiklehrerin war auch so ein Fall. Warum nicht die Dichte mit einer Art von Undichte bestrafen.

Als der Zar acht Jahre alt war, zog seine Familie nach Stuttgart, später für kurze Zeit nach München, wo er einen reichen Gönner kennenlernte, wie es in der Biographie hieß. Dieser Musikliebhaber finanzierte die nächsten Jahre seiner Ausbildung in Berlin, Wien und schließlich in New York. Als ich las, dass es sich bei dem Gönner um einen bekannten Rechtsanwalt handelte, durchfuhr mich der Gedanke, ob Antons Vater dahintersteckte. Es würde erklären, warum er geweint hatte, als der Zar sich von der klassischen Musik abwandte. Was im Übrigen von vielen Menschen sehr bedauert wurde. Der Zar selbst äußerte sich niemals dazu, es gab nur ein einziges Interview, in dem er ankündigte, dass er irgendwann zurückkehren werde in den Schoß der Klassik. In England liefen Wetten, wann das sein würde. Vor zwei

Jahren kursierte in der Fachwelt das Gerücht, der Zar habe sich mit mehreren berühmten Dirigenten getroffen. Die Ouvertüre zu seiner Rückkehr?

Ich checkte Facebook. Meine Seite war wegen der vielen Feinde, die sich als Freunde einklicken wollten, stillgelegt, aber die Adresse »Flippers Wedelfreunde« kannten wirklich nur meine Freunde und persönliche Bekannten.

Dorith Keding, die Biographin des Zar, hatte mich darüber angeschrieben: »Hallo, Frau Fischer, ich hoffe, dass ich hier richtig bin. Ich möchte Sie nicht belästigen, aber ich würde mich sehr freuen, wenn Sie Kontakt mit mir aufnehmen würden. Ich arbeite an einem Buch über seine letzten Tage und würde dazu gern ein Gespräch mit Ihnen führen. Dieses würde ich Ihnen selbstverständlich vergüten. Zu meiner Person: Ich bin die einzige Biographin, mit der er persönlich gesprochen hat – und absolut diskret. Es liegt mir nicht an irgendwelchen Sensationen, ich suche die Wahrheit. Beste Grüße.«

Ich las Flipper die Nachricht vor. Er kommentierte sie nicht und wedelte auch kein »Gefällt mir«. Aber mir gefiel sie, besonders, weil es noch jemanden gab, der die Wahrheit suchte. So hatte sich überraschenderweise eine neue Quelle aufgetan – und diese würde wohl reden, denn sie wollte was von mir. Und sie hatte Erfindungsreichtum bewiesen. Es führen zwar viele Tierhalter Hundeblogs oder legen Seiten für ihre Gefährten bei Facebook an, aber das muss man sich erst mal zusammenreimen.

Kapitel 44

Langsam stieg Felix die Treppen zu seiner Wohnung hoch. Was würde ihn gleich erwarten? War sie noch so gut drauf wie heute Vormittag am Telefon? Oder war sie wieder in das schwarze Loch gefallen? Das ihn mit runterzog? Er kannte es aus eigener Erfahrung, er hatte einmal auf einen Menschen geschossen. Danach war er auch in einem solchen Loch gelandet.

Sechs Beine sprangen ihn an. Franza umarmte ihn, als wollte sie ihm die Luft abdrücken. Und gleichzeitig überschüttete sie ihn mit einem Redeschwall. Dass es ihr besser gehe. Dass sie diese komischen Tabletten aus dem Krankenhaus nicht mehr nehmen würde, die hätten ihr nämlich den Rest gegeben, dass sie mit Flipper draußen war, dass sie fast gekocht hatte.

»Fast?«

Sie lachte. Sie sah mitgenommen aus, aber es blitzte wieder ein bisschen Franza-Funkeln auf. Er atmete erleichtert durch und ging Hände waschen. Flipper lief ihm nach. Er klopfte dem Rüden auf die starken Schultern.

Franza legte ihm Weinblätter, Oliven, Schafskäse auf den Teller. Das Fladenbrot war warm.

»Guten Appetit«, strahlte sie ihn an.

Normalerweise kriegten Leute gute Laune, wenn sie Pillen schluckten, bei ihr schien das Gegenteil der Fall zu sein. Typisch Franza.

Er trank einen Schluck Wasser.

»Also ich weiß jetzt, was ich tun muss«, sprudelte es aus ihr heraus.

»Und das wäre?«

»Ich muss herausfinden, wer den Zar umgebracht hat. Dann bin ich geheilt«, erklärte sie ihm ernsthaft.

Felix starrte sie an. Dann platzte er laut heraus. Was nicht gut ankam. Aber was sollte man da machen? Es gab eine über hundertköpfige Soko bei der Münchner Polizei, die mit Kollegen in ganz Europa und teilweise auch in den USA zusammenarbeitete. Die drei besten Profiler Deutschlands hockten Tag und Nacht zusammen, man hatte die erfahrensten Ermittler abberufen – und Franza Fischer, Fitnesstrainerin und Ernährungsberaterin, glaubte, sie könnte es besser.

Mit vor der Brust verschränkten Armen musterte sie ihn kühl.

»Entschuldigung«, murmelte er. »Aber das … klingt einfach … vielleicht ein bisschen … größenwahnsinnig?« Er versuchte, die Kurve zu kratzen, in dem er ein stimmliches Fragezeichen hinter den Wahn setzte. Sie reagierte nicht darauf.

»Deshalb brauche ich ja auch deine Hilfe«, erklärte sie ihm ein klein wenig ungeduldig, weil er es noch nicht kapiert hatte.

»Bitte was?«

»Wir benötigen alle Informationen, die der Soko vorliegen.«

»Was?« Entgeistert starrte er sie an. »Wieso wir?«

»Natürlich wir! Zuerst wollte ich es dir nicht sagen. Weil du dann regelmäßig hochgehst. Und weil ich weiß, dass du mich da raushalten willst. Aber es ist immer schiefgelaufen, wenn ich hinter deinem Rücken ermittelt habe. Und weil du in meinem Leben sehr wichtig bist …«, die Zahnlücke blinzelte ihm zu. Sehr wichtig, jede andere hätte gesagt: Das Wichtigste in meinem Leben. Franza war offenkundig auf dem Weg zur vollständigen Genesung.

»… will ich keine solchen schlimmen Missverständnisse mehr zwischen uns aufkommen lassen wie in der Vergangenheit. Ich lege meine Karten offen auf den Tisch.« Die Zahnlücke winkte nun weiträumig.

»Ich werde diesmal alles anders machen. Was meinst du?« Erwartungsvoll schaute sie ihn an.

»Ich möchte überhaupt nicht, dass du irgendetwas ermittelst«, entgegnete er so ruhig es ihm möglich war. Leider war er nicht unbedingt in Bestform, was Geduld betraf, nach einer sehr anstrengenden Vernehmung am Nachmittag.

Sie wurde lauter. »Und was glaubst du, dass ich den ganzen Tag tun soll? Angst haben, weil ich nicht weiß, ob da draußen ein Mörder rumläuft?«

»Da draußen laufen viele Mörder rum.«

»Und einer hat mich in die Tonne geworfen! Solange ich den nicht finde, habe ich keine ruhige Minute. Und es könnte doch wirklich sein, dass das alles zusammenhängt.«

»Das glaube ich nicht«, log er seine eigene schlimmste Befürchtung weg.

»Ich bin total nervös. Heute habe ich gedacht, ich werde verfolgt. Das muss ein Ende haben.« Ihre Augen glänzten fiebrig.

»Ich wasch mir mal schnell die Hände«, sagte Felix und ging ins Bad. Verständnislos schaute sie ihm nach.

Ruhig, Tixel, sagte er sich, während er kaltes Wasser über seine Hände laufen ließ.

»Leidest du jetzt an Waschzwang?«, fragte sie ihn bei seiner Rückkehr.

»Hatte ölige Finger«, brummte er.

»Schmeckt es dir?«

»Prima.«

»Bei dem Fall mit der Russenmafia«, begann sie unvermittelt, »da hat dir doch der Polizeipräsident angeboten, dass du immer zu ihm kommen kannst, wenn du mal ein Anliegen hast.«

»Das war nur so dahingesagt«, wehrte Felix ab, obwohl ihm der Gedanke im Zusammenhang mit einer eventuellen Versetzung nach München auch schon durch den Kopf gegangen war.

»Du könntest ihn zum Beispiel um Akteneinsicht bitten«, schlug Franza vor.

Das war so absurd, dass Felix allergrößte Mühe hatte, sich zu beherrschen. Als er merkte, dass er sie behandelte wie eine Verdächtige, von der er ein Geständnis wollte, und dazu war fast jedes Mittel recht, durchfuhr ihn ein schrecklicher Schmerz. Flipper half ihm, indem er den Kasperl spielte, sich auf den Rücken legte, alle viere von sich streckte. Das war Felix schon öfter aufgefallen, dass der Hund abzulenken versuchte, wenn Stress aufkam. Er entlud die Spannung auf seine Art. Und so redeten sie auch jetzt eine Weile über Flipper und wie toll er war – unvermintes Gebiet.

Franza aß so schnell, als müssten sie danach irgendwohin. Und kaum waren sie fertig, zog sie ihn ins Wohnzimmer. Er sollte sich auf das Sofa setzen und die Augen schließen. Als er sie öffnete, hatte sie zehn DIN-A4-Papiere auf dem Boden ausgebreitet.

»Die Fakten«, sagte sie.

»Fakten?«, wiederholte er begriffsstutzig.

»Meine Schlüsse«, präzisierte Franza. Es klang wie Schüsse. Und dann lud sie durch: »Es ist Sonntagabend, eine halbe Stunde vor Mitternacht. Der Zar hat zwei Zugaben gespielt bei seinem letzten Konzert in der Olympiahalle. Die Besucher sind auf dem Heimweg. Der Zar ist in seiner Garderobe. Das ist normal, das macht er öfter, gerade wenn er mehrere Konzerte in einer Stadt gegeben hat, das kennt man von ihm. Doch als er abgeholt werden soll, ist er nicht in der Garderobe. Er hat sich buchstäblich in Luft aufgelöst. Alles, was man bis heute weiß, ist, dass ein Taxi vorgefahren ist. Aber dieses Taxi wurde nicht über die Zentrale bestellt. Trotz der Überwachung ist auf keiner Kamera zu sehen, ob der Zar tatsächlich in dieses Fahrzeug eingestiegen ist. Nur dass er die Halle verlassen hat. Oder ist er zu Fuß gegangen? Aber wohin? Und ganz allein? Das ist sehr unwahrscheinlich. Also liegt der Schluss nahe, dass er eine Verabredung hatte, wenn er zu Fuß gegangen ist. Aber mit wem? Mit seinem Mörder? Oder saß der im Taxi?«

»Franza, was soll das?«, unterbrach Felix sie ungehalten.

Sie sprach einfach weiter. »Er ist also verschwunden. Seinen Leuten fällt das erst um ein Uhr nachts im Hotel auf. Aber niemand unternimmt etwas, denn er reagiert allergisch auf solche Kontrollen. Ich habe ein Buch über ihn gelesen.«

»Du hast ein Buch gelesen«, wiederholte Felix.

Franza ließ sich nicht aus dem Konzept bringen. »Die Biographin hatte die Gelegenheit, persönlich mit dem Zar zu sprechen. Ihre Erfahrungen decken sich mit meinen. Der Zar hatte so gut wie keine Freizeit. Sein Leben war eng getaktet, von Termin zu Termin. Er hasste Überwachung, das war mein Eindruck. Ich erinnere mich gut, dass er mich zuerst nicht engagieren wollte. Flipper hat ihn letztlich überzeugt. Ich halte es durchaus für realistisch, dass sein Verschwinden lange nicht bemerkt wurde. Und dass somit auch niemand von seinem Team dahintersteckt. Überhaupt bin ich noch mal alle vom Team durchgegangen. Es gibt zwar

Ungereimtheiten, kleinere Verdachtsmomente – zum Beispiel als ich diesen seltsamen Oliver kurz vor dem Säureanschlag auf den Zar im Backstage-Bereich traf.«

»Moment mal«, hakte Felix ein. »Was für ein Säureanschlag?«

»Davon habe ich dir doch erzählt.«

»Nein, das hast du nicht.«

»Doch.«

»Nein, du hast …«

»Egal jetzt!«, rief Franza. Ihre Stimme klang ein klein wenig schrill. Flipper, der neben dem Sofa lag, warf einen Kontrollblick in die Runde. Felix atmete tief durch.

Franza wies auf drei Blätter rechts unten. »Ich habe alles gründlich durchdacht. Meines Erachtens ist das Team sauber, wenngleich der eine oder andere durchaus mal sauer auf den Zar sein konnte oder auf Gudrun oder Bibi. Denn die hatten am meisten mit ihm zu tun in der Zeit, als ich dabei war. Aber ich bin natürlich kein Profi. Deshalb bitte ich dich, dir das mal anzuschauen. Habe ich was übersehen? Dieser Weber zum Beispiel. Der erschien mir von Anfang an verdächtig. Also abgesehen von Lizzie, aber zu der komme ich noch.«

Felix spürte förmlich, wie sein Blutdruck stieg, und Flipper wohl auch. Grunzend legte er sich auf seine Füße und wollte gestreichelt werden. Wie willst du deine Wut füttern und gleichzeitig einen Hund kraulen? Felix spielte mit Flippers seidigen Ohren.

Franza fuhr fort. »Um sechs Uhr morgens findet ein Zeitungsausträger im Westend die Leiche des Zar. Der Auffindungsort könnte ein Hinweis sein – an der Hansastraße. Das ist Rotlichtmilieu, da sind die Puffs. Hat das zu der Nachrichtensperre geführt? Und habt ihr deswegen zuerst auf Unfall, Selbstmord, Entführung getippt?«

Felix sprang auf. »Erstens …«

Franza sprang auch auf. Und dann sprang Flipper hoch, und irgendwie schaffte er es, sich so durch die Beine der beiden zu wuseln, dass sie auf das Sofa fielen.

Franza lachte. »Erstens«, wiederholte Felix und hatte es vergessen. Ihre Brüste hatten den Vorgang gelöscht. Das konnten die. Enter, Reset, abbrechen, neu starten, immer wieder neu starten. Und nicht bloß die Brüste. Auch ihre blauen Augen und die Zahnlücke, die Beine, ihre Stimme, ihr Geruch. Wenn sie halt bloß ein bisschen normaler wäre. Ein bisschen weniger kompliziert. Aber ... dachte Felix da ... ob ich dann ständig updaten müsste? Er zog sie eng an sich. Sie schob ihn weg. Er versuchte es noch mal. Wieder schob sie ihn weg. Doch ihre Augen wurden dunkler. Tief in ihren Seen brodelte es. Sie rückte näher. Er schob sie weg, um die Glut zu schüren.

»Hilf mir«, bat sie.

»Das kann ich nicht.«

»Bitte.« Ihr Körper strahlte eine fiebrige Hitze aus. Seine Hände verselbständigten sich und packten ihre Hüften. Sie schloss die Augen und legte den Kopf in den Nacken. Er biss sie sanft in den Hals. Sie gurrte wohlig. »Du hilfst mir?«

Er zog ihr T-Shirt nach oben. »Wie stellst du dir das vor? Ich spaziere zur Soko rein. Servus, ich bin der Felix Tixel aus Fürstenfeldbruck und würde mich mal für die Akten interessieren.«

»Akten«, kicherte sie.

Er zog ihr das T-Shirt aus.

»Das Problem ist, dass du nicht willst«, bezichtigte sie ihn. »Du bockst!«

»Oh ja«, bestätigte er und küsste sie leidenschaftlich. »Und wie ich bocke!«

Sie erwiderte den Kuss, dann entwand sie sich ihm. Und blockte.

»Felix, du nimmst mich nicht ernst.«

Er griff sie hart bei den Schultern. »Verdammt noch mal, Franza! Hör auf! Du bist keine Polizistin! Gott sei Dank bist du das nicht! Überlass die Aufklärung von Verbrechen denjenigen, die dafür ausgebildet sind!«

»Und was ist da bislang passiert? Gibt es irgendwelche Spuren? Weiß man, wer mich in die Tonne geworfen hat?«

Felix merkte, dass er nicht mehr viel Spielraum hatte. Gar keinen mehr, genau genommen. Aber er wollte die Situation auf keinen Fall eskalieren lassen. »Ich geh mal eine Runde mit Flipper.«

»Jetzt?« Entgeistert schaute sie ihn an. »Aber er muss noch gar nicht.«

»Aber ich«, sagte er und verließ die Wohnung, als wäre er auf der Flucht. Was ihn bis zur Isar beschäftigte. Der Abend hatte doch so gut begonnen! Wie konnte er Franza nur dazu bringen, diese fixe Idee loszulassen? Vielleicht sollte er bei ihrer Freundin, der Psychologin, anrufen? Oder … »Hey, alter Junge«, rief er Flipper zu sich, als sie schon eine Weile am Wasser entlanggelaufen waren. Flipper kam sofort angaloppiert. Felix setzte sich auf einen Holzstamm, der Hund nahm erwartungsvoll vor ihm Platz. Aufmerksam blickte er Felix an.

»Jetzt schaust du wieder so aus, als könntest du alles verstehen«, begann Felix.

Flipper schleckte sich übers Maul.

»Sag mir doch mal, was mit deinem Frauchen los ist. Warum sie so spinnt. Und wie ich sie wieder normal kriege.«

Flipper beobachtete ihn unvermindert.

»Okay, ganz normal muss nicht sein. Aber du weißt doch, was ich meine. Sie soll sich nicht in Gefahr bringen. Sie ist ja geradezu besessen.«

Flipper legte den Kopf schräg.

»Hörst du mir zu oder wartest du bloß drauf, dass ich dir einen Stock werfe?«

Bei dem Wort Stock zuckten Flippers Ohren.

»Ja, man braucht so seine Erfolgserlebnisse, gell. Und ich verstehe durchaus, dass deine Chefin Blut geleckt hat. Immerhin hat sie ein Nest der Russenmafia ausgehoben, mehr oder weniger, und wie sie damals den Hochsitzfall ins Rollen gebracht hat, das war auch nicht ohne. Aber – sie hat sich dabei zweimal in Lebensgefahr gebracht, verstehst du, Flipper. Und wenn sie jetzt wieder herumstochert? Denn es ist ja nicht gesagt, dass der Anschlag auf sie nichts mit dem Zar zu tun hat, auch wenn ich da keinen Zusammenhang sehe. Dann wäre sie in Lebensgefahr, solange der Mörder frei rumläuft.« Felix seufzte. »Es ist ja nicht so, dass sie nicht irgendwie auch recht hätte. Aber es ist trotzdem Wahnsinn. Ich kann sie doch nicht einsperren. Das wäre mir zwar das Liebste. Wenn ich wüsste, dass sie irgendwo in Sicherheit ist … Denn, Flipper«, Felix' Stimme klang rauh. »Stell dir mal vor, sie wäre fort. Wer würde mit dir durch die Gegend streifen? Ihr Geruch wäre weg, den du so gut wie keiner kennst. Ihre schönen Hände, keine krault besser, oder? Und wer würde dir den Napf hinstellen? Ja, wir mögen uns auch, wir zwei. Aber mal ehrlich, Flipper, ohne sie? Was wären wir ohne sie?«

Mit einem Grunzen legte sich Flipper ins Platz. Womöglich hatte er den Eindruck, der Monolog würde noch länger dauern. Doch er täuschte sich.

»Weißt du was, Flipper«, fragte Felix nachdenklich, während er aufstand und doch noch nach einem Stock Ausschau hielt. »Wir machen jetzt mal was ganz anderes. Die bisherigen Strategien haben ja null gefruchtet. Wir spielen jetzt einfach mal mit. Vielleicht beruhigt sie sich dann wieder. Wir tun einfach so, als ob. Das haben wir noch nie ausprobiert, vielleicht ist das die Lösung. Was meinst du?«

»Spielen« fand die hundertprozentige Zustimmung Flippers. Und auf dem Heimweg spielte und jonglierte auch Felix. Aber nicht mit Fichten, sondern mit Fakten.

Wenn der Zar mein Fall wäre, dachte er, dann würde ich das mit der Folter als Erstes mit dem Auffindungsort multiplizieren und in Sachen Fetischsex ermitteln. Garantiert haben die Kollegen das gemacht, und es dürfte schwierig sein, da etwas herauszufinden. Schließlich war der Zar ein Weltstar. Und selbst wenn was herausgefunden wurde – ob das an die Öffentlichkeit gelangte? Viele Schauspieler, Fußballer waren schwul, und es wurde nicht thematisiert. Wobei schwul jetzt kein Fetisch war, sondern sogar in Bayern eine Lebensform, ein rosarotes Wunder. Und wenn der Zar schwul war? Nein, Felix schob den Gedanken weg und dachte noch einmal über den Auffindungsort nach. Das Westend war ja nicht bloß ein Rotlichtviertel. An der Hansastraße war auch der TÜV beheimatet – und der ADAC. Doch die waren wohl mit ihren eigenen Krisen und Skandalen beschäftigt. Und es gab ein riesengroßes Altenheim. Komische Mischung, grinste Felix. TÜV und Puff, Gelbe Engel und Senioren. Und wenn die heißeste Spur doch die ins Rotlicht war? Vielleicht hatte der Zar sexuell sadistische Vorlieben? Franza hatte so einiges erzählt, das in diese Richtung wies. Andererseits war er dann vielleicht eher Masochist? Vordergründig andere quälen, im Grunde aber sich selbst quälen, dazu musste er einen Hang haben, der hatte doch Stunde um Stunde Klavier geübt, schon als kleiner Junge. Das hältst du nur aus, wenn du Masochist bist, dachte Felix, der insgesamt vier Klavierstunden in seiner Kindheit absolviert hatte, ehe sein Opa ein Einsehen hatte und ihm zum Geburtstag ein Schlagzeug schenkte. Womit sich der Kreis schloss, wenngleich die Stöcke hier Sticks hießen.

Sippenhaft. Quäl den einen mit den anderen. Eine geniale Erfindung. Und wer sagt denn, dass man sie auf Menschen beschränken muss. Fang doch einfach mal bei dem Hund an …

Kapitel 45

Wir frühstückten, als wäre nichts gewesen, was nur deshalb gelang, weil etwas gewesen war in der Nacht. Felix war außerordentlich gut gelaunt und mied kein Gespräch über den Zar, ganz im Gegenteil, er fragte mich regelrecht aus über meine Zeit als Bodyguard und interessierte sich auch für Kleinigkeiten, was mich freute. Und so bat ich ihn schließlich ebenfalls um eine Kleinigkeit, ob er nämlich Informationen über Meinrad Wagner beschaffen könnte.

»Wer ist das?«, fragte er, während er ein Marmeladenglas aufdrehte, wobei sein Bizeps mir verführerisch zuwinkte. Wenn es nach der Binsenweisheit Gegensätze ziehen sich an ginge, dürfte mich kein Trizeps triggern, denn so was hab ich selbst, ich bin nicht von schwachen Eltern. Doch es ist nun mal so: Ich steh auf durchtrainierte Männer, und Felix' Body war einfach atemberaubend. Die schmalen Hüften. Die breiten Schultern. Das Sixpack. Seine Kraft und Geschmeidigkeit, verpackt in schimmernde, weiche Bronzehaut. Der ganze Mann: ein Sexpack.

Ein wenig unkonzentriert durch die Ablenkung oberhalb der Gürtellinie erzählte ich ihm von Meinrad Wagner und bereute es gleich darauf. Felix knallte das Marmeladenglas auf den Tisch und blaffte mich an. Ich solle mich da raushalten. Ob mir nicht klar sei, dass ich mich in Lebensgefahr bringen könnte.

Sein Umschwung traf mich wie eine Ohrfeige. Ich wollte es nicht, doch Tränen stürzten mir in die Augen. Ich rannte ins Bad. Dann schrillte Felix' Handy, und an seiner Stimme hörte ich, dass etwas passiert war. Er wurde dann meistens einsilbig, sagte mehrmals hintereinander Okay und Ja.

»Ja«, rief auch ich durch die Tür, als er mir mitteilte, dass er zu einem Einsatz müsse. Und dann war er weg, und es tat mir wahnsinnig leid, dass ich mich nicht von ihm verabschiedet hatte. Man soll sich immer verabschieden, denn man weiß ja nie, ob man sich noch mal wiedersieht.

Besonders als Freundin eines Polizisten … Ich schickte Felix eine SMS, entschuldigte mich und reichte einen Abschiedskuss nach. Er war doch das Wichtigste auf der Welt für mich.

Als das Telefon klingelte, glaubte ich, er würde ihn erwidern wollen. Doch eine fremde Männerstimme meldete sich. Die Kripo München bat mich zu einer Gegenüberstellung. Man hatte einen Mann gefasst, der derjenige sein könnte, der den Zar am Olympiasee bedroht hatte.

»Der Säureattentäter?«, rief ich atemlos.

»Wieso Säure?«, fragte der Beamte.

»Ach, Entschuldigung, ich war in Gedanken«, sagte ich locker und überlegte, dass ich ja behaupten konnte, ein Säureproblem im Magen zu haben und gerade mit dem Gedanken spielte, mir einen Kaffee zu kochen. Das war das Problem mit den Bullen. Man durfte kein Wort zu viel sagen.

Ich hatte kaum aufgelegt, da meldete Felix sich und bot mir an, mich zu der Gegenüberstellung zu fahren. Sein Einsatz sei falscher Alarm gewesen. »Soll ich dich abholen?«

»Als Bodyguard?«, scherzte ich.

»Polizeischutz«, entgegnete er. Und so prallten unsere Welten mal wieder aufeinander. Und dann gleich noch mal, als er in der Tür stand.

Danach duschten wir kalt und saßen zehn Minuten zu spät erquickt in seinem Wagen. Friede, Freude und reichlich Eierkuchen.

An der Pforte der Münchner Kripo zeigte Felix seinen Dienstausweis und bat den Kollegen, mich anzumelden. Dann ließ er mich allein. »Ich will mal schnell bei einem ehemaligen Sportkameraden in der MK vorbeischauen«, sagte er.

MK, ich überlegte kurz, klar, Mordkommission. »Treffen wir uns später wieder hier?«, fragte ich.

Er nickte und küsste mich unter dem Blick des Pförtners auf die Wange. Kurz darauf wurde ich von einer jungen Polizistin abgeholt und in ein Zimmer mit einer Trennwand aus Glas geführt, man kennt das aus dem Fernsehen. Unter sieben Männern sollte ich denjenigen herausfinden, der den Zar im Olympiapark bedroht hatte.

Die Männer waren mir allesamt unbekannt.

»Und?«, fragte der Kommissar, der den Fall bearbeitete. Seinen Namen hatte ich schon wieder vergessen.

»Ich weiß es nicht«, bedauerte ich. »Aber eventuell könnte mein Hund weiterhelfen.«

Er schaute mich begriffsstutzig an, die junge Polizistin kapierte sofort. »Das steht in der Akte«, half sie ihm auf die Sprünge.

»Wenn er mal schnuppern könnte vielleicht?«, schlug ich vor.

»Wie soll denn das gehen durch die Scheibe?«, fragte der Kommissar. Er war sehr groß und sehr schlaff und wirkte, als würde er nachts literweise schwitzen. Viele Kommissare waren unattraktiv, man könnte die meisten von ihnen mit Postbeamten und Versicherungsvertretern verwechseln, wie ich heute wusste, wobei ich mein Vorurteil nicht mehr aus Fernsehkrimis bezog. Felix war schon ein Schnäppchen, Sahnehäppchen, Sexpäckchen.

In diesem Moment griff sich einer der Männer an die Nase. Ich war wie vom Donner gerührt.

»Das ist er. Nummer vier!«

»Nummer vier?«, fragte der Kommissar.

»Ja. Der Ring! Er trug einen Ring. Einen Goldring! Eben ist es mir eingefallen. Ich glaube, es ist Nummer vier. Nein, wenn es einer von denen ist, dann bestimmt der.«

Der Kommissar und die Polizistin nickten sich zu.

»Und was heißt das jetzt?«, fragte ich.

»Sie müssen sich keine Sorgen machen«, sagte die Polizistin. »Sie waren zu keiner Zeit in Gefahr. Der Täter war sozusagen in guter Absicht unterwegs.«

»Was haben Sie da eigentlich am Telefon mit der Säure gemeint, Frau Fischer?«, fragte der Kommissar beim Abschied. »Sind Sie nicht katholisch?«

»Welche Säure?«, erkundigte ich mich.

»Weihwasser ätzt nicht«, grinste er.

»Kommt drauf an«, kicherte seine junge Kollegin.

»Na dann«, sagte er, und ich war entlassen.

Keine Ahnung, wovon die redeten. Meine Erfahrung mit der Polizei hielt mich davon ab nachzufragen. Wie gesagt, bei den Bullen öffnet jede Frage ein Fass, und wenn man Pech hat, rollt man damit in die Grube.

Die Beamtin brachte mich zurück zur Pforte. Es gelang mir nicht, ihr etwas über den Mann zu entlocken, obwohl sie mich sympathisch fand, wie ich merkte. Was ja viel leichter ist, als beispielsweise herauszufinden, ob jemand in einen verliebt ist, da täuscht man sich leichter. Das Benehmen der Polizei ärgerte mich trotzdem. Schließlich war ich Zeugin, und mal davon abgesehen als Bürgerin dieser Stadt auch die Vorgesetzte dieser Beamten. Wer bezahlte sie denn?

Dann fiel mir ein, wie ich Felix damals angerufen hatte, als ich noch nicht mal wusste, wie sich sein Nachname schrieb, und mich nach dem Stand der Ermittlungen bezüglich der Hochsitzleiche erkundigt hatte. Felix konnte heute noch herzhaft lachen, wenn ihm das einfiel. Ich lachte immer mit. Aber im Grunde fand ich, dass es da nichts zu lachen gab. Ich zahlte Steuern. Ich finanzierte die Polizei. Da konnte ich doch wohl mal nachfragen, wie sie mit ihrer Arbeit vorankam.

Die Abendzeitung, die jemand an der Pforte liegen gelassen hatte, klärte alle meine Fragen. Während ich auf Felix wartete, las ich, dass der psychisch kranke Mann, der seit einigen Wochen in ganz Deutschland Passanten mit Wasser bespritzte, in München gefasst worden war. Er pilgerte durch Deutschland von Heilquelle zu Heilquelle, füllte Wasser ab und segnete mit diesem geheiligten Wasser diejenigen Menschen, zu denen ihn der Erzengel Michael führte.

Das gab mir dann doch zu denken. Er hatte sich den Zar ausgesucht.

Hätte das heilige Wasser ihn retten können, wenn ich diese Segnung nicht verhindert hätte? Mir wurde flau. Hörte das denn nie auf? Ich musste diese schrecklichen Schuldgefühle loswerden, sonst würde ich nie wieder unbeschwert leben können.

Ich simste Felix, dass ich an die frische Luft gehen würde. Und dann schrieb ich noch: »Flipper!« Schließlich hatte ich keinen Autoschlüssel, um den schwarzen Riesen zu befreien, der bei geöffneten Fenstern auf dem Parkplatz der Kripo wartete. Sofort kam Antwort, nein, nicht von Felix. Lizzie teilte mir mit, dass sie in einer Stunde Zeit für mich habe.

Ich solle einen Ort vorschlagen, an dem wir nicht fotografiert werden würden, sie kenne sich in München nicht aus.

»Dann treffen wir sie doch im Hinterhofcafé«, sagte Felix locker, als ich ihm kurz darauf von der SMS erzählte.

Ich riss die Augen auf. »Wir?«

»Da habe ich neulich einen Zeugen vernommen, das ist so ein Ökocafé, da werden wir sicher nicht von der Presse abgeschossen.«

»Ich kenne das Café … aber willst du wirklich mit?«, staunte ich. Seit Felix zurück war, erschien er abermals wesensverändert. Vielleicht sollte ich einmal mit Andrea über ihn sprechen.

»Klar.«

»Und, also … warum?«

»Warum nicht?«

Ich blieb stehen. »Und wieso hast du jetzt auf einmal Zeit?« Mir kam das alles suspekt vor. Warum versuchte er nicht, mich aufzuhalten? Hatte das was mit dem Sportkameraden zu tun, den er bei der MK besucht hatte?

»Beeil dich«, forderte er mich auf. »Flipper wartet.« Und dann rannte er einfach los.

»Ist dieser Freund von dir zufällig in der Soko Zar?«, rief ich, während ich ihm nachspurtete.

Mein Hauptkommissar hüllte sich in Schweigen.

Kapitel 46

Es war ein erhebendes Gefühl – ein bisschen Bonnie und Clyde, bevor alles blutig eskalierte. Ich saß neben Felix in seinem anthrazitfarbenen Dienst-BMW, hinten Flipper auf einer Rettungsdecke, unter ihm das Blaulicht, das wir jederzeit aufs Dach setzen könnten. Es war so erregend bevollmächtigt, offiziell. Felix, Flipper und Franza in ihrem ersten Fall. Felix' muskulöse Beine, v-förmig auf dem Sitz und rechts die Walther, seine Dienstwaffe. Das wunderte mich ein bisschen, denn er trug sie nicht täglich. In seiner Wohnung verwahrte er sie in einem Safe. Aber ich fragte nicht nach, ich wollte diesen wunderbaren Zustand genießen, und am liebsten hätte ich ihn als perfekten Moment in einen Tabernakel gestellt.

Jetzt erst, meiner Meinung nach Tage zu spät, interessierte sich Felix so richtig für den Zar. Besonders das Säureattentat in der Olympiahalle weckte seine Aufmerksamkeit, weil in dem Mordfall, den er aktuell bearbeitete, Säure ebenfalls eine Rolle spielte. Er wollte alles ganz genau wissen, und da erzählte ich ihm eben die Wahrheit, nun ja, die Wahrheit in Dessous. Immerhin, er war mein Freund, oder so gut wie. Ich berichtete von A. Baumgartner, der Frau, die ihre Hände in der Garderobe des Zar unter das ätzende Wasser gehalten hatte. Felix flippte ausnahmsweise nicht aus, weil ich ihm diesen Namen vorenthalten hatte. Er rief einen Kollegen an und bat um Überprüfung der Person. Dann sagte er wohl eher zu sich selbst; »Da werden wir den Staatsanwalt brauchen, und das beantragt wohl besser Hartmut.«

»Hartmut? Ist das der aus der Soko Zar?«

Diesmal gab er es indirekt zu. »Eine Hand wäscht die andere.«

Ich hätte gern gewusst, wie genau er die Hand von Hartmut gewaschen hatte, ehe Hartmut nun seine wusch, doch sein Smartphone klingelte. Er hörte eine Weile zu und sagte dann; »Ach, die hamma schon. Na dann.«

»Das mit der A. Baumgartner wisst ihr bereits?«, erkundigte ich mich.

An der nächsten roten Ampel schaute er mir tief in die Augen. »Wir wissen alles.«

Ich lachte.

»Was glaubst du, was die Soko Zar den ganzen Tag macht?«, fragte er mich.

»Klavier spielen?«, antwortete ich frech.

Felix kommentierte das nicht, er wollte nun alles über Lizzie wissen. Als wir von der Rosenheimer Straße abbogen, briefte er mich: »Du benimmst dich im Café völlig normal. Wenn ich dazukomme, kennen wir uns nicht.«

»Gehe ich mit Flipper rein?«, fragte ich.

»Ja, natürlich. Der ist ja eine Art Köder, den du ausgelegt hast.«

»Ist dir schon mal aufgefallen, dass ein Franke Köder sagt und Köter meint?« Schon lange wollte ich ihn das mal fragen. Man hat ja immer so Bemerkungen, die man mitteilen möchte, und dann vergisst man sie wieder.

Felix blieb in seiner Spur. »Versuche so viel wie möglich aus Lizzie rauszukriegen.«

»Du meinst wegen dem Überfall auf mich?«

»Allgemein.

»Okay, allgemein«, wiederholte ich, während ich mich fragte, was in Polizeideutsch mit Allgemein gemeint war.

»Und frag sie auch, ob der Zar irgendwas mit dem Mittelalter am Hut hatte.«

»Mittelalter?«

»Frag sie unbedingt, ob er sehr darunter gelitten hat, dass ihn die Musiker aus der Klassik seit seinem Wechsel zum Pop als schlechten Pianisten verunglimpften.«

»Aber das war er nicht!«, rief ich. »Er war großartig.«

»Das mag schon sein. Ich kann das nicht beurteilen. Jedenfalls haben sie ihm das nachgetragen.«

»Die sind doch bloß neidisch«, urteilte ich wegwerfend und versicherte mich dann noch einmal. »Ich soll Lizzie also nicht in erster Linie fragen, was sie mit dem Anschlag auf mich zu tun hat?«

Felix zögerte einen Moment. »Ich dachte, das hast du bereits geklärt? Außerdem würde sie das ja wohl kaum zugeben, aber ich versteh schon. Es ist dir wichtig. Mach nur.«

Mit drei Fingern seiner rechten Hand trommelte er auf dem Lenkrad herum. Er erschien mir abwesend, und ich kapierte überhaupt nichts mehr. Und als er mir an der roten Ampel an der Wörthstraße erneut tief in die Augen blickte und sagte: »Jetzt zeig mal, ob du eine gute Ermittlerin bist«, machte ich mir regelrecht Sorgen um ihn. Das alles musste etwas mit diesem Hartmut zu tun haben. War sein Ehrgeiz angestachelt? Felix wollte ein Superermittler sein, das wusste ich. Er konnte sich in seine Fälle regelrecht verbeißen, von wegen Beamte und Dienst nach Vorschrift.

Oder steckte etwas Privates dahinter? Irgendetwas mit Melanie? Wenn sie ins Spiel kam, reagierte er oft sonderbar.

»Hast du schon mal was von einer Schandflöte gehört?«, fragte er mich unvermittelt.

Ich fühlte mich wie bei einer Prüfung.

»Schand … was?«, fragte ich vorsichtshalber nach.

»Flöte.«

»Bläst man die?«, versuchte ich an unser letztes Solo anzuknüpfen.

Er ging nicht darauf ein. Auch das war seltsam. Für Anzüglichkeiten hatte mein Kommissar normalerweise ein offenes Ohr. Gekonnt parkte er den Wagen in einer sehr kleinen Lücke im Halteverbot. »Eine Schandflöte ist kein Musikinstrument, sondern ein Folterinstrument. Musikanten, die den Geschmack der Allgemeinheit verfehlten, wurde im Mittelalter eine solche Schandflöte, ein Metallring, um den Hals gelegt, die Finger wurden auf Metallzwingen gespannt, die sich auf einer Art Flötenkorpus befanden.«

»Was hat das alles mit dem Zar zu tun oder mit deiner Bemerkung von eben, dass seine Kollegen aus der Klassik ihn als schlechten Pianisten bezeichnet haben?«

»Der Zar wurde gefoltert, ehe er starb.«

»Gefoltert? Wie gefoltert? Woher weißt du das? Es heißt doch immer nur ermordet, also natürlich habe ich das Wort Gemetzel gehört, aber das hört man doch oft, wenn Morde geschehen ... Ich verstehe das nicht ...«

»Aus ermittlungstechnischen Gründen wird das zurückgehalten. Ich habe vorhin die Bilder gesehen, Franza. So etwas habe ich überhaupt noch nie vor Augen gehabt, und ich bin bald 20 Jahre bei der Polizei. Der Zar wurde grausamst gefoltert.«

»Welche Bilder? Was war da drauf?«

»Hartmut hat sie mir gezeigt. Sei froh, dass du sie nicht gesehen hast. So was brennt sich ins Gedächtnis.«

»Also auch in deins?«

»Ich kann damit umgehen«, erwiderte er gereizt.

»Und?«

»Und was?«

»Details«, verlangte ich.

»Das ist nicht mein Fall.«

»Dein Freund wird dir doch etwas mehr verraten haben?«, bohrte ich.

»Derjenige oder diejenigen, die das getan haben, müssen gefunden werden«, murmelte er vor sich hin.

»Und was hat das alles mit dem Mittelalter zu tun?«, versuchte ich es von einer anderen Seite. Doch ich glaubte nicht, dass Felix mir viel mehr verschwieg. Besonders lang war er ja auch nicht bei seinem Kollegen gewesen.

»Das weiß ich nicht. Noch nicht. Niemand konnte bislang eine Verbindung von ihm zum Mittelalter ziehen. Aber vielleicht weiß Lizzie etwas.«

»Die ist doch bestimmt befragt worden.«

»Alle sind befragt worden. Aber es kommt immer drauf an, wer die Fragen stellt. In einem privaten Umfeld fallen den Leuten manchmal Sachen ein, die sie in der Vernehmung vergessen.«

»Soll ich sie direkt auf diese Schandflöte ansprechen? Wieso heißt das überhaupt so?«

»Weil der Gefolterte, wenn er sich dann unter Schmerzen windet, aussieht wie ein Flötenspieler.« Felix schüttelte den Kopf und fügte sarkastisch hinzu: »Die hatten Humor, die Leutchen damals. Es gibt auch ein Instrument namens Halsgeige.«

»Du hast gesagt, dass du so schreckliche Bilder noch nie gesehen hast?«, fragte ich leise nach.

»Ja.«

Irgendwie drang es jetzt erst in mein Bewusstsein, dass wir hier nicht über zwei verschiedene Sachen sprachen, den Zar und die Folter, es ging um die Folter am Zar.

»Also muss der Mörder einen unglaublichen Hass auf den Zar gehabt haben?«, fragte ich weiter.

»Ja. Aber es war kein Hass, der sich eruptiv entlud. Er muss das alles von langer Hand geplant haben. Vor einem Jahr hat der Zar mal ein Benefizkonzert für Amnesty International gegeben. Das ist bislang der einzige Ansatzpunkt in Richtung Folter.«

»Das ist ja wohl pervers! Jemand wird zu Tode gefoltert und soll eine Affinität zu Folter haben?«

»Es zeigt die zunehmende Verzweiflung im Team. Eine Verbindung zum Mittelalter haben die Kollegen jedenfalls nicht gefunden.«

»Glaubst du, dass der Zar seinen Mörder kannte?«

»Ja. Und ich glaube, dass das irgendetwas mit der Klavierspielerei zu tun hat, denn warum sonst wären seine Finger so brutal gequetscht und zertrümmert worden. Damit begann die Folter, das ist jetzt sicher. Der arme Mann war vermutlich bei Bewusstsein, als seine Finger sich in Brei verwandelten.«

Eine Welle Übelkeit schwappte in mir hoch. Allein die Vorstellung war so schrecklich, dass ich Felix sehr dankbar war, dass er mir die Bilder nicht gezeigt hatte. Was für entsetzliche Schmerzen mussten das sein! Ich hatte mir einmal den Daumen in einer Autotür eingequetscht, als jemand sie zugschlug. Ich wäre fast in Ohnmacht gefallen und hatte mich übergeben müssen, so heftig war der Schmerz gewesen. Und es war nur der Daumen gewesen.

»Der Zar wusste, dass er nie wieder würde Klavier spielen können?«, fragte ich Felix.

»Davon ist auszugehen.«

»Ich glaube, dann hätte er nicht mehr leben wollen«, sagte ich leise. In meinem Inneren sah ich ihn vor mir. Diesen wunderschönen Mann, wie er mit dem Flügel verschmolzen war, wie er manchmal den Kopf schräg geneigt hatte, der Blick weit in die Ferne geschweift, als höre er geheime Melodien. Die Musik war sein Leben. Wenn man ihm die Musik nahm … was blieb dann von ihm übrig?

Wir schwiegen eine Weile. Dann sagte Felix unvermittelt: »Obwohl dich keine Schuld am Tod des Zar trifft, möchtest du, dass Lizzie dir verzeiht, nicht wahr? Weil sie ihn geliebt hat. Ihre Liebe zu ihm befugt sie sozusagen als seine Stellvertreterin.«

»Wieso sagst du so was?«, fragte ich unsicher. Hatte ich im Schlaf gesprochen?

Er antwortete nicht. Konnte er selbst einmal in dieser Situation gewesen sein? Hatte er einen Menschen erschossen und brauchte dann auch … Ablass? Jedenfalls durfte Lizzie auf keinen Fall wissen, wie der Zar gestorben war. In der Presse war auch immer nur von grausamer Tat die Rede. Wenn man einen Menschen liebte und dann erfahren musste, dass er zu Tode gefoltert worden war … war das doppelte Folter. Oder gar dabei zusehen musste, wie ein geliebter Mensch gefoltert wurde … Ich wollte so etwas nicht denken.

Ich war Felix dankbar für seine Zurückhaltung, zum ersten Mal im Leben verstand ich, warum er prinzipiell nichts von seiner Arbeit erzählte.

***

Mit Flipper an der Seite betrat ich das Café. Auf einen Blick sah ich, dass Lizzie noch nicht hier war, es saßen überhaupt nur wenige Gäste im Raum, und eine Gruppe von vier Frauen bezahlte gerade. Ich setzte mich an einen Ecktisch am Fenster, bestellte Cappuccino und wartete. Und wenn sie nicht kommen würde? Doch, da war sie. Ich erkannte sie zuerst nicht, so sehr hatte sie sich verändert. Aus der farbenfroh gekleideten, fröhlich hellen Frau war eine schwarz gekleidete Jammergestalt geworden. Mit kleinen Schritten näherte sie sich meinem Tisch. Nicht einmal Flipper unter dem Tisch riss sie aus ihrer Trauer. Doch sie hielt Abstand, nahm Platz auf dem Stuhl, der am weitesten von ihm entfernt war, setzte sich nur auf die Kante. Die Sonnenbrille, die fast bis zu den Nasenflügeln reichte, nahm sie nicht ab.

»Da bin ich. Was wolltest du mir sagen?«, fragte sie und ließ Flipper dabei nicht aus ihren Facettenaugen.

»Wie geht es dir?«, fragte ich.

Sie kniff die Lippen zusammen. »Beschissen«, flüsterte sie, und ihre Unterlippe zitterte. Spontan legte ich meine Hand auf ihre. Sie zog sie weg.

»Du hast am Telefon gesagt, dass der Zar dir noch was gesagt hat, als er dich im Krankenhaus angerufen hat.«

»Ja. Aber erst möchte ich dir sagen, Lizzie, dass ich auch sehr traurig bin. Sehr, sehr traurig.«

»Was weißt du schon«, sagte sie leise. »Du hast ihn ja kaum gekannt. Ich habe fast vier Jahre mit ihm verbracht, um genau zu sein 1368 Tage. Die schönste Zeit meines Lebens. Es ist eine Gnade, einem Genie dienen zu dürfen.« Tränen tropften unter der Brille hervor, rannen über ihre Wangen zum Kinn, auf das dunkle hochgeschlossene Shirt.

Ich riss eine Serviette aus dem Spender auf dem Tisch und reichte sie ihr. Sie behielt sie in der Hand wie einen Fremdkörper. Die Kellnerin kam an unseren Tisch.

»Magst du was trinken?«, fragte ich Lizzie. Sie schüttelte den Kopf. »Ein Wasser bitte«, bestellte ich trotzdem.

»Für den Hund?«, fragte die Kellnerin.

»Für die Dame«, sagte ich.

Lizzie schluchzte leise vor sich hin. Als die Kellnerin weg war, sagte ich: »Lizzie, bitte verzeih mir, wenn ich mal nicht so gut auf den Zar aufgepasst habe …«

»Mal?!«, höhnte sie.

»Ich konnte ihn doch nicht rund um die Uhr beschützen! Das war auch gar nicht mein Job. Ich hätte es gemacht, bestimmt. Aber ich lag eben im Krankenhaus.«

»Was ist dir passiert?«, fragte sie höflich, aber vollkommen desinteressiert. »Hattest du einen Autounfall?«

Ich erinnerte sie nicht an die Wahrheit. Es spielte keine Rolle, es war ihr egal. Ich hatte Lizzie fälschlicherweise im Verdacht gehabt, da war ich mir nun absolut sicher.

Flipper unter dem Tisch stand auf. Lizzie zuckte zusammen. »Der legt sich nur anders hin«, beruhigte ich sie.

Trotzdem rückte sie mit ihrem Stuhl ein Stück weiter nach hinten.

»Was glaubst du, wie stolz der Zar auf dich wäre«, sagte ich. »Du sitzt so nah bei diesem gefährlichen Hund.«

»Das ist mir alles egal«, sagte sie, doch die Röte in ihrem Gesicht verriet ihre Panik. »Von mir aus beißt er mich tot. Ich will sowieso nicht mehr leben.«

»Sag so was nicht«, bat ich sie.

»Und was hat er jetzt am Telefon gesagt?«

»Er hat sein Angebot bezüglich des Hundes zurückgezogen«, sagte ich.

Lizzie verzog die Mundwinkel verächtlich. »Das hat er gemacht?«

»Ja.«

»Und deswegen treffen wir uns? Damit du mir so einen Scheiß erzählst?« Ihre Stimme wurde laut.

»Ich dachte, das freut dich zu hören.«

»Was hat das mit mir tun?«

»Weil du doch gesagt hast, er ist tierlieb.«

»Ach so, ja, ja. Ich dachte, vielleicht hat er noch was von mir gesagt.«

»Von dir?«

Hoffnungsvoll schaute sie mich an. Für den Bruchteil einer Sekunde überlegte ich, ob ich etwas erfinden sollte. Er hat mir gesagt, dass er dich geliebt hat, er hat mir gesagt, wie gern er dich hat, er hat mir anvertraut, dass es nur eine Frau in seinem Leben gibt. Lizzie bettelte geradezu darum. Warum sollte ich ihr den kleinen Gefallen nicht tun? Wenn es ihr damit besser ging? Aber würde ihr es dann besser gehen oder würde so ein kleiner Satz verhindern, dass sie sich innerlich vom Zar trennte? Und dann? Würde sie ihr weiteres Leben den Erinnerungen widmen, wie eine Nonne des Zar?

Einem Kind durfte man so etwas vielleicht vorgaukeln. Papa hat gesagt, dass er dich am allerliebsten auf der Welt hat. Aber Lizzie war eine erwachsene Frau, und um sie zu belügen, müsste ich sie lieben, weil ich ja dann schon wieder Schuld auf mich lüde, und die kann man nur tragen, ohne zusammenzubrechen, wenn man liebt.

»Lizzie, er hat nichts von dir gesagt. Aber er hat einen bedrückten Eindruck auf mich gemacht.«

Sie nickte. »Ja. Bei mir auch. Normalerweise ist er vor einem letzten Konzert immer besonders gut gelaunt gewesen. Wieder eine Stadt abgehakt, weiter. Das war ihm immer am liebsten, das Wegfahren, niemals das Ankommen.« Sie biss sich auf die Unterlippe. »Doch diesmal war er anders. Stiller vielleicht, ich weiß auch nicht. Das ist nicht nur mir aufgefallen, und wir haben es auch alle der Polizei gesagt, aber niemand weiß, warum. Es kann ja wohl nicht mit dem Hund zusammenhängen? Oder glaubst du vielleicht, dass er wegen einem Tier traurig war, nein, bestimmt hat er deinen Hund gleich wieder vergessen.«

Trotzig blickte sie unter den Tisch. Als müsste ich ihn beschützen, legte ich für einen kurzen Moment meine Hand auf Flipper weiches Fell. Er hob den Kopf und schaute mich an.

»Meinst du, er hat etwas geahnt?«, fragte Lizzie. »Er war so sensibel. Glaubst du, man spürt es, wenn man sterben muss?«

»Nein«, behauptete ich, obwohl ich zu dem Thema keine Meinung hatte.

»Aber warum wollte er dann unbedingt deinen Hund? Das war doch eine Vorahnung?«

»Quatsch«, sagte ich, während mir etwas einfiel. Hatte der Zar nicht irgendwie seltsam geklungen bei diesem Telefonat im Krankenhaus? Hatte er nicht gesagt, dass man ihm etwas nachtragen würde?

Unvermittelt steigerte sich Lizzies latentes Schluchzen zu einem lauten Weinen. Wenn Flipper mit einer Gattung Probleme hat, dann sind es nicht Möpse oder Marder, sondern weinende Frauen. Er sprang auf alle viere, um zu trösten. Mit einem Aufschrei rutschte Lizzie zurück, ruderte, fiel fast vom Stuhl, die Sonnenbrille flog ihr vom Gesicht.

Ich rief Flipper ein scharfes »Platz!« zu. Sofort ließ er sich wieder auf den Boden fallen.

»Lizzie!«, bat ich das zuckende Bündel Mensch, seine Fassung zurückzugewinnen. »Lizzie, bitte. Beruhige dich.«

Die Kellnerin stellte ein Glas Wasser auf den Tisch und brachte sich hinter ihrer Theke in Sicherheit.

Ich reichte Lizzie das Glas. Sie trank einen Schluck. Ich bückte mich nach der Sonnenbrille und gab sie ihr. Sie hielt sie in der Hand wie einen Gegenstand, dessen Zweck sie vergessen hatte.

»Der Zar ist tot«, sagte ich ruhig.

Sie nickte.

»Er wird nie wiederkommen.«

Sie nickte.

»Du hast eine wunderschöne Zeit mit ihm erlebt. Die kann dir niemand wegnehmen. Sie gehört dir für immer.«

»Ja«, schluchzte sie.

»Und wenn er uns jetzt sehen könnte, ich glaube, er würde sich wünschen, dass es dir gut geht.«

Flipper hob den Kopf.

»Warum schaut mich der so böse an?«, fragte sie.

»Er schaut nicht böse. Er ist traurig, weil du traurig bist. Er würde dich gern trösten.«

Sie zuckte zurück. Dann bekam sie einen Schluckauf, nein, sie lachte, es war ein Lachen, das klang wie der nackte Wahnsinn. So plötzlich wie sie begonnen hatte, hörte sie auf.

»O-kay«, sagte sie dann lang gedehnt. »Soll er doch beißen. Egal. Ich fasse ihn jetzt an, und er kann zuschnappen. Okay, okay, kann er. Mir egal. Soll er doch. Am liebsten ins Herz. Soll er mir doch das Herz rausbeißen – kann er das, kann das ein Hund? – und in den Hals und so richtig, dass es spritzt in hohem Bogen. Soll es spritzen, bis alles rot ist, und dann ist es wenigstens schnell vorbei, und es ist mir egal, ich trag ja was Schwarzes, da sieht man das nicht. Früher wäre das gar nicht möglich gewesen, weil ich so gern weiß und hell getragen habe, aber auch rot, wenn ich es recht überlege, das war bestimmt ein Zeichen, weil die Zeichen sind überall, auch der Zar hat die Zeichen gespürt, aber er hat sie nicht erzählt, weil er so einsam war, so wahnsinnig einsam, und deswegen hat er deinen Hund gemocht, weil er auch einsam ist, weil er als Hund ja eingesperrt ist in seinem Hundsein, und er ist an der Leine, genauso wie der Zar an der Leine ist. Alle haben gedacht, er wäre frei, aber das war er nicht, er war der unfreiste Mensch, den ich kenne, er war ein Sklave, ein Sklave seiner Fans, er …«

Sklave! Ich horchte auf. War das nicht nah am Mittelalter? Hatten die da nicht auch Sklaven?

»Wie dachte der Zar über das Mittelalter?«, fragte ich wie ein Rammbock.

»Er hatte keine Angst vor dem Alter, bestimmt nicht«, erwiderte Lizzie. »Wieso auch, er ist nicht mal mittelalt geworden, keine 30, und das muss er gespürt haben, ganz tief innen drin, und vielleicht hat dein Hund das gerochen, die haben doch so eine gute Nase? Was wissen wir Menschen schon, da wittert er doch auch, dass ich nicht mehr leben will, und er kann mich gern umbringen, vielleicht bin ich dann bei Zaza, ja, wer weiß das schon, das weiß man ja alles erst später, und womöglich ist dann alles doch schön, und es war nur eine Frage des Muts, verstehst du, weil es immer um Mut geht, das hat er gesagt: Wenn du vor der Bühne stehst und du weißt, dass du da gleich rausmusst, dann gibt es einen Augenblick, da ist es kein Wollen, sondern ein Müssen.«

Mit einem Aufschrei stürzte Lizzie vom Stuhl direkt vor Flipper, brüllend bot sie ihm ihre Kehle dar und zappelte dabei wie verrückt. Die Kellnerin hinter der Theke schrie ebenfalls.

Ich war wie gelähmt und konnte nur auf sie hinunterstarren, so wie die vier Gäste an den Nebentischen, als hätten sie es abgesprochen, hielten sie sich die Hände vor den Mund, aber das brachte Lizzie nicht zum Verstummen.

Auch Flipper war völlig überfordert, er bewegte sich nicht, wendete nur den Kopf ab, weil er das nicht mitansehen wollte, und leckte sich verlegen über die Lefzen.

»Beiß!«, brüllte Lizzie, und als nichts geschah: »Fass!«

Flipper schaute mich mit Verzweiflung im Blick an. So einen Fall hatten wir noch nie. Dann wendete er seinen großen schwarzen Kopf zu Lizzie, die hyperventilierend den Mund aufriss, keuchend ihr Atmen ohne Luft, das Gesicht knallrot. Da kam die kühle, zarte Flipperschnauze und blies ihr freundlich in die Ohren, stupste sie an und schleckte dann mitfühlend über Lizzies nackten Hals. Die bewegte sich nicht mehr, lag erstarrt wie eine Leiche, weit und starr ihre Augen.

Endlich splitterte meine Erstarrung. Mit einem Satz sprang ich vom Stuhl zu Lizzie, da schlug mir etwas in den Rücken. Ich rutschte zwei, drei Meter über den Boden, und alles, was ich wahrnahm, war das wilde Bellen Flippers. Dann erst sah ich den Mann, der über Lizzie kniete, ihren steifen Leib an sich drückte, ihren Namen murmelnd und dann brüllend, eine Stange vom Garderobenständer riss mit der Süddeutschen Zeitung und sie hochhielt gegen Flipper wie einen Knüppel, und Flipper, kurz vorm Absprung, die Lefzen zurückgezogen, die weißen großen Zähne gebleckt, grauenvoll knurrend wie der Hund von Baskerville.

Kapitel 47

Ein Mann näherte sich dem Café. Zielstrebig, nicht wie jemand, der vorbeilaufen würde. Er trug einen Anzug und eine Sonnenbrille und zog einen Trolley hinter sich her. Seit einer knappen Viertelstunde beobachtete Felix das Café. Niemand außer Lizzie war hineingegangen. Wenige Meter vor dem Café nahm der Mann die Sonnenbrille ab.

Felix schnappte nach Luft, als hätte ihm jemand in den Magen geboxt, doch er konnte den Mann nicht dingfest machen. Aber die Alarmglocken in seinem Kopf klöppelten ihn schmerzhaft. Denk nach! Tixel, denk nach! Woher kennst du diesen Kerl? Oder täuschte er sich? Weil er in seinem dem Irrsinn verwandten Zustand des Jagdfiebers nicht mehr klar denken konnte? Da zuckte der Finger am Abzug manchmal schneller als vernünftig, und dann war es zu spät – für immer. Er hatte die Hand schon am Türgriff, um loszustürmen, Hauptsache nach vorne, so peitschte ihn das Adrenalin, das rot und heiß durch seinen Körper pulsierte. Mit Mühe riss er sich zusammen und sein Handy vom Beifahrersitz. Gleich das SEK? Oder erst mal Hartmut? Oder abwarten? Denn was sollte er den Kollegen sagen? Da geht ein Typ mit Koffer in ein Café in Haidhausen, und ich hab ein komisches Gefühl, weil meine Freundin da drin eine Cola trinkt?

Felix öffnete sein Pistolenhalfter, eine unbewusste Bewegung. Er zog die Walther heraus, zögerte, steckte sie sich in den Hosenbund am Rücken, kühl die Waffe auf seiner heißen Haut. Er wusste nicht, warum alles in ihm hineinmusste in dieses Café. Er stieg aus, da öffnete sich das Hoftor des Gebäudes. Eine Frau mit Kind – so alt wie Sinah, schoss es ihm durch den Kopf – kam heraus, er witschte in den Hofdurchgang, lief nach rechts und landete in dem kleinen, schattigen Hinterhofgarten, der dem Café seinen Namen verlieh. Die Tische waren nicht gedeckt, hier würden erst Gäste sitzen, wenn die Sonne über die Häuserzeilen schien.

Da überfiel Felix schlagartig die Erkenntnis. Er packte das Handy mit der Linken, scrollte, lief los, griff nach seiner Waffe, stürmte vorwärts.

Kapitel 48

Ich sah die völlige Verzweiflung in den Augen des Angreifers, und dann erkannte ich ihn, das war einer vom Zar, das war der Alte, bestimmt schon Ende 50, der mit dem komischen Dialekt, war er nicht ein Steueranwalt des Zar, und im selben Moment offenbarte es sich mir, dass er Lizzie liebte; die Liebe zu ihr rollte wie eine Bugwelle vor ihm her, als Tsunami überschwappte sie mich, und in der Gischt spritzten Bilder empor von meiner einzigen Begegnung mit ihm, wie er versucht hatte, Lizzie, die den Milchschaum aus dem Kaffee des Zar löffelte, vor dessen Launen zu schützen.

Ich duckte mich weg, als Lizzie sich aufsetzte, ihr Kopf in der Höhe des bedrohlich knurrenden Flippers kippte weg, als die Welle auch sie mitriss, aber nicht in Sicherheit, weil der Alte viel zu viel Schwung hatte, sondern auf Flipper, wo sie vor seinem gebleckten Fang zu liegen kam. Und jetzt erinnerte ich seinen Namen, als der die Wasserflasche vom Tisch riss, im Begriff, sie auf Flippers Kopf zu zerschmettern, mein Sprung in Richtung der Beine Hermanns, im Springen dieser Knall, ohrenbetäubend, die Flasche in Hermanns Hand fiel zu Boden, zersplitterte, als eine laute Stimme brüllte: »Polizei! Fallen lassen!«

Ich wusste nicht, woher Felix plötzlich kam, der wartete doch draußen im Auto, nein: Er stand mitten im Café, breitbeinig, eine Waffe in der Rechten, in der Linken sein Handy, er schrie die Adresse des Cafés ins Telefon, und Lizzie, zu Pfoten von Flipper, zuckte wie ein Fisch auf dem Trockenen. Unter ihren Beinen bildete sich eine Pfütze. Die Kellnerin rannte schreiend nach draußen, hinter den vier Gästen her, die Felix mit raumgreifenden Armbewegungen zur Tür geschleust hatte.

»Lein den Flipper an!«, rief Felix mir zu, während er nach vorne stürmte und Hermann, der mit zitternden Knien vor Lizzie stand, grob an die Wand rempelte.

»Beine auseinander! Hände nach oben.«

Hermann folgte.

Felix tastete ihn ab und rief mir zu: »Alles okay, Franza?«

»Ja.« Ich rappelte mich auf.

Lizzie jammerte laut. Hermann drehte sich zu ihr.

»Stehen bleiben!«, blaffte Felix ihn an, dann: »Hinsetzen!« Er drückte ihn auf einen Stuhl. Auch Flipper setzte sich vorsichtshalber mal. Felix hantierte mit seinem Handy und forderte einen Notarzt an. Hermann wollte aufstehen, doch Felix schubste ihn wenig einfühlsam zurück.

War das mein zärtlicher Liebhaber, der mir vorgestern noch einen Apfel in die zerdrückte Banane gerieben hatte? Oder kannte ich nur den Mann Felix, nicht den Bullen Tixel? Heiß durchströmte mich das Verlangen, mir diesen Bullen einzuverleiben.

Felix kniete neben Lizzie. »Können Sie aufstehen?«, fragte er, ohne Hermann aus den Augen zu lassen.

Sie schüttelte den Kopf, knallrot das Gesicht, als sie ihr Malheur bemerkte. Lizzie hatte sich vor Angst in die Hosen gemacht.

»Kennen Sie den Mann?«, fragte Felix.

»Er hat für den Zar gearbeitet!«, rief ich.

»Also kennen Sie ihn«, fragte Felix Lizzie erneut. Sie antwortete nicht, starrte schweigend vor sich hin. Felix wandte sich an Hermann. »Können Sie sich ausweisen?«

Hermann schüttelte den Kopf.

»Wir kennen uns«, sagte Felix. »Sie sind vor einigen Tagen an meinem Auto gestanden und haben mir ein Kompliment für den Hund und das Kind gemacht, die im Wagen schliefen.«

Hermann schaute zu Boden.

»Was bedeutet das?«, fragte ich verwirrt, da ertönten die Sirenen, viele, laut, bedrohlich, und kurz darauf stürmten zwei Dutzend Polizisten das Café, in Uniform und Zivil. Der Attraktivste unter ihnen, ein blondes Kraftpaket in Felix' Alter, aber einen Kopf kleiner und nicht v-förmig, sondern eher quadratisch, ich vermutete, es handelte sich um Hartmut, lief zielstrebig zu Felix. Der deutete auf Hermann und begann zu erklären. In dem Moment wurde mir klar, was jetzt geschehen würde. Das hier war ja nicht mein erster Polizeieinsatz. Ich war Zeugin, ich würde vernommen werden. Wenn ich Pech hatte, würde das ewig dauern. So viel Zeit hatte ich im Moment nicht. Sie wussten, wer ich war, und ich hatte nicht vor, ihnen wegzulaufen.

Flugs nutzte ich die allgemeine Verwirrung, um mich unauffällig zum Hinterausgang zu begeben und den Tatort zu verlassen. Der schwarze Riese an meinem Bein verschmolz mit meinem Schatten. Schnellen Schrittes überquerten wir den Pariser Platz und verlangsamten in der Metzstraße. Am schönen Bordeauxplatz voller Blumen setzte ich mich auf eine Bank, Flipper ging darunter in Deckung, ohne dass ich es ihm auftrug.

Es dauerte mehrere Minuten, bis ich die Geschehnisse sortiert hatte. Hermann liebte Lizzie. So wie Lizzie den Zar geliebt hatte? Unerfüllt. Er musste entsetzlich unter den Demütigungen gelitten haben, die der Zar Lizzie zufügte. Also konnte nur Hermann hinter all den kleinen und größeren Anschlägen stecken, die mutmaßlich aus dem Umfeld des Zar kamen. Hermann wäre derjenige gewesen, der mir hätte auffallen müssen! Doch eigentlich war mir nur sein Dialekt aufgefallen. Schon wieder hatte ich versagt. Aber weshalb hatte Felix so übertrieben reagiert … Was meinte er damit, dass er Hermann kannte? Was bedeutete das alles? Und welche Schlüsse sollte ich daraus ziehen, dass mir der Anblick meines Freundes mit einer Waffe wohliges Kribbeln bereitete, wenigstens im Nachhinein, quasi mit Sicherheitsabstand? So wild, so stark, so gefährlich, so konzentriert hatte ich Felix noch nie gesehen. Aber es war ja nichts passiert. Es war nur ein Spiel. Bei Schmauchspuren würde ich sicher nicht mehr schmachten.

Da traf es mich wie ein Schuss. Hermann! Wenn Hermann Lizzie liebte, wenn Hermann Lizzie beschützen wollte, dann war der Hund, der ihr solchen Kummer machte, ein Störenfried. Es musste mit allen Mitteln verhindert werden, dass der Zar Flipper zu sich nahm, weil Lizzie sonst ständig Todesangst hätte. Um diese Gefahr zu bannen, musste der Hund weg.

Mit feuchten Händen rief ich Felix an. Während es klingelte, fiel mir ein, dass man meinen diskreten Abgang auch als Flucht bezeichnen könnte. Und dass ihm das Probleme bereiten könnte. Wahrscheinlich war er sogar sauer auf mich.

»Ja?«, meldete Felix sich knapp, und ich hörte an seiner Stimme, dass er nicht frei sprechen konnte.

»Entschuldigung!«, rief ich als Erstes. Dann fragte ich: »Muss ich zurückkommen?«

»Ja, das wäre gut«, sagte er, korrigierte sich aber gleich: »Nein, lieber nicht. Ich sehe, dass die Presse gerade auftaucht. Aber halte dich auf Abruf bereit, okay?«

»Kriegst du jetzt Schwierigkeiten?«

»Kann sein. Wie geht es dir?«

»Ich bin okay. Felix, es war nicht Lizzie! Hermann hat mich in die Tonne geworfen!« In diesem Moment fiel mir noch eine Alternative ein. »Oder glaubst du, dass Lizzie ihn beauftragt hat? Jedenfalls war er es, ganz sicher! Alles passt zusammen.«

»Das bezweifle ich.«

»Er wollte Flipper eliminieren und …«

»Danke, dass du dich gemeldet hast.«

Und damit war er weg. Ich starrte das Handy an. Blöde Geste. Ich wandte mich meinem Hund zu. »Wieso glaubt er mir nicht?«, fragte ich Flipper. Was genauso blöd war. »Aber immerhin, er hat sich bedankt, weil ich angerufen habe«, teilte ich Flipper mit. Das bedeutete, dass Felix anerkannte, dass ich mir Mühe gab. Wenn ich so weitermachte, würde ich bald eine Goldmedaille in Nettigkeit gewinnen.

Flipper schüttelte sich. Manchmal hatte ich den Eindruck, er konnte meine Gedanken lesen. Vielleicht mochte er gar kein nettes Frauchen. Vielleicht mochte Felix so was auch nicht, schließlich hätte er sich sonst ja wohl nicht in mich verliebt?

Ich scrollte nach der Telefonnummer der Zar-Biographin Dorith Keding, die ich gespeichert hatte. Vielleicht wusste sie etwas über Hermann, das ich Felix präsentieren konnte. Ich verspürte ein drängendes Verlangen, etwas für ihn zu apportieren. Felix sollte stolz auf mich sein. Er sollte mir bestätigen, dass es richtig war, mich vom Tatort zu entfernen.

»Frau Keding? Hier ist Franza Fischer. Sie haben mit mir über Facebook Kontakt aufgenommen.«

»Schön, dass Sie sich melden, Frau Fischer.« Die Stimme klang sympathisch. »Aber ach, wie schade! Leider war ich jetzt zwei Tage in München und bin auf dem Weg zum Flughafen, um nach London zu fliegen.«

»Wo genau sind Sie denn?«

»Äh, in der S-Bahn.«

»Und auf welcher Höhe?«

»Augenblick bitte … Donnersberger Brücke.«

»S8?«

»Äh, ja, ja, S8, so heißt die S-Bahn. Es wäre auch die S1 möglich gewesen, aber …«

»Frau Keding, ich könnte am Ostbahnhof in Ihre S-Bahn zusteigen, wenn Ihnen das recht ist …«

»Ja, das wäre wunderbar! Ja, natürlich!«

»Wo sitzen Sie denn ungefähr?«

»Gleich im ersten Waggon.«

»Und wie erkenne ich Sie?«

»Äh … Moment … ich … ich halte meine Zar-Biographie in der Hand. Und, äh, Frau Fischer, bitte lassen Sie uns den Namen nicht nennen in der Öffentlichkeit, okay?«

»Warum?«, fragte ich, während ich schon Richtung Ostbahnhof lief.

»Die Wände haben Ohren.«

***

Als ich das grüne S-Bahn-Schild am Orleansplatz sichtete, fragte ich mich, ob ich einen Fehler machte, denn für das Treffen mit Lizzie hatte ich auf meine Perücke verzichtet. Nach einem Blick auf die Uhr wagte ich es, mir noch schnell ein schwarzes Polyestertuch in einem Eineuroladen zu kaufen. Keine Tarnkappe, aber zumindest eine Art Burka.

Dorith Keding war mollig, Mitte 40, optisch so sympathisch wie am Telefon mit ihren braunen, freundlichen Augen und den grauen Haaren. Vom Ostbahnhof über Leuchtenbergring bis Daglfing stellten wir uns vor und versicherten uns gegenseitig der großen Erschütterung, die der Tod des Zar in uns ausgelöst hatte.

Ich spürte, dass ich Dorith Keding vertrauen konnte, und erzählte ihr von meinem Job als Bodyguard, wobei ich meine Schuldgefühle anklingen ließ. Mitfühlend legte sie mir eine Hand auf den Unterarm. Dann erklärte sie mir, dass sie sicher gewesen sei, dass der Zar keine Affäre mit mir hätte. Meine Sympathie bröckelte ein wenig. Müsste die Formulierung höflicherweise nicht lauten, dass ich keine Affäre mit dem Zar gehabt hatte? Und warum eigentlich nicht? Aber das konnte ich später fragen. Wichtiger war es im Moment, an Informationen zu kommen, die mich weiterbrachten.

Zwischen Daglfing und Englschalking erzählte Dorith Keding mir von ihren zwei Begegnungen mit dem Zar, die sie zutiefst beeindruckt hatten, weil er sich ihr gegenüber so offen gezeigt hatte, und außerdem hatte er ihr ein Geschenk gemacht, das sie ihr Leben lang nicht vergessen würde. »Er hat für mich Klavier gespielt«, hauchte sie. »Das Hammerklavier.«

Ich nickte. »Ja, es war der Hammer, wie er spielen konnte.«

»Äh, also ja, sicher, der Hammer, aber ich meine ein bestimmtes Musikstück, eine Klaviersonate von Beethoven. Sie gehört zu den schwierigsten Stücken überhaupt, und es gibt kaum Pianisten, die sie ...«, sie brach ab. Ihre Augen schimmerten feucht. »Wenn ich währenddessen gestorben wäre, hätte ich die Erde in Erfüllung verlassen, nein, ich war schon im Himmel.«

Ich hatte keine Ahnung, von welchem Stück sie sprach, aber ich spürte, wie ergreifend es für sie war, zumal der Zar es einfach so gespielt haben musste, ohne Noten. Trotzdem: Klassikfans waren schon ein komisches Volk.

»Er hat sich hingesetzt und losgelegt. Das ist für einen Normalmenschen nicht nachzuvollziehen.«

»War er ein Genie?«

Ihr »Ja«, kam schnell. »Und deshalb war es ja ein so großer Verlust für die Klassik, als er sich von ihr verabschiedete. Aber das spielt jetzt keine Rolle mehr. Er wird nie mehr zurückkehren.«

»Hatte er das denn vor?«, fragte ich.

»Ich hatte schon den Eindruck. Aber vielleicht war es auch nur mein Wunsch – wie der so vieler Menschen.«

Ab Johanneskirchen berichtete ich unter dem Siegel der Verschwiegenheit von dem Ansinnen des Zar, Flipper für immer an seiner Seite zu wissen. Ich nannte keine Summe oder Details, das interessiere Dorith Keding auch nicht. Vielmehr fragte sie mich, ob ich glaubte, dass der Zar sein nahes Ende gespürt hätte. Ich zuckte mit den Schultern.

In Unterföhring waren wir beide noch einmal zutiefst erschüttert vom Tode des Zar. Ab Ismaning erzählte mir Dorith Keding vieles, was ich bereits aus ihrem Buch wusste. Warum hat er sich eigentlich immer die Hände gewaschen nach dem Spielen?, fragte ich sie. Denn genau das hatte Hermann ja ausgenutzt mit seinem Säureattentat in der Olympiahalle. In ihrem Buch hatte ich nichts über die Hintergründe gelesen, womöglich war es zu privat, oder ich hatte es überlesen.

Dorith Keding wich mir aus, indem sie mir von ihrem bevorstehenden Treffen in London mit Bibi, dem Manager erzählte. Und wie nett es sei, dass er sich für sie Zeit nehme in der jetzigen Situation, wo es so viel zu regeln gab, nicht wahr? Ich richtete Grüße an Bibi aus. »Wie fanden Sie ihn denn?«, fragte Dorith Keding. Ich hielt nicht hinterm Berg. »Der Kerl ist eine offene Hose.« Daraufhin lachte sie so laut, dass wir noch mehr Aufsehen erregten, die beiden Frauen, eine davon verschleiert, der Hund und das fortwährende Getuschel.

In Hallbergmoos verabredeten wir, am nächsten Vormittag zu telefonieren, da Dorith Keding nicht mehr viel Zeit hatte, um ihren Flieger zu erreichen. Zwischen Besucherpark und Flughafen erkundigte ich mich, ob sie Hermann kannte. Nein. Und Meinrad Wagner? Sie zögerte. Und dann erzählte sie mir etwas, das einer Bombe gleichkam. Was sie selbst allerdings nicht einmal ahnte. Und womöglich hätte sie der Polizei auch nichts davon erzählt, denn ihrer Berufsauffassung nach bewahrte sie eine Art Beichtgeheimnis über die Menschen, über die sie Bücher schrieb.

»Was die mir erzählen, bleibt bei mir, weil ich vieles erfahre, was nicht für die Öffentlichkeit geeignet ist. In jedem Buch, das ich geschrieben habe, gab es etwas, das erlöst werden will. Das steht wörtlich nie im Text. Und doch schwebt es unsichtbar zwischen den Zeilen. Diejenigen, die Sensoren für die Wahrheit haben, finden es.«

Dass mir Dorith Keding trotzdem so viel anvertraute, lag natürlich nicht an mir, sondern an Flipper, der die Autorin gekonnt um seine Pfoten wickelte.

Est fortior, Flipper? Wie tapfer bist du, Hund?

Kapitel 49

Leopold Chefbauer seufzte tief, als Felix am Samstagabend, fünf Tage nach dem Tod des Zar, in sein Büro kam. Eigentlich hätte er heute frei gehabt und gern mit Muße in seinen beiden Jagdzeitschriften *Pirsch* und *Anblick* gelesen. Aber das hatte ihm Hauptkommissar Tixel vergällt, wegen dem er seit Stunden mit Anrufen bombardiert wurde. Je höher der Rang der Vorgesetzten, desto weniger verbargen sie die Zweifel an seiner Führungskompetenz.

Hatte er seine Leute nicht im Griff? Im Grunde genommen, fand Leopold Chefbauer, müssten sie ihm zu diesem Mann gratulieren. Was er jedoch in Felix' Gegenwart strikt für sich behielt. An Selbstbewusstsein mangelte es dem nämlich nicht – aber seine Selbsteinschätzung stand auf starken Beinen. Es gab auch größenwahnsinnige Kollegen in diesem gefährlichen Alter unter 40, wenn das Testosteron in die Ermittlungen funkte.

»Willst du es so erzwingen?«, fragte er Felix in scharfem Ton. »Mischst du dich in die Arbeit der Münchner Kollegen, damit sie auf dich aufmerksam werden?«

»Es war anders«, sagte Felix.

»Bei dir ist es immer anders.«

»Aber diesmal war es noch mal anders.«

Chefbauer wies auf den Platz vor seinem Schreibtisch. »Ja. Ein Wahnsinnsglück hast du gehabt, dass die Kollegen diesem …«, er blickte zu einem Zettel, der vor ihm auf dem Schreibtisch lag, »Pflaum, Hermann, bereits auf der Spur waren. Volltreffer. Er hat 5000 Euro auf das Konto der jungen Frau überweisen lassen«, Chefbauer linste wieder. »Andrea Baumgartner. Die hat die Säure abgekriegt, die für den Zar in der Garderobe der Olympiahalle gedacht war.« Chefbauer schüttelte den Kopf. »Zar! Allein der Name! Und das hat dem Pflaum dann leidgetan. Er hat über das Zar-Büro eine Wiedergutmachung geschickt und sofort ein Geständnis abgelegt, als ihm die Kollegen die Anweisung zeigten. Er wollte angeblich keinen anderen verletzen, allein dem Zar wollte er schaden. Und auch deiner Freundin wollte er nichts zufügen, aber dummerweise hat er einen Schlägertrupp aus Osteuropa gebucht – aus dem Internet. Man weiß doch, dass die nicht zimperlich sind. Aber laut seiner Aussage ging es ihm einzig und allein um den Hund. Die Täter werden immer dreister, hast du so was schon gehört, dass einer …«

Chefbauer merkte, dass er aus der Rolle des ungehaltenen Vorgesetzten fiel. In ernstem Tonfall fuhr er fort: »Und dann hat dieser Pflaum geglaubt, dass deine Freundin ihm auf die Schliche gekommen ist, als sie sich mit der jungen Frau, äh …«

»Lizzie Lechner«, half Felix.

»Elisabeth Lechner«, korrigierte der Chef, »treffen wollte.«

»Bei der Vernehmung hat er alles sofort zugegeben«, erzählte Felix.

Chefbauer staunte. »Du warst dabei?«

»Ein bisschen«, antwortete Felix vage. »Hartmut hat sie vernommen.«

»Ach, daher weht der Wind. Haben sie dir in München schon ein Angebot gemacht?«

Felix wurde laut: »Hör auf damit! Das ist Schmarrn. Ja, ich habe gelegentlich mit dem Gedanken gespielt, um Versetzung nach München zu bitten – weil mich die Fahrerei nervt. Jeden Tag Stau. Und in jüngster Vergangenheit nerven mich auch einige meiner Kollegen. Aber das alles hat nichts damit zu tun, dass ich meine Freundin zu einem Treffen chauffiert habe. Sie ist nach dem perfiden Anschlag, den sie nur knapp überlebte, noch immer ziemlich angeschlagen. Dass das Ganze dann eskalierte«, Felix zuckte mit den Schultern, »das stand nicht in meiner Macht.«

»Und warum muss sie sich mit dieser Lechner treffen, deine Freundin? Warum kann die nicht mal daheimbleiben, wie es andere Freundinnen machen? Zum Beispiel die von meinem Sohn, die ist gern zu Hause. Die macht so Fensterhinterglasmalerei und Stoffblumen. Kann ich nur empfehlen.«

»Das musst du sie selber fragen«, entgegnete Felix patzig, fügte dann jedoch in versöhnlichem Ton hinzu: »Glaub mir, Leopold, mir wär das manchmal auch lieber.« Und dann grinste er. Die Vorstellung, Franza beim Hinterglasmalen, war zu komisch.

Chefbauer seufzte tief. »Es ist ja Gott sei Dank noch einmal gut ausgegangen. Die Kollegen haben mittlerweile reichlich Beweismaterial sichergestellt. Die Auftragsmail an den Schlägertrupp von diesem Pflaum ist zwar gelöscht gewesen, konnte aber wiederhergestellt werden von den Spezialisten im LKA. Aber was hat es mit dieser Verfolgungsgeschichte auf sich, wieso soll dieser Hermann Pflaum, ein unbescholtener Steueranwalt aus Stuttgart, dich verfolgt haben? Hast du das erfunden, damit du einen Grund nennen konntest für dein unüberlegtes Vorgehen? Felix!«, die Chefstimme bebte. »Man schießt nicht einfach so drauflos!«

»Als ich Pflaum in das Café gehen sah, erinnerte ich mich: Ich bin ihm vor dem Krankenhaus begegnet, in dem meine Freundin lag. Er wollte sich nach ihrem Befinden erkundigen, weil es ihm leidtat, was ihr zugestoßen ist. Die Killer sollten lediglich den Hund eliminieren. Pflaum war erschüttert, als er erfuhr, dass Franza dabei fast zu Tode kam. Er hat Blumen schicken lassen, im Namen des Zar. Und ist dann sogar noch persönlich zum Krankenhaus gefahren, um sich zu erkundigen. Dabei hat er eben den Hund entdeckt. In meinem Auto. Mit meiner Tochter.«

»Immer dieser komische Hund. Kann die Welt nicht wieder sein wie früher, als Hunde Tiere waren und Zaren Russen? Und warum engagiert sich dieser Pflaum überhaupt so massiv? Ist er der Vater von dieser Lechner Lizzie, ist das ein Familiendrama?«

»Nein, ein Liebesdrama. Hermann Pflaum scheint heftig in die junge Frau verknallt zu sein, wie es bei so alten Dackeln gelegentlich vorkommt«, schoss auch Felix einen kleinen Pfeil ab. Man munkelte seit Wochen über den Chef und seine Stielaugen, wenn er der Blondine von der Bereitschaftspolizei begegnete. Sachlicher fuhr Felix fort: »Der Zar hat Frau Lechner nicht gut behandelt, laut Aussage meiner Freundin stellenweise sogar sadistisch. Lizzie Lechner hat panische Angst vor Hunden, der Zar äußerte die Absicht, einen Hund anzuschaffen, was Frau Lechner in große Bedrängnis gebracht hätte. Da wusste sich Hermann Pflaum nicht anders zu helfen, als den Hund meiner Freundin zu … entfernen. Für diesen Job hat er osteuropäische Killer angeheuert.«

»Es gibt Hunde wie Sand am Meer. Da hätte der doch einen nach dem anderen umbringen lassen müssen. Ist der noch ganz sauber?«

Felix sah keine Veranlassung, dem Chef von dem Kaufangebot in Sachen Flipper zu berichten.

»Bin ich froh, dass wir mit dem Fall nichts zu tun haben«, entfuhr es Leopold Chefbauer.

»Was weißt du eigentlich über den Mord am Zar?«, pirschte Felix vor. Der Chef hatte als passionierter Jäger einen heißen Draht zum LKA, wo auch gern auf Rotwild angesessen und über Blondwild gefachsimpelt wurde.

»Der geht dich einen Scheißdreck an! Und das andere geht dich auch nix an. Mensch, Tixel! Ich verstehe ja, dass du hoch motiviert bist, wo deine Freundin fast gestorben wäre. Aber jetzt reiß dich mal zusammen! Du bist im Team des Josef-Hipp-Falls. Das ist deine Leiche. Neulich hast du mir Wunder was erzählt. Wie bist du da weitergekommen? Auf meinem Tisch ist kein einziges Protokoll gelandet. Mach deine Arbeit, Felix. Und hör auf, in fremden Ermittlungen herumzustochern.«

»Es war Gefahr im Verzug«, erinnerte Felix den Chef.

»Ja, ja, das kannst du denen erzählen, die dich befragen werden. Du hast Gebrauch von deiner Schusswaffe gemacht!«

»Ich habe zur Deeskalation in den Boden geschossen.«

Leopold Chefbauers Gesicht färbte sich rot. »Bei uns wird nicht mal so wie im Wilden Westen herumgeballert!«

»Der Täter war im Begriff, mit einer Flasche den Schädel des Hundes zu zertrümmern.«

Chefbauer fixierte Felix. »Ich hoffe, du hast denen in München nicht gesagt, dass du geschossen hast, um den Hund zu retten. Du weißt, dass …«

»… ein Hundeleben nichts wert ist«, vollendete Felix verächtlich.

»Wir machen die Gesetze nicht, wir sorgen dafür, dass sie eingehalten werden«, blaffte ihn der Chef an.

»Man darf ja wohl eine eigene Meinung haben.«

»Nein!«, brüllte Chefbauer.

»Nein?«, wiederholte Felix und zog eine Augenbraue nach oben.

»Und wo ist jetzt deine Freundin?«, wechselte Chefbauer abrupt das Thema. »Wieso geht die nicht ans Telefon, wieso kommt die nicht zur Vernehmung, und warum zum Teufel fragen mich die Münchner das? Mich?«

»Weil du mein Chef bist«, entgegnete Felix ruhig.

»Und das will ich auch bleiben«, brummte der einlenkend.

»Sie meldet sich noch, Ehrenwort«, sagte Felix mit fester Stimme, obgleich er seit mehreren Stunden keine Nachricht von Franza hatte. Was ihn hochgradig beunruhigte. Wo verdammt noch mal steckte sie schon wieder?

»Vielleicht begreift sie mal, dass das Timing bei polizeilichen Ermittlungen nicht von den Zeugen, sondern von uns festgelegt wird.«

»Ja, vielleicht«, sagte Felix.

»Und du kümmerst dich jetzt einzig und allein um deine Leiche, ist das klar?«

»Ich habe unserem Revier keine Schande gemacht, ganz im Gegenteil. Ich habe einen wichtigen Ermittlungserfolg im Umfeld des Zar-Mordes erzielt«, blieb Felix stur.

»Bist du schwerhörig?«, fragte der Chef. Sein Gesicht war zornesrot. »In diesem Umfeld hast du nichts zu suchen. Du sollst am Starnberger See ermitteln. Du sollst dein Team unterstützen, nicht in München wildern. Wann kapierst du das endlich?«

»Jetzt«, sagte Felix. »Morgen hab ich nämlich frei.«

Chefbauer schnappte nach Luft. Dann zischte er: »Geh! Raus! Schönen Feierabend.«

Aber Felix bestimmte sein Timing selbst. Zum Abschluss präsentierte er dem Chef seine Theorie über den Mord an Josef Hipp, bis der eher kleine Mund des Chefs sich zu einem Riesenloch des Staunens formte.

Und dann sagte er: »A Hund bist fei scho, Felix.«

Kapitel 50

Mein Entschluss, ins Allgäu zu fahren, fiel in Sekundenbruchteilen. Ich würde mir vor Ort einen Eindruck verschaffen und könnte abends wieder in München sein. Je nachdem, was ich in Erfahrung bringen würde, müsste ich Felix gar nichts davon erzählen. Wobei ich natürlich am liebsten eine Sensation für ihn ermittelt hätte. Aber sollte ich ihm überhaupt berichten, was Dorith Keding mir anvertraut hatte? Konnte ich darauf zählen, dass er diese Information für sich behielt, anstatt sie in einem Polizeiprotokoll zu verbreiten? Wer stand ihm näher, sein Job oder ich? Ich hatte auch Angst, unsere in den letzten Wochen so harmonische Beziehung zu gefährden … Also musste ich es ihm sagen. Aber jetzt gleich? Wäre es nicht schöner, ihn mit Ergebnissen zu überraschen?

Am späten Samstagnachmittag war kaum Verkehr auf der B12. Ab Kaufbeuren winkten mir die Berge mit weißen Fahnen, hoch auf den Gipfeln lag noch Schnee. Und sie rückten näher, je weiter ich Richtung Kempten fuhr. Am Allgäuer Dreieck bog ich ab Richtung Lindau und durchquerte eine Ansichtskartenlandschaft nach Isny. Fett standen die Wiesen in ihrer ersten Tracht, und damit es nicht langweilig wurde, grasten wie gemalt einige Schäfchen am Himmel. Der Hammer hier, dachte ich. Und dann merkte ich, dass das Wort Hammer eine völlig neue Bedeutung in meinem Leben erlangt hatte. Als Klavierhammer sozusagen.

Meinrad Wagner, auf dessen Grab der Zar gepinkelt hatte, war in gewisser Weise sein erster Klavierlehrer. Der ursprüngliche Deutsch- und Lateinlehrer sowie Hobbypianist unterrichtete Lesen und Schreiben an einer Schule für körperlich und geistig behinderte Kinder. Dort besuchte der Zar den angegliederten Kindergarten, weil er erstens nur wenige Häuser entfernt von seiner Wohnung lag, und zweitens wiesen einige Zeichen darauf hin, dass Franz Isele, wie er damals noch hieß – vielleicht riefen sie ihn Franzi, was mich noch mehr mit ihm verband, da das der Kosename war, den meine Oma mir gegeben hatte –, womöglich selbst an einer Einschränkung litt: Er sprach nicht. Nachdem ein Hals-Nasen-Ohren-Arzt keine Missbildung der stimmgebenden Organe festgestellt hatte, beschlossen Herr und Frau Isele einfach abzuwarten.

Hatte es da nicht auch eine Tante gegeben, irgendwo in der Verwandtschaft, die bis zu ihrem fünften Lebensjahr keinen Ton von sich gegeben hatte? Womöglich kam der Junge nach ihr. Wäre der kleine Franz in einer Großstadt bei anderen Eltern aufgewachsen, hätte er vermutlich viele Spezialisten kennengelernt und Therapien absolviert. Je nach Mode hätte er ein Label bekommen – Autist, vielleicht Asperger – und ein Rezept für Ritalin. Im Allgäu passierte gar nichts. Die Kühe grasten, und ihre großen Glocken schlugen Tag und Nacht in verdaulichen Portionen. Der kleine Franz liebte Kühe, stundenlang konnte er ihnen zusehen. Später erst begriff man, dass er nicht geschaut, sondern gelauscht hatte.

Meinrad Wagner wurde aus irgendeinem Grund auf den kleinen Jungen aufmerksam. Er sprach mit den Eltern, lud Franz zu sich nach Hause ein, wo ein Klavier stand. Und dann war, laut Dorith Kedings Worten, die mit dem Zar auch über seine Kindheit gesprochen hatte – was er aber nicht publiziert sehen wollte, weil er die Bühne der breiten Öffentlichkeit seiner Auffassung nach erst mit der Verwandlung zum Zar betreten hatte –, eigentlich ziemlich schnell alles klar. Kaum konnte Franz Töne herstellen, begann er zu sprechen, als wären die Töne eine Voraussetzung dafür gewesen. Sein erstes Wort war Glocke.

***

Ich fuhr durch einen Ort namens Ewigkeit, passierte Anderhalbs und hörte auf Bayern 2 eine Sendung über kuriose Zeitgenossen, die eine Art Psycho-Feng-Shui betrieben. Dabei ging es nicht darum, Möbel gerade zu rücken, sondern herauszufinden, ob eine Wohnung energetisch positiv oder negativ abstrahlte. »Stellen Sie sich vor«, hieß das im O-Ton, »Sie ziehen in ein Haus, in dem ein Mensch ermordet wurde. Oder Sie schlafen in einem Zimmer, in dem eine Frau vergewaltigt wurde, Kinder sich in den Schlaf weinten, viele Tränen flossen, Mangel und Armut herrschten. Das bleibt nicht ohne Spuren. Die Wände nehmen das auf, ein Haus absorbiert nicht nur unseren Schweiß, sondern auch unsere seelischen Ausdünstungen – und dann wundern Sie sich womöglich, dass Sie ständig Kopfschmerzen haben oder Depressionen oder an Krebs erkranken.«

Kurz dachte ich über meine Wohnung nach – in meinem Haus hatten sicher Hunderte von Leuten gewohnt in den letzten Jahrzehnten. Ich konnte ja nicht davon ausgehen, dass alle glücklich waren. So wie ich im Moment. Vielleicht konnte ein glücklicher Mensch das Unglück eines anderen wiedergutmachen und die Mauern sozusagen neu programmieren? Oder bewahrten die nur Klagen? Und rochen Hunde die Ausdünstungen der Wände? Was nahmen Tiere wahr, wenn sie aufgeregt und konzentriert durch Wohnungen liefen und in alle Ecken schnupperten? Staubsaugten die lediglich physisch oder vielleicht auch psychisch?

Das Navi forderte mich auf, rechts abzubiegen. So gelangte ich an den Rühlerberg. »Sie haben Ihr Ziel erreicht.« Dorith Keding hatte mir das Haus gut beschrieben, es hätte allerdings genügt, wenn sie es Bunker genannt hätte, denn es war vollständig verrammelt, aber nicht heruntergekommen, ganz im Gegenteil – es machte einen gepflegten Eindruck. Meinrad Wagners Sohn kümmerte sich darum. Wenn ich ein Haus geerbt hätte, würde ich es wahrscheinlich auch nicht verkaufen, man weiß ja nie, was die Zeiten noch bringen, und eines Tages ist man vielleicht froh, mietfrei wohnen zu können.

Der Bunker war ein typisches Allgäuer Bauernhaus, solide gemauert, mit angebauter Scheune. Es lag am Hang, um diese Uhrzeit im Schatten. Es gab keinen Zaun, aber die Wiese rund um das Grundstück war gemäht. Es fehlten auch Geranien an den Balkonen und ein Gemüsegarten oder wenigstens Blumenbeete. Es war einfach ein Haus, und Punkt. Die braunen Fensterläden waren verschlossen. Neben der massiven Eingangstür eine verwitterte Holzbank. Sonst keine Gemütlichkeit, nirgends.

Und jetzt? Ich stellte den Motor ab, befreite Flipper und lief mit ihm einmal um das Haus, dann den Rühlerberg hinauf. Die Aussicht war idyllisch, aber nicht so, dass man dafür über 200 Kilometer gefahren sein musste. Ich gestand mir ein, dass das Ganze eine alkoholfreie Schnapsidee gewesen war. Da entdeckte ich die fenstergroße Öffnung in der Mauer oben an der Scheune. Ob ich hindurchpassen würde? Aber wie käme ich dort hinauf? Meine Karriere als Freeclimberin lag sechs Jahre zurück und hatte auch nur eineinhalb gedauert, so lange ich mit der Clique um Michi zusammen war. Mit Michi hatte es nie geklappt. Er stand auf Frauen, die gut kochten und backten, denn wenn er aus den Bergen kam, hatte er Hunger. Und ich auch.

Ich ließ Flipper im Volvo warten und studierte die Wand an der Scheune minutenlang. Sie war rauh, Vorsprünge gab es genug, auch Haken, Balken – es könnte klappen. Ich konnte mich sogar sichern. Ohne noch länger zu zögern, holte ich mein Abschleppseil aus dem Wagen, verknotete es mit Flippers Leine, und dann wagte ich die Eroberung der Scheune, barfuß, damit ich die Kraft meiner Zehen optimal nutzen konnte. Die schon mal stärker gewesen waren, wie ich feststellte, doch ich kam gut aufwärts und gelangte schließlich zu der kleinen Öffnung. Drei Kilo mehr, und ich hätte nicht mehr durchgepasst. Meine Sonnenbrille stürzte draußen ab. Ich selbst landete mit Abschürfungen und Schrammen in der Tenne. Jetzt fehlten mir meine Schuhe.

Es war heiß und stickig im Inneren. Meine Augen juckten, und ich hatte das Gefühl, sie schwollen an wie meine Nasenschleimhäute. Wenigstens hatte ich meinen Autoschlüssel am Gürtel meiner Dreiviertelhose befestigt, daran befand sich die kleine Taschenlampe. Sonst wäre ich in dieser totalen Finsternis verloren gewesen. Wenn ich an den Rückweg dachte, wurde mir flau. Ich widerstand der Versuchung, vom Heuboden nach unten zu springen, und nahm die Leiter, jede Sprosse vorsichtig testend. Dann hatte ich Glück und entdeckte auf Anhieb eine Tür – sie war zwar verschlossen, doch mit einem Balken, den ich im Heu fand, leicht aufzusprengen. Leider auch sehr laut. Keuchend wartete ich eine Weile, doch ich hörte nichts, nicht einmal Flipper bellte.

Ich tastete an einer Wand entlang nach einem Lichtschalter und sah mich in einem schmalen Flur, eine Art Durchgang vom Stall zum Wohnhaus, hier wechselten die Bauern früher ihre Kleidung, um keinen Schmutz in die Stube zu tragen. Ich drückte die nächste Türklinke hinunter und hoffte, sie möge offen sein, ja, das war sie. Ich gelangte in eine Küche, altmodisch und zusammengewürfelt, sehr sauber und aufgeräumt. Im Wohnzimmer war die Zeit stehen geblieben. Solche Möbel waren schon in meiner Kindheit altmodisch gewesen und auch heute weder schick noch hipp, selbst auf dem Flohmarkt hätte man dafür kaum Geld bekommen, solide, geschmacklos, zweckorientiert. Nirgends ein Sitzkissen, ein Stoff. Nur Tisch und Stühle und ein Sofa in Moosgrün, es lud nicht zum Sitzen ein.

Ich ging eine Treppe hinauf in den ersten Stock, drei Schlafzimmer, ein Bad, Holzbetten, Schränke, kein Schnickschnack. Und dunkel. Was nicht nur an dem kargen Licht meiner Taschenlampe lag. Es war dunkler als dunkel, es war inwendig dunkel, das Haus dünstete Finsternis aus. Und mehr noch. Es war unheimlich. Irgendetwas stimmte hier nicht. Oder waren es nur meine überreizten Nerven? Denn es stimmte ja tatsächlich etwas nicht: Ich war eine Einbrecherin. Was für eine Schnapsidee! Aber warum dieses komische Gefühl? Schau in den Keller, flüsterte mir meine innere Stimme zu. Im Keller lagern doch immer die Leichen. Muss man eigentlich immer auf seine innere Stimme hören? Die kann einem auch ziemliche Scherereien machen.

Ich forderte erst einmal Verstärkung an und holte dafür meine Schuhe und den schwarzen Riesen aus dem Einsatzwagen. Da die Haustür von innen verschlossen war, musste ich ihn durch ein Fenster hieven, das ich zuvor geöffnet hatte.

Flipper lief neugierig ins Haus, und sofort sträubte sich sein Fell. Ein Alarmzeichen. »Ja?«, fragte ich ihn. Er blieb stehen mit geschwollenem Kamm und lauschte. Sekundenlang. Dann lief er geduckt und schnuppernd durch alle Räume. Was nahm er wahr? Es schien nichts Gutes zu sein, denn die meist fröhliche Flipperrute wedelte nur verhalten, und manchmal stellte sie den Betrieb vollständig ein. Wie gern hätte ich seine Eindrücke geteilt! … Warum sollte ich es nicht einmal versuchen? So wie es Profiler und Tierkommunikatoren machen. Wenn ich mich ganz fest konzentrierte, wenn ich an nichts anderes dachte? Ob es gelingen könnte, mich bei ihm einzuklinken? Ich hätte die Radiosendung zu Ende hören sollen. Vielleicht hätte ich einen Tipp bekommen, wie man die Mauern eines Hauses in Leinwände verwandelt.

Ich folgte Flipper in den ersten Stock. Erstaunt stellte ich fest, dass ich hier eine wenn auch kleine Erleichterung verspürte. Oben war es lang nicht so bedrückend wie unten. War ich also auf der richtigen Spur? Oder funktionierte die Einbildung unten besser? Flipper lief durch alle Räume auf der Etage, dann wieder nach unten, zielstrebig auf das Klavier zu. Das hatte ich zuvor, im Schein der Taschenlampe, gar nicht wahrgenommen. Es stand im fahlen Licht der Abenddämmerung – als stammte es von anämischen Eltern – zwischen Schrank und Sofa. Das braune Instrument sah alt aus, aber gepflegt, es war nirgendwo verkratzt oder angeschlagen.

Ich öffnete den Deckel. Die Tasten leuchteten wie das Weiß von Kindersärgen. Flipper hechelte. Ich schlug einen Ton an. Flipper jaulte. Ich hatte noch nie ein Instrument in seiner Gegenwart gespielt. Vielleicht gehörte Flipper zu den musikalischen Hunden, die dann mitsangen? Das würde mir gefallen. Ich drückte weitere Tasten. Er knurrte. Was bedeutete das? Hörte er etwas, was ich selbst nicht hören konnte, hörte er hinter die Töne? Flipper lief zur Tür. Er wollte raus, stellte sich sogar auf die Hinterbeine und schaute aus dem Fenster.

»Komm zurück«, befahl ich ihm.

Widerwillig stellte er sich neben mich, sein Kopf auf Höhe der Klaviatur.

Ruhig saß ich auf dem Klavierschemel und atmete bewusst und stellte mir den kleinen Franz vor. Wie er hier gesessen hatte, verzaubert von den Tönen. Er musste eine tiefe Dankbarkeit dem Mann gegenüber empfunden haben, der ihm dies ermöglichte. Er hatte dem kleinen Jungen eine Welt eröffnet. Warum also hatte er auf dessen Grab uriniert?

Plötzlich brannten meine Hände, als hätte jemand Säure darübergegossen. Ich riss sie von den Tasten, Flipper bellte. Meine Hände juckten wie verrückt. Ich lief in die Küche und drehte den Wasserhahn auf, doch er war abgesperrt. Allmählich ließ das Jucken nach. Flipper beobachtete mich aufmerksam. Gründlich untersuchte ich meine Finger und konnte nichts an ihnen feststellen, sie sahen aus wie immer. Verunsichert ging ich zurück zum Klavier, setzte mich erneut und zwang mich, meine Hände auf die Tasten zu legen. Diesmal kein Schlag oder Jucken.

Vor meinem inneren Auge materialisierte sich ein kleiner Junge, der vor dem Klavier kniete, die Hände ausgestreckt. Neben ihm ein Mann, ich sah nur die Beine bis zur Hüfte, und die Hose war heruntergelassen, aus der ein leuchtend weißer Schlauch pendelte. Eine Hand mit langen dünnen Fingern zog die Vorhaut zurück und lenkte den Urinstrahl über die Finger des Jungen. Langsam. Vom kleinen Finger bis zum Daumen. Über die Handrücken. »Danke«, sagte der Junge und drehte die Hände. Nun spritzte der Strahl in die kindlichen Handinnenflächen. Bis zum letzten Tropfen, den die Männerhand abschüttelte.

»Danke«, sagte der kleine Junge abermals und leckte sich die Hände sauber. Bis zum letzten Tropfen. Die Männerhände reichten ihm eine weiße Wasserschüssel aus Emaille, in der ein kleines Stück Seife schwamm, und ein Handtuch. Der Junge wusch seine Hände, trocknete sie, und dann durfte er ans Klavier.

»War es so?«, fragte ich Flipper.

Lang und intensiv schaute er mir in die Augen.

»Bin ich jetzt verrückt geworden?«, fragte ich ihn. »Das ist doch kein Beweis.« Doch tief in mir wusste ich, dass es genau so gewesen war.

Eine heiße Woge Mitgefühl für den Zar überschwappte mich. Tränen stürzten mir in die Augen, und alles Schlechte, was ich jemals über ihn gedacht hatte, tat mir unendlich leid. Ich hätte vieles dafür gegeben, wenn ich eine zweite Chance bekommen hätte. Und ich war mir sicher, dass ich an des Zaren Stelle ebenfalls auf das Grab dieses Sadisten gepisst hätte.

»Wir hätten mit dem Zar Gassi gehen müssen«, sagte ich zu Flipper. »Wir hätten ihn mal mitnehmen sollen zum Schwimmen, das war doch ein Witz, wie der rumgepaddelt ist, vielleicht konnte der wirklich nicht schwimmen? Zeit hat er ja wohl keine gehabt in seiner Kindheit. Wir hätten ihm ein bisschen normales Leben zeigen sollen und nicht nur aufpassen, und das noch dazu so mies, wir hätten ihm helfen müssen!«

Aber dann dachte ich, dass viele Menschen Hilfe bedürfen, man sieht es eben nicht auf den ersten Blick. Und manchmal ist es zu spät. Als ich mir vorzustellen begann, was diese Demütigung für das Leben des Zar bedeutet haben mochte, für seine Einstellung gegenüber anderen Menschen und der Welt, für seine ganze Existenz, wurde mir übel. Konnte man sagen, er hatte das Beste daraus gemacht? Da war ich mir nicht sicher. Ich musste dringend mit Felix sprechen. Doch im Haus hatte ich kein Netz.

»Wir fahren heim«, sagte ich zu Flipper.

Dann fiel mir ein, dass ich in den Keller sehen wollte. War das nicht der Grund gewesen, warum ich Flipper hinzugezogen hatte, wegen der Leichen im Keller? Mir war ein wenig schummrig in den Knien, als ich die Holztreppe nach unten stieg. Dann ging es nicht weiter. Unvermittelt stand ich vor einer Eisentür. Ich rüttelte an der Klinke. Wieso eine Eisentür? Die passte nicht zu dem Stil des Hauses, in dem alle Türen aus dunklem, schwerem Holz gebaut waren. Ich überlegte, wie ich die Tür öffnen könnte, es war hier nicht damit getan, den Griff abzuschrauben. Was verbarg sich dahinter? Vielleicht nichts. Vielleicht bloß die Fässer, in denen meine Schnapsidee gereift war? Flipper jaulte. Er wollte raus hier. Und da wusste ich, warum.

Dies war der Ort, an dem der Zar bestialisch ermordet worden war. Hinter der Eisentür befand sich … der Folterkeller. Diesen Ort suchte die Polizei! Ich hatte ihn gefunden. Vor Aufregung bekam ich kaum mehr Luft. Aber wie sollte ich die Eisentür knacken? Nein! Diesmal nicht! Ich hatte genug apportiert, und außerdem fürchtete ich mich vor dem, was ich hinter der Tür finden würde. Ich war bloß die Freundin von einem Kommissar. Und ich hatte schon wieder viel zu viel Verbotenes getan. Erleichtert über meinen Entschluss rannte ich nach oben, half Flipper durch das Fenster ins Freie, sprang hinterher und stockte.

Neben meinem Auto stand, mit dem Rücken zu mir … der Sensenmann. Langsam drehte er sich um. Er war hoch in den Siebzigern, wenn nicht Achtzigern, steckte in einem verblichenen Blaumann und lehnte an einem Fahrrad, die Sense über der Schulter.

Flipper bellte.

»Was duasch etzt du do?«, sagte der Mann freundlich zu Flipper und begrüßte dann auch mich: »Griaß di«, ehe er mich fragte: »Isch der Meinrad au da? I däd gern mei Geld hole fürs Mähe. Zwoi Stund hon i gschafft. Für des kriag i zwanzg Euro.«

»Der Meinrad?«, fragte, nein, schrie ich. Der war doch tot, schon lange. Der lag in einem Grab, das hatte ich selbst gesehen! Meine Knie begannen unkontrolliert zu zittern. Ich war nicht mehr Frau meiner Sinne, ich fühlte mich wie in der Mülltonne, meine Nerven gingen mit mir durch.

»Um Himmelsgotts wille!«, rief der Mann und kam kopfschüttelnd näher.

Ich wollte weglaufen, konnte mich aber nicht bewegen. Nur die Knie bewegten sich, aber anders als beabsichtigt.

»Mädle, du muasch weg von dem, weil der isch wia sei Vatta.«

Was? »Dem Meinrad sein Vater hat auch Meinrad geheißen?«, japste ich.

»Ja, freile. Ja, i heiß auch Ernscht wia mei Vatta. Isch a do, da Meinrad?«

Im Keller, fuhr es mir durch den Kopf. Der hockt im Keller. Einer im Grab, der andere im Keller. Aber vielleicht war der Keller ein Grab? Was würde man dort finden? Meine Zähne schlugen aufeinander. Mit einer schnellen Bewegung, die ich ihm nicht zugetraut hätte, packte mich der Sensenmann mit seiner rauhen Hand am Unterarm. »Mädle, des hat koin Wert.«

Ich riss mich frei.

Unbeeindruckt fuhr er fort, mit kummervollem Blick: »So a Ma is nix für di. Wohnst du au no mit dem zam z'Minka?« Er wies auf das Nummernschild des Volvo. Jetzt erst dämmerte es mir, dass er kombinierte, ich wäre die Freundin von Meinrad und lebte mit ihm zusammen in München.

»Gang weg von dem. Du bisch doch a schees Mädle. Und ins Gesicht schlaga duad koi aständiger Ma.«

Und jetzt begriff ich auch, dass er glaubte, die gelblich-bräunliche Färbung in meinem Gesicht hätte mir Meinrad Wagner, der Sohn von Meinrad Wagner, der in München lebte, zugefügt. Versteh einer die Allgäuer! Warum sollte eine misshandelte Frau in das Haus des Schlägers flüchten? Und noch dazu durch das Fenster?

Ein hysterisches Lachen schüttelte mich. Es klang besorgniserregend, geradezu krank. Ich spürte es ja selbst, dass ich nah am Durchdrehen war. Und der Blick nach oben, wo das Abschleppseil und

Flippers Leine aus dem Fenster des Schuppens hingen, fachten dieses grauenhafte Lachen, das ich nicht mehr stoppen konnte, noch an. Ich musste aufpassen, verdammt gut auf mich aufpassen, es war noch keine Woche vergangen, seit ich in der Mülltonne gelegen hatte.

Flipper tat, was er tun konnte: Er apportierte mir die Sonnenbrille, die bei meiner Kletteraktion abgestürzt war.

Der Mann nickte anerkennend, er hatte nur drei Zähne im Mund, und winkte zum Abschied mit der Sense. Kein gutes Zeichen, schoss es mir durch den Kopf. Hör auf, an Zeichen zu glauben, rief ich mich zur Ordnung. Doch im Rückspiegel baumelte das Seil, und in der Dämmerung sah ich einen Galgen an dem Haus.

***

Als ich fünf Minuten später in Isny auf der Tankstelle eine Flasche Wasser kaufte und mir einen halben Liter über die Hände laufen ließ, ehe ich trank, wurde mir klar, dass der Zar in diesem Haus am Rühlerberg nicht gefoltert worden sein konnte. Mit dem Auto brauchte man um die zwei Stunden nach München. Der Täter hätte den Zar von der Olympiahalle hierher- und dann zurückbringen müssen. Vier Stunden, mindestens. Das war nicht zu schaffen, denn der Zar verschwand ja nach seinem letzten Konzert in der Olympiahalle und wurde frühmorgens im Westend gefunden. Aber warum der Sohn? Weil er den Namen seines Vaters fortführte?

Während ich mit 150 Stundenkilometern Richtung Kempten raste, wählte ich meine persönliche Notrufnummer.

Kapitel 51

»Hier können Sie nicht parken«, sagte ein Kellner zu Felix, als er direkt vor dem Taxisgarten, einem beliebten Biergarten in der Nähe des Nymphenburger Schlosses, aus seinem BMW stieg.

»Doch«, sagte Felix und zückte seinen Dienstausweis.

Achselzuckend ging der Kellner zurück zur Schenke.

An diesem lauen Frühlingsabend waren alle Tische und Bänke unter den mächtigen Kastanien besetzt. Kinder liefen auf den Kieswegen herum, warfen mit Steinchen, hielten aufgeweichte Brezen in den Händen, kreischten herum, die Erwachsenen prosteten sich zu. Nicht wenige hatten ihre Brotzeit mitgebracht und kauften sich hier nur eine Maß – eine schöne Münchner Tradition. In einen Biergarten darfst du dein Essen mitbringen, musst aber nicht – es gab unter der Überschrift internationale Spezialitäten aber auch Obazdn, Radi, Schweinsbraten, Haxn und Knödel.

Felix merkte, dass er Hunger hatte. Ein Blick auf die Schlange an der Essensausgabe ließ ihn von dem Plan abkommen, sich etwas zu holen.

Melanie hatte vor 20 Minuten angerufen. Der schlechteste Vater der Welt, Felix Tixel, hatte, kaltherzig und egoistisch, wie er war, vergessen, den Lieblingshasen seiner Tochter, an der ihm ja angeblich so viel lag, einzupacken. Und jetzt weinte sich das Kind seit Stunden die Augen aus, was dem schwärzesten aller Rabenväter wohl egal war. Dabei müsste er doch eigentlich mittlerweile wenigstens peripher mitgekriegt haben, dass Hasi das wichtigste von allen ihren Stofftieren war. Weil Hasi nämlich ein Geschenk von Melanies Mutter war, die genau wusste, was so ein kleines Mädchen braucht. Nicht wie die Mutter von Felix, die ihr damals diesen unsäglichen Tiger mitgebracht hatte, vor dem Sinah Todesangst gehabt hatte.

Felix hatte innerlich abgeschaltet. Den Text kannte er. Seine Eltern, Rabenopa und Rabenoma, kümmerten sich genauso wenig um Sinah wie er. Dass sie leider keine Gelegenheit dazu hatten, weil Melanie ihre

Tochter abschirmte, blendete diese aus. Als sie irgendwann Luft geholt hatte, hatte er ein »Ich bring den Hasen« eingeschoben.

»Nach neun mache ich die Tür nicht mehr auf. Nach neun besucht man keine Leute.«

»Ich will dich nicht besuchen, sondern den Hasen abliefern, falls ich ihn finde.«

»Es würde mich wundern, wenn du ihn findest, bei dem Saustall in deiner Wohnung.«

»Es würde mich nicht wundern, wenn er gar nicht in meiner Wohnung wäre. Warum zum Beispiel vermisst Sinah ihn erst heute? Es ist schon ein paar Tage her, seit sie bei mir übernachtet hat.«

»Du bist ja krank im Kopf. Hinter jedem einfachen Satz vermutest du eine Falle. Mit einem Bullen kann man eben nicht zusammenleben.« Damit beendete sie das Gespräch.

Felix seufzte. Er traute es Melanie zu, den Hasen gekidnappt zu haben. Sei's drum, er würde sich kümmern und Hasenermittlungen aufnehmen, sobald er mit Johannes gesprochen hatte. Sein jüngerer Kollege hatte von sich aus angeboten, aufs Revier zu kommen, doch er hatte frei, und Felix fuhr ohnehin nach München. Zum Taxisgarten war es nur ein kleiner Schlenker, den er gerne machte an einem lauen Frühlingsabend wie diesem.

Während Felix sich dem Tisch mit dem semmelblonden Johannes und seiner Freundin näherte, fiel ihm ein, dass er hier früher auch einige Male mit Melanie gegessen hatte. Aber es hatte keinen Sinn, den jungen Kollegen vor irgendetwas zu warnen. Jeder hat das Recht auf eigene Fehler.

Johannes hatte Felix ebenfalls entdeckt und sprang auf. Am liebsten hätte Felix ihn zu sich gewinkt, um alles Nötige zu besprechen, doch höflichkeitshalber begrüßte er Johannes' Freundin. Sie war klein und rundlich und hatte fleischige Hände mit blau lackierten Fingernägeln. Sie ließ Felix' Hand gar nicht mehr los, so sehr bedankte sie sich noch mal für die Eintrittskarte, dann riss sie die Augen auf, weil der Zar doch jetzt tot war und sie, die Lisa, das müsse man sich mal vorstellen, in seinem letzten Konzert gewesen sei. Das wäre doch der Hammer.

»Ja«, sagte Felix.

»Ich hab das Frühstücksfernsehen ja bloß eingeschaltet, weil ich dachte, vielleicht bringen die was vom Konzert. Oder noch ein Interview mit ihm. Aber dann war er tot. Damit rechnet doch keiner, oder?«

»Nein«, sagte Felix.

»Der Johannes weiß ja keine Details, das ist mir schon klar, und ich bin keine solche, die wo dann bohren würde, nein, so eine bin ich nicht, aber, Herr Tixel, wo Sie doch sein Chef sind und schon so lange bei der Polizei, haben Sie vielleicht irgendeinen Verdacht, also sozusagen privat? Weil Sie doch so viel Erfahrung haben, das sagt der Johannes auch immer, ›Lisa‹, sagt er, ›von dem Herrn Tixel kann ich viel lernen‹.«

Johannes wurde rot wie der Ketchup über den Pommes auf dem Pappteller.

Felix tat so, als bemerke er es nicht.

»Ja, natürlich habe ich einen Verdacht«, entgegnete er ernst. »Und wenn Sie gestatten, würde ich den jetzt gern mit Johannes besprechen. Sie entschuldigen uns kurz?«

Jetzt wurde auch sie rot, dann blass. Sie waren ein hübsches Pärchen, Schranke sagen die Norddeutschen dazu, rot-weiß, Ketchup und Mayo. Lisa haspelte etwas Unverständliches, reichte ihm noch mal ihre fleischige Hand, knickte dabei sogar leicht in den Knien ein. War die überhaupt schon volljährig? Aber Johannes mit seinen bartlosen Wangen wirkte ja auch wie ein Schulbub und ging auf die 30 zu.

Felix und Johannes gingen Richtung Ausgang. Felix entschuldigte sich noch einmal bei Johannes, weil er ihn an seinem freien Abend störte.

»Du störst nicht, echt nicht«, erwiderte Johannes.

Felix merkte, dass er auf eine Bemerkung zu seiner Freundin wartete. Er sagte: »Nette Freundin.«

Johannes strahlte. Er musste ziemlich verliebt sein.

Kurz dachte Felix darüber nach, dass die jungen Kollegen in mancher Hinsicht ganz anders waren als er. Er würde keinen Wert darauf legen, dass jemand Franza nett fand. Nun, das würde wohl auch nicht vorkommen.

Er grinste und spürte gleichzeitig den Stachel, weil sie sich nicht gemeldet hatte. Er hatte gedacht, diese Spielchen lägen hinter ihnen. Zumal sie ihn bei den Kollegen schon wieder in eine höchst unangenehme Lage gebracht hatte.

Automatisch zog er sein Handy heraus und kontrollierte die Anrufliste. »Moment«, bat er Johannes, der vor ihm stand wie ein treuer Hund. Franza hatte angerufen. Zweimal sogar.

»Mist«, fluchte Felix. Wieso hatte er das nicht gemerkt?

»Was?«, fragte Johannes, der das natürlich auf die Sache bezog.

Was nicht ganz falsch war, denn seit eine Frau namens Fischer in Felix' Leben gestürmt war, ermittelte er ständig im Fall Franza.

Felix blickte in Johannes' wässrig blaue Augen. »Ich habe morgen frei, wie du weißt, aber du bist im Dienst«, begann er einleitend.

»Ja«, bestätigte Johannes. »Ab acht.«

»Ich glaube, ich weiß jetzt, wie Josef Hipp gestorben ist.«

»Aber das wissen wir doch schon längst«, erwiderte Johannes in fragendem Tonfall.

»Ich meine warum«, korrigierte Felix sich.

»Und warum?«, fragte Johannes wie ein gelehriger Schüler.

»Er war ein Zufallsopfer.«

»Wie? Was meinst du damit?«

»Alle unsere Ermittlungen in seinem Umfeld haben kein Ergebnis gebracht. Wir hatten zwar einige Spuren, die Ehefrau, der Detektiv, diese Brauerei, die er gekauft hat, der ehemalige Geschäftsführer, die Freundinnen – na, du weißt ja selbst, was wir alles abgegrast haben. Mehrmals sah es so aus, als waren wir dicht dran, aber auf den letzten Metern ist regelmäßig alles eingebrochen.«

Johannes nickte. »Ja, genauso war es.«

»Erinnerst du dich an einen unserer ersten Besuche draußen am See, als wir mit dem Mitarbeiter Andi Gleixner sprachen?«

»Der wo für die Batterien zuständig war?« Johannes grinste. »Der, wo dem sein Sohn so gute Noten hat in Deutsch?«

Felix lachte. Er mochte diesen blassen Jungen. »Genau der. Der hat uns doch was von mehreren Betriebsunfällen auf dem Segelclubgelände und der Werft erzählt.«

Johannes dachte nach. »Stimmt.«

»Und wer hat das gesagt, dass ein Segelclub kein E-Boot-Club ist, dass also E-Boote das Ambiente eines Segelclubs verschandeln, war das der Gleixner Andi oder sein Chef, der Perchtinger?«

Johannes dachte nach. »Daran erinnere ich mich im Moment nicht, aber ich weiß, dass darüber gesprochen wurde. Kam das nicht vom Perchtinger, als er uns erzählte, dass früher alles besser war, weil die Leute da mehr Zeit hatten?«

Felix schnippte mit den Fingern »Und deshalb waren sie segeln, anstatt sich in ein E-Boot zu setzen und Gas zu geben. Und weil die Zeitnot eine moderne Mangelerkrankung ist, vermietet der Perchtinger seit zwei Jahren auch Bootshütten an die E-Boot-Leute. Sein unmittelbarer Konkurrent macht seit vier Jahren fast ausschließlich E-Boote. Was wäre, wenn es dem nicht passen würde, dass der Perchtinger jetzt in dieses Geschäft einsteigt? Was wäre, wenn der …«

»Löwenstein heißt er, von Löwenstein, er kommt aber erst heute Abend aus dem Urlaub, ich war mal mit dem Dieter da draußen am See bei dem«, warf Johannes ein.

»Das hab ich gelesen«, nickte Felix. »Es hat meine Theorie bestätigt. Und deswegen meine ich, dass wir schnell sein sollen. Bevor dieser Löwenstein auch nur ahnt, dass er in unseren Fokus gerückt ist. Ich glaube nämlich, dass er seinen ehemaligen Mitarbeiter Ferdinand Nerl, der mittlerweile bei Perchtinger arbeitet, dafür bezahlt, dass er dort Sabotage betreibt.«

»Aber Nerl ist dann vielleicht nicht der einzige Verdächtige!«, rief Johannes. »Ich hab die Personalfluktuation überprüft. Da gibt es mindestens acht Leute, die irgendwo am See gearbeitet haben und aktuell bei Perchtinger sind.«

»Aber nur drei vom Yachtclub-Löwenstein. Mein Gefühl sagt mir, Nerl ist unser Mann.«

»Der Mörder?«

»Mindestens fahrlässige Tötung«, sagte Felix.

»Und gibt's mehr als ein Gefühl?«, fragte Johannes mutig.

Felix klopfte Johannes auf die Schulter. »Er hat ein kostspieliges Hobby und Schulden.«

»Äh, und was jetzt?«

»Stockcar.«

»Was ist das denn?«

»Autorennen. Übrigens habe ich mit dem Chef darüber gesprochen. Wir, das heißt du hast grünes Licht. Du bist ja morgen im Team mit der Claudia, stimmt's?«

»Ja, die ist morgen wieder im Dienst. Aber halt auf Krücken. Wegen dem Knöchel.« Johannes grinste schief.

»Dann pass mal gut auf, dass die nicht alles an sich reißt und sich später feiern lässt als die große Ermittlerin trotz ihres Handicaps. Ich gebe dir diesen Hinweis, Johannes, und der Chef weiß das. Ich wünsche mir, dass du den Fall zu Ende bringst, jetzt, wo der Dieter im Urlaub ist. Schließlich haben wir zwei das Fass aufgemacht in der Vernehmung mit dem Gleixner, oder?«

»Äh, ja? Ja, natürlich. Haben wir, Felix. Danke. Aber … ich meine, die Claudia … Sie ist doch viel länger dabei als ich … und vielleicht …«

»Ihr seid ein Team, und du sagst, wo es langgeht. Mach es einfach wie ich«, grinste Felix.

»Wie du, okay«, wiederholte Johannes treuherzig. Dann zögerte er.

»Ich bin wirklich ziemlich sicher, Johannes«, bekräftigte Felix noch einmal. »Es fehlen nur noch ein paar kleine Beweisstücke. Den großen Zusammenhang habe ich vorhin diktiert, das hast du bestimmt bis morgen abgetippt auf deinem Tisch. Es geht jetzt darum, die Sache nicht dem Nerl anzuhängen. Sonst kommt womöglich derjenige, der dahintersteckt, davon. Das kennt man ja. Die Großkopferten wissen von nichts und baden in Unschuld. Such nach der Verbindung zwischen Löwenstein und Nerl. Ist der Nerl erpresst worden, wie viel Geld oder was für Vergünstigungen hat er gekriegt, was quatschen seine Kollegen und so weiter, das Übliche.«

»Das Übliche«, widerholte Johannes diensteifrig, dann kniff er die Augen zusammen und dachte nach. »Aber das heißt doch, es hätte jeden anderen auch treffen können, wenn der Josef Hipp ein Zufallsopfer war.«

»Ja. Es hätte aber genauso gut gar keinen treffen können, und die Hütte wäre irgendwann einfach so in die Luft geflogen. Ich vermute, das war der Plan. Es hat einfach keiner damit gerechnet, dass der Hipp an diesem Tag rausfährt. Und dann noch dazu die Batterieabdeckung öffnet. Und Säure ins Gesicht kriegt. Und schließlich beim Sprung ins Wasser so was von saublöd fällt, dass er sich den Schädel bricht. Wir haben uns viel zu lange damit aufgehalten, dass er Kettenraucher war und jemand einen ganz hinterhältigen Plan geschmiedet hat von wegen Explosion oder Verpuffung und so weiter. Aber so ist es ja oft. Man reimt sich Wunder was zusammen, und zum Schluss ist alles ganz anders und vor allem: ganz einfach. Der Hipp hat ein Pech gehabt, das gibt's gar nicht. Der Nerl war zu der Zeit übrigens nicht auf dem Gelände. Der hat ein Boot unten in Seeshaupt abgeholt. Sonst hätte er den Hipp vielleicht gewarnt und verhindert, dass der in die Hütte geht. Wenn der Plan geklappt hätte, also Sabotage ohne Leiche, dann hätte sich der ganze See über die Misswirtschaft beim Perchtinger das Maul zerrissen, keiner hätte da mehr ein E-Boot hinstellen wollen, dieser Konkurrent wäre sozusagen abgesoffen, und der Löwenstein hätte expandieren können, was er laut Auskunft vom Gewerbeamt seit längerem beabsichtigt.«

»Und wie bist du da draufgekommen?«, fragte Johannes voller Bewunderung.

»Wegen dem Zar. Weil der ist ebenfalls von einem Mitarbeiter sabotiert worden, wenn auch aus anderen Gründen. Und wegen der Musik. Weil es eine U- und eine E-Musik gibt. Aber die E-Musik, das sind nicht die E-Boote, das sind die Segelschiffe, am besten Windjammer. So einer war der Zar. Ein Holzschiff, ein Viermaster. Aber er ist auf einem Baggersee geschippert. Und die U-Musik ist kein E-Boot, sondern ein U-Boot, Pop halt.« Felix lachte. »Wer auf einem Viermaster segelt, paddelt in keiner Hitparade, verstehst du?«

»Äh, nein«, gab Johannes zu.

»Ist auch nicht wichtig. Du weißt, was du zu tun hast?«

»Ja«, sagte Johannes und riss die rechte Hand hoch zu einer Geste des Schwures. Felix lächelte. Diese jungen Männer. Auf einmal kam er sich alt vor, dabei trennten ihn nur rund zehn Jahre von Johannes.

Kapitel 52

Während er seinen Wagen startete, hörte Felix die Mailbox ab. Von Franzas Anrufen verstand er nur Bahnhof beziehungsweise Allgäu und Polizei und Teller, dann brach die Verbindung ab. Beim zweiten Anruf raste sie wohl noch immer durch ein Funkloch, und deshalb verstand er die Adresse nicht, die sie ihm nannte, auch wenn er die Message fünfmal anhörte: »Ich fahre ... mein Rad ...« Ja, wohin fuhr sie verdammt noch mal und noch dazu mit dem Rad?

Er rief zurück. Sie ging nicht ran. Vielleicht stand sie bei ihm zu Hause unter der Dusche? Schöne Vorstellung. Er drückte aufs Gaspedal, fand, das Glück war ihm hold, in der Rothmundstraße einen Parkplatz und stürmte die Treppen zu seiner Wohnung empor. Schon beim Aufsperren wusste er, dass Franza nicht da war. Und auch kein Hasi, wie er flugs überprüfte.

Wo konnte sie hingefahren sein mit ihrem Rad? Sie war bestimmt irgendwo in der Stadt unterwegs, wo man keinen Parkplatz bekam. Aber wo? Vielleicht radelte sie durch den Olympiapark, der war für Autos gesperrt, vielleicht suchte sie mit Flipper die Route, über die der Zar verschwunden war. So eine Schnapsidee! Flipper mochte ein außergewöhnlicher Hund sein, doch nicht einmal ein in Personensuche ausgebildeter Polizeihund könnte eine dermaßen alte Fährte finden auf einem so weitläufigen und von so vielen Menschen durchquerten Areal.

Nein, sie war nicht mit dem Rad unterwegs, sie hatte etwas anderes gemeint ... »Mein Rat« vielleicht? Doch welchen wollte sie ihm geben? Oder was meinte sie damit? Eine Radmutter? Die Radolfzeller Straße? Und wenn es ein Name war: Radeck? Teller? Hieß man so? ... Das war doch irgendetwas mit einem Namen gewesen ... Hatte sie ihn nicht vor einigen Tagen beim Frühstück gebeten, einen Namen zu überprüfen? ... Verdammt, wie hieß der Kerl?

Felix musste sich setzen, als ihm einfiel, nach wem Franza sich erkundigt hatte. Der Zar hatte auf ein Grab gepinkelt. Felix stieß einen

Wutschrei aus. Wie konnte er nur so dämlich sein! Warum hatte er das nicht begriffen? Er hatte lediglich auf ihre freche Anfrage reagiert, nicht auf den Inhalt. Wenn er einen solchen Hinweis von einer Zeugin kriegen würde, wäre das ein Highlight in den Ermittlungen, egal, ob er in der Soko Zar war oder nicht, in erster Linie war er Polizist. Auf ein Grab zu urinieren! Was für ein hoch aggressives Bekenntnis.

Unruhig lief Felix auf und ab. Der Name, der Name, der Name … Er nahm das Marmeladenglas in die Hand, das er für Franza geöffnet hatte. So hatte es seine Oma oft gemacht. Wenn du was vergessen hast, geh zurück in die Situation. Aber auch mit dem Glas in der Hand fiel ihm nichts ein. Da blieb sein Blick an einem Zeitungsstapel auf dem Tisch hängen. Höchstens drei, vier Ausgaben. Einmal AZ, zweimal SZ. Gestern war der Stapel noch deutlich höher gewesen, und er hatte keine Zeitungen entsorgt.

Felix rannte die Treppen hinunter, riss die Tür zum Hinterhof auf und öffnete den blauen Deckel der Papiertonne. Franza hatte die Angewohnheit, wichtige Dinge auf Zeitungen zu kritzeln. Ob Telefonnummern, Bankverbindungen, Namen. Felix hatte sich schon öfter darüber amüsiert, weil sie die Zeitungen mit schöner Regelmäßigkeit wegwarf und dann verzweifelt nach ihren Notizen suchte. Offenbar war er der einzige Mieter in diesem Haus, der die Wochenzeitung Die Zeit abonniert hatte. Er barg sie aus der Bild, Gala, Bunten und dem Fahrzeug- und Metalllackierer und durchblätterte sie Seite für sie Seite. Er fand mehrere Kritzeleien, zweifelsfrei aus Franzas Feder, sie malte am liebsten Kreise, Hunde und Häuser, zwei Telefonnummern, eine Reihe von Namen, die ihm alle nichts sagten, beunruhigend viele Männer darunter. Pitt, Sascha, Mike … aber dann entdeckte er Gudrun und Lizzie und schloss daraus, dass Franza die Mitarbeiter des Zar, die ihr bekannt waren, notiert hatte. Mit etwas Abstand zu ihnen stand ein einzelner Name.

Felix stieß einen Schrei aus. Mein Rad. Nicht Franza fuhr mit ihrem Rad, Meinrad hieß der mutmaßlich Begossene. Meinrad Wagner. Der Name klang nicht allzu häufig. Wenn er Glück hatte, gab es davon nicht mal fünf in München.

Er nahm zwei Äpfel aus der Obstschale und rannte zu seinem Wagen, telefonierte. Nach drei Minuten hatte er eine Adresse. In München waren nicht fünf, sondern erfreulicherweise nur ein einziger Meinrad Wagner gemeldet. 32 Jahre alt, ledig, Geschichts- und Musiklehrer an einer Realschule, keine Vorstrafen, unauffällig, wohnhaft in Laim, also nicht allzu weit entfernt vom Westend, dem Fundort der Leiche des Zar.

Bis zur Fürstenrieder Straße fuhr Felix mit Blaulicht, dann pirschte er sich langsam näher, legte eine Vollbremsung hin, als er Franzas Volvo entdeckte, gerade mal eine Straße entfernt von Meinrad Wagners Adresse. Er stieg aus, kein Flipper im Auto, obwohl der Volvo abgesperrt war. Das war ungewöhnlich. Entweder Franza ließ den Wagen offen oder Flipper war drin und der Wagen wurde abgesperrt. Das machte keinen Sinn, aber so war es nun mal, und zwar immer. Nur jetzt nicht. Was bedeutete das? Bedeutete es überhaupt etwas?

Felix parkte einige Meter entfernt von Franzas Volvo und stieg aus. Auf dem Weg zu der Zieladresse öffnete er sein Pistolenhalfter. Er passierte eine Reihe kleiner Einfamilienhäuser mit badehandtuchgroßen Vorgärten zur Straße hin. In dieser Gegend wohnten viele Familien mit Kindern und alte Leute. Das Haus der Zielperson unterschied sich kaum von ihnen, wenngleich dort kein Kinderspielzeug im Garten lag und es auch kein getöpfertes Klingelschild gab.

Felix warf einen letzten Blick auf sein Handy. Keine neue Nachricht von Franza. Er wollte es ausschalten, zögerte, tippte eine SMS und schaltete es ab. Mit einem Satz sprang er über die niedrige Gartenpforte. Erst mal ein Kontrollgang um das Haus, ehe er vielleicht klingeln würde.

Fünf Sekunden später stand er im grellen Licht eines Bewegungsmelders. Er kniff die Augen zusammen, dann spürte er einen harten Schlag an seiner Schläfe, und alles wurde schwarz.

Kapitel 53

Mit weit aufgerissenen Augen starrte ich auf den Bildschirm des Laptops. Als Felix' Gestalt dort auftauchte, war ich so unglaublich erleichtert gewesen. Felix! Er hatte mich gefunden! Dann hatte ich begriffen, dass das kein gutes Zeichen war. Denn wenn ich Felix sah, sah ihn der Kapuzenmann auch. Es war schließlich sein Laptop, und er hielt ihn mir grinsend vors Gesicht.

Die neuen Spielregeln lauteten, dass ich keinen Ton von mir gab. Sobald ich auch nur laut atmete, drehte er an dem Rädchen, das die Stricke, die mich an eine Art eisernen Marterpfahl banden, noch enger schnürten. Und ich bekam jetzt schon kaum mehr Luft. Meine Füße steckten in rostigen Platten, altertümliche Waffeleisen, kalt ummantelten sie meine Gelenke. Wohin ich blickte, gab es Rad- und Hebelvorrichtungen, auch die mit Stacheln versehenen Pantoffeln an meinen Füßen konnten spielend leicht zusammengeschraubt werden und die Gelenke und Knöchelchen an meinen Füßen zermalmen, wie mir Meinrad Wagner mit überschnappender Stimme mitgeteilt hatte. Es gab zahlreiche Seilwinden und Vorrichtungen, um eine Qual zur Tortur zu machen, »Tortura« nannte er das, und es schien sein Lieblingswort zu sein. Wann immer er es aussprach, hob er die Stimme und manchmal auch den Zeigefinger. Er trug einen schwarzen groben Mantel mit Kapuze, ähnlich einer Kutte, und flüsterte vor sich hin, während er die Folterapparate inspizierte und mich, als wartete ich nur darauf, vertröstete: »Hab Geduld, bald ist es so weit.«

Noch nie in meinem Leben hatte ich solche Angst gehabt. Ich war so entsetzlich wehrlos, ihm vollständig ausgeliefert. Alles, was ich tun konnte, war ausharren. Bis er sich entscheiden würde, an den Rädern zu drehen oder Seilwinden zu ziehen oder Eisenstangen zu bewegen. Es war unausweichlich, und ich wusste, dass ich keine Angst vor dem Tod zu haben brauchte. Sondern vor dem Weg dorthin. Der Tod wäre nur noch eine Erlösung.

Am schlimmsten war der Anblick von Flipper, dessen vier Beine weit auseinandergespreizt in einer entsetzlichen Maschine eingespannt waren, an deren Seiten massive Eisenräder darauf warteten, ihr grauenhaftes Lied zu kreischen. Meinrad Wagner wiederum wartete nur darauf, dass Flipper aus seiner Narkose erwachte, um zu beginnen mit der Tortura, über die er sprach, als wäre sie die reinste Freude, die Krönung einer jeden Existenz.

»Man kennt sich nicht aus mit Vieh«, hatte er mich wissen lassen. »Man ist schließlich auf Menschen spezialisiert, da kann man sich schon einmal täuschen in der Dosis, nicht wahr?«

Er redete von sich meistens als man. Aber das war nicht das einzige Anzeichen dafür, dass er verrückt war. Wobei er völlig normal aussah. Er war etwa in meinem Alter, das Gesicht unter der Kapuze wirkte gepflegt und war glatt rasiert – was mich nicht darüber hinwegtäusche, dass ich es schon einmal mit Vollbart gesehen hatte: im Parkhaus, als ich die Zar-Biographie kaufte. Meinrad Wagner musste mir schon eine Weile auf den Fersen gewesen sein. Es hätte mir auffallen müssen, das verzieh ich mir nicht. Und auch nicht, wie plump ich ihm in die Falle getappt war.

Ich hatte seine Adresse aus dem Telefonbuch, war einfach hingefahren, über den Zaun in seinen Garten gestiegen und hatte mich dort mal ganz unverbindlich umgesehen. Dann erhielt ich einen Schlag auf den Kopf, und als ich wieder aufwachte, war ich im Dämmerlicht an diesen Marterpfahl gefesselt. Gleißend hell wurde es, als Meinrad Wagner auf den Knopf einer Fernbedienung drückte und eine elektrische Schiebetür zurückfuhr. Spätestens da begriff ich, dass meine Lage aussichtslos war. Aber es kam noch viel schlimmer. Er fingerte an mir herum, und ich hatte nicht die geringste Chance zur Gegenwehr, das war das Fürchterlichste, dass ich ihm vollkommen ausgeliefert war. Grob tastete er mich ab, und als ich erkannte, dass er meinen Autoschlüssel suchte, durchzuckte mich Erleichterung. Wie naiv ich war. Zehn Minuten später schleifte er meinen Gefährten an den Vorderpfoten herein, die Zunge hing ihm aus dem Maul, und für einen Moment glaubte ich, er sei tot. Dann sah ich die leichte Bewegung seines Brustkorbs.

»Man könnte ihn auch als Steak braten«, überlegte die Bestie auf zwei Beinen laut. »Um wieder zu Kräften zu kommen beispielsweise, was glaubst du, würde er dir munden?«

Ich würgte, und er lachte. Flipper. Mein lieber Flipper. Auch dich habe ich ins Verderben gestürzt. Ich fühlte den Flaum des Welpen in meinen Händen, den ich damals im Gebüsch gefunden hatte, seine kleine, heiße Hundezunge und das schnelle Schnaufen an meinem Ohr, als ich ihn mir an den Hals legte.

Flipper! Flipper, verzeih mir. Ich wollte, dass du ein schönes Hundeleben hast.

»Wenn du die Wahl hättest«, fragte Meinrad mich da. »Man lässt dich frei, wenn du den Hund verspeist bis zum letzten Knorpelchen.«

Es gab kein Knorpelchen mehr, das ich auskotzen konnte, mein Magen war leer wie mein Hirn. Das alles war zu viel für mein kleines Menschengehirn, zart und zerbrechlich wie das Gerippe eines Vögelchens.

Links hinter der elektrischen Schiebetür sah es aus wie im Mittelalter. Ein Dutzend grober Apparate mit Ketten, Balken, Flaschenzügen, Stacheln stand auf steinigem Boden, auch die Mauern wirkten jahrhundertealt, drei Fackeln hingen an den Wänden. Sollte diese Gruft, in der kaum hörbar, sehr leise klassische Musik erklang, meine Grabstätte werden? Rechts befand sich eine Art Operationssaal. Zwei Edelstahltische, medizinisches Besteck, eine Knochensäge, unter jedem Tisch eine Wanne, die mir Rätsel aufgab, bis ich begriff: Sie sollten das Blut auffangen. An einer Wand hingen an einem Metzgerhaken drei Leichensäcke.

In Filmen reden sie dann immer um ihr Leben, sie finden die Achillessehne des Täters, und der bricht weinend zusammen. Aber alles, was ich sagte, verschlimmerte meine Lage. Ich hatte das falsche Drehbuch, oder mir fehlte das psychologische Feingefühl für Verrückte wie diesen, der in einem Zustand allerhöchster Erregung von Maschine zu Maschine lief, den jeweiligen Mechanismus überprüfte, manchmal wie ein Kind jauchzte, dann wieder in die Hände klatsche, immer siebenmal, und sich zur Ordnung rief. Wozu er seltsame Wendungen wählte: »Man mäßige sich. Man überstürze nichts. Man verliere niemals die Gelassenheit.« Ich schon. Spätestens als er meine Füße vermaß, die Zehen einzeln nach oben bog und etwas an den Nägeln ansetzte, das mich an die Zange eines Hufschmieds erinnerte.

Als er Flippers Pfoten inspizierte, klinkte ich mich aus. Ich fand irgendeinen Raum in meinem Inneren, in den ich mich fallen ließ. Da war alles dunkel, und ein tiefer Brummton suggerierte Geborgenheit. Bis er mich mit zwei Stricknadeln malträtierte, die er einmal so dicht vor meine Augen hielt, dass ich sie nicht mehr richtig sehen konnte. Und zustieß. Oder so tat, als ob.

»Sollen wir bei den Augen beginnen oder bei den Zehen, beides hat Vor- und Nachteile, du darfst einen Wunsch äußern, sprich.«

Also sprach ich. Aber leider eben das Falsche. Ich verschenkte alle Chancen, die ich vielleicht gar nicht hatte, weil ich seine Achillessehne nicht traf.

»Sie sind bestimmt sehr stolz auf Ihren Vater«, sagte ich einmal. »Schließlich hat er den Zar entdeckt?«

Für diese Bemerkung drehte er meine Fessel so fest, dass ich glaubte, meine ohnehin angeknacksten Rippen würden brechen. Später kapierte ich, dass man den Zar nicht Zar nennen durfte, sondern Franz. Denn dass der Zar zum Zar geworden war, das war ja der unverzeihliche Frevel. Deswegen musste er sterben – weil er seine Gabe verraten hatte, die ihm von Gott gegeben worden war.

»Sie hatten es sicher schwer bei Ihrem Vater«, fragte ich ein andermal. Da fuhr er herum, kam auf mich zu, das Gesicht, das ich nur selten deutlich erkennen konnte, weil es im Schatten unter der Kapuze lag, verkniffen. Er stellte sich so dicht vor mich, dass ich seinen Atem spürte.

»Man nehme sich selbst nicht so wichtig. Man erkenne, wem man zu dienen hat. Es gibt Höheres als das eigene Wollen.«

»Was ist das Höhere?«

Nun zischte er: »Wenn einem Menschen Gnade zuteilwurde, muss er dieser huldigen, die ja niemals sein Verdienst ist. So früh als möglich muss er an die Demut herangeführt werden, allein dann kann sich die ihm verliehene Gnade in künstlerischer Vollendung entfalten.«

»Ihr Vater hat Franz Isele dabei geholfen, ein demütiger Mensch zu werden, ein demütiger Musiker?«, fragte ich.

»Wir alle sind Werkzeuge«, sagte er und wiederholte das mehrmals.

»Es war bestimmt nicht leicht für Ihren Vater, als sich Franz dann von der klassischen Musik abwandte?«, fuhr ich fort in der verzweifelten Hoffnung, jetzt endlich einen Zugang zu dieser Bestie gefunden zu haben.

»Er hat die Opfer, die mein Vater für ihn brachte, mit Füßen getreten. Er war ein undankbarer Heuchler. Allein mein Vater wollte dies nicht wahrhaben, weil er an das Gute und Reine glaubte.«

»Ja, sicher«, murmelte ich bestätigend.

»Man muss die Triebe in sich unterdrücken, um zur Gnade zu finden, und es kann auch eine Gnade sein, sich zu erinnern, teilhaftig zu sein«, dozierte er. »Und auch du warst teilhaftig, aber nicht im Reinen. Deshalb muss man dich läutern. Dich und deinen Hund, den dieser Zar beschmutzt hat. Alle Menschen, die ihm zujubeln, müssen beschützt werden vor diesem Irrweg, der in die Verdammnis führt. Denn derjenige, der sich Zar nannte, war ein Menschenfänger.«

Bis zu diesem Moment konnte ich wenigstens phasenweise noch irgendwie klar denken. Ich reimte mir zusammen, dass Meinrad Wagner als Kind, er war ja nur wenige Jahre älter, eifersüchtig auf den Zar war, dies aber irgendwie mit religiösem oder anderem Wahn kompensiert hatte. Ich wusste sogar, dass Meinrad Wagners Vater in dem Altenheim im Westend gestorben war, das erklärte auch, warum er den Leichnam des Zar dort abgelegt hatte. Er brachte seinem toten Vater ein Opfer dar, eine Art Wiedergutmachung in seinem kranken Denken.

All die Kripoleute waren auf der falschen Fährte gewesen. Rentner- statt Rotlichtmilieu. Man könnte darüber lachen, wenn man könnte. Man könnte vielleicht einen Schlüssel zu diesem kranken Gehirn finden, wenn man könnte. Aber wieso hielt Meinrad Wagner seinem sadistischen Vater die Stange? Und gab es auch eine Mutter? Ich war keine Psychologin. Und als er Flippers Beine noch weiter auseinanderzog, mein lieber Gefährte auf dem Rücken, die Beine durchgestreckt bis zum Anschlag, und ich die wenigen Zentimeter weiterdachte, die meinen Hund vom Tode trennten, wenn Meinrad nämlich an den Rädern drehen würde, wenn er Flipper bei lebendigem Leibe auseinanderreißen, vierteilen würde, dann verlor ich die Hoffnung. Ich schwieg und betete an eine Instanz, für die ich keinen Namen hatte. Lass Flipper weiterschlafen. Und mich auch. Hatten Hunde eigentlich Zutritt ins Paradies, oder durften sie da nicht rein? Wenn das so wäre, würde ich meine menschliche Krone der Schöpfung gern zurückgeben.

Doch dann tauchte Felix auf und, die Hoffnung kehrte zurück für einige Minuten, bis Meinrad Wagner auch ihn in den Folterkeller schleifte, verschnürt und mit einem schwarzen Sack über dem Kopf. Sein Anblick drehte an allen Rädern, die mich malträtierten. Es war nicht nur die Hoffnung gestorben, meine Liebe blutete in Strömen.

Meinrad murmelte zufrieden: »Nun sind wir vollzählig versammelt.«

Er beugte sich zu Felix und zog den Sack von seinem Kopf. Unser Blick begegnete sich für einen Sekundenbruchteil. Blau. Ein Stich ins Herz.

In den folgenden Minuten versuchte ich zu deuten, was ich darin gelesen hatte. Es war ganz klar eine Botschaft gewesen. Aber ich konnte sie nicht entschlüsseln. Sollte ich mich ruhig verhalten oder toben? Ich bekam keine Antwort, denn Meinrad Wagner hatte Felix mit dem Rücken zu mir gelegt. Er war auf das brutalste zusammengeschnürt. Die Arme hinter dem Rücken überstreckt an die Fußknöchel gebunden, jeder Atemzug musste ihm Höllenqualen bereiten. Schaute ich nach links, sah ich meinen gespreizten Hund, rechts lag der gekrümmte Felix.

Der Kapuzenmann hockte sich neben Felix. »Man bedauert es, dass man sich unter solchen Umständen begegnet. Einfacher wäre es gewesen, derjenige, der sich der Zar nannte, sei kein solcher Feigling gewesen. Er allein hätte durchaus Genugtuung verschaffen können. Doch man muss auch Verständnis für die Situation des Folterknechts zeigen, der das alles in jahrelanger Arbeit unter großen Entbehrungen vorbereitet hat. Man war sehr enttäuscht von der Weichheit des Musikus. Doch er hauchte seinen Odem nicht ohne letzte Note aus. Flipper, rief er, eine Prophezeiung. So hat man beschlossen, die Folter fortzusetzen. Ihr seid hier, die Feigheit des Franz Isele auszuwetzen. Davon abgesehen ist man auch entzückt von dieser in ihrer Schlichtheit geradezu bestechenden Idee. So wird sich die Frage beantworten, ob ein eigener körperlicher Schmerz stärker sein kann als der seelische, wenn man beobachtet, wie ein anderer Körper, dem man zugeneigt ist, zerschmettert wird. Man dient also einer höheren Sache, und diese ist gesegnet, weil alles, was einer höheren Sache dient, gesegnet ist.«

Er stand auf, seine Knie knackten, und dieses Geräusch ließ mich überschnappen. Ich schrie und hörte nicht mehr auf. Ich schrie wie noch nie in meinem Leben.

Wieder ein Schlag in mein Gesicht. Dann stopfte er mir etwas in den Mund. Es schmeckte so übel, dass ich würgen musste. Panisch zog ich Luft durch die Nase ein. Wenn ich mich übergab, würde ich ersticken. Ja, jetzt wurde ich allmählich zu einer Frau, die Meinrad Wagner begegnet war, wie es mir der Sensenmann vorhergesagt hatte.

Mit einer übermenschlichen Anstrengung, die ihm wohl fast die Arme aus den Schultern riss, gelang es Felix, sich umzudrehen. Seinen Schmerz *zu sehen* war entsetzlicher, als meinen *zu fühlen*. In diesem Augenblick verstand ich alles. Dass es nichts Grausameres auf der Welt gibt, als beobachten zu müssen, wie ein geliebtes Wesen leidet. Und dass ich Felix liebte, wie ich noch niemals einen Menschen geliebt hatte.

Meinrad Wagner trat Felix in die Seite. »*Quam fortis es*?«

Felix reagierte nicht auf den Tritt, sondern entgegnete mit ruhiger Stimme: »Gut. Fangen wir mit mir an.«

Meinrad zögerte.

»Man könnte die Bedeutung des Opfers erhöhen«, fuhr Felix fort. »Mensch-Tier-Mensch. Fast schon eine Liturgie in dieser Reihenfolge.« Ich hörte, wie er sich quälte, gelassen zu klingen. Was mich noch mehr quälte. Meinrad hörte es nicht. Er dachte nach. Und ich auch. Was meinte Felix damit?

»Man muss mit dem Vieh beginnen«, sagte Meinrad barsch.

»Wer bestimmt die Regeln?«, fragte Felix.

Meinrad musterte ihn mit zusammengekniffenen Augen. »Vier Beine, denn zwei mal zwei ist vier«, sagte er schließlich.

»Zwei mal zwei Beine ist auch vier«, entgegnete Felix.

»Man hat die Mechanismen eingestellt.«

»Das wird für einen erfahrenen Meister ja wohl kein Problem darstellen«, sagte Felix.

Und da merkte ich zum ersten Mal, seit ich in diesem Keller war, dass die Achillessehne von Meinrad Wagner zuckte. Aber nur kurz.

»Man bleibt bei seinen Entschlüssen.«

»Es kommt wohl auf das Material an«, sagte Felix.

»Man steigert sich langsam.«

»Wer weiß, wer der Zäheste ist? Sind es nicht die Frauen, die die Kinder gebären? Und gebührt deswegen nicht dem Mann der Beginn?«

Mein Kopf zuckte unkontrolliert hin und her, das einzige Körperteil, das ich einigermaßen bewegen konnte. Felix bot sich im Tausch gegen Flipper an! Wieso machte er das? War er nun auch verrückt? Oder war das ein Trick? Kapierte er etwas, was mir entgangen war? Hatte er einen Plan? Wollte er Zeit schinden? Oder sagte er das nur so ... weil er mir helfen wollte? Weil er ... Sagte er das ... für mich? Aber das war falsch!

Ich japste durch die Nase, ich wollte Luft holen und ihm zurufen, dass er sich nicht für mich oder Flipper opfern müsste, da fiel mir ein, dass es ja wohl darum ging, wessen Leid ich zuerst sehen müsste, und das überstieg meine Vorstellungskraft, und da traf mich sein blauer Blick wie ein Eisblock, und ich erstarrte.

Der Kapuzenmann ging vom rechten in den linken Raum und zurück. Aus den Augenwinkeln sah ich Flippers Pfoten zucken. Er durfte nicht aufwachen! Er musste weiterschlafen! Sobald er aufwachte, würde die Tortura beginnen!

»Ach, er reckt sich.« Meinrad Wagner hatte es auch gesehen.

Er stieß Flipper einen Fuß in die zum Reißen gespannte Flanke. Keine Reaktion. Ich flehte innerlich, dass es so bleiben möge.

»Nun denn«, sagte der Kapuzenmann leise. »Womit beginnt man?« Und dann ratterte er eine Reihe von Namen herunter, als wären es Gerichte einer Speisekarte, ja, Gerichte. Stachelstuhl, Streckbank, Daumenschraube, Streckleiter, Trockener Zug, Doppelte Beinschraube, Kopfband, Eiserne Krawatte, Zungenschraube, Mundbirne, Schandmantel, Trülle, Schandflöte, Doppelhalsgeige«, das wiederholte er mehrmals. »Doppelhalsgeige ... Man hat nicht allzu oft Gelegenheit«, fügte er hinzu, stellte sich in die Mitte zwischen Felix und mich und plapperte weiter wie ein Koch, der ein besonders Menü zusammenstellt.

Felix verhielt sich absolut passiv. Er mied den Blickkontakt zu Meinrad und auch zu mir und wirkte abwesend, so dass ich mir größte Sorgen um ihn machte. Wie lang hielt er den Zug seiner Fesselung noch aus?

Meinrad schaute in schneller Folge von mir zu Felix und zurück. »Man hat eine Wahl getroffen«, verkündete er schließlich.

»Möge sie lange währen«, erwiderte Felix.

Kapitel 54

In diesem Moment brach ein ohrenbetäubender Knall herein. Mit ihm stürzten ein Dutzend schwarz gekleideter Männer mit Helmen, Schilden, Waffen in den Keller. Sie brüllten: »Sicher!« und »Polizei!«, und Felix brüllte: »Hier!«

Und da jaulte Flipper. Sein Chef, nun gut, sein halber Chef hatte ihn gerufen, und er musste den Befehl verweigern? Den verweigerte ich dann auch. Ich kippte weg.

***

Als ich wieder zu mir kam, lag ich neben Flipper, der einen ziemlich benommenen Eindruck machte, auf einer Decke. Ein Notarzt beugte sich über den Hund.

»Geht es ihm gut?«, krächzte ich.

»Glaub schon. Eigentlich mach ich nur Menschen. Aber ein Herz haben Hunde auch.«

»Ein Hund ist ein Herz. Auf vier Beinen«, sagte ich, umarmte meinen schwarzen Riesen, der mir sanft in die Ohren blies wie damals als Welpe, und bekam einen Heulkrampf.

Da waren Felix' Hände, seine Stimme, seine Umarmung. »Flipper ist okay«, sagte er. »Wir sind in Sicherheit, hörst du Franza, in Sicherheit. Alle drei.«

»Aber … aber … wo ist … wo ist er?« Ich wollte diesen Namen nie wieder aussprechen.

»Fort«, sagte Felix.

Ich wollte nachfragen, da trat ein blonder Mann zu uns, er trug keine Uniform, sondern einen Jogginganzug. Er kam mir bekannt vor, ich wusste aber nicht, woher.

Felix stand auf. »Hartmut, ich hatte dir ja versprochen, dass ich die Zeugin Frau Fischer zu dir bringe«, stellte Felix mich vor. »Das ist sie.«

»Also wegen mir, Felix«, sagte der Mann mit einem breiten Grinsen, in dem die Erleichterung bis zu den Ohren reichte, »hättest du kein solches Spektakel veranstalten müssen. Man kann sich auch anders kennenlernen, gell?« Er streckte mir seine Rechte entgegen. »Beermann, Kripo München. Wie geht es Ihnen?«

»Muss ich jetzt gleich mit?«, fragte ich.

»Wenn Sie mir versprechen, dass Sie nicht wieder abhauen, reicht morgen in meinem Büro. Ihr Freund weiß ja, wo das ist. Und erst fahrt's bitt schön noch ins Krankenhaus. Sicher ist sicher.«

»Mir tut überhaupt nichts weh«, versicherte ich, und es war die Wahrheit. Noch hielt das Adrenalin meinen Schmerz in Schach.

»Erst ins Krankenhaus«, beharrte der Kommissar.

»Aber wie haben Sie uns gefunden?«, fragte ich ihn. Mittlerweile war mir eingefallen, dass ich ihn im Hinterhofcafé bei der Festnahme von Hermann schon einmal gesehen hatte.

»Der Felix hat eine SMS geschrieben.«

»Du hättest gern ein bisschen schneller da sein können«, sagte Felix.

»Wenn ich jogge, hör ich Musik und kein Telefon«, entgegnete Hartmut. Dann klopfte er Felix kräftig auf die Schulter. Ich spürte, dass die beiden sich ziemlich gut leiden konnten.

Langsam stand ich auf. Das Gehen fiel mir schwer. Felix sprach mit Hartmut. Mittlerweile waren mindestens 15 Leute in dem Raum, der war L-förmig, das sah ich erst jetzt. Neugierig schaute ich um die Ecke. Niemand hinderte mich daran, mich an den Rand der Grube zu stellen, in der Meinrad Wagner aufgespießt stak. Zwei weiß gekleidete Spurensicherer sammelten Gewebeproben in Plastiktüten. An den Holzstangen lief noch immer But nach, und auch andere Flüssigkeiten, und ich konnte die Eingeweide durch den Rücken des Mannes sehen. Die Kapuze war ihm vom Gesicht gerutscht. Im Profil erinnerte der Tote an ein Plastinat aus den Körperwelten.

Seltsamerweise überkam mich kein Gefühl der Befriedigung. Ich spürte gar nichts. Bis Felix mich sanft wegzog.

»Es ist vorbei, Franza.«

»Wäre das unsere letzte Ruhestätte geworden?«, fragte ich Felix. »Ein Pfahlgrab?«

»Es ist vorbei«, wiederholte er.

Wir verabschiedeten uns von Hartmut. Der riet mir: »Vielleicht setzen Sie sich jetzt einmal ein bisschen zur Ruhe, was Kriminalfälle angeht. Es gibt doch so viele schöne andere Hobbys.«

»Ja, Franza«, stimmte Felix zu. »Wie wäre es beispielsweise mit Hinterglasmalerei?«

»Morgen«, sagte ich.

Heute würde ich keine wichtigen Entscheidungen mehr treffen. Dann sah ich, dass heute schon morgen war. Bald würde die Sonne aufgehen. Dann eben übermorgen.

Flipper stand recht wacklig auf seinen Beinen, wedelte aber schon wieder, wenn auch verhalten.

»Wir lassen uns als Erstes in die Tierklinik fahren, die sollen ihn durchchecken«, sagte Felix.

Da fragte ich ihn, was mir auf der Seele brannte: »Warum hast du dich im Tausch gegen Flipper angeboten?«

Felix fasste mich zart am Handgelenk. »Komm, der Fahrer wartet schon.«

Ich blieb stehen. »Warum? Du konntest doch nicht wissen, wann Hartmut deine SMS lesen würde, ob er sie überhaupt lesen würde …« Meine Stimme versagte.

»Es ist doch gut ausgegangen«, sagte er. »Man könnte sogar sagen, wir haben unseren ersten gemeinsamen Fall gelöst. Franza, Flipper, Felix und der Zar.« Er lachte leise. »Das klingt wie ein Kinderbuch.«

Ich wollte Felix sagen, dass er meine Nummer eins war, da legte er mir einen Finger über die Lippen. Und hätte ich noch den allergeringsten Zweifel an seiner Stellung in meinem Rudel gehabt, so wäre er damit beseitigt gewesen.

Für immer.